세한도

김봉호의 소설·희곡

세한도

김봉호의 소설·희곡

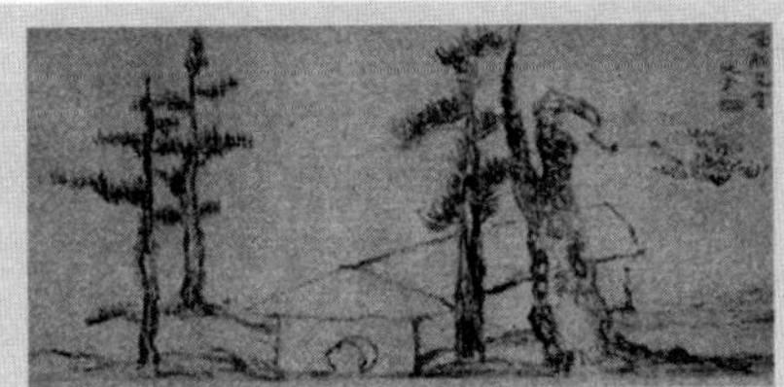

우리출판사

희 곡

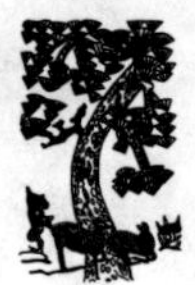

소 설

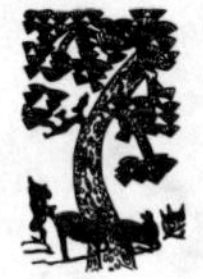

희곡

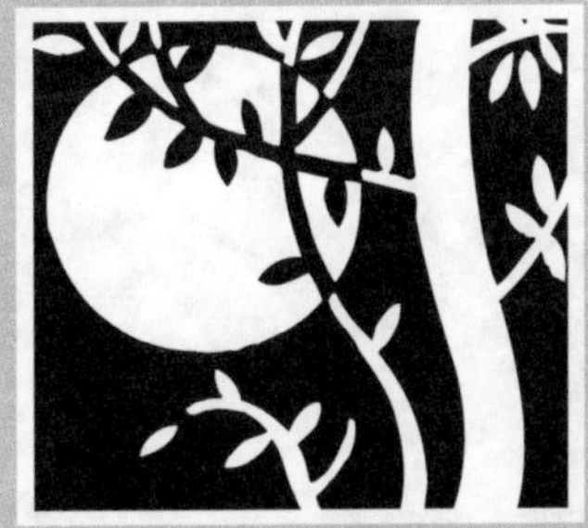

초 혼 가

(장막 1 4막 9장)

등장 인물

황진이(16~36세)

현씨(황진이의 모 · 36세)

옥란(황진이의 몸종 · 16~25세)

홍 총각(22세)

매파(50세)

상여꾼(40세)

요령잡이(45세)

송 순(송도 유수 · 47세)

소양곡(대제학 · 42세)

벽계수(왕족 · 37세)

임백호(반체제인사 · 32~52세)

지족선사(면벽 30년의 고승 · 45세)

이사종(명창 · 41세)

엄수(명고수 · 45세)

악사들(4~5인)

서소옥(송 순의 소첩 · 20~40세)

관원들(7~8인)

이속들(3~4인)

관기들(10~12인)

병사 1 · 2

숯꾼 1 · 2

송 순의 가솔들(3~4인)

임백호의 부하들(다수)

탕촌의 여인들(다수)

시 대

조선조 중종 무렵

1막 1장

(법도를 갖춘 황진이 집 돌담 앞. 서곡—만전춘·기악곡—에 이어서 막이 오르면, 홍 총각이 등장, 넋을 잃고 자탄한다.) (아니리) 명천하신 하느님네 이 내 말씀 들으소서. 옛말에 이르기를, 높은 나뭇가지 꽃일랑은 쳐다보지 말라 했고 분수 넘는 욕심이랑 우환 자초 한다는디, 나 미천한 주제에 어찌타 저 지체 높은 아가씨를 자나깨나 못 잊어서 신세 자탄 이 꼴이란 말이냐. (진양조) 박연폭포 맑은 물에 머리 감는 저 여인아. 섬섬옥수 한들한들 물 끼얹는 저 아가씨. 옥황상제 시녀런가 하늘에서 내려왔나, 용왕의 따님인가 바다에서 솟았는가. 백옥 같은 살결이며 온달 같은 얼굴이며 반짝이는 명모호치 오이씨 버선발로 나비처럼 나는 님아. 말이나 걸어 볼 걸 슬픈 사연의 손짓이나 하여 볼 걸 미친놈 되어, 차라리 장님되고 벙어리가 되었더라면 이런 자탄 없을 것을. 엄매 엄매 우리 엄매 머달라고 날 낳고 이다지도 이내 간장 굽이굽이 태우는가. 엉 엉 엉!

(홍 총각, 통곡하는 가운데 암전)

1막 2장

(황진이 집 마당. ㄱ자의 집 중앙에 황진이의 방. 주렴이 내려져서 방 안이 환하다. 왼편에 대문, 오른편에 마루와 안방과 부엌. 조명이 들어오면, 황진이, 거문고(산조)를 타고 있다. 매파, 대문을 열고 등장)

매파　계셔요? 마님, 계셔요?

(옥란, 부엌문을 열고 등장)

옥란　누구세요? (알아차리고) 어서 오세요.

매파　마님 계시냐?

옥란　네. (안방에 대고) 마님, 건넛마을 아주머니가 오셨습니다.

(현씨, 안방에서 마루를 건너 마당으로 등장)

매파 마님, 안녕하셨어요?

현씨 (황진이의 방을 살피면서) 그래, 좋은 소식 가지고 왔어?

매파 그런디 그것이…….

현씨 (매파를 구석으로 몰아붙이며) 이번에도 파혼이란 말인가?

매파 댁의 규수는 잔뜩 욕심을 내면서도…… 걸리는 게 있다면서…….

현씨 이번에도 그 반쪽 양반 말이겠군 그래?

매파 그, 그렇다니까요. 내사 그냥 없던 것으로 하고 여기 내왕을 않으려
    다가 마님께서 기다릴 것 같아서 이렇게 왔습니다만, 내가 낯이 없습니
    다요.

현씨 (기죽은 소리) 내 딸 신세를 어쩔꼬…… (가슴을 치며) 내 탓이야, 내
    탓이라구!

    (황진이의 거문고 소리 드높다.)

매파 나는 이만 물러가겠습니다요.

현씨 (허탈해서) 그래 가봐. 하지만 또 아나, 어디서 좋은 인연이 생길지?
    좀더 서둘러 봐요.

매파 이를 말씀입니까! 그저 이 늙은이만 믿으세요.

    (황진이, 거문고를 치우고 마루로 나온다.)

황진이 아주머니…….

매파 네, 아가씨!

황진이 이제 그런 염려는 마세요.

매파 무슨 말씀이신지?

현씨 너, 무슨 말을…….

황진이 내 혼담이 번번이 깨지는 것은 내 아버지 황 진사는 양반이지만
    어머니 쪽이 부실하다는 거겠지요? 규수는 욕심이 나지만 그 부실이 흠
    이라구요? 나는 그런 양반댁에 시집 안 가요. 설령 저쪽에서 좋다고 해

도 말입니다. 나는 우리 어머니랑 한평생 함께 살겠어요.

현씨 너, 이 어미 가슴에 못을 박는구나!

황진이 나는 이 세상에서 어머니가 제일 소중해요. 어머니만 내 곁에 계시
다면 그걸로 만족이에요. 그리고 나에게는 음악이 있고 시가 있고 춤이
있고 풍류가 있어요. 그까짓 양반 부스러기들 나에게는 가당치 않아요.
차라리 머리를 깎고 중이 되거나 노류장화 기생이 될망정 시집은 안 가
겠어요.

현씨 너, 못하는 소리가 없구나.

황진이 그 반쪽 양반은 누가 만들었지요? 자기네들이 뿌린 씨앗을 자기네
들이 배척하다니 말도 안 돼요. 내가 기어코 그 뿌리를 뽑아버리겠어요.

　(멀리서 상여소리—해로가—들린다. 모두 그쪽으로 귀를 기울인다.)

　(후렴) 어너 어너 어이 가리 넘자 어와너.

　(선소리) 북망산은 천리만리 저편이라 하더니 동리 안산이 북망산이로세.

　(후렴) 어너 어너 어이 가리 넘자 어와너.

　(선소리) 간다 간다 나는 간다 너를 두고 나는 간다 인제 가면 언제 오나
한번 가면 못 올 길을.

　(후렴) 어너 어너 어이 가리 넘자 어와너.

매파 누가 또 세상을 하직했나 봅니다.

현씨 한많은 세상!

옥란 (대문 틈으로 내다보며) 상여가 이쪽으로 오고 있어요.

현씨 상여가 이쪽으로 와?

옥란 그렇다니까요.

　(황진이 집 돌담 밖에서 만사깃발이 나부낀다. 상여소리 빨라진다.)

　(후렴) 가남보살

　(선소리) 인간칠십 고래흰데

　(후렴) 가남보살

(선소리) 이팔청춘 먼저 간다

(후렴) 가남보살

(선소리) 북망산도 산길인디

(후렴) 가남보살

(선소리) 가는 길이 있다며는

(후렴) 가남보살

(선소리) 오는 길은 왜 없는가

(후렴) 가남보살

(선소리) 이 집이 뉘 집인가

(후렴) 가남보살

(선소리) 차마 그냥 못 가겠네

(후렴) 가남보살

(선소리) 이승인연 못 다하니

(후렴) 가남보살

(선소리) 저승인연 기약하자

(후렴) 가 남 보 살

(선소리) 가 남 보 살

(후렴) 가 남 보 살……

(상여소리 끝나고, 상여꾼들의 떠드는 소리 요란하다. 상여꾼, 대문을 열고
등장. 현씨에게 굽실거린다.)

현씨 무슨 일인가?

상여꾼 글쎄올습니다. 그러니까 그게 매우 딱하게 되었습니다요.

현씨 딱하게 되었다니 무슨 말인고?

상여꾼 상여가 한사코 이쪽으로만 기울더니 댁의 문전에 당도하자 폭삭
주저앉아서 옴짝달싹 않습니다요.

현씨 상여가 옴짝달싹 않는 것과 우리 집이 무슨 상관이란 말인가?

상여꾼 사실인즉, 상여의 고인은 건넛마을의 과수댁 외아들 홍 총각인데
　　생전에 어느 지체 높은 아가씨를 사모하다가 그만 상사병에 걸려 가지
　　고 죽었습지요.

현씨 그래서?

상여꾼 아뢰옵기 송구하오나…….

　　(요령잡이, 요령을 달랑거리며 등장)

요령잡이 (현씨에게 절하고) 아뢰옵기 황송하오나 고인의 넋을 달래는 뜻
　　으로다가…….

현씨 나더러 부조를 하라는 건가, 아니면 시주를 하라는 건가?

요령잡이 그 홍 총각 녀석이 주제넘게시리 사모한 아가씨가 사실은 댁의
　　진이 아가씨였습니다요.

현씨 (소스라치게 놀라) 뭣이 어째!

요령잡이 죄송합니다.

상여꾼 용서하십시오.

현씨 죄송이고 용서고…… 지금 우리 진이는 혼담이 오가는 판인데, 자네
　　들이 불쑥 나타나서 이 무슨 망측한 소리를 하는 겐가. 우리 딸 전정을
　　망칠 소리들을 하는구먼. 설사 고인이 그런 일이 있었다손 치더라도 이
　　쪽과는 무관한 일이니 어서 나가주게나.

요령잡이 상여가 땅에 달라붙어서 꼼짝을 않는다니까요.

상여꾼 댁의 문전에다가 저 시신을 한없이 놔둘 수는 없는 노릇 아닙니까요.

현씨 (고함) 그러니, 나더러 어쩌라는 게야?

요령잡이 진이 아가씨가 입던 옷가지라도 하나 내어주시면…….

현씨 (노기를 띠어) 점점 못하는 소리가 없군! 썩 나가지 못할까!

요령잡이 예 예, 나가기야 나가야죠.(정적이 흐른다. 황진이, 사르르 옷고름
　　을 뽑는다. 저고리를 벗는다. 다시 속적삼을 벗는다.)

현씨 (기겁하여) 이게 무슨 짓이냐?

황진이 나를 사모하다가 상사병에 걸려서 세상을 하직했다 하잖습니까!
  고인의 한을 풀어줘야지요.

현씨 니가 왜?

  (황진이, 치마를 벗는다.)

현씨 저런 망측한…….

황진이 여장절각(汝墻折角)이라는 말이 있잖아요. 너의 집 담장이 아니더
  면 내 쇠뿔이 부러졌겠느냐는…… 이것이 모두 내 운명의 소치인 듯싶
  습니다.

  (황진이, 속적삼과 치마를 요령잡이의 손에 얹고 그 위에 꽃신을 벗어 올린다.)

황진이 이거면 되겠지요. 어서 가보세요.

요령잡이 고맙습니다. 아가씨는 정말 훌륭하십니다.

상여꾼 훌륭하십니다.

  (요령잡이와 상여꾼, 대문 밖으로 퇴장한다.)

현씨 (땅에 주저앉으며) 장차 이 일을 어찌할꼬!

  (상여소리 들린다. 돌담 위로 호방산이 높이 솟는다. 상여와 만사깃발이 돌담
  을 끼고 멀리 사라진다.)

현씨 나는 모른다. 나는 모른다.

황진이 몰아닥친 운명을 거역할 수는 없습니다, 어머니!

현씨 (가슴을 치며) 내 무슨 죄가 이리 많을꼬!

  (현씨, 통곡하는 가운데 암전)

1막 3장

(황진이의 방. 1막 2장의 황진이의 방을 클로즈업 시켰다. 밤. 촛불이 환하다.
  조명이 들어오면, 황진이가 방에 앉아서 붓글씨를 쓰다가 잠시 운필을 멈추고
  붓을 든 채 노래부른다.)

황진이 산은 옛 산이로되

　　　물은 옛 물이 아니로다

　　　주야로 흐르니 옛 물이 있을쏘냐

　　　인걸도 물과 같아야

　　　가고 아니 오는도다.

　　(황진이가 노래부르는 사이, 옥란은 부엌에서 나와 마당 구석에 시름없이 앉아
　　있고, 현씨는 수심 어린 얼굴로 안방에서 마루로 나왔다가 다시 들어간다. 대
　　문 두드리는 소리)

송 유수　(소리만) 이리 오너라.

옥란　(대문으로 다가가서) 누구세요?

송 유수　(소리만) 어험! 어서 문을 열어라.

옥란　누구시랄까요?

송 유수　(소리만) 나와서 보면 알 만한 사람이라 하여라.

옥란　(황진이 방 앞에서) 아씨, 손님 오셨습니다.

황진이　(붓글씨를 쓰면서) 기생집에 오신 손님 하후하박 하겠느냐마는 오늘
　　은 밤이 깊었으니 후일상봉 하잖다고 여쭈어라.

옥란　(대문 앞에서) 밤이 깊었으니 다음에 뵙자고 하십니다.

송 유수　(언성을 높여) 어허, 고얀지고! 내 그럴만한 까닭이 있어서 통성명
　　을 않는 터, 나와 보면 알 것이라는 데도 그러는구나, 엇허!

황진이　(음성을 짐작하고 붓을 든 채 마루로 나와서) 아니다, 옥란아.
　　송도 유수 송 영감이시다. 그 문 어서 열어라.

옥란　(화사하게) 네.

　　(옥란, 대문을 열고 조아린다. 송 유수, 황진이 앞으로 다가선다.)

황진이　얼른 알아차리지 못해 죄송합니다. 어서 올라오십시오.

송 유수　야밤에 문을 열란다고 함부로 발딱발딱 열어주지 않는 것이 나는
　　한결 기분이 좋아!

황진이 그렇군요!

송 유수 붓글씨를 쓰고 있었어?

황진이 네. 적적하던 차에 황산곡(黃山谷)을 임서하고 있었습니다.

송 유수 황산곡을…… 진이는 능한 것이 너무 많아서 탈이야! 도대체 진
　　이가 못하는 것이 뭘꼬?

황진이 과찬이십니다.

송 유수 나 역시 심기가 적적하던 차, 지난번 내 노모의 수연 때 진이의 노
　　고가 컸던 바, 그걸 감사할 겸 야심한 줄 알면서도 이렇게 왔느니라.

황진이 어서 오르셔요.

송 유수 그럼…….(송 유수와 황진이, 방에 대좌한다.)

송 유수 (황진이의 글씨를 들추며) 이건 황산곡을 빼다박았군! 훌륭해!

황진이 지나치십니다. 저, 약주 올릴까요?

송 유수 나비가 꽃을 찾아왔는데 어찌 주흥이 따르지 않겠느냐!
　　한 잔 하자구나!

황진이 (밖에서 서성대는 옥란에게) 주안상 올려라.

옥란 네.

　　(현씨가 나와서 옥란과 함께 부엌으로 들어간다.)

송 유수 그 사이 더 예뻐졌구나!

황진이 (필연을 치우며) 전에는 밉던가요?

송 유수 누가 머리를 얹었다고 했지?

황진이 제 손수 얹었다고 전에 말씀드렸습니다.

송 유수 그 후 정인(情人)은 생겼고?

황진이 앞날의 일이야 어찌 장담하오리까마는, 아직은 없습니다.

송 유수 내가 정인이 되어주랴?

황진이 사또 어른께는 서소옥이 있잖습니까?

송 유수 서소옥은 내 첩실이니라.

(옥란, 주안상을 들여온다.)

황진이 드시지요.

송 유수 그러지.

　(송 유수, 황진이가 따르는 대로 서너 잔 비운다.)

송 유수 너도 한 잔 하련?

황진이 주십시오.

　(주거니받거니)

송 유수 네 거문고 소리를 듣고 싶구나.

황진이 네.

　(황진이, 거문고를 탄다. 음악이 휘몰이로 접어들 무렵, 송 유수가 황진이의 손
　목을 덥석 잡는다.)

송 유수 나 오늘 밤 너와 더불어 파과(破瓜)의 예를 치르리라.

황진이 (살며시 손을 빼며) 지난번 사또 어른 자당마님 수연 때, 이 몸은 서
　소옥으로부터 머리채를 잡히는 수모를 겪었습니다. 그 불꽃 같은 투기
　를 지금도 기억하고 있습니다.

송 유수 너는 관기가 아니더냐. 어찌 내 수청을 거역하는고?

황진이 관기라 하오시니 기어이 수청을 하명하시면 거역할 길 없사오나……
　풍류를 아시는 사또 어른께서 정 따로 몸 따로 그러실 수 있습니까?

송 유수 나 이미 너에게 정을 주겠노라 말했거늘…….

황진이 소녀에게 진정으로 정을 주시려면 서소옥을 단념하신 후 이 몸을
　취하소서.

송 유수 헛 허, 낭패로다 낭패로다. 술기가 싹 가시는구나.
　어서 술이나 따르라.

황진이 (술을 따르며) 죄송합니다.

송 유수 죄송이고 뭐고 네 고집에 내가 기죽는구나. 그러나저러나 너와
　벽계수의 싸움이 가관이겠구나!

황진이 벽계수가 누굽니까?

송 유수 한양에 그런 어른이 계시느니라.

황진이 그분과 소녀가 왜 싸웁니까?

송 유수 그분은 조정의 왕족으로서, 학문과 시문이 뛰어나고 지조가 대쪽
　　　같아서, 당신의 부인을 알 뿐 아직 외도를 한 적이 없다는구나.

황진이 그런 어른과 소녀와는 아무 상관이 없습니다.

송 유수 그런데, 이경수라는 그분의 유별난 친구가 하는 말이, "공께서는
　　　지조가 대쪽 같다 장담하지만 송도의 기생 황진이에게는 당하지 못할
　　　것입니다." 했다는구나.

황진이 저는 모를 일입니다.

송 유수 결국 벽계수와 이경수가 너를 두고 내기를 하기로 했단다. 나 역
　　　시 그분을 소홀히 대접할 수 없는 터라, 그분이 송도에 오면 만월대에서
　　　향연을 베풀 작정이야.

황진이 그분은 언제 옵니까?

송 유수 왜, 구미가 당기느냐?

황진이 제가 꾸민 일이 아닙니다.

송 유수 일간에 소식이 있을 것이야. 기다리고 있거라. 내 차라리 벽계수
　　　의 처지가 부럽구나.

황진이 어인 말씀이십니까?

송 유수 내가 벽계수가 되었다면 거꾸로 너의 유혹을 받을 것이 아니겠느냐?

황진이 하오면 사또께서도 저와 내기를 하시면 될 것 아닙니까?

송 유수 난 그냥 너에게 빠질 걸!

황진이 내기라면 신물(信物)을 걸어야 합니다.

송 유수 너와 나라면 뭘 걸까?

황진이 소녀가 지면 소녀는 평생 사또 어른의 종이 될 것이옵고, 사또께
　　　서 지시면 이 송도를 내놓으셔야 합니다.

송 유수 거 희한한 내기가 되겠구나. 하지만 나야 어차피 너한테 지고 말
    것인즉, 그러면 이 송도를 내놓아야 한다니 등골이 오싹하는구나.
황진이 하오면 사또 어른과 소녀와의 내기는 틀렸습니다.
송 유수 틀리긴 왜 틀려! 벽계수가 다녀간 후에 이 송도를 걸고 한판 겨루
    자구나. 진이 네 마음을 얻으려면 이 송도쯤 내놔야지! 그래저래 오늘
    은 파흥이다. 난 동헌으로 가겠다. 후일을 기약하자.
    (송 유수, 뜰 아래 내려서서 황진이의 어깨에 손을 얹고 물끄러미 바라보는 동
    안에 암전)

1막 4장

(황진이 집 뒷마당. 왼편은 주렴을 드리운 황진이 방의 뒷면이고, 오른편에 행
    랑채가 있다. 달밤. 조명이 들어오면, 황진이 머리를 감고 나서 마루에 앉아 머
    리에 빗질을 하고 있다. 빗이 툭 두 동강이 난다. 황진이, 그 빗을 만지다가 마
    당 저편으로 휙 던져버리고 달을 우러러 노래부른다.)
황진이 곤륜산 옥돌을 그 누가 찍어내어
        직녀의 얼레빗을 만들었던고
        견우 신랑 떠나신 뒤에
        울며울며 허공에 던져버렸네.
    (담장 너머 골목길에서 아이들의 동요가 들려온다.)
동요 우리 골 유수님은 병이 들었지
        우리 골 유수님은 골병들었지
        아침에 기침하고 저녁이면 자리에 누워도
        밤이면 호롱불 들고 천수원 간다네
        우리 골 유수님은 병이 들었지
        우리 골 유수님은 상사병 들었지

밤이면 호롱불 들고 진이 집에 가지만
굳게 잠긴 대문을 열지도 못하고
밤새도록 골목길만 싸돈다네.
　(노래에 이어 어디선지 피리소리 들려온다. 달빛과 피리소리와 황진이의 자태
　가 잔잔하게 어울린다.)
황진이　누가 저리 사람의 애간장을 태우는고?
　(피리소리 그친다.)
황진이　출중한 솜씨로세!
　(잠시 정적)
옥란　(소리만) 어떤 과객이 노자가 떨어졌다면서, 행랑채의 골방이라도
　좋으니 하룻밤 묵어 가게 해달라고 조릅니다.
황진이　(나직하게) 손에 피리를 들었더냐?
옥란　(소리만) 그러하옵니다.
황진이　들게 해라.
옥란　(소리만) 입성이 남루했습니다.
황진이　상관 마라.
　(황진이, 방으로 들어가고 옥란이 소양곡을 골방으로 안내한다. 황진이, 거문
　고로 병창한다.)
황진이　실버들 한들한들 우거진 숲 속으로
　　　　쌍쌍이 날아드는 꾀꼬리 울음소리
　　　　웃는다 속삭인다 우는다 흐느낀다
　　　　구름도 자고 가는 깊은 골 보금자리
　　　　그칠 길 없는 정이 그 속에 무르익네
　　　　거문고 부여안고 흐느껴 우는 밤에
　　　　오실 이 오시고저 가실 이 가시고저.
　(이 노래의 중간쯤에서, 소양곡이 골방의 문을 열고 피리로 합주한다. 합주가

끝나자 시를 읊듯 고성방가한다.)

소양곡 (평시조 가락으로)

　　　관관수구(關關雎鳩)

　　　재하지주(在河之洲)

　　　요조숙녀(窈窕淑女)

　　　군자호술(君子好逑)

황진이 (톡 쏘아) 무전취숙하는 처지에 고성방가하는 그대는 누구시오?

소양곡 지나가는 나그네 골방에 뉘어놓고 해맑은 금성(琴聲)으로 애간장
　　끓게 하는 그대는 누구신가?

황진이 옥퉁소로 수인사하고 사언시로 유혹하는 그대가 날 모르시오?

소양곡 허공으로 날려보낸 피리소리 감별하고, 의복남루 개의않고 과객
　　청을 받아들인 그대가 날 몰라?

황진이 (누그러져서) 부질없는 말장난일랑 그만 거두시고 군자호술(君子好
　　逑) 하십시오.

소양곡 범절침공(凡節針工) 출중하고 시문서에 뛰어나며 가무탄금 천하일
　　품 절세가인 송도삼절, 그대가 황진이 아니던가!

황진이 재덕 겸비하시고 기상이 늠름하시며 당대 문장이시자 예악에 뛰
　　어난, 그대가 대제학 양곡(陽曲) 소세양(蘇世讓) 어른 아니십니까!

소양곡 (앙천대소) 거 인사치레 한 번 번거롭도다.

황진이 이제 뚜껑은 열었으니 어서 이쪽으로 건너오십시오. 곧 주안상을
　　올리겠습니다.

　　(소양곡, 의기양양 건너간다. 황진이, 소양곡을 십년지기처럼 스스럼없이 손
　　을 잡아 방으로 인도한다.)

황진이 (안에 대고) 주안상 봐라.

옥란 (소리만) 네.

황진이 (좌정하고) 송도에는 어인 행차십니까?

소양곡 (방 안을 서성거리다가 털썩 앉으며) 송도 명기 황진이의 명성에
    끌려서 불원천리 한양에서 뛰어왔다네.
황진이 어르신 높은 성화, 저도 이미 듣자옵고 한 번 뵙기 소원이었습니다.
소양곡 이심전심이로세.
황진이 하온데…… 의관은 어떻게 하시고…….
소양곡 듣자 하니 진이랑(眞伊娘)은 겉모양을 싫어한다 하기에…….
황진이 하오시면 속모양은 갖추셨습니까?
소양곡 갖추다마다. 그대를 갖고 싶은 마음 간절하다네.
황진이 날이 새면 도성의 문은 열고야 말 일이옵고, 소녀는 이미 어르신
    께서 이 송도에 와 계시다는 소문 들은 바라, 사실은 오늘인가 내일인가
    하고 기다리고 있었습니다.
소양곡 날 기다렸다고?
황진이 육례를 갖추지는 못할망정 소녀의 첫 정분을 함부로 나눌 수야
    있겠습니까?
소양곡 그럼 내가 그대의 첫 정인이란 말인가?
    (황진이, 농에서 의복을 꺼내어 소양곡 앞으로 내민다.)
황진이 소녀가 손수 지어두었던 옷입니다. 갈아입으십시오.
소양곡 이런 호강이 있나!
    (소양곡, 들떠 옷을 갈아입는다. 황진이, 부축한다. 멀리서 아이들의 동요가 들
    려온다. 황진이와 소양곡, 긴 포옹. 황진이, 소양곡을 누이고 치마를 벗은 다
    음 촛불을 끄고 마루에 나와 앉아 달을 보며 노래부른다.)
황진이 어저 내 일이야 그럴 줄 모르던가
        어저 내 일이야 이럴 줄 모르던가
        어저 내 오늘이 이시랴 알았건만
        어저 내 오늘이 기쁨인가 설움인가.
    (황진이, 흐느끼는 가운데 막)

2막 1장

(송도의 만월대. 봄. 중앙에 누대가 덩실 서 있고, 그 앞은 한 계단 내려서 굿판을 벌일 수 있는 마당. 후면과 좌우로는 수목과 기화요초가 만발했다. 막이 오르면, 누상에는 교자상이 셋 놓여 있는데 그 중앙에 송 유수와 서소옥, 그 주위에 관원들이 앉아서 주흥에 젖어 있으며, 누대 앞의 마당에서는 관기들이 군무를 추고 있다. 엄수와 악사들은 누대와 마당 사이에 자리하고 있다. 관기들, 군무를 끝내고 그 자리에 엎드린다.)

송 유수 춤이 끝났으면 대상으로 올라와서 손님들께 약주를 따르라.

관기들 네.

(관기들, 누상으로 올라가서 관원들 사이사이에 끼여 앉아 술을 따르며 희희덕거린다.)

송 유수 그러나저러나, 당도할 시각이 넘었는데 오늘의 주인공이 나타나지 않으니 어인 일일꼬?

관원 1 오늘의 주인공이 누구시오이까?

송 유수 한양에서 벽계수 어른이 오시기로 되어 있어요.

관원 2 벽계수 어른이라면 그 지조가 대쪽 같다는, 왕실의…….

송 유수 그렇소이다.

관원 1 그 어른이 무슨 일로 송도에 오십니까?

송 유수 그게 그러니까…… 어느 기생과 겨루기로 되어 있어요. 그 기생의 유혹에 넘어가느냐, 끝내 지조를 지키느냐 하는 내기를 할 것입니다.

관원 2 거 참 희한한 내기도 있습니다그려!

관원 3 한데 그 내기에 뽑힌 기생은(관기들을 둘러보고) 어느 아이입니까?

송 유수 (주위를 훑어보고) 그러고 보니 황진이가 안 보이는군!

관원 1 옳거니! 송도 명기 황진이라면 겨룰 만하지!

서소옥 (톡 쏘아) 황진이가 없으면 잔치가 안 되나봅니다.

송 유수 (무뚝뚝하게) 지난번처럼 또 투기를 부릴 건가?

서소옥 투기는 무슨 투깁니까. 성 안에 좋은 소문 퍼지겠기에 그럽니다.

송 유수 무슨 소문이 퍼진다는 게야?

서소옥 송도 유수가 한양의 벽계수 어른 모셔다가 기생 내기 시켰다는
　소문이 안 퍼질 것 같습니까?

송 유수 그것도 일종의 풍류라면 풍류인 게야.

　(멀리서 노랫소리 들려온다.)

노래 청산리 벽계수야 수이감을 자랑 마라
　　일도창해하면 다시 오기 어려워라
　　명월이 만공산 하니 쉬어간들 어떠리.

송 유수 저건 황진이 아닌가!

서소옥 오! 저 불여우…….

송 유수 (노기를 띠어) 엇허!

　(숲 속에서 임백호, 홀연히 등장)

임백호 엇허…… 거 경치 한 번 좋다.

엄수 거 뉘시오?

임백호 팔도강산 구경 다니는 과객이오. 보아하니 큰 잔치가 벌어진 모양
　인데, 지나가는 길손에게 요기 좀 시켜줄 수 없겠소?

엄수 여기는 지나가는 과객에게 요기시키는 자리가 아니오.

임백호 하기야 거저 달랄 수는 없는 게고…… 소매 좋은 김에 춤춘다
　하였거니와, 악사들 가지런한 틈에 자칭 천자로 내 소리 한 대목 하오
　리다.

송 유수 거 누가 와서 소란인고?

　(임백호, 마당을 서성거리며 노래부른다.)

임백호 (단가) 천하가 태평허면 언무수문 허려니와 시절이 분요허면 포연
　탄우 많알 줄을 사람마다 아는 배라. 진나라 모진 정사 맹호 독사같이

심하더니마는 사심조차 잃단 말가. 초야의 영웅들이 질족자의 뜻을 두
고 곳곳이 일어날 제 강동의 성낸 범과 패택의 잠긴 용이 각자 기병 힘
을 모아 진나라를 멸할 적에 선입중관중자면 왕허리라고 깊은 언약이
어젠 듯 오늘인듯 어찌타 초패왕은 당시 세력 힘만 믿고 배신망의 허단
말가. 무죄한 패공이를 아무리 살해코저 홍문연으다 설연을 헌들 하나
님이 내신 사람 천붕우출이라 벗아날 길이 없을소냐. 유능제강…….

(임백호, 별안간 노래를 뚝 그치고 앙천대소한다.)

엄수 소리를 하다 말고 왜 웃으시오?

임백호 나 이쪽으로 올라오다가 희한한 광경을 보았는데, 그게 생각나서
　　　웃었소. 앗핫핫…….

엄수 뭘 보았다는 거요?

임백호 어떤 선비인지 시러베아들놈인지 이쪽으로 졸랑졸랑 말을 타고
　　　오다가…… 송림 사이를 오락가락하며 노래부르는 어느 기생의 자태에
　　　마치 오뉴월 쇠불알 늘어지듯 정신을 잃더니, 그냥 말 위에서 길가 수렁
　　　배미로 푹 곤두박질하더라구요. 앗핫핫…….

엄수 (매우 놀라) 그래서 어떻게 되었어요?

임백호 어떻게 되긴…… 의복은 진흙투성이고, 다리가 부러졌는지 어깨가
　　　삐었는지 그 기생을 부여잡고 몸부림칩디다요. (나귀 울음소리 들린다.)
　　　오, 마침 그 자가 저기 오는군요.

　　　(황진이는 속치마 바람, 벽계수는 진흙투성이에 치마를 두르고 등장. 송 유수
　　　이하 전원 내려서서 영접한다.)

송 유수 (이속에게) 어서 내 의롱에서 의복 내오너라. (벽계수에게) 어디 다
　　　치신 데는 없습니까?

벽계수 견딜 만하오.

　　　(황진이, 비실비실 웃는다.)

송 유수 (황진이를 가리키며) 저 아이가 뭘 잘못했습니까?

벽계수 (단호히) 아니오. 전연 그런 일 없었소.

  (이속, 의복을 내온다.)

송 유수 급한 대로 우선 의복을 갈아입으십시오.

  (관원들과 관기들이 빙 둘러 병풍꼴을 만들어서 가려준다. 그 사이 임백호는
  누상으로 올라가서 포식한다.)

황진이 내 치마는 다시 돌려주십시오.

  (병풍 위로 치마가 솟는다. 황진이, 치마의 먼지를 털고 입는다.)

송 유수 자, 자리에 오르십시다.

  (모두 누상에 올라 대상에 좌정한다. 마당에 황진이만 남는다.)

송 유수 (황진이를 가리키며) 아무래도 저 아이는 곤장을 맞아야 할 것 같습
  니다.

벽계수 아니오. 곤장을 맞을 사람은 바로 나요.

  (모두 폭소)

송 유수 출출하실 테니 우선 한 잔 드십시오.

벽계수 (술을 마시고) 한데 그 황진이라는 기생은 어디 있습니까?

송 유수 (황진이를 가리키며) 저 아이가 바로 황진이지요.

벽계수 (술잔을 탁 놓고) 그래요? 하오면…… 판을 열기도 전에 승부는 끝
  이 났소이다그려.

송 유수 아무래도 저 아이에게 벌을 내려야 하겠습니다. (황진이에게) 너,
  지체 높은 어른을 편히 모시지 못한 죄로다가 거기서 노래를 부르고 그
  리고 춤도 추라. 자, 풍악을 울려라.

황진이 분부 거행하겠습니다. (단가) 백구야 훨훨 나지를 말어라. 너를 잡
  으러 내 안 간다. 승상이 나를 버렸기로 너를 좇아 여기 왔다. 강산의 터
  를 닦아 구목위소허여 두고 나물 먹고 물 마시고 팔 베고 누웠으니 장부
  살림살이가 요만하면 넉넉하지. 일촌간장 맺힌 설움 부모님 생각뿐이
  로구나. 옥창앵도 붉었으니 원정부지 이별이라. 송백수야 푸른 가지 높

이높이 그네 메고 녹의홍상 미인들은 이리 가고 저리 가고 오락가락 추천헐제 우리 벗님 어디를 가고 단오시절인 줄을 모르는가. 아니 놀고 무엇을 헐거나 가끔 틈 봐 가며 놀아보세. 쓸쓸한 옛 절은 어구 옆에 서 있고 저녁노을 큰 가지에 감겨 사람의 애를 태우도다. 쇠잔한 안개 속에 중의 꿈은 영락하고 허물어진 탑머리에 세월은 깊어 간다. 봉황이 날아가서 새들만이 지저귀고 두견화 핀 뜰에 소들이 떼를 짓네. 송악산 바라보며 그 옛날을 생각하니 이 봄이 가을일 줄 누가 뜻하였으리.

벽계수 대단한 명창이로고!

송 유수 송도삼절의 하나오이다.

엄수 (감격하여) 동국은 물론 중원에도 저런 명창은 없는 줄로 아뢰나이다.

벽계수 그래 그래, 중원에도 없는 명창임이 분명해.

　　(황진이, 노래를 마치고 춤을 출 양으로 엄수로부터 아박을 빌린다. 병사들, 왼편에서 등장. 임백호, 병사들을 보고 살그머니 일어나서 오른편으로 퇴장. 병사들, 엄수에게 귓속말. 엄수가 누상을 가리킨다. 병사들, 누상으로 올라간다.)

송 유수 무슨 일이냐?

병사 1 한양의 포도청에서 왔습니다.

송 유수 그래서?

병사 2 수배중인 임백호를 쫓고 있습니다.

송 유수 조정의 정사에 반기를 들고나선 그 임백호 말인가?

병사 2 그렇습니다.

송 유수 그 사람이 왜 여기에 있다는 겐고?

병사 1 분명 이쪽으로 잠입했다는 기별을 듣고 왔습니다만 보이지 않는군요.

송 유수 그럼, 방금 (건너편 자리를 가리키며) 여기 앉아 있던 사람이 그 임백호였단 말인가?

병사 2 어디로 갔습니까?

송 유수 귀신이 곡할 노릇이군! 방금 여기 (자리를 가리키며) 누가 있긴 있었
　　는데!
관원 1 어쩐지 수상타 했더니…….
관원 2 우리가 그만 저 황진이의 소리에 넋을 잃고 있는 틈에 도망친 거로
　　군요.
　　(황진이, 아박을 찰싹찰싹 울리며 춤을 춘다. 풍악이 울린다. 병사들, 황급히
　　오른편으로 퇴장. 황진이의 춤이 무르익을 무렵, 관원들이 어깨춤으로 화답
　　하다가 일어서서 우쭐거리더니 이윽고는 마당으로 내려가서 황진이와 어울
　　린다. 송 유수, 벽계수를 구슬려서 마당으로 내려와 춤춘다. 관기들은 누상에
　　서 아박무에 맞추어 춤춘다. 혼자 남은 서소옥, 질투와 분노로 몸부림치다가
　　터덕터덕 마당 오른편으로 내려서서 황진이를 노려본다. 황진이가 춤을 추며
　　서소옥 앞으로 다가가자, 황진이의 소매를 덥석 잡아당긴다.)
서소옥 너는 분명 불여우야!
　　(황진이, 방긋 웃는다.)
서소옥 넌 사내들의 혼을 빼앗는 요귀라구!
　　(황진이, 서소옥의 주위를 맴돈다.)
서소옥 (맥이 풀려) 나는 너한테 지고 말았어!
　　(서소옥, 황진이의 소매를 사납게 뿌리치고 우측으로 퇴장. 황진이, 춤사위에
　　맞추어 노래부른다.)
황진이 달빛 아래 두견화는 피고지고 하는데
　　　　　뉘라서 이 세상을 한탄만 하오리까
　　　　　다락은 높아높아 하늘에 닿고
　　　　　그리운 사람들은 술에 취했네
　　　　　차갑다 저 물소리 거문고소리
　　　　　향기롭다 매화야 피리소리야
　　　　　내일 아침 우리 서로 나뉘고 나면

그리운 님 강물처럼 멀리 떠나리.

(황진이, 다시 춤판에 어울리다가 살며시 벽계수를 앞으로 유인한다.)

황진이 벽계수 나으리! 오늘 밤 나으리의 객고는 소녀가 풀어드릴까 합니다만 의향이 어떠하신지요?

벽계수 (입이 떡 벌어져서) 바라는 바이로세. 보길도 가느니 제주 간다 하지 않았던가!

황진이 그럼! (벽계수의 소맷자락을 놓고 다시 춤판에 섞인다. 아박무가 한창일 무렵에 사르르 암전)

2막 2장

(송도의 만월대. 여름. 1장과 같으나 수목이 울창하다. 달밤. 만월대 왼편 기둥에 북과 북채가 걸려 있다. 조명이 들어오면, 승복에 고깔을 쓴 서소옥이 지족선사와 함께 우측에서 등장)

서소옥 여기가 송도의 만월대입니다. 누상에 오르셔서 송도의 사방 경치를 둘러보십시오.

(지족 선사, 누상에 올라 구경한다.)

서소옥 (마당에 서서) 어떻습니까?

지족선사 음! 음!

서소옥 지난 한때, 소승은 이곳에서 천추의 한을 뿌렸습니다. 모처럼 와 보니 감회가 무상합니다. 소승…… 대선사님께 미천한 소리로써 보시하겠나이다. (단가) 죽장망혜 단표자로 천리강산 들어가니 폭포도 장히 좋다. 여산이 여기로구나. 비류직하 삼천 척은 옛말로 들었더니 의시은 하락구천은 과연 허언이 아니로구나. 그 물이 유도허여 진금을 씻은 후 석경의 좁은 길로 인도한 곳 내려가니 저익은 이랴 밭 갈고, 사호 선생 바돌 둔다. 기산을 넘고 넘어들어 영수로 내려가니 소부난 어이하야 팔

걷고 귀를 씻고 허유난 무삼 일로 소고삐를 거사렸나. 창랑가 반겨 듣고 소리 쫓아 내려가니 엄릉탄 여울물으 고기 낚는 어옹 하나 양의 갖옷 떨쳐 입고 벗을 줄을 모르더라. 오호라 세인이 기군평허니 미재군 평역기세라. 황산곡을 돌아드니 죽림칠현이 다 모였네. 영척은 소를 타고 맹호연은 나귀 타 두목지 본 연후 백낙천 찾아가니 장건은 승사로구나 맹동야 너른 들의 와룡강 중 들어가니 학창의 혁대 띠고 팔진도 축지법을 흉장만갑허여 두고 초당에 앉어 졸며 대몽시를 읊네그려.

(서소옥, 노래를 그치고 합장)

서소옥 속가를 불러 죄송합니다.

지족선사 (딴전을 부리며) 송도 오백 년의 영화와 오욕이 한눈에 보이는 듯하오. 그런대로 승경이오.

서소옥 (새삼스럽게 굳어져서) 면벽관심 삼십 년, 세상 사람들이 생불이라 추앙하옵는 대선사님을 소승이 이곳으로 모신 것은…… 그동안 대선사께서는 화장해(華藏海)에 계시어 상구보리(上求菩提)는 하셨으니 더러 속세에 하화중생(下化衆生)도 하십사 하는 뜻이옵니다.

지족선사 나더러 무얼 어떻게 하라는 말이오?

서소옥 소승은 오늘 이곳에서 어느 여인을 만나기로 되어 있습니다. 송도 삼절의 하나인…….

지족선사 송도의 삼절이 무엇이오?

서소옥 비류직하 삼천 척의 박연폭포, 지조가 출중한 도학자 서경덕, 시문기예에 뛰어난 명기 황진이…….

지족선사 그 황진이라는 여인이 여기 온다는 말이오?

서소옥 그러하옵니다. 소승이 대선사님의 시봉을 든 지, 지난 2년 동안 소승은 그 여인을 잠시도 잊을 수가 없었습니다.

지족선사 무슨 일입니까?

서소옥 소승이 속세와 인연을 끊고 출가한 것도 그 여인 때문이었고, 부처님을 알게 된 후 밤낮으로 고뇌하는 것도 그 여인 때문입니다.

지족선사 그 황진이라는 여인이 무얼 어쨌기에 그럽니까?

서소옥 황진이는 재색과 시문기예가 탁월한 여인입니다. 그리고 황진이는
천하의 요부입니다. 사내들의 혼을 빼앗는 마귀입니다. 송도 유수 송 순
은 물론 당대의 문장 소양곡, 청백리로 추앙받던 참판 윤구, 지조가 대쪽
같았던 암행어사 이인덕, 학덕과 효행의 귀감이던 종실 벽계수…… 내
노라 하는 남성들이 모두 그녀의 치맛자락에 엎드려버렸습니다.

지족선사 그런 일이, 어찌 그 여인만의 불찰이리오?

서소옥 그녀의 간사한 요기는 어느 대장부도 당해낼 재간이 없습니다.
대선사님이라면 모를까…….

지족선사 나는 이미 진세(塵世)를 떠나서 부처님께 의탁한 몸이오.

서소옥 그러기에 아뢰는 말씀입니다. 욕계에서 날로 죄업을 거듭하는 그
여인을 대선사님께서 구원하여 주시옵소서.

지족선사 세상만사 모두 부처님의 조화인 것을…….

서소옥 (가로막고, 건너편을 살피다가) 선사님, 마침 그 여인이 이쪽으로 오
고 있습니다.

　　(황진이, 왼편 숲에서 등장)

서소옥 오랜만이오, 진이 아씨!

황진이 (훑어보고) 이런 이런! 소식이 뚝 끊겼더니 그 사이 출가하셨습니
다그려.

서소옥 출가랄 게 있습니까! 속세에 있으면서 죄업을 너무 많이 지었기에
조금이나마 속죄하려고 머리를 깎았습니다.

황진이 어쨌거나 반갑습니다. 이쪽으로 나오라는 전갈이 있기에 무슨 일인
가 했더니…… 이제 서소옥 아씨 더러 스님이라 불러야 하겠군요. 스님
은 지금 어느 절에 주석하셨습니까?

서소옥 주석이랄 게 있습니까만, 송악산의 지족암에서 지족 대선사님을

시봉하고 있습니다.

황진이 그 생불이라는 지족 스님!

서소옥 맞습니다. 알고 계셨군요!

황진이 그런 고승을 송도 사람치고 왜 모르겠습니까! 뵙지는 못했습니다만!

서소옥 그래요? 그 선사님을 뵙고 싶습니까?

황진이 기회가 생기면 뵈어야지요.

서소옥 세상만사 인연 아닌 것이 없다더니 이 일도 부처님의 은혜인 듯싶습니다. 마침 여기 지족 대선사님께서 와 계십니다.

황진이 (허를 찔린 듯) 그래요? (두리번거리다 누상의 지족 선사를 보고) 아, 저기 계시군요.

　　　　(지족선사, 두 여인을 굽어본다. 황진이, 합장한다.)

서소옥 (지족 선사에게) 이분은 황진이라 하옵는…….

황진이 우연한 일로 대선사님을 뵙게 되어 광영입니다.

지족선사 (합장하고) 나무관세음보살.

서소옥 대선사님께서 소승에게 은혜를 주시듯, 이 황진이 아씨도 득도의 길로 인도하여 주십시오.

지족선사 (누대에서 내려오며) 인간이 목숨을 부지하고 사는 세상이란 (손가락을 툭툭 퉁기면서) 탄지(彈指)의 순간에 불과하오. 불연 따라 되는 것이지요.

황진이 하오면, 선사님과 제가 이렇게 만난 것도 불연으로 이루어진 것입니까?

지족선사 물론이오.

황진이 불연이라 하옵시면 저에게도 불성이 있다는 말씀이십니까? 저는 명월이라는 기생입니다.

지족선사 삼라만상…… 불성을 지니지 않은 것은 없소이다.

황진이 (차차 장난기가 도져) 고맙습니다. 선사님, 고맙습니다. 저에게도 불성이 있다니 이 아니 광영입니까! 어찌 이리 오늘 일진이 좋을꼬! (살금살금 몸을 흔들면서) 선사님, 저기 좌정하십시오. (지족 선사를 왼편 바위 위에 앉히고) 저를 득도의 길로 인도해 주시는 선사님께 큰절을 올릴까요? 아니, 춤보시라는 것은 없습니까? 부처님께 경배하는 일, 생불이신 지족 선사님께 감사하고 즐겁게 해드리는 일이라면 소녀의 춤보시가 어울리겠습니다. (덩실덩실 춤추며) 무슨 춤을 출까요? (자신의 의복을 훑어보고) 이 옷은 기생의 복색이라 어울리지 않습니다. (서소옥 앞으로 다가가서) 스님! 선사님께 춤보시를 올리겠습니다. 스님과 제가 잠시만 옷을 바꾸어 입읍시다. (황진이, 춤을 추면서 저고리와 치마를 벗어서 서소옥의 손에 쥐어주고, 서소옥의 고깔과 가사와 장삼과 두루마기를 벗겨서 차근차근 입고 나서) 이제 기생의 티가 싹 가셨네요. (서소옥에게) 두루마기며 장삼이며 가사며 이 고깔이며 저에게 꼭 맞네요. (서소옥, 그제야 자신의 몰골을 의식하고 주섬주섬 오른편으로 퇴장) 승복을 입었으니 승무가 제격일까요? (기둥에 걸린 북을 발견하고) 오라! 마침 저기 북이 걸려 있네요. 어느 풍류객이 술에 취해 놔두고 간 거겠지요. 그것도 인연일까? 오늘은 매사가 인연투성이네요. 자, 승무를 추겠어요.

(음악 승무곡. 황진이, 춤에 몰입한다. 고깔과 장삼과 가사와 치마를 벗어 던지고 속치마 바람으로 지족 선사의 주위를 맴돌다가 덥석 지족 선사의 두 손을 잡아다가 가슴에 안는다.)

황진이 소녀를 불쌍히 여기시어 연화세계로 인도하여 주십시오.

지족선사 (태연하게) 나무관세음보살!

황진이 죄업으로 가득 찬 이 몸을 선사님의 따뜻한 불수(佛手)로 깨끗이 씻어 주십시오.

지족선사 나무 나무관세음보살!

황진이 (지족 선사의 머리를 가슴에 안고) 소녀는 이제 새 세상을 만난 듯싶습니다. 무한한 기쁨으로, 성난 파도처럼 가슴이 뜁니다. (힘을 주어) 자,

선사님께서도 아시겠지요? (지족 선사를 일으켜 세워 허리를 안고) 소녀는 이제 죽어도 여한이 없습니다. 이 한 몸을 불사르고 싶습니다. 어찌하오리까? 어찌하오리까?

지족선사 (심기를 세우고) 나무관세음보살!

황진이 (별안간) 앗 아…… (땅바닥에 폭삭 쓰러진다.)

지족선사 (엉겁결에 본능적으로) 왜 그래요? (황진이를 안는다.)

황진이 아이구 배야! 아이구 배야!

지족선사 배가 아파요?

황진이 (비명소리) 나는 죽어! 나는 죽어!

　(지족선사, 황진이를 불끈 들어올려서 두리번거리다가 누대 밑의 풀밭에 누인다. 황진이의 비명소리가 계속된다.)

지족선사 (당황하여) 어디가 그리 많이 아파요?

황진이 (가늘게) 배, 배……. (지족 선사, 황진이의 배를 쓰다듬는다.)

지족선사 여깁니까?

황진이 조금 아래, 조금…….

　(황진이의 분별없는 신음소리. 지족 선사, 황진이를 송두리째 안는다. 사이. 서소옥, 황진이의 복장으로 오른편 숲에서 등장. 두리번거리다가 포옹하고 있는 지족선사와 황진이를 목격하고, 분노와 슬픔과 허탈 상태가 되어 부들부들 떨더니 이윽고 하늘을 우러러 살그머니 합장한다. 암전)

2막 3장

　(송도의 만월대. 가을의 석양. 전장과 같으나 수목이 단풍들었다. 조명이 들어오면, 방자가 출타할 채비로 패랭이를 쓰고 말채를 휘두르면서 왼편에서 등장)

방자 해는 서산에 걸려 있고, 한양 오백리 갈 길은 아득한디, 어쩌자고 이리 더디실꼬? 본시 이별이라 하는 것을 작심하셨으면, 잘 있소 잘 가소

한마디씩 나누면 그만인 것을…… 보나마나 또 두 분이 질질 짜고 있을
시 분명쿠나! 하기야 한양에서 3년, 이 송도에서 3년, 도합 6년을 하루
같이 구구비둘기…… 살림을 하시다가 이제 약조가 끝나서 갈리는 마
당이니 그 일이 어찌 쉽기야 하겠는가!

(옥란, 도시락을 들고 우측에서 등장)

옥란 우짤꼬? 우짤꼬?

방자 옥란이 너, 나으리랑 진이 아씨랑 어쩌고 너만 나왔어?

옥란 못 볼래라 못 볼래라 눈을 뜨고는 차마 못 볼래라!

방자 못 보다니 뭘 못 봐?

옥란 몰라서 물어?

방자 (독백조로) 말은 가자 울고, 임은 잡고 놓지 않네 아니던가!

옥란 (도시락을 내밀어) 이거 노중에서 나으리께 드릴 도시락이야.

방자 (받고) 내 건 없어?

옥란 함께 쌌어.

방자 고마워.

옥란 방자 너는 감정이라는 것도 없니?

방자 어? 옥란 아씨께서 거창하게 나오신다! 감정이 없느냐고?

옥란 맨날 먹을 것이나 챙기고…….

방자 (호쾌하게) 나 이래 봬도, 이 나라 제일의 국창 이사종 나으리를 가까
이서 모시는 사람, 옥란이 너는 송도의 천하명기 황진이 아가씨를 모시
는 사람, 시가 · 음률 · 가무 · 풍류의 본마당에서 지새는 나와 그대가 어
찌 감정이라는 것이 넉넉하지 않으리…… 너와 나는 이미 백년해로하기
로 굳은 약속을 하였거니와…… 오늘 너와 내가 갈리는 마당에 내가 니
앞에서 눈물이야 콧물이야 하지 않는 것은…… 오늘의 이별이 너와 나
의 재봉(再逢)을 앞당기는 것이라 여기고 있는 터이라 (옥란을 안으며) 이
이별 또한 즐거움이 아니던가!

옥란 (방자를 툭 치며) 나는 너만 믿고 기다릴 거야.

방자 장부일언은 중천금이라 하지 않았던가.

　(황진이, 소복 차림으로 실성하여 우측에서 등장. 이사종, 괴나리봇짐을 차고
　뒤따른다. 옥란과 방자, 누대 뒤로 피한다. 황진이, 누상에 올라 노래부른다.)

황진이 남산에 자리 보아 옥산에 버여 누워 이불 안에 사양각시 안아 누
　워 남산에 자리 보아 옥산에 버여 누워 금수산 이불 안에 사양각시 안아
　누워 약든 가삼을 맞초압사이다 맞초압사이다 아손 님아 원대평생에
　여월 줄 모로옵세.

이사종 (화답하여 노래한다.) 염행이 암초하여 금색이 새롭도다. 곡원에 초
　절한 일지가 고루렸고, 차고 찬 것은 매화 핏물 익히지 마소. 반은 누대
　를 의지하여 조춘을 누웠더라. 해당화 피었고야 금강이 새로우니 궁녀
　홍장은 취하여 미균이로다. 동군이 용이감을 놓지 않아 밀지를 모름지
　기 촉주춘에 깃것더라.

　(이사종, 황진이를 덥석 안는다.)

이사종 차마 이대로는 떠나지 못하겠네.

황진이 ……날이 새려거든 어둡지나 말거나! 이렇게 가시려면 오시지나
　말거나!

이사종 그대에게 마지막 청이 있다네.

황진이 무슨 청입니까? 서방님의 청이라면 무슨 짓인들 못하리까!

이사종 옛말에 이르기를 10년이면 강산이 변한다 했는데, 우리가 한양에서
　3년, 송도에서 3년 살았으나 아직 동거동락 10년에 이르기는 미흡한 세월
　이니, 앞으로 한양의 내 집에서 2년 더 살고 송도의 그대 집에서 2년 더 살
　면 어떻겠나?

황진이 소첩을 아껴서 하시는 말씀 어찌 그 뜻을 모르리까. 지난 세월 돌
　이켜보건대, 서방님을 만나기 전, 소첩은 여러 어른들로부터 무던히도
　많은 귀여움을 받았사오나…… 그러나 그것은 모두 반잠이자 반쪽 사

랑이었습니다. 새벽이면 홀로 누워 있는 내 자신이 밉기 한량이 없었습
니다. 나는 온잠을 자는 여인이 못 되는가 하고 많이도 울었습니다. 그
러던 차 평양에서 국창 이언방 나으리를 만났더니 그 분의 말씀이, 우리
나라 제일의 국창은 이사종 나으리라 하시면서 어찌나 칭찬을 하시던
지…… 그로부터 저는 홀로 나으리를 사모하다가 하늘이 점지하시사
서방님을 만나서 6년 간 소원성취하였습니다. 아녀자의 욕심으로야 평
생을 동거동락하고 싶지요. 그러나 서방님과 나와 마나님과의 언약을
어찌 내 욕심만 채우려고 변심할 수 있으리까.

이사종 (황진이를 으스러지게 안으며) 진이…….

황진이 (살며시 몸을 빼어) 소첩은 이별의 아픔을 숙명으로 여겨야 할 여인
　　　입니다. 벌써 해가 뉘엿뉘엿 서산에 기울었네요.

　　　(방자, 누대 밑에서 선뜻 나선다.)

방자 (큰소리) 한양 길이 늦어갑니다요.

　　　(나귀 울음소리. 이사종, 만월대의 기둥을 부여잡고 노래부른다.)

이사종 맑은 물 위에 두둥실 떠도는구나. 찢어지는 이내 간장 쏟아지는 피눈
　　　물. 고개를 북향한들 뉘 나를 반기리. 철쭉의 붉은 자취 남기지나 말 것을.

황진이 (울먹이며) 기체 만수무강하시기를 엎드려 비나이다. 부디부디 부
　　　귀영화 누리시기를 두 손 모아 빌겠습니다.

이사종 나는 몰라. 나는 몰라.

　　　(이사종, 실성하여 터덜터덜 왼편으로 퇴장. 방자, 옥란을 툭 치고 퇴장. 나귀
　　　울음소리가 요란하다.)

방자 (소리만) 이랴! 끌끌끌끌…….

황진이 (누대 끝에 서서 노래) 가인 태운 저 나귀야 서둘지 마라. 그대 떠났
　　　어도 마음은 북녘에 남고. 나 여기 있어도 마음은 남녘에 간다네. 오호
　　　라 어찌하여 그 정분 나눴던고.

　　　(황진이, 누대 위에 엎드린다. 막)

3막

(금강산의 울밀한 산마루. 여름. 우거진 수림 사이에 숯굴이 있고, 그 주위에는 포장한 숯가마니·통나무더미 그리고 숯꾼들이 기거하는 움막이 있다. 톱·도끼·낫·지게·솥·냄비 따위가 널려 있다. 막이 오르면, 숯꾼들이 숯굴 앞에서 통나무를 잘라 숯굴에 차곡차곡 쟁이며 노래부른다.)

노래 살어리 살어리랏다
　　　청산에 살어리랏다
　　　멀위랑 다래랑 먹고
　　　청산에 살어리랏다
　　　얄리얄리 얄라셩 얄라리 얄라.
　　　울어라 울어라 새여
　　　자고니러 울어라 새여
　　　널라와 시름한 나도
　　　자고니러 우니노라
　　　얄리얄리 얄라셩 얄라리 얄라.
　　　가던 새 가던 새 본다
　　　물 아래 가던 새 본다
　　　잉무든 장글란 가지고
　　　물 아래 가던 새 본다
　　　얄리얄리 얄라셩 얄라리 얄라.
　　　살어리 살어리랏다
　　　바라래 살어리랏다
　　　나마자기 구조개랑 먹고
　　　바라래 살어리랏다
　　　얄리얄리 얄라셩 얄라리 얄라.

　　가다니 배부른 독에

　　설진 강수를 비조라

　　조롱곳 누로기 매와

　　잡사와니 내 엇디 하리잇고

　　얄리얄리 얄라셩 얄라리 얄라.

숯꾼1　(기지개) 아이쿠 허리야! 아이쿠 다리야!

숯꾼2　가마가 찼어?

숯꾼1　당당 멀었어.

숯꾼2　시팔. 그놈의 숯굴, 송보 소금 퍼먹듯 하는군!

숯꾼1　누가 아니래나! 관가에 숯가마 바칠 날짜는 닥쳤는디 이거 야단났군!

숯꾼2　도리 있나! 통나무 더 베어 와야지!

숯꾼1　밥 좀 더 먹고, 쉬었다 가자.

숯꾼2　(톡 쏘아) 저놈은 하루에 몇 끼씩 퍼먹는다냐? 어여어여 서둘러!

　　갔다 와서 퍼먹든가 자빠져 자든가!

숯꾼1　니놈은 굶었어? 뱃구레는 더 큰 녀석이!

숯꾼2　(지게를 짊어지고) 받아논 밥상이여. 우리 일 덜어줄 놈 없어.

숯꾼1　(투덜투덜 지게를 메고) 이 원샛놈의 팔자야!

　　(숯꾼 1·2, 도끼와 톱을 들고 우측 숲 속으로 퇴장. 정적. 뻐꾸기 우는 소리.

　　임백호와 황진이, 막대 양 끝을 잡고 좌측에서 등장)

임백호　(막대를 놓고) 과연 승경이로다. 금강산이야말로 천하제일의 명산

　　일시 분명하구나. 오죽하면 중국 사람들이 원생고려국(願生高麗國) 일

　　견금강산(一見金剛山)이라 했을까! 우리가 이 금강에 들어온 지 여드레

　　가 되었건만 가도가도 절경이오그려. 진랑(眞娘)은 감회가 어떻소?

황진이　저는 가슴이 벅차서 미처 할 말을 잊었습니다. 이번에 팔도의

　　산천을 돌면서 느낀 바가 많습니다.

임백호　그게 뭡니까?

황진이 자고로 스님들이 왜 산을 찾는가를 알 것 같습니다. 인간이란 그
생애도 짧거니와 인심 또한 변덕스럽지만 산은 유구하고 근엄하고 정
직하고 관용하잖아요!

임백호 그렇지요.

황진이 스님들이나 도학자들이 산을 찾는 것은, 산의 진가를 알기 때문이
라는 것을 저도 조금은 이제야 알겠습니다. 더구나 이 금강산임에랴!

임백호 과연 진랑다운 해석이구려. 이 대자연, 저 만고의 신비에 비하면, 우
리 인생은 너무나 초라하네요. 어쨌거나 좋다 좋다! 과시 승경이로세!

(황진이, 건강이 나쁜 듯 몇 번 기침을 하고 나서 노래부른다.)

황진이 팔도강산 유람할 제 명산대찰 집 없으면, 송이 솔이 애솔이 그늘
밑에 번듯 누워, 공산이라 명월 보며 하루 시름 잊게 되면, 축축히 맺은
꿈이 시슬 같다 하더라도 인생 보람 그 아니랴.

임백호 (화답하여) 상록수 푸른 빛은 만고의 절의로다. 대장부 그늘 밑에
팔베개를 뉘 탓하랴. 공산에 명월은 임 그리는 상사몽이니. 정든 님 꿈
에 본다 뉘라서 나무라랴. 낭중은 비었다 해도 흐르는 정이야 어이하
리. 팔도강산 유람은 장부의 살림이니, 더할손 그 무엇이 또 있으랴.

(멀리서 아이들의 노랫소리 들린다.)

노래 나비야 청산 가자
　　범나비 너도 가자
　　가다가 저물거든
　　꽃에서 쉬어 가자
　　꽃에서 푸대접하거던
　　잎에서라도 자고 가자.

(매미 울음소리. 다시 정적. 황진이, 우르르 달려가서 임백호의 품에 안긴다.)

황진이 자꾸만 슬퍼지네요.

임백호 (황진이의 이마를 짚고) 이거 신열이 대단하구먼! 끼니를 굶어 가며

밤낮으로 걷기만 했으니 이럴 수밖에! (두리번두리번) 어디 쉬어 갈 데가
있어야지! (황진이 손을 잡고 서성거리다가) 음, 여기 숯굴이 있었군! 천붕
우출(天崩牛出)이라더니!
　(임백호와 황진이, 숯굴 앞에 앉는다. 황진이, 기침소리 신음소리. 드디어 각혈
　한다. 임백호, 수건으로 정성스레 닦는다.)

황진이 (기운을 차리고) 이렇게 신세를 끼쳐 드려서 어쩌지요?

임백호 병이 들면 자꾸만 마음이 약해지는 법이오. 비관하지 마세요.

황진이 나 세상에 나와서 철이 든 후, 나를 사람으로 대접해주신 분 딱 두
　사람 겪었네요.

임백호 뭐라구요?

황진이 송도의 화담 서경덕 선생과 당신 임백호 나으리…….

임백호 거 실없는 소리 마시오. 화담 선생은 또 모르지만, 거기 내가 왜
　낍니까?

황진이 해바퀴를 조금만 뒤로 돌릴 수 있다면, 그대와 함께 멋을 부려
　보겠는데…… 난 이제 틀렸나 봐요.

임백호 힘을 내라니까 그런다! 그러나저러나 금강산도 식후경이라는데,
　뭘 먹어야 기운을 차리거나 힘을 내거나 할 거 아닌가! 난 이 근처 어디
　인가를 찾아서 먹을 것을 구해 올 테니. (황진이를 움막 앞의 멍석에 뉘어
　놓고) 잠시 누워 있어요. 다녀오리다.
　(임백호, 우측으로 퇴장. 숯꾼들, 통나무를 지고 끙끙거리며 좌측에서 등장.
　지게를 세우고 웃옷을 벗어 던진 후 땀을 닦는다.)

숯꾼 1 아이구 덥다.

숯꾼 2 밥이나 먹자.

숯꾼 1 그려.
　(숯꾼들, 솥과 냄비째 퍼먹는다. 황진이, 꿈틀거리며 기침한다.)

숯꾼 1 어? 거 누구요?

황진이 (부스스 일어나서) 금강산 구경 나온 과객이오. 잠시 쉬어 갈까
　하고 들렀소이다.

숯꾼2 (의심을 품고) 그래요?

숯꾼1 헌데 당신은 남자요 여자요?

황진이 (옷섶을 여미며) 보면 모르오?

숯꾼2 (음성을 낮추어) 거 사내치고는 곱게 생겼다!

숯꾼1 당신 혼자요?

황진이 일행이 한 사람 있소.

숯꾼1 어디 갔소?

황진이 먹을 것을 구하러 갔소.

숯꾼2 누가 속을 줄 알고…….

숯꾼1 (코를 벌름벌름) 이 향내!

숯꾼2 (황진이 곁으로 가서) 향내는 이쪽에서 풍기고 있어.
　(옆구리를 툭 치며) 어디서 왔소?

황진이 송도에서 왔소.

숯꾼1 보시다시피 우린 여기서 숯을 굽는 놈들인데…… (황진이의 허벅지
　를 꼬집으며) 간혹 당신네 같은 남장의 여인이 찾아오지! 바람이 났거나
　아니면 씨받이를 하려고 말이야!

숯꾼2 무슨 일로 왔거나 우리가 상관할 일은 아니고…… 좌우지간 잘 왔
　소이다. (황진이를 끌어당기며) 아이쿠, 이 환장할 냄새!

황진이 (숯꾼을 밀치고) 나는 바람등이도 아니고 씨받이도 원치 않소.

숯꾼1 (황진이의 손을 잡고) 그건 우리가 상관할 바 아니라는데 그러네!
　아이쿠, 이 국숫발 같은 손가락!

황진이 (숯꾼 1을 밀치고) 옛말에 오비수삼척이라는 말이 있소.

숯꾼1 우린 그런 어려운 말 몰라요.

황진이 나는 지금 몹시 시장하오. 다음 일이야 어쨌거나, 우선 밥이 있으

면 조금만 먹여주시오.

숯꾼2 밥을 달라고?

황진이 그렇소.

숯꾼1 하기야 배고프면 힘도 나지 않는 법이니께!

황진이 이틀을 굶었소.

숯꾼2 (솥을 가리키며) 어서 먹어.

　(황진이, 솥밥을 먹는다. 숯꾼들, 호기심이 가득 찬 눈빛으로 노려본다.)

숯꾼1 (헐떡거리며) 어서 먹어.

황진이 어허…… 서두르다가 체하면 그것 또한 탈이지요.

숯꾼2 보아하니 여염집 아낙은 아닌 성싶은데?

황진이 낯에 씌어 있소?

숯꾼2 너무 예뻐서 그러요.

황진이 산중에서는 곰보도 예쁘게 보이는 법이오.

숯꾼1 하기야 우린 두 달째요.

숯꾼2 오늘은 내가 먼저다.

숯꾼1 찬물도 위아래가 있는 법이여.

숯꾼2 오늘은 그렇게 못해.

숯꾼1 어째서?

숯꾼2 (몸을 떨며) 나는 죽어.

숯꾼1 (몸을 떨며) 나두다, 이놈아.

숯꾼2 니가 뭣인디 항상 먼저여?

숯꾼1 찬물도…….

숯꾼2 (황진이에게) 어서 먹어.

황진이 개도 밥 먹을 때는 건드리지 않는 법이오. 싸우지 말고 저만치
　가서 기다려요.

숯꾼2 워매, 미치고 환장허겄네.

숯꾼 1 (발을 동동 구르며) 이러다가 내가 먼저 실수하겠어!

숯꾼 2 누가 아니라나!

숯꾼 1 난 더 못 참아. (황진이의 팔을 이끌며) 밥은 나중에 먹어도 돼.

숯꾼 2 오늘은 그렇게 못해.

숯꾼 1 찬물에도 순서…….

숯꾼 2 찬물 좋아허네!

　(숯꾼들, 황진이를 서로 잡아당긴다. 황진이, 장난기가 도져서 이쪽저쪽으로
　부추긴다. 임백호, 옥수수를 한아름 안고 우측에서 등장. 숯꾼들, 황진이의 팔
　을 놓고 임백호를 노려본다.)

임백호 갓쌈이 났소이다그려.

황진이 조금만 늦었으면 이 몸이 두 쪽이 날 뻔했습니다.

　(숯꾼 1은 낫을, 숯꾼 2는 도끼를 들고 임백호에게 대들 기세)

임백호 왜들 그러시오?

숯꾼 1 누구냐?

임백호 (황진이를 가리키며) 이 사람과 동행이오.

숯꾼 2 어떤 사이야?

임백호 우린…….

황진이 부부예요.

숯꾼 1 (대들면서) 부부고 지랄이고, 여자는 놔두고 떠나거라.

임백호 (옥수수를 부려놓고) 선량한 숯꾼들이, 성부지 명부지의 한 여인
　때문에 삽시간에 사나운 이리떼로 돌변했군! 이 여인은 송도의 명기
　황진이야.

숯꾼 2 뭐, 황진이라고!

숯꾼 1 어쩐지!

임백호 왜 구미가 더욱 당기는가? 하지만 이 여인은 정조관념이 조금 다
　르다구! 맘이 내키면 선뜻 내주지만 상대편이 억지로 나오면 영 문을

열지 않는다구! 우리는 어쩌다 팔자가 기박하여 자의반 타의반으로 이렇게 동행이 되었는데, 이 분은 지금 중병이야. (나무토막을 집어들어 무릎으로 툭 부러뜨린다. 숯꾼들, 흠칫 놀란다.) 그동안 동행했던 의리로서 내가 그대들의 억지를 막아줘야 하겠어! (다시 나무토막을 집어들어 손칼로 툭 부러뜨리며) 어때…… 나하고 맞설 거야?

  (숯꾼들, 후들후들 떨며 엎드린다.)

숯꾼 1 잘못했습니다.

숯꾼 2 몰라뵈서 죄송합니다.

임백호 산사람들치고는 매우 순진하군!

황진이 그러게요!

임백호 (옥수수를 챙기며) 이 옥수수나 삶아먹게 빈 솥단지나 빌립시다.

숯꾼들 네.

  (숯꾼들, 솥을 솥집에 걸고, 물을 부어 옥수수를 넣어 불을 땐다.)

임백호 고맙소. (황진이의 손을 끌어 솥집가에 앉으며) 우린 이틀을 굶었소.

숯꾼 1 식은 밥이 조금 있습니다만!

임백호 옥수수가 익으면 먹지요. (숯꾼 2의 손을 덥석 잡아 앉히며) 내가 당신들의 처지라 해도 이 산중에 (황진이를 보며) 이런 미인이 나타났다면 눈알이 뒤집혔을 것이오. 인지상정이지요. 나쁜 사람은 기력이 팔팔한 당신들이 아니라, 홀로 나타난 이 미인이오. 내 말이 틀렸소?

  앗핫핫…….

  (숯꾼들, 조아린다.)

황진이 이거 또 여담절각이군요.

임백호 맞소 맞소. 여담절각이지, 앗핫핫…….

  (병사 1과 2, 칼을 빼들고 좌우에서 "꼼짝 마라." 소리치며 등장. 모두 혼겁한 가운데, 임백호가 앞으로 나선다.)

임백호 날 잡으러 이 산중까지 쫓아오다니 거머리 같은 놈들이군!

병사 1 순순히 포박을 받으렷다.

병사 2 이번에는 놓치지 않을 테다. 거기 엎드려.

임백호 너희들은 포도청의 명으로 날 잡으러 왔고, 나는 썩어빠진 조정
 중신들의 소행에 반기를 든 사람, 기구한 만남이로세. 우선 맞서보자.
 (두 병사와 맨손의 임백호, 4~5합 끝에 병사들의 칼이 임백호의 손에 쥐어진
 다. 병사들, 역부족으로 엎드린다.)

임백호 (양손에 칼을 들고) 내가 처자불고 가사불고 하고 문중을 쑥밭으로
 만들어 가며 싸우고 있는 상대는 그대들이 아니야. 주상의 눈을 가리고
 나쁜 짓 골라 가며 자기네 부귀영화만 도모하는 조정의 우두머리들이
 야. 하늘이 무심치 않으면 머잖아 사필귀정하려니와, 오늘 그대들은 나
 를 찾지 못했고 나 또한 그대들을 만나지 않은 것으로 하면, 그대들과
 나와의 관계는 끝나는 것이야. 그렇게 할 것인가 아니면 끝내 썩은 무
 리들의 충직한 앞잡이가 되어 피를 볼 것인가? 대답하라.

병사 1 저희들인들 어찌 나으리의 충정을 모르오리까!

병사 2 목구멍이 포도청이라 이렇게 되었습니다.

임백호 하면 어서 이곳을 떠나라. (칼을 던지고) 날 속이려 들지 말고.

병사 1 나으리의 은혜 백골난망이로소이다.

 (병사들, 칼을 칼집에 넣고 임백호에게 큰절을 올리고 퇴장.)

임백호 (혼비백산한 숯꾼들과 황진이를 바라보면서) 옥수수는 익었나요?

숯꾼들 (어리둥절) 익고 말굽쇼.

황진이 (애정을 듬뿍 담아) 아! 나으리는 정말 멋있어!

 (황진이, 임백호의 품에 안긴다.)

황진이 해바퀴를 조금만 돌려놓을 수는 없는 것일까!

 (황진이, 임백호의 품에서 빠져 나와 노래부른다.)

황진이 가시리 가시리잇고 나는
　　　　바리고 가시리잇고 나는

위 증즐가 태평성대

날라는 엇디 살라 하고

바리고 가시리잇고 나는

위 증즐가 태평성대

잡사와 두어리마나는

선하면 아니 올셰라

위 증즐가 태평성대

셜온님 보내옵나니 나는

가시는 듯 도셔 오쇼셔 나는

위 증즐가 태평성대.

(황진이, 엎드려 풀을 쥐어뜯으면서 흐느낀다.)

4막

(험준한 산맥이 빙 둘러 있는 삭막한 벌판의 노변. 봄. 멀리 가시울타리를 두른 탕촌이 보인다. 길가 언덕에는 초라한 무덤이 서너 개, 그 사이사이로 파릇파릇 봄나물이 나부끼고 있고, 그 뒤편으로는 시냇물이 졸졸졸 흐른다. 〈탕촌·출입금지〉라는 푯말이 보인다. 막이 오르면, 탕촌의 여인들이 더러는 나물을 캐고, 더러는 빨래를 하고, 더러는 희희덕거리고 있다.)

여인 1　(나물을 캐다가 엉성한 무덤을 가리키며) 지난 겨울 무덤이 또 하나 불었구먼! 누구나 저렇게 죽으면 그만인 것을! 모진 목숨 억지로 죽지는 못하고…… 이 화창한 긴긴 봄을 또 어찌 지샐꼬?

여인 2　(나물을 뜯다가) 모질도다 모질도다. 남정네들처럼 모진 물건이 이 세상에 또 있을까!

여인 3　(빨래를 나뭇가지에 널면서) 사내놈들 욕할 것 없어! 여자로 태어난 우리가 바보천치지!

여인 1 우리가 여자로 태어나고 싶어서 태어났나?

여인 2 좋고 남치기가 자식이고 자식 남치기가 여자라.

여인 4 (빨래를 툭툭 털면서) 어느 놈이고 당초에는 지 어미 배때기 가르고
　　　나왔겠지만서도…….

여인 3 새콤달콤 맛들여 놓으면, 짐승만도 못한 것들이 사내들이라는 게야.
　　　(여인 5와 6, 부둥켜안고 뒹굴면서 아이쿠 아이쿠, 끙 끙, 나는 못 살어, 어쩌자
　　　고 이런 당가 하며 희희덕거린다.)

여인 4 잡것들, 지랄허네!

여인 1 놔둬. 봄이라 물올라서 그러는 것을 어쩔 것이여!

여인 2 하기야 저 재미도 없어서야!

여인 3 재미는커녕…… 저 짓 하고 나면 서방 생각 더 나는 것을…….

여인 4 어느 놈…… 미친놈이라도 하나 뛰어들었으면 좋겠어!

여인 2 끔찍한 소리 마시오. 그러다가 원샛놈의 새끼라도 배 보시오.
　　지난번 월례네가 나무꾼하고 그랬다가 새끼 배 가지고 검사 나온 관원
　　에게 발각되어서 장살당하는 것 못 봤소?

여인 4 죽을 때 죽더라도 고추 달린 새끼나 하나 낳아 봤으면 좋겠어!

여인 3 그러게 말이오!
　　(멀리서 풍악소리 들린다. 여인들, 일제히 동작을 멈추고 귀를 세운다.)

여인 1 저게 무슨 소리여?

여인 2 어느 골 사또 나들이 아녀?

여인 3 틀림없구마.

여인 2 이쪽으로 오고 있어.
　　(풍악소리, 차츰 크게 들린다.)

여인 1 저건 변방의 사또 나들이가 아니여. 소리가 요란한 것이…….

여인 2 그려. 평안도사 행차나 되는 갭이여!

여인 3 맞다 맞다. 나라에 변이 났다더니만 신임 평안도사가 도임하는

모양이여!

　　(풍악소리 요란하다가 뚝 그치고, 병사들 · 취타수들 · 관원들 · 관복의 임백호
　　순으로 좌측에서 등장. 여인들, 우측으로 몰려서서 조아린다.)

임백호 (휘 둘러보고) 여기서 쉬어 가자.

관원들 (일제히) 예.

임백호 (다시 휘 둘러보면서) 이 근처가 틀림없을 텐데!

관원 1 뭘 찾으시는지요?

임백호 어느 여인의 무덤을 찾는데, 표적이 없으니 알 수가 있나!

관원 1 어느 여인이오니까?

임백호 (여인들에게) 당신들은 이 산중에서 뭘 하는 여인들이오?

여인 1 　예. 우리들은 저쪽 탕촌에 갇혀 있는 사람들인데, 오늘 날씨 화창
　하여 나물도 캐고 빨래도 하고자 나왔습니다.

임백호 탕촌이라고?

여인들 예.

임백호 탕촌이란 뭘 하는 마을인고?

관원 1 (쪼르르 나서서) 예. 탕촌이라 하옵는 곳은, 천하에 부도덕한 여인
　들을 따로 가두어서 일반 백성과 격리시킨 일종의 유형지인 줄 아뢰나
　이다.

임백호 천하에 부도덕한?

관원 1 예.

임백호 (여인들에게) 이 근처에 살고 있다면, 지난 겨울 새로 쓴 어느 여인
　의 무덤을 모르시오?

여인 1 (앞으로 나서서) 누구의 무덤인지는 모르오나 (한 무덤을 가리키며)
　새로 쓴 무덤은 이 무덤뿐입니다.

임백호 (무덤을 빙빙 돌면서) 표석 하나 없이 이곳에 쓸쓸히 묻혔구나!

　　(송 유수와 가솔들, 우측에서 등장)

임백호 (그냥 지나가려는 송 유수의 앞으로 나서서) 송도의 송 유수가 아니십
    니까?

송 유수 (어리둥절) 네…… 네.

임백호 나는…… 지난번 그대가 송도 만월대에서 한양의 벽계수를 위하
    여 베푼 향연에 불청객으로 뛰어들어 소란을 피운 임백호올시다. 이제
    알아보시겠소?

송 유수 알겠습니다. 평안도사를 제수하셨다더니 도임 행차중이시군요?

임백호 그렇습니다. 댁은 송도 유수를 사직하시고 고향으로 낙향하시는
    길이겠군요?

송 유수 그렇습니다.

임백호 이렇게 노변에서 다시 만나게 되었으니 기연입니다.

송 유수 그렇습니다.

임백호 피차 갈 길이 먼데, 잠깐 쉬어 가는 것이 어떨까요?

송 유수 그렇게 하십시다.

    (임백호와 송 유수, 노변의 돌 위에 앉는다.)

임백호 송 유수께서는 송도삼절의 하나였던 황진이를 잘 아시지요?

송 유수 네.

임백호 작년 겨울에 한많은 이승과 작별한…….

송 유수 네.

임백호 그녀가 이 근처에 묻혔다는데 무덤이 어느 것인지 아십니까?

송 유수 (건성으로) 어험!

임백호 송 유수께서도 한때 애지중지 하셨으니까, 그녀의 무덤이 어디에
    있는지는 아시겠지요?

송 유수 (가솔들의 눈치를 보며) 어험!

임백호 노류장화라지만 정을 준 여인에 대하여 어찌 그리 냉정하시오?
    (탕촌의 여인들을 가리키며) 저 여인들이 (한 무덤을 돌면서) 이 무덤일

거라는데 맞습니까?

송 유수 (대강 살피고) 그럴 겁니다.

임백호 (무덤에 손을 얹고) 시문과 가무가 출중하여 일세를 풍미했던 사람
의 무덤치고는 너무나 초라하군요. 지난 세월 내가 조정의 세도가들로
부터 미움을 받아 쫓겨다닐 때, 나는 이 여인의 도움을 많이 받았어요.
나 어찌 무심코 지나갈 수 있으리까! 술이나 한 잔 부어줄까 합니다.

송 유수 임 대감께서 알아서 하실 일이오나 관가의 법도로는 아니 되는 일인
줄 압니다.

임백호 (단호히) 백성을 다스리는 목민관으로서, 아니 되는 일이란 실로
무엇이리까? 관가의 우두머리들은 측실이라 하고 소실이라 하고 관기
라 하여 자식뻘 또는 손자뻘 되는 수많은 아녀자들을 다투어 희롱하고
나서, 그녀들이 나이 들고 병들면 헌신짝 버리듯 하면서, 이토록 표석
하나 없이 쓸쓸하게 묻혀 있는 무덤조차 모른 척 지나치는 그 몰인정이
야말로 아니 되는 일 아닙니까?

송 유수 필시 후환이 있을 것입니다.

임백호 인간이 인간을 멸시하는 일이야말로, 진정 두고두고 후환이 될 것
인즉……

송 유수 뜻대로 하소서.

임백호 (언성을 높여 관원에게) 가지고 오너라.

병사 1 (제수와 제주를 무덤 앞에 진설하고 촛불을 켠다.) 독축을 하오리까?

임백호 아니다. (제주를 붓고 일어서서 노래부른다.)

　　　　청초 우거진 골에

　　　　자는다 누웠는다

　　　　홍안은 어디 두고

　　　　백골만 묻혔는다

　　　　잔 잡아 권할 이 없으니

그를 슬퍼 하노라.

(탕촌의 여인들, 지레 흐느낀다. 임백호, 무덤을 떠나서 여인들 앞으로 나선다.)

임백호 그대들은 탕촌에 갇힌 여인들이라 했나?

여인들 (울먹이며) 예.

임백호 천하에 부도덕한 죄를 지었다고?

여인들 (더욱 울먹이며) 예.

임백호 (여인 1에게) 그대는 무슨 부도덕을 저질렀는고?

여인 1 시집간 지 5년이 되었어도 자식을 생산하지 못했습니다.

임백호 그게 부도덕의 죄였단 말인가?

여인 1 예.

임백호 (여인 2에게) 그대는 무슨 부도덕을 저질렀는고?

여인 2 집에서 거느리는 머슴놈이, 어른께서 출타한 사이 나를 헛간으로
    끌고 가서 겁탈을 하였사온데 그것이 탄로가 나서…….

임백호 화간(和姦)이 아니고?

여인 2 저는 자식이 셋이나 있습니다. 하늘을 우러러 맹세합니다.

임백호 그 머슴은 어찌하였고?

여인 2 도망쳤습니다.

임백호 (여인 3에게) 그대는 무슨 부도덕인고?

여인 3 시어머님께 불효를 하였습니다.

임백호 어떻게?

여인 3 시어머님이 시누이를 지나치게 편애하시기에 그걸 고치십사 여쭙
    다가 그만…….

임백호 무슨 일로?

여인 3 농사지을 도지소[賃牛]를 팔아서 시누이 혼수를 장만하자 하시는
    것을 반대하였다가…….

임백호 남편은 뭐라 하고?

여인 3 죽고 없습니다.

임백호 (여인 4에게) 그대는 무슨 부도덕인고?

여인 4 남편이 소첩을 거느리고 주색잡기를 일삼기로 그걸 탓하였더니
    아낙이 주책없이 질투한다 하고…….

임백호 (여인 5에게) 그대는 무슨?

여인 5 남편은 병들어 누웠고, 자식은 셋인데 양식이 떨어져서 사흘을 굶
    겼다가 아이들이 하도 보채기에 마을 동장댁의 보리쌀 서 되를 훔친 죄
    입니다.

임백호 여기 갇힌 지 얼마나 되었나?

여인 5 3년쨉니다.

임백호 (여인 6에게) 그대는 무슨?

여인 6 자식을 생산하지 못했습니다.

임백호 (여인 7에게) 그대는 무슨?

여인 7 투기를 했습니다.

임백호 (여인 8에게) 그대는?

여인 8 마을의 건달놈에게 겁탈을 당했습니다.

임백호 여기가 바로 칠거지악의 본산이로구나! (관원에게) 여봐라!

관원들 예.

임백호 나 평안도사 임백호는 직권으로 이곳 탕촌의 여인들께 다음과 같
    이 특사를 내릴 것인즉, 한 사람 한 사람 낱낱이 주소·성명과 그 사유를
    기록하여 관할관서에 통보하라.

관원들 예.

임백호 첫째, 부부가 가정을 이루어 생활하는 것은 여러 가지 의의가 있
    는 것이다. 자식을 생산하는 것은 그 중의 하나이다. 자식을 생산하는
    일은 부부의 공동책임이다. 자식을 생산하지 못하는 책임을 여자에게
    일방적으로 뒤집어씌우는 것은 부당하다. 설사 그 책임이 여자 쪽에 있

다 하더라도, 그걸 죄질로 삼아서 탕촌이라는 감옥에 보내는 행위는 신
　　성한 가정윤리를 모독하는 것이다. 남성의 독선으로 여성을 모독하는
　　것은 폭정의 한 단면이다. 오늘로 그 죄목을 삭탈하고 거기에 얽힌 여
　　인들을 석방한다.

관원들　예.

임백호　다음, 연약한 여자가 억센 사내놈으로부터 겁탈을 당한 것은 불가
　　항력이다. 동정은 못할망정 죄인이라니 당치 않다. 오늘로 석방한다.

관원들　예.

임백호　다음, 농가에서 기르는 농우는 농사의 밑천이다. 부자라면 또 모를
　　까, 도지소를 팔아서 딸의 혼수감을 장만한다는 것은 지나친 욕심이자 분
　　수를 모르는 파렴치 행위이다. 부도덕한 것은 오히려 그 시어머니 쪽이
　　다. 결코 불효가 아니다. 오늘로 석방한다.

관원들　예.

임백호　다음, 육례를 갖추고 한 지아비가 한 지어미와 동거동락하는 일부
　　일처의 제도는, 개명한 인간사회의 미덕 중의 미덕이다. 한 남자가 여러
　　여자를 거느리는 것은 짐승과 같은 행위이다. 남편이 작첩을 했는데, 그
　　의 본처가 시기를 했다 하여 그 본처를 내쫓는 것은 적반하장이다. 부인
　　의 정당한 시기질투는 남편에 대한 애정의 표시랄 수 있을지언정, 죄가
　　될 수는 없다. 그 억울한 여인들을 오늘로 석방한다.

관원들　예.

임백호　다음, 어떠한 이유건 남의 물건을 훔치는 행위는 잘못이다. 그러
　　나 굶주린 자식들을 살리기 위하여 보리쌀 서 되를 훔친 죄로 만 2년을
　　저 탕촌에서 지냈다면 그것으로 속죄는 충분하다. 굶주린 백성에게 기
　　민을 못한 관아에게도 책임은 있다. 오늘로 석방한다.

관원들　예.

　　(탕촌의 여인들, 벅찬 감격으로 훌쩍거린다. 서로 부둥켜안고 통곡한다.)

송 유수 임 대감께서 그렇게 선심을 쓰시는 것은…… 일리가 없다 할 수
    는 없는 일이나, 관례로 시행하고 있는 탕촌의 제도에 대하여 근본적으
    로 역행하는 일이 아닐는지요?

임백호 사람을 사람으로 대접하지 않는 부당한 제도는 과감하게 청산하
    여야 합니다.

송 유수 그럴까요?

임백호 황진이가 하필이면 여기에 묻혀, 이제 도임하는 나로 하여금 탕촌
    을 해방시키는 일 또한 기연인 성싶소.

송 유수 후환이 두렵습니다.

임백호 설령 내일 어떤 후환이 생길지라도, 오늘의 내 행위가 정당하면
    그만인 것이오. (언성을 높여) 도대체 저 탕촌이라는 제도 자체가 있어서
    는 아니 되는 것이오. 이봐라!

병사들 예.

임백호 내 직권으로 명령한다. 저 탕촌에 당장 불을 질러, 태워버려라.

병사들 예.

임백호 그리하여 거기에 갇혔던 억울한 여인들의 한을 씻어주라.

병사들 예.

  (병사들, 건너편으로 퇴장. 탕촌의 여인들, 일제히 만세소리 열창한다. 만세,
    만세, 우리 임백호 나으리 만세, 만세, 만세…… 탕촌에서 불길이 솟는다. 여
    인들의 만세소리 계속되는 가운데 서소옥이 산등성이에 나타나서 불길을 향
    해 합장한다. 그 불길 위로 황진이의 환영이 등 떠오르고, 그 황진이가 노래
    부른다.)

황진이 청산은 내 뜻이요 녹수는 임의 정이

        녹수 흘러간들 청산이야 변할쏘냐

        녹수도 청산 못 잊어 울어새어 가는고.

합창 (모두) 활인이야 활인이야 활인이로다. 임백호 나으리 선정으로

활인이로다. 걷혔도다 걷혔도다 억누르던 먹구름이 말끔히 걷혔도다.
황진이 나고 임백호 나고 임백호 나고 황진이 나서, 기나긴 악몽이 휘영
청 씻기었네. 가세 가세 집으로 가세, 화기만당 부창부수 집으로 가세.
어기야 디야 어기야 디야 그리운 부모형제 만나러 고향산천 찾아가세.
만세 만세 만만세 국태민안 치국안민 만만세.

—막—

소꿉질의 즐거움

등장 인물

주모 (30세)

색시 (22세)

농부 갑 (45세)

농부 을 (43세)

농부 병 (30세)

아비 (44세)

아들 (23세)

길손 (37세)

무 대

두 개의 식탁과 그 주위에 나무의자가 놓인 초라한 주막. 조리대 · 화로 · 물통들이 식탁 사이에 위치하고 정면에 출입구가 나 있다. 화로 위의 양은솥, 벽에 걸린 프라이팬, 숟가락과 젓가락을 꽂은 비닐통, 조미료를 담은 사기그릇 나부랭이가 옹기종기 널려 있다.

막이 오르면 주모가 식탁 주위를 서성거리고 있는데 식탁 위에 낡은 트렁크가 두 개 놓여 있는 것으로 미루어 나들이를 할 모양이다. 밖에서 소 지나가는 소리 들린다.

주모 (의자에 덥석 앉으며) 쌍! 망할 놈으 시상! 죽지도 못하고! 사내자식 못
　　난 것은 훈장만년에 배추씨 장사라도 한다는디 이 못난 년은 화류계 만
　　년에 인자 모진 병만 처져서 술장사도 못하게 되었으니…… 갈 곳은 잔
　　디뿌리 밑이재! (밖을 보며) 그란디 야가 어째서 안 오는고?
　　　(농부 갑 등장. 들고 온 삽을 모퉁이에 세워놓고)

갑 아직 안 갔어?

주모 응!

갑 왜?

주모 ……임자 생각나서!

갑 요망 떨지 마.

주모 이별주나 한 잔 살 것이여?

갑 이별주를 몇 번 사?

주모 꺼질 때까지는 사야지!

갑 (주모 곁에 앉으며) 내가 술 사는 건 좋은디 말이여, 자동차 안에서 여편
　　네들 술냄새 풍기는 것은 정말 꼴불견이드라!

주모 사내녀석들 취해 가지고 전봇대에 갈기고 섰는 꼴은 어쩌고? 내 걱
　　정 말고 살려거든 어서 사봐.

갑 얻어묵는 주제에 앙칼지기는! 그래라! 그까짓 탁배기쯤이야 문젠가!
　　사실은 나도 소 꼴을 먹이다가 출출해서 왔어, 한 주전자 가지고 와.

주모 ……나, 꼼짝도 하기 싫구만! 당신이 퍼 가지고 와요.

갑 버릇없이! (부엌으로 간다.)

주모 이왕이면 소주로 합시다!

갑 뭐? 젠장! 그래 그래! (소주병과 김치그릇을 들고 나와서 주모와 권커니 자
　　커니 마신다.)

주모 당신! 내가 없더라도 자주 놀러 오시오잉!

갑 우리 걱정은 말고, 자네 병이나 후딱 낫어 가지고 오소.

주모 글씨! 병을 여울라는지, 이대로 뻗을 것인지 누가 알어?

갑 허…… 거 무신 방정맞은 소린고? 아직은 청춘이 만린디!

주모 머리에 새치가 희끗희끗 돋았는디 청춘이여?

갑 암, 인자부터재! 사실 젊어서야 뭐 알어? 살림 맛·사내 맛 그런 거
　모두 알려면 자네 또래는 되아야재!

주모 ……하기는 그래! 입맛 나자 돈 떨어지더라고 내가 꼭 그 신세 됐어.

갑 장심을 써, 장심을! 그래야 병을 여우재! 맘 약하게 묵으면 진짜로
　잡친다.

주모 (차츰 취기가 올라, 농부 갑의 볼을 손가락으로 누르면서) 맘씨만은 좋았
　는디!

갑 (주모의 손을 잡고) 맘씨는 좋고 딴 것은 나쁘등가?

주모 (씩 웃으며) 사정 한 번 봐 줄 것인디…… 내가 너무 했재?

갑 (주모의 손을 뿌리치며) 제기랄! 더럽게도 빳빳하게 굴더니 인자 떠남서
　속 썩이네!

주모 (농부 갑의 손을 잡고) 내가 그리도 욕심 나등가?

갑 (툭 치며) 요 망할 것아!

주모 당신 진짜 오입 해 봤어!

갑 여 여! 사람 놓고 쳐! 이래봬도 말이여…….

주모 아, 참! 젊어서는 일본서 굴러묵었다재!

갑 어른 보고 굴러묵다니! 이놈!

주모 (농부 갑의 손을 잡고) 거, 일본서 도라지뿌리로 인삼장사 한 거, 그 속
　임수 쓰는 거. 그거 한 번 해봐요.

갑 그런 거 흥이 나야 하는 거지 아무때나 해?…… 니 떠나뿔믄……
　이 주막하고도 그만이고!

주모 그래도, 이대로 떠나는 것이 좋재! 임자하고 살이나 섞어 놨더라면
　떠나지도 못하고 서로 잡칠 거 아녀요.

갑 봐 줘서 고맙네!

　(농부 을 등장.)

을 (들고 온 호미·보습·어물꾸러미를 구석에 놓고) 잡것들 대낮에 지랄
　　하네!

주모 (목청을 돋우어) 아라사 양반 등장이오—.

을 이것아! 말조심 해, 아차 하면 몰린다.

주모 (히죽히죽) 걸고 죽을려고…….

을 미친 소리! 아직 못갔어?

주모 마지막잉께 이것 저것 막 퍼주고 갈려고…….

을 (앉으며) 개소리 말고 한 잔 줘.

갑 (돈을 주모 앞에 놓고 술병을 밀며) 내 술값은 내가 냈어.

을 (술병을 낚아채며) 치사하게 구네!

갑 뭐?

을 오늘은 니 술 좀 묵어야겠다, 느그들 재미본 쪼로 말이여!

주모 (깔깔대며) 암, 동상례(東床禮)를 해야재!

갑 (주모를 떠밀며) 니가 내 사정이나 봐 줬어?

주모 말이 있재! 늙어서는…… 입으로 한다고!

갑 내가 늙어?

주모 ……맘은 젊어서!

을 강아지새끼 모양 깝죽거리기는!

갑 니는 개기름 안 흘렸어?

을 주책 떨지 마. (술을 마시고) 주모도 한 잔 해.

주모 암, 묵어야재! 동상례를 안 묵어? (술잔을 들고) 그리고 (농부 을에게) 술
　　안주 삼아, 만주서 쫓겨나올 때 하던 엿장수타령 한 번 해봐요, "이거 가
　　탈 이거 탕" "양거 가탈 양거 탕" 하는 거 말이여!

을 쳇! 신명이 나야재?

주모 오늘은 왜 모두 맥이 풀렸재? (세 사람 술만 주거니받거니)

갑 자네, 장에 갔등가?

을 응.

갑 장…… 커?

을 장이사 크고 적고…… 니 신세도 앞이 훤 하드라.

갑 뭐?

을 니 아들놈 말이여!

갑 그것이 어쩌?

을 장터 주막에서 술판을 벌이고 앉았는디. 그런 장관이 없드만! 갈보년
   들 끼고 돌며, 오는 사람 가는 사람 죄다 불러들이고…….

갑 내버려 둬.

을 응?

갑 ……나는 땀 흘려 모으는 재미로 살고, 그놈은 쓰는 재미로 시상을 살
   고…… 학교 보내놓으면 다 그렇게 놀아나지 안 혀? 팔자 소관이니께
   내버려 두는 거여.

을 태평이구나!

갑 ……벼 얼마 가등가?

을 ……들 그대로여! 그나마 잘 사주지도 않고…….

갑 연장 샀나?

을 오십 원 하든 호미는 백 원, 백 원 하든 보습은 이백 원 하는디…….

갑 물가가 오르는 것은 우리네 탓이 아니라며?

을 석유 말이재?

갑 석유 값이 오르니께…….

을 우리네 곡식 값도 올려야지!

갑 ……니가 면장 되그라! 그래서 벼값 올려 주그라.

주모 (딸꾹질 하며) 면장이 그짓 될까?

갑 그라면 군수 되그라.

을 내가 군수?

주모 (농부 을에게 기대며) 군수 영감!

을 (정색하고) 에헴!

갑 군수가 무신 놈의 옷이 저래?

주모 이 옷이 어때요? 땀내가 구수한디!

갑 땀내 나는 군수라!

을 (주먹으로 식탁을 탕 치며) 날 군수만 시켜 봐라, 하이카라 양복에 내꼬
   따이 척 매고 뽕뽕— 찌프차 타고 와서 면장 조질 꺼여.

갑 니가 연설이나 할 줄 알아?

을 연설이 별 거여? 막, 내리 바수는 거지. (농부 갑을 툭 치며) 야, 면장!
   자네 말이여! 농민에게 벼 값 얼마씩 주나? 니 말해 봐.

갑 (쩔쩔매며) 예! 그기 좀!

을 좀이라니 적단 말인가?

갑 워낙 채산이 안 맞는다고, 네! 허지만 그건 내 말이 아니고, 농민들이
   쑥덕이는…….

을 (농부 갑을 툭 치며) 이놈으 면장이, 니 어느 쪽이야?

갑 에! 나야 면장이니께…….

주모 양다리 걸치긴가?

갑 아, 아닙니다. 아시면서…….

주모 농민편이라고 해, 그래야 벼 값이 오르잖아?

갑 ……예! 말하자면…….

을 (매우 너그럽게) 음! 좋아 좋아, 내가 여기 순시 온 기념으로 벼 값을
   올려주지! 에 또, 가마당…… 만 원으로…….

갑 마, 만 원으로?

을 어때, 흡족한가?

갑 (일어서서 팔을 들어) 우리 군수 만세!

주모 이왕 봐준 김에 뒷장 더 붙여주지그려?

을 (위엄을 보이며) 껑충 뛰면 못써! 허나 걱정 마라, 요 다음에 석유값 등
   속 물가가 오르면 또 올려주지.

갑 우리 군수 또 만세! 또 만세!

을 (농부 갑을 꼬집으며) 이 자식아! 청풍나겠다. 무신 놈으 만세가 또
   있어?

갑 (부시시 앉으며) 진짜, 만세를 부르는디그려?

을 진짜?…… 진짜거니 가짜거니 만세소리가 너무 커.

갑 (시무룩) 참!

주모 젠장!

   (아들 등장)

아들 (주모에게) 색시 왔나 보고 오래요. 안 왔으면 아줌마 못간다고—.

주모 어련하실까! 이미 알아 모시고 이렇게 기다리고 있으니께 염려 놔
   요.(투덜투덜) 염병할 자식 같으니…….

아들 (더듬더듬) 어? 방금 뭐라고 욕했지?

주모 (쏘아붙여) 염병할 거라고 했어, 왜?

아들 나, 울 아부지한테 일러 바칠쳐—.

주모 일러 바칠려거든…… 오뉴월에 초학 스무 번만 앓다가 뻗으란다
   고—.

아들 뭐 뭐? 초학을 스무 번?

주모 또 있어!

아들 또?

주모 동지 섣달에 전봇대에 실례하다가 그대로 얼어붙어 버릴 녀석이
   라고—.

아들 전봇대에? 그래! 그대로 일러 바칠챠. (주모를 쏘아보며 나가려 한다.)

(농부 갑·을 깔깔거린다.)

아들 (농부들에게 삿대질하며) 당신들도 웃었어!

갑 그럼, 웃지 않고 울 꺼여?

을 주모를 때려 줄까?

아들 (울상이 되어) 두고 봐. (문을 연다.)

주모 (누그러져서) 여봐요.

아들 (돌아서서) 왜 그래?

주모 ……그렇게 툭툭 쏘면 새로 오는 색시한테 나도 일러바칠 꺼여.

아들 뭐라고?

주모 자기 하고 놀지 말라고—.

아들 왜?

주모 자기도 일러바치면서?

아들 (문을 닫고 다가서서) 나 아뭇소리 안 할 꺼여!

주모 ……그럼 거기 얌전히 앉아 있어.

아들 그래! (앉으며) 아줌마가 색시 붙여주는 거지? (히죽히죽 웃는다.)

주모 ……부전자전이라!

을 쯧쯧 개살구…… 모로 터져!

갑 (주모에게) 여게!

주모 왜요?

갑 빚이 늘었당가?

주모 ……도리 있어야지요. 요양원에서는, 입원비는 안 받는다재만, 약값
  은 있어야 한다는디 어쩌. 그래서 오만 원 더 얻었어요.

을 허면, 도합이…….

주모 십만 원 아네요.

갑 오늘 온다는 색시도 그걸 알고 있어?

주모 ……이자만 물고 해 보랬으니께! (농부 병, 신문지에 싼 보따리를 들고

등장.)

갑 어서 오소.

을 ……거 뭔가?

병 회의가 있었어요.

갑 ……한 잔 안 혀?

병 하죠. (주모에게) 아직 못 떠났소?

주모 이장님 송별주 묵고 갈려고…….

병 그래요? 송별주야, 여기 어른들이 어련히 내셨을라고…….

주모 늙은이 것은 싫어.

을 지는 뭐 항상 봄인줄 아나배?

병 좌우간 한 잔 주세요.

을 (술병을 들고) 이 술 들게! 이것 (농부 갑을 턱짓하며) 가시끼리 했다네!
  자 들어.

갑 차치고 포치고…….

병 그럼! (농부 갑·을·병, 술잔을 주거니받거니)

주모 버스 값이나 벌어 볼려고 했는디 마해가 붙는구나! (식탁에 엎드린 채
  농부 병의 신문지 꾸러미를 훑어본다.)

아들 (농부들에게) 나도 한 잔 줘요.

을 뭐?

아들 즈그들만 묵고 앉아서…….

을 돈, 없어?

아들 쳇! 내가 뭐 술값이 없어서 그러나? (주모 곁으로 다가앉으며) 나도 술 줘.
  (주모, 대꾸 않고 신문을 읽는다.)

갑 (주모에게) 뭐가 났당가?

주모 (손가락으로 신문을 가리키며) 이 사람이…….

갑 누군디?

주모 칠십이억 원을 해 묵었다요.

갑 뭐, 뭐, 얼마?

주모 칠십이억!

을 칠십이억!

갑 칠십이억이면 얼마나 되는고잉?

아들 칠십이억이면, 칠십이억이재, 얼마나 되는고가 뭐여.

을 하, 주제에 돈 속으로는 화통했구나!

갑 십만 원 열 개면 백만 원, 백만 원 열 개면…… 천만 원, 천만 원 열 개
면 일억 원…… (농부 병에게) 그런가?

병 면사무소에서도 그 기사들을 읽고 말이 많았지요.

갑 허면 그 돈이 수천만 원보다도 더 많은 돈인가배?

아들 쯧쯧…… 바보같이 수천만 원이 뭐여? 오천, 육천만 원보다도 더
많을 건디…….

병 ……답답한 양반들!

주모 ……놈, 야물게 생겼다!

갑 어디? (주모 곁으로 다가앉는다.)

을 나도 좀 보자. (다가앉는다)

주모 이런 놈이나 한 번 물었으면 팔자 고치는 건디!

갑 아닌 게 아니라 똑똑하게 생겼구만! 도대체 뭘 하는 작잔고?

주모 회사 사장이여. 돈은 은행에서 빼내고—.

을 진짜 군수감이다. (농부 갑·을, 신문지를 만지다가 찢어지는 바람에 알맹
이가 쏟아진다.)

갑 어?

을 ……나 원!

주모 도려내서 사진틀에 끼워 둘 것인디 늙은이들이 주책 떨었재!

을 사진틀에 넣어서 뭘 하게?

갑 잘생겼으니께 좀 있다가 풀려 나오면 조져볼 작정인가?

　(아들, 식탁 밑으로 손을 넣어 주모의 사타구니를 더듬는다.)

주모 ……이 사람, 내 차례는 틀렸고, 벽에 걸어두고 늘 쳐다보면 속부자
　는 된 셈 아녀요!

갑 그 사진이 그렇게 쓰이는 수도 있구마잉!

을 글씨!

　(농부 병, 보따리를 챙긴다.)

주모 (손을 짚어) 푸랑카드 아녀? 뭐라고 씌었어요?

병 볼 거 없어.

주모 (호기심에) 좀 봅시다그려. (펴보며) 보리쌀 삼 할 먹기 운동 ―.

갑 무신 말이여?

을 삼 할이면?

갑 밥을 한 되 지으려면…….

주모 쌀 칠 홉, 보리쌀 서 홉을 섞어서 지으라, 그거 아녀요?

병 맞았어요.

갑 ……무신 소린지 나 원!

을 (농부 병에게) 에끼 이 사람! 쌀 칠 할?

갑 거꾸로 삼 할 아녀!

아들 나는 보리밥 못 묵겠드라! 방구만 뿡뿡 나오고! (농부 을, 아들을 쥐어
　박는다.)

아들 왜 때려? 뭐 내가 지 새긴가? (주모의 사타구니에 열을 올리며) 보리밥
　묵는 놈은 묵고, 쌀밥 묵는 놈은 묵고, 다, 그런거여!

주모 그것을 걸어 놨다가는 이장까지 욕 묵을 것이닝께…… 이장네 몸빼
　나 해 입히구랴!

을 구 할로 고치등가!

병 모두 안 걸기로 했어요.

　　(색시, 트렁크를 들고 등장)

주모　늦었구나!

색시　저쪽에서 놔줘야지요! 간신히 빠져 나왔어요. 언니는 오늘 떠나요?

주모　이왕 떠날 바에야…….

색시　(둘러보며) 비싼 이자 물고, 세금 내고, 장사가 될까?

주모　참, 너…… (모두에게) 이 애가 이 집을 맡아서 할 것이니께 (색시에게) 인사 드려라, 단골손님이여!

색시　아, 네! 부탁합니다.

　　(모두 색시의 자색에 끌려 빙글빙글 웃는다. 아들, 주모의 사타구니에서 손을 빼고 색시 곁으로 다가선다.)

주모　(일어서서 아들의 허벅살을 꼬집으며) 저—.

아들　(비명을 질러) 아—앗! (모두 영문을 모르고 서로 마주본다.)

주모　(색시에게) 이 사람이 그 돈 꿔준 작자의 아들이란다.

아들　(히죽 웃으며) 색시, 참 이쁘다!

주모　(아들의 볼때기를 쥐어박고) 잔소리 말고 어서 앞장 서. (트렁크를 들고 색시에게) 작자를 만나러 가자, 너를 인계해야 하니께! (모두에게) 자 나는 뜨요잉!

갑　얼른 낫어 가지고 오그라.

을　가 봐.

　　(주모, 아들을 앞세우고 퇴장)

색시　내가 왜 거길 가죠.

주모　(밖에서) 어서 와.

　　(색시, 굳어진 채 퇴장)

갑　……쑤욱 빠졌다.

을　니 셋째딸 또래여!

갑　니 둘째 자부 또랜디.

을 그런디, 왜 또 개기름을 흘려.

갑 하, 지가 실눈으로 봄서 그려.

병 자, 이 술이나 마저 드시지요.

갑 암, 가시끼리 한 것이니께.

을 마시자.

병 듭시다.

　(세 사람 건배하는 투로 술잔을 들어올린다.) …… 암전

　(무대, 전장과 같다.)

　(색시, 수선을 떨며 음식을 만든다.)

　(길손 등장)

색시 (반겨) 어서 오세요.

길손 (구석진 곳에 앉으며) 잘 돼?

색시 그럭저럭!

길손 ……그럼 됐지!

색시 하지만 왼종일 뛰어서 이자 물고 세금 내면 빠듯한 걸요. 이자가
　　 얼만지 아세요.

길손 응?

색시 한 달에 만 원이에요. 부자(父子)가 외상술은 먹으면서 이자는 또박
　　 또박 뜯어가죠! 거기까지는 또 좋은데…….

길손 또 뭐가 있나?

색시 ……나더러 수청 들래요?

길손 ……거창하게 나오시는군! 본관 사또께서…….

색시 ……징그럽게 굴지 말라고 딱 잡아뗐더니 이젠 본전을 갚으래요.

길손 ……조여들어!

색시 내게 그런 돈이 어딨어요.

길손 색시가 쓴 것도 아닐 테고.

색시 물론이죠. 화류계의 정리로 이걸 맡아보고 있는 판인데 이런 날벼락
　이 어딨어요! 난 모른다고 했더니 이 집이 저당잡혀 있으니까 못 갚겠
　으면 나가라지 뭡니까.

길손 ……드디어!

색시 좀 있으면 또 올 거예요. 그 놈팽이 아들…….

길손 ……도처 성산이라!

색시 ……술 하시겠어요?

길손 웅!

　(색시, 술과 안주를 나른다.)

길손 (먹으면서) 이게 뭐요?

색시 이 근처에서 나는 나물이에요. 고소라고…….

길손 고소나물? 고소한데!

색시 원래는 중들이 먹는 거래요. 양기를 쫓는다고…….

길손 그래? 거 나 같은 나그네에게 걸맞는 거로군!

색시 참, 선생님은 이 외딴 델 왜 오셨죠?

길손 아, 이렇게…… 이쁜 아가씨를 만나고 있잖아!

색시 그래요? 농담이시겠지만 그래도 기뻐요.

길손 이곳 사람들이 모두 아가씨를 좋아하던데?

색시 ……그건 모르겠지만, 내가 여기 온지 두 달밖에 안 되는데 듬뿍 정
　이 들었어요. ……우직하지만 한량없이 정직하고, 가난하지만 서로 돕
　고…… 그리고 뭔가에 짓눌려 지내면서도 조용히 참아가는 기품 같은
　거…… 복잡한 일만 없다면 나는 여기서 그들과 오래오래 살고 싶어졌
　어요. 도회지에서 아귀다툼하는 거 이젠 질색이거든요.

길손 ……그래, 아가씨는 당장 어떻게 할 작정이오?

색시 약속대로 이자는 물고 있으니까 이쪽 잘못은 없거든요! 그 늑대하고

싸우겠어요.

길손 무법자와 양치기의 대결인가?

색시 (장난스럽게) 무법자가 지기 마련 아녀요!

길손 ……자신 있어?

색시 (킥킥 웃으며) 의협의 사나이가 나타날 테니까!

　　(아들, 휘파람을 불며 등장)

아들 (식탁을 탕 치며) 술 줘.

색시 당신네 안방 아니니까 떠들지 말아요.

아들 ……어? 술 주라는디?

색시 외상은 안 돼.

아들 뭐?

색시 오늘부터는 현금 내고 먹어요. 저 손님처럼!

　　(길손에게 윙크를 보낸다.)

아들 뭐, 뭐라고? (길손에게) 정말 돈을 먼저 내고 술 묵소?

　　(길손, 고개를 끄덕인다.)

아들 (두리번거리다가) 좋았어! (돈을 한 장 던지며) 이러면 됐지?

색시 (돈을 집어들고) 고마워요.

아들 어서 줘.

색시 (머뭇머뭇) 이건 어저께 술값이고 …… 오늘 것은 또 내야죠.

아들 (벽력같은 소리로) 뭐?

색시 (상냥하게) 현금을 내는 대신 안주는 공짜로 드려요. (길손에게) 손님!
　　안주가 근사하죠?

　　(길손, 고개를 끄덕인다.)

아들 흥! 좋았어! (돈을 두 장 식탁 위에 던지며) 어서 줘.

색시 (돈을 집어들고) 고마워요.

아들 어서 술 주라는디?

색시 (주머니에서 수첩을 꺼내 들추면서) 선심 쓰는 판에.

아들 뭐요 또!

색시 에—또, 여태까지의 외상이, 부친님 몫을 빼고서도 도합이 일금 팔천
    칠백 원이라! (수다를 떨며) 부잣집 도령께서 그까짓 외상 가지고 뭘 그
    래요? 선선히 갚고 또 잡숫지!

아들 ……날 마구 놀려?

색시 저 손님도 여태 밀린 것을 오늘 모두 갚았다구요! (길손, 고개를 끄덕끄
    덕) 기분 좋게 갚아만 봐요, 누가 알아? 내 맘이 돌아서서 (아들의 어깨를
    툭 치며) 자기 하고 영화구경 갈라는지?

아들 (색시의 손목을 잡고) 정말이여?

색시 아, 갚아만 보라니까?

아들 그래, 좋았어! 나 말이지! 집에 가서 돈 가지고 올께잉! (일어서서) 기
    다리고 있어.

색시 내가 어딜 가나?

    (아들, 싱글벙글 퇴장.)

색시 어때요? 걸렸죠?

길손 ……여우는 덫으로 잡았는데…… 늑대는 뭘로 잡지?

색시 ……사자로!

길손 ……이번에는 피를 봐야겠군!

색시 (주먹손을 들어) 힘에는 힘으로!

    (깔깔대고 웃는다. 소의 울음소리)

    (농부 을, 살포를 들고 등장)

을 (살포를 벽에 세워놓고) 기집애 웃음소리가 울을 넘으면 못써.

색시 할아버지, 어서 오세요.

을 임마, 할아버지가 뭐야? 아저씨라고 불러줘도 섭섭한디! (길손의 동의
    를 얻으려는 듯) 안 그래요? 손님! (길손, 웃으며 끄덕끄덕)

색시 그럼, 할아버지를 뭐라고 부르죠?

을 어떻게는 뭐가 어떻게야? 할아버지는…… 할아버지지!

색시 어머머…… (까르르 웃는다.) 할아버지 말씀이, 젊으셔선 할머니 속깨
　　나 태우셨겠어요.

을 야야, 정내미 떨어진다! 할미 소리는 왜 해? 어서 술이나 갖고 와.

색시 네-잇! (술을 나른다.)

을 (먹으면서) 임마!

색시 이크머니! 왜요?

을 이 고소나물 뒀다가 젊은 놈들 오면 주고, 난 딴 것으로 줘.

색시 왜요?

을 ……우리 집 할망구가 욕 해.

색시 (씩 웃으며) 사실은요! 이 고소가 어떤 건 줄 아셔요?

을 뭐 뭐?

색시 ……음, 내가 어느 늙수레한 스님한테서 알아 봤더니, 사실은 여러
　　분이 생각하는…… 그 반대래요.

을 ……그게 정말이여?

색시 내가 뭣 때문에 거짓말을 하나요?

을 (길손을 보고) 저 손님도 먹고 있는디?

색시 (길손을 향해) 그러길래 드셨죠.

　　(길손, 고개를 끄덕끄덕)

을 핫하, 요놈 봐라! (먹으며) 하여간 고소하기는 해! (술을 마신다.)

색시 (농부 을의 등뒤에서 팔을 어깨에 걸치고) 좋으세요?

을 까불지마! 간지럽다.

색시 ……좋으시면서!

을 나쁠 거야 없지!

　　(색시, 까르르 웃는다.)

(농부 갑, 삽과 오장치를 메고 등장)

갑 흥! 놀아나는구나!

색시 어서 오세요.

을 (술병을 밀며) 이거 치워.

갑 (삽과 오장치를 내려놓고) 자식! (술병을 낚아채며) 치사하게시리!

을 ……통 염치가 없어서…….

갑 넌 염치가 많아서 소고삐 풀린 줄도 모르고 히닥거려?

을 뭐, 소가? (나가려 한다.)

갑 (농부 을의 어깨를 툭 치며) 임마! 내가 니 소 얼굴을 몰라서 놔 뒀겠어?
   단단히 묶어 놨으니께 어서 술이나 부어.

을 이거 당했구나! (권커니 자커니)

갑 뭣했어? 살포 들고…….

을 연장이야 농군 의관 아녀?

갑 의관 갖추고 술집 왔어?

을 논보리 물꼬 둘러보고 오는 참이여. 니 돼지 팔았재?

갑 말 마라!

을 왜?

갑 고기값은 올랐는디…… 생돼지값은 내려받고…….

을 죽 쑤었구만!

갑 누까[米糠]는 오르고…….

을 잘, 한다.

색시 대들어 보시지 않고…….

갑 대들어?

색시 네!

갑 (어이 없다는 듯) 하, 나!

색시 서울 아낙네들은 돼지고기값이 올랐다고 떠들던데!

을 우리것은 떨어졌어도?

색시 그렇다니까요. (길손에게) 그런 일 있었잖아요?

길손 ……분명해.

갑 아주 거저 잡숫지!

색시 (젓가락을 콧구멍에 끼워 돼지 흉내를 내며) 꿀, 꿀 꿀, 꿀!

을 어? 너, 왜 그려?

색시 (농부 갑·을의 콧구멍에 젓가락을 꽂아주며) 돼지도 할 말이 있다잖아
　　요! 뚜— 꿀, 꿀꿀, 꿀! 따따따따따따 (골목대장의 노래) 주먹 손으로! 꿀
　　꿀꿀 꿀!

　　(농부 병 등장)

색시 이장님도 해요.

병 어? 왜 이래?

　　(농부 갑은 돼지 우는 소리를, 농부 을은 돼지 주둥아리를 만들어 겁주는 흉내
　　를 낸다.)

병 아 하—돼지의 하소연이군요!

색시 맞았어요.

　　(아들, 엉엉 울며 등장)

색시 왜?

아들 ……울 아부지가 죽어 가.

　　(모두 어리둥절)

색시 뭐라구요?

병 말을 해야지?

아들 (발을 구르며) 어쩔꼬잉!

을 하, 그 녀석!

　　(아들, 쏜살같이 퇴장)

갑 지애비한테 술값 타내려다가 퉁바리 맞은 거여.

색시 맞았어요.

병 (색시에게) 이 집을 비워달란다구요?

색시 네! 어떻게 아셨죠?

병 ……대서소에서 문서 만드는 것을 봤어요.

을 이자는 또박또박 받아가면서!

갑 그래, 이 집이 십만 원밖에 안 돼?

병 우격다짐 아녀요?

을 도대체 이 집을 차지해서 뭘 할 셈인고?

병 요릿집을 꾸민다는 소문입니다.

을 요릿집을?

병 그렇게 되면 우리는 이 집 다 왔어요.

을 왜?

병 요릿집 차려놓고 우릴 상대 하겠어요?

갑 높은 양반들 받을 테재!

을 허면…… 우리들 놀이터는 없어지게?

갑 별 수 없지! 니가 요릿집 댕길 만큼 벌어놨어?

을 ……허긴 그래!

색시 누가 비워 준댔어요?

을 색시 맘대로?

색시 ……법이 있어요.

을 법 좋아하지 마.

갑 법은 멀고…….

색시 (토라져서) 그럼, 날더러 어떻게 하라는 겁니까?

갑 딱하게 됐재!

을 그러길래 옛부터 무신 설움 무신 설움해도 권세 설움이 질 슬프다고
   했재!

(사이)

병 이렇게 하면 어떨까요?

을 어쩌?

병 우리 세 사람이 힘을 모아서 빚을 갚아주고, 녀석한테 주는 이자 몫으로 우린 농주 먹고, 그러다가 장사가 잘되면 색시는 차차 빚을 줄이고…….

을 그럴 듯한 생각이네만!

갑 글씨 잉!

병 ……내가 먼저 벼 한 섬 내겠어요.

을 (눈알을 굴리다가) 까짓 것, 나도 한 섬 내겠네! (농부 갑에게) 니는 어쩔래?

갑 ……여름 웃양식이 모자라기는 하다만, 좋은 일 하자는디 내가 빠져서써? 나도 한 섬 낼 챠.

색시 (입을 쩍 벌리고) 고맙습니다.

병 그러면 합이 석 섬인디…….

을 돈으로 얼만가?

병 ……일삼 삼, 이삼은 육, 삼만 육천 원 아녀요.

을 삼만 육천 원이라!

갑 그것밖에 안 돼?

병 아직도 육만 사천 원이 모자라요.

을 ……어쩔까?

색시 (왼손을 펴 보이며) 이 반지도 팔아요.

병 좌우간 그것까지 합쳐 보죠. 그러면 도합이 오만 천 원이요.

을 ……허면 아직도…….

병 사만 구천 원이 부족이죠.

갑 어쩔꼬?

을 (길손을 훔쳐보며) 이런 때에 두둑한 손님이나 서넛 나서서 몽땅 묵어
  줬으면…….
    (모두들 길손을 곁눈질 한다. 길손, 술잔을 만지고 있다.)
    (아들, 허둥지둥 등장)
아들 (찍찍 울며) 누가 약 좀 사다 줘! 울 아부지 죽어!
을 하, 이 녀석아, 차근차근 말을 해 봐라. 어떻게 되었느냐?
아들 나는 몰라! 마구 죽어 간당께!
갑 많이 아픈가?
아들 죽는단 말이여. 누가 읍에 가서 약 사다 줘.
을 삼십 리 길을—.
갑 ……해는 저물고—.
아들 (발을 구르며) 그라면 어쩔 거여?
길손 (아들에게) 나하고 가 볼까?
아들 (울음을 멈추고) 어디로요?
길손 환자가 있다면서?
아들 ……당신이 의사나 돼요?
길손 ……병은 자랑 하랬다고 보여 봐서 좋은 수가 생길지 누가 알아?
아들 ……그럴지도 모르지요. (길손의 팔을 끌고) 자, 갑시다.
    (아들과 길손 퇴장)
을 이거 원! 도깨비 장난 아녀?
갑 그 손님 의산가?
병 글쎄요!
을 (색시에게) 뭐하는 사람인고?
색시 저두 잘 모르겠어요. 매일 오시기는 하는데…….
갑 그러고 저러고 빚타령하는 판에 그 작자가 병이 났으니 어쩌?
을 ……×팔 아주…….

갑 모진 놈은 더 잘살등마!

병 떠들어 대서 간경이 놀랬을까요?

을 우리가 저보고 뭐라구 그랬어?

갑 돼지 소리밖에 안 했어.

색시 우린 나쁜 말 한 마디도 안 했어요.

병 (큰소리로) 했으면 어쪄?

　　(사이)

　　(길손·아들 등장)

아들 (다급하게) 어쩌요?

길손 (비스듬히 앉아) 글쎄?

아들 고칠 수 있어요?

길손 ……잘만 하면…….

아들 (생기가 솟아) 그래요? (굽실굽실) 선생님! 울 아부지 살려줘요잉!
　　돈은 얼마든지 낼 것이닝께.

길손 ……얼마나?

아들 얼마든지 내지요.

길손 ……필요한 만큼만 내면 돼.

아들 ……얼만디요?

길손 ……에―또, 사만 구천 원!

아들 예? 그렇게 많이?

길손 (돌아앉으며) 싫으면 관둬요.

아들 아, 아닙니다. 좋아요. 고쳐만 주십시오.

길손 (돌아앉으며) 좋아! 그럼 환자를 이리루 데리고 와요.

아들 ……아니, 우리 집이 넓고 깨끗한디 그러시오?

길손 ……수술을 해야 하니까.

을 ……수술?

아들 (오들오들 떨며) 배를 따나요?

길손 그건 알 필요없고—.

아들 하, 참!

병 수술기구가 있습니까?

길손 ……임기응변으로—.

아들 수술을 하더라도 우리 집에서 할 수 있잖아요?

길손 ……마취를 못하니까, 여기 손님들이 틀어잡아 줘야겠어.

아들 (소스라쳐) 아이쿠!

을 돼지 잡듯 할라나벼?

갑 죽으면 어쩌?

아들 울 아부지 죽을라나?

길손 싫으면 읍으로 업고 가 봐.

아들 아닙니다. 치료를 받겠습니다. 고쳐만 주십시오. 허지만 병이 낫지
　않으면?

길손 병이 낫지 않으면 그만이지! 그래도 난 선금을 받아야겠어!

아들 ……선금을?

길손 웅!

아들 낫지 않으면?

길손 물론 돈은 돌려줄 테니까.

아들 (엄살스럽게) 아, 아, 나 목이 타네! (색시에게) 우선 술 한 잔 줘.

병 이 판국에 술?

색시 어서 들쳐 업고 와요.

아들 제기랄! 들쳐 업고 선금 내고—.

길손 ……사람 나름이지!

아들 (대들듯) 우리가 어째서 그래?

길손 (호통치듯) 싫으면 관 두라니까!

아들 (누그러져서) …… 죄송합니다. 곧 업고 오겠습니다. 잠깐만 기다려
  주십시오.

  (아들 퇴장)

색시 (길손에게) 무슨 병이죠?

길손 (윙크를 보내며) 글쎄?

을 ……염병이고 지랄병이고 낫기만 하면—.

길손 내 몫은 되나요?

갑 ……십만 원 불러도 되는 건디—.

길손 수술은 간단하니까.

색시 우리가 조수노릇 하나요?

길손 거들어 주셔야겠어! 누구 주머니칼 없소?

갑 네?

길손 과일 깎고 손톱 깎고 하는…….

을 아, 네! 여기.(은장도를 보인다.)

길손 ……봅시다.

을 (칼을 주며) 이걸로 땁니까?

길손 (칼날을 만지며) 무디군요. 아저씨는 이 걸 좀 갈아주시오.

갑 (칼을 받아들고) 이 집에 숫돌은 없을 것이고(부엌의 화로 모서리에 칼날
  을 세우면서) 어차피 돼지 잡듯 할 모양이니께!

색시 정말 수술을 하나요?

길손 색시는 명주실과 바늘과 붕대 대용품을 준비하고…….

색시 네? 아 네!

길손 (농부 병에게) 촛불과 세숫대야를 준비하고…….

병 알았습니다.

길손 (농부 을에게) 도수 높은 소주를 준비하시고…….

을 삼십 도 '진로' 면 됩니까?

길손 (고개를 끄덕끄덕) 그리고 (식탁을 탁 치며) 여기가 수술대니까, 이리로
　　가지고 오시오.
　　(길손, 식탁 위의 소금그릇에서 소금을 한 줌 집어 종이에 싼다.)
　　(모두들, 각기 맡은 물건을 챙긴 다음 반신반의 식탁 주위에 모여 든다.)
길손 (칼을 받아쥐고 연설조로) 에—또, 오늘 밤 여러분과 나는 뜻하지 않
　　게시리 몹시 고통을 당하고 있는 병자 한 분과 대결하게 되었습니다.
　　그 병자는 여러분과 여러모로 관계된 듯 싶은데, 당면한 문제는 그 분이
　　우리들의 지혜와 노력으로 고통에서 벗어나게 하는 것이 서로를 위해
　　다행한 결과가 될 듯합니다.
을 무슨 병입니까?
길손 무슨 병이냐구요? 하여간 몹시 아픈 병입니다.
갑 몹시 아픈 병이라!
길손 그렇습니다.
을 이상한 병입니다.
길손 이상할 것 없습니다.
병 선생님은 병에 대해서 치료를 할 수 있는, 아닙니다. 말하자면, 면허증
　　이라든가 그런 거…….
길손 그런 것은 이 순간에 처해서 따질 것이 못됩니다. 여러분의 가정에
　　서도 흔히 겪는 일일 것입니다만, 아기의 손끝에 찔린 가시를 그의 부모
　　는 의사거니 아니거니 족집게로 뽑아 줍니다. 그리고 여기서 보다 더
　　절실한 것은 그 병자는 이대로 두면 죽는다는 것이고 (어조를 바꾸어) 거
　　사람 죽는 거, 때로는 우습게 죽습니다. 이를테면 접시물에 빠져 죽는
　　다는 거 그런 거 있죠.
갑 암! 있지요.
길손 그리고 우리는 이 답답한 여건에서 최선을 해보는 것뿐입니다. 에—
　　또, 홍수에 떠내려가는 사람에게는 한 줌의 지푸라기도 도움이 되니

까…….

병 허지만 배를 가를 모양인디 그러다가 정말 죽으면 어쩌지요.

길손 그런 일은 없도록 해야지요.

을 기구도 약도 없이 생배를 갈라도 죽지 않아요?

길손 기구와 약은 충분합니다. 과히 염려 마십시오. 여러분은 나를 믿고
   병자를 치료하는 동안은 내 지시에 따라주십시오. 자, 이제 병자가 올
   시간이 되었으니까 우리 힘을 내기 위해서 술을 듭시다.(색시에게) 소주
   를 한 되 주시오.(색시에게 윙크를 보낸다.)

색시 (흥이 나서) 힘을 내야지요. (소주병과 술잔을 나른다.)

을 소주를 마시고 수술이라!

갑 초상집 마당이로고!

길손 모두 듭시다. 힘을 내기 위해.

병 병자와 우리를 위해.

   (건배한다.)

   (아들, 아비를 업고 등장.)

아비 (몹시 신음하며) 그래 어느 놈이 내 배를 가른다는 거냐? 응?

   (아들, 아비를 식탁 위에 눕힌다.)

아들 (길손에게) 자 어서 고쳐 줘.

아비 필경 내 돈이 탐나는 거로구나. 허지만 어림없다, 없어!

길손 (아들에게) 도로 업고 가요.

아비 아니, 도로 업고 가? 아, 오랄 때는 언제고 가랄 때는 언제여?

길손 치료를 받을려면 약속을 지켜야지.

아비 아이고 나 죽는다. 아이고 아이고 좌우지간 고쳐줘 봐, 치료비는
   낼 것이니께!

길손 (돌아앉으며) 병원으로 가보시오.

아비 병원이 어딨어?

아들 ……그러니께 …….

아비 (아들을 발로 차며) 이 병신아! 어떻게 홍정을 했길래…… 아이고 누
　　가 날 살려 줘, 아이고 아 이 고, (옷섶에서 돈을 꺼내 식탁 위에 던지며) 여
　　있다. 우선 주기는 준다만 두고 보자.

길손 (돈을 집어 색시에게 주고 나서 조수들에게 호령하듯) 병자의 사지를 꼼짝
　　못하게 틀어 잡아. (모두 덤빈다.) 사정 두지 말고.

아비 워매 날 마구 죽이네!

　　(길손, 아비의 옷을 벗기어 소주로 소독하고 복부를 은장도로 가르고 수술을
　　한 다음 실로 몇 군데 꿰매고 또 소주를 붓고 붕대로 단단히 묶는다. —— 수술
　　시간은 약 이 분쯤 걸린 모양이나 병자는 고래고래 소리를 지르며 몹시 떠들
　　었고, 그걸 억누르느라고 혹자는 팔을 꺾어잡고, 혹자는 다리와 엉덩이를 쥐
　　어박고, 혹자는 아예 올라타고 앉았으니 꼼짝 못하고 그 지경을 당한다.)

길손 (이윽고) 색시는 숟가락 두 개를 합쳐서 병자의 아가리를 벌려 줘.

　　(색시, 지시에 따른다.)

　　(아비, 돼지 목따는 소리로 울부짖는다.)

　　(길손, 주머니에서 약봉지를 꺼내 병자의 입에 털어넣고 소주를 부어 목구멍으
　　로 넘긴다.)

길손 병자를 풀어 주시오.

　　(병자, 자유의 몸이 되나 통증은 차츰 더해 몹시 신음한다.)

길손 (아들에게) 세숫대야를 들어.

아들 ……뭐하게?

길손 곧 필요하게 돼.

　　(아비, 구토를 시작, 아들이 악취가 진동하는 배설물을 세숫대야에 받는다.
　　모두 멀리 물러선다. 병자의 신음소리 멎는다.)

　　(사이)

아비 (부시시 일어나 앉아, 더듬더듬) 그놈의 수술과 약이 잘 듣기는 한 모양

이구만서도…… 어쩐 치료비가 그리도 많은고?

길손 ……비싸요?

아비 통틀어 담배 한 대 참도 못되는 치료시간과 약 한 봉지 값이 사만구
  천 원이라니 날도둑 아녀?

길손 그럼 돈을 돌려드리죠.

아비 (누그러져서) 마구 그럴 수야 없으니께, 한 돈 천 원만 받고 나머지는
  돌려 줘요.

길손 한 푼도 안 받겠어요.

아비 (좋아라) 그래?

길손 그러나 그 대신 저 세숫대야에 쏟아놓은 걸 도로 입에 쑤셔 넣어야
  지! 여러분, 다시 틀어 잡앗.

아비 (혼비백산) 뭐 뭐? 제발 그러지는 말아! 아이고 어쩌다가 내가 이 지
  경을 당하는고잉? ……허지만 내력이나 좀 압시다. 어쩐 치료비가 하필
  이면 사만구천 원이요?

길손 그건 정확하지요.

아비 어쩨?

길손 (타이르듯) 당신의…… 몹시 아픈 대목을 알아낸 값이 사만 원이고
  수술비와 약값이 구천 원 그래서 도합이…….

아들 사만 구천 원이 딱 맞아요.

아비 (아들에게 삿대질하며) 이 육시를 할 녀석! 당초에 반반으로나 잘라
  정할 노릇이재 주라는 대로 다 주는 바보가 어딨어? 응? 에누리없는 장
  사가 어딨느냐고? 응? (시부렁시부렁) 수술비와 약값 구천 원은 그럴싸
  사 하다 하더라도 그 알아맞춘 값이 사만 원이라니 나원—.

아들 (투덜대며) 아까는 살림을 다 팔아서라도 살려달라고 그래 놓고…….

아비 그때가 내 정신이드라냐? 이 멍텅구리야?

길손 부자 싸움은 집에 가서 하시고…….

아비 좌우지간 병은 나았으니께 나는 가지요. 그런디, (색시에게) 어제도
    말했지만 내일까지 이 집은 비워줘야 해.

색시 뭐요?

아비 싫으면 본전을 갚든지…….

색시 알았다구요.

아비 알았으면 됐어! (식탁에서 내려서서) 아이고 배야! (길손에게) 수술자
    리는 어쩔거요?

길손 내일 아침쯤 붕대를 떼고 소금물로 씻으시오.

아비 소금물로? 하, 참! 그러고요?

길손 며칠 후 부인더러 꿰맨 실만 풀어 달라시오. 그러면 그만이오.

아비 ……이거, 아직도 내 정신 아니나벼?

길손 자고 나면 정신이 들 거요.

아비 그러면 다음에 만납시다. 자, 나는 가오. 허기야 내일이면 이 집이
    내거요만!

아들 업혀서…….

아비 (투깔스럽게) 저리 비켜! 보기 싫게 내가 업혀 갈 사람이여?

    (아들 · 아비 퇴장.)

    (모두 마주보고 히죽 웃는다.)

병 진짜 축배를 듭시다.

색시 (한껏 피어 올라) 내가 한턱 내죠.

을 죽을 녀석을 살려 놨으니께!

갑 (세숫대야를 들고) 이것은 버리고 (밖에 내다 버리고) 자, 마시자.

    (색시, 술과 안주를 날라와 주거니받거니 히히닥거리며 마신다.)

을 수술시간이 너무 짧아서…….

갑 북 좀 째지만!

병 피는 좀 흘렸어요?

색시 ……뒤 방울…….

을 숟가락으로 아가리를 벌리는 바람에 입술은 좀 째졌을 거여!

갑 이 집 가로채어 요릿집 차릴 꿈은 깨어지고…….

색시 (부풀어 올라) 여러분의 성의에 보답하겠어요. (방안을 거닐며) 이쪽
  문에다 분홍빛 커튼을 두르고, 여기에는 예쁜 꽃병을 놓고, 이 벽에는
  여러분의 연장[농기구]을 걸게시리 대못을 쭈우욱 박고, 농주를 항상 시
  원하게 물에 채워놓고―.

을 우리들 사랑방이니께!

  (길손, 식탁에 머리를 묻고 잠든다.)

갑 ……저 손님! 도대체?

을 글씨 잉?

병 의살까?

을 ……의사치고는 또 좀…….

갑 장사꾼은 아닌 것 같고.

색시 저분 직업은 알아 뭘해요?

병 이 촌구석에는 왜 왔어?

병 (농부 을에게 소곤소곤) 무신 사업에 실패하고 쫓겨온 걸까요?

갑 아니면 여자관겐지도…….

병 아니면 잠시 머리를 쉬러 온 건지?

색시 ……우린 저분이 뭣 때문에 여기 와 있는지 알 필요 없어요. 다만 우
  리가 알 수 있는 것은, 우리 주위에는 우리들을 괴롭히는 사람들이 많지
  만 그 반면에 우리들의 처지를 지켜보고 우리네 살림을 걱정하면서 조
  건없이 우릴 도와주는 사람도 있다는 것만 알면 돼죠. 그러니까 우리도
  언젠가는 그 품을 갚을 셈으로 조금은 도사리고 있습시다그려!

을 (취기가 돌아, 장난스레) 그럽시다그려!

갑 (수선을 떨며) 임자 말씀은 하나도 버릴 것이 없시다그려!

(농부 병, 쟁반을 꽹과리 삼아 굿거리장단을 친다. 모두 흥이 나서 이것저것 집
 어들고 장단 맞춰 농악놀이를 즐긴다. 이윽고 한 사람씩 지쳐 쓰러져서 식탁
 주위에 머리를 묻고 잠든다.)
(색시, 모두에게 옷가지를 하나씩 덮어 주고 그 주위를 돌며 자장가를 부른다.)

    우리 아기 착한 아기
    소록소록 잠들라
    하늘나라 아기별도
    엄마 품에 잠든다
    둥둥아기 잠자거라
    예쁜 아기 자장

            (김대현 곡)

                     —막—

찌

등장 인물

남자

여자

낚시꾼

때 현대

곳 남해의 섬(노화도)

무 대

상·하수로 석축(石築)의 방파제가 길게 뻗어 있다. 배경은 파란 등댓불이 명멸(明滅)하는 섬(보길도)이고, 그 사이로는 해협(海峽)이 흐르는 것으로 설정. 겨울 밤—.

막이 오르면 낚시꾼들이 멍석을 길게 펴고 앉아서 해협을 향해 줄낚시(댓 벌은 되는 모양)에 미끼(새우)를 끼워 봉돌을 던졌다 당겼다 하고 있다.

낚시꾼 주위에는 낚싯줄을 채우는 봉꽂이, 낚싯줄을 감은 자새, 석유등(불이 켜진)·어롱(종다래끼)·소주병 등이 널려 있다.

배의 고동소리 멀리 들린다.

낚시꾼 (봉돌을 던지며) 목포배가 들어오는가부다! (사이) 태풍경보가 나와
있는 데도 겁이 안 나는 거로군! (담배를 태워 물고) 옳지! 태풍이 대만 쪽
에서 북상중이니까 그 안에 목포에나 갖다 대겠다, 그런 속셈인 게로구
나! (봉꽂이에서 봉이 따르릉 울린다.) 이크! 걸렸나부다. (낚싯줄을 당기며)
세상 만사 저 배처럼 파도를 피해 다니면 되는 건데 (봉돌을 들어올린다.)
이놈의 고기들처럼 미끼만 따먹고 낚시는 뱉아버리든지 (낚시에 미끼를
끼워 던지고) 어떤 놈은 태풍하고 박치기한 데다가 낚시까지 삼켜버렸
으니 그놈의 신세 알쪼지!

　　(남자 등장. 외투에 ,방한모에, 안경을 끼고 있어서 얼굴 모습을 알아보기 어렵다.)

남자 (술병을 들어올려) 자아― 이거면 되겠지요?

낚시꾼 (돌아앉아 빙그레 웃으며) 마개를 따야지요.

남자 (멍석에 앉으며) 어서 술잔을 들어요.

낚시꾼 (술잔을 들고) 바닷물이 모두 술이라도…….

남자 부어야 술인가? (병마개를 따며) 안주를 먼저 드세요.

낚시꾼 (손가락으로 안주를 드는 시늉을 하며) 뜨거워! 뜨거워! (두 사람 홍소)

남자 (낚시꾼의 어깨를 툭 치며) 염불에는 힘을 안쓰고 잿밥에만 공을 들이
니 (술을 붓는다.) 고기 낚기는 틀렸나봐요. (두 사람, 술을 주거니받거니)

낚시꾼 고기란 놈은 참 이상하거든! 정신을 가다듬고 찌를 보고 있으면
좀처럼 물지 않아요. 그러다가 헛눈을 팔거나 뒷간을 가거나 하여간 허
튼짓 할 때 찌르릉 운단 말이거든! 심술하고는!

남자 술꾼들 술 마시는 핑계는 오죽 많아요? 두 병쨴데도 소식은
없고 …….

낚시꾼 낚시꾼에겐 세 가지 덕이 있는데 그 첫째가 뭔지 아세요?

남자 (장난스레) 낚으되 그러나 낚지 말라…… 그런가요?

낚시꾼 맞았어! 그거예요. 최선을 다하되 덤비지 말라. 비슷한 말이지! 당
신 낚시질을 한 번도 해본 적이 없다면서 용케 맞췄어! 당신은 재주꾼

이요. 아니 천재요, 천재.

남자 (투덜투덜) 뭐, 천재라구? 빌어먹을, 젠장할…….

낚시꾼 뭐요? 지금 당신, 뭐라구 그랬지요.

남자 (딴청을 부려) 어서 하던 얘기나 마저 하세요.

낚시꾼 얘기나마나 들어봤자 시원찮은 소린데…… 아, 그래서 어질병이
　　지랄병 되더라고 우린 아주 나섰지요?

남자 나서다니요?

낚시꾼 세트랑 배경이랑 다시 뺑끼를 바르고, 악사를 뒷도시에서 불러오
　　고, 그때 유행한 마카오 양복으로 싸악 맞춰 입고, 그리고 남해안 일대
　　를 돌았지요.

남자 (꿈틀 놀라) 이쪽 남해안을 말이요?

낚시꾼 왜 그러시요?

남자 어서 말씀하세요.

낚시꾼 댁에서도 돌아보셨소?

남자 ……나야 뭐!

낚시꾼 뭘 하셨는데?

남자 ……장사였죠.

낚시꾼 ……장사를 하셨군! 차라리 나도 장사나 했더라면 수지를 맞췄을
　　건데 그만!

남자 잘 안 됐나요?

낚시꾼 처음 약 한 달은 톡톡히 재미를 봤지요. 그러다가 이쪽으로 접어
　　들면서부터는 영 엉망이었죠.

남자 왜?

낚시꾼 우리 앞 장소를 때리고 나가는 단체가 또 하나 있었어요! 아시는
　　지 모르겠지만 흥행이라는 것은 앞 장소를 휘젓고 나가면 그 다음 단체
　　는 도야나 다름없게 되는 것이지요. 그래서 더러 코스를 바꾸곤 했는데

그게 오히려 화근이 되어 번번이 그 단체 뒷구멍을 쫓게 됐지 뭡니까!
　육로와는 달라서 바다에서는 단체가 한 번 움직일라면 여간 힘이 들지
　않아요. 그때만 해도 배 사정이 나빴고……. 그러다가 결정적으로 케이
　오를 당한 데가 바로 이 섬이었죠.

남자　여기서 당해요?

낚시꾼　……청산도(靑山島)에서 이 섬으로 오다가 태풍을 만나 삼마도라
　는 섬에 갇혔지요. 댓가구 사는 어촌인데 이십여 명 단체 식구와 배의
　선원들이 열흘 동안을 먹어치웠으니 야단 안 났겠어요? 여비와 밥값은
　이미 들통이 난 뒤라 섬사람 하나를 달고 여기까지 왔었지! 헌데 설상
　가상으로 여기서는 그놈의 앞단체가 태풍에 갇혀 열흘 동안을 때리고
　간 뒤 아니겠어요!

남자　……열흘 동안?

낚시꾼　그치들…… 배는 갇혔겠다, 노느니 염불하랬다고, 이 근방 샅샅이
　뒤졌을 건 뻔하죠. 그런 잔치 뒤를 비맞은 닭의 신세가 되어 가지고 마
　지막 화투장을 조이겠다고 찾아왔으니 처량하게 됐지 뭡니까!

남자　그랬었군요! 하 참!

낚시꾼　자꾸만 왜 그러시오?

남자　……당신 말에 장단을 맞추는 것뿐이오.

낚시꾼　……장단을 맞춰? 에헴! 그런 판국인데 삼마도 사람은 밥값을 달
　라, 여기 하숙집에서는 나가라, 단원들은 돌아가겠으니 출연료를 달라,
　여비를 달라, 나를 마구 찢어먹을려고 덤비잖아요! 허지만 무슨 수가 나
　야지!

남자　하 참!

낚시꾼　뭐요?

남자　그래서요?

낚시꾼　……그럭저럭 하노라니 한 방법이 생겨났지! 오나가나…….

남자 여자를 팔았나요?

낚시꾼 어? 당신 아는군!

남자 ……다 그렇고 그런 거 아닙니까?

낚시꾼 그렇고 그런 거라고? 젠장! 모르는 거 없군! (목청을 바꾸어) 단체에
　　반반한 여배우가 하나 있었지. 헌데…… 하숙집 주인녀석이 그걸 저당
　　으로 잡히면 이것저것 청산을 해주겠다는 조건을 걸어왔어요. 처음에
　　는 펄쩍 뛰었지만 날이 갈수록 눈사람 굴리듯 빚은 늘고 별 도리 없어서
　　그렇게 하기로 삼자 사자가 약속을 하고 산산이 흩어졌지요.

남자 여배우만 남고…….

낚시꾼 ……그렇게만 되었더라도 일은 좀 수월했을 텐데 내가 마지막 떠
　　나려는 판에 그 애가 붙잡고 놔주질 않아요.

남자 어쩌자고?

낚시꾼 나마저 떠나면 하숙집 주인한테 당할 것 같다는 거예요.

남자 돈을 갖고 와야지?

낚시꾼 시간이 걸리더라도 편지를 내라는 거예요.

남자 편지로?

낚시꾼 그렇게 했지.

남자 누구에게?

낚시꾼 (남자의 어깨를 툭 치며) 이 양반이, 자상하긴…….

남자 (쑥스럽게 머리를 숙여) 아, 미안합니다.

낚시꾼 미안은 또 무슨!

남자 그래서 돈은 왔나요?

낚시꾼 그때 돈이 왔으면 나는 지금 여기 안 있다구요! 편지를 여남은 번
　　내도 소식이 없었어요. 집에는 부모가 계셨고 여편네도 있었지만 보내
　　줘야지. ……후에 들은 얘기지만…… 그런 굿쟁이 녀석이 오히려 잘 됐
　　다, 그래로 썩게 놔 둬라, 설령 기어오더라도 받아줘서는 안 돼…… 그

랬다니까 내 편지는 함흥차사가 됐지 뭡니까!

남자 ……부인께서도?

낚시꾼 집안에서 그 야단인데 층층시하에서 갓 시집 온 숙맥이 별 도리
    있었겠어요? 그래저래 세월이 흐르니까 울며불며 친정으로 돌아갔겠
    지요.

남자 ……그래도 하숙집에서는 봐줬군요?

낚시꾼 봐준 게 뭡니까? 둘이서 품팔일 해서 갚았어요. 온갖 눈치 코치 받
    아가며 2년 간을?

남자 둘이서?

낚시꾼 일판이 이렇게 될려고 그때 그냥 애기가 생겼어요. 그놈이 지금
    군대에 갔으니…… 인생 한 번 허망하지요.

남자 그래 지금은 어떻게 지내시오?

낚시꾼 정들면 고향이랬다고 여기도 살 만한 곳이에요. 그 후 그럭저럭
    하다보니까 농토도 좀 생겼고 마누라는 술집을 차려…… 먹고 지내기
    는 괜찮은 편이지!

남자 (빈 술병을 뉘며) 한 병 더 사오죠.

낚시꾼 (히죽 웃으며) 나쁘지 않지! (남자, 하수로 퇴장)

    (낚시꾼, 바다를 향해 앉는다.)

낚시꾼 ……샛바람이 불면 고기들이 해골이 아파 입질을 않는다지? ……
    언제는 내가 쓸 만한 놈을 올려봤어? 집을 나설 때는 고래라도 잡을 듯
    이 수선을 떨고 들어갈 때는 개구멍 신세라…… 큰 양푼만한 도미나 한
    마리 낚아서 마누라 콧대를 꺾어 놔야 할 텐데…… 오늘은 어쩔는지,
    나 원!

    (여자, 상수에서 등장. 외투 깃을 세우고 머플러를 뒤집어썼다.)

낚시꾼 아직 못 가셨군요?

여자 네! (낚시꾼 곁에 다가서서) 낚여요?

낚시꾼 ……오늘 손님은 모두 약아서 속아주질 않군요.

여자 속임수가 서투시나 보죠?

낚시꾼 낚시질은 운이 팔 부라니까…….

여자 운이 나빠요?

낚시꾼 아직은 모르지요. 버텨봐야지.

여자 고기가 안 물면 무슨 재미로 이러고 계세요?

낚시꾼 손님 실수를 기다리는 거죠.

여자 ……손님 실수요?

낚시꾼 고기란 놈은…… 잡아먹으려고 이 추위에 떨고 있는 사람을 동정
　　해서 낚시를 삼키지 않아요. 미끼만 빼내지 못하고 낚시까지 아차 실수
　　하는 녀석을 낚시꾼은 노리는 셈이지요.

여자 아차, 하면 이미 늦겠군요.

낚시꾼 기적이 없는 한…….

　　(배의 고동소리 길게 울린다.)

　　저 배로 떠나시렵니까?

여자 그러겠어요. 내일 아침에는 태풍이 밀려온다니까!

낚시꾼 사람은 찾았나요?

여자 아뇨.

낚시꾼 ……이 근방에는 사람이 사는 섬만 해도 이십 개가 넘어요. 그런
　　데 무작정 사람을 찾는다는 것은 이 망망대해에 바늘 하나를 던져놓고
　　고기를 잡으려는 거나 다름없는 거예요.

여자 잡으려는 것보다도 저는 사과할려구 왔어요.

낚시꾼 왜요?

여자 싸웠어요.

낚시꾼 몹시 싸웠나요?

여자 흔한 부부싸움이었지만 그날 나는 그이에게 대단한 실수를 했어요.

낚시꾼 실수를?

여자 실수랬자…… 무능하다는 단 한 마디뿐이었는데 그만…….

낚시꾼 무능하다고?

여자 우리 그이는 전에 유랑극단을 했었어요.

낚시꾼 (몹시 놀라) 유랑극단?

여자 왜 그러세요?

낚시꾼 ……아닙니다. 어서 말씀하십시오.

여자 ……밤낮 원고지를 붙들고 씨름하는 그이에게 대들었죠…… 빛을
  보지도 못 하는 그짓 집어치우라구요. 자신의 무능을 모르겠느냐구 그
  랬지요……. 그게 그만 그이의 아픈 곳을 찌른 셈이 되어 집을 뛰쳐나
  왔답니다.

낚시꾼 ……아픈 곳을 찌르긴 찔렀구만요! 알 만합니다. 헌데 주인양반이
  이 부근에 와 있으리라는 생각은 왜 하시게 되었나요?

여자 그이는 나와 결혼하기 전에 이 남해안 일대를 여러 차례 돌았다나
  봐요, 극단을 끌고……. 그러니까 추억도 많겠고 그런 저런 사연도
  있나봐요.

낚시꾼 사연이?

여자 네.

낚시꾼 ……말씀하십시오.

여자 ……특히 이 노화도와 보길도에는…….

낚시꾼 여기서?

여자 왜 그러세요?

낚시꾼 아닙니다.

여자 ……사연이라는 것은…….

낚시꾼 여자와?

여자 아세요?

낚시꾼 아뇨.

여자 ……그이가 집을 뛰쳐나간 다음 뭔가 써둔 것이 없나 싶어서 뒤지다
  가 그이의 옛날 일기장을 훔쳐봤어요…… 유랑극단이 이 섬에 닿자 곧
  폭풍이 밀어닥쳐 딴 곳으로는 빠져 나가지 못하고 이 섬 저 섬 왔다갔다
  하면서 열흘 간을 상연했었대요. 미끼가 없어지니까 새것을 만들어 가
  면서…….

낚시꾼 음—.

여자 ……속이 답답하세요?

낚시꾼 ……괜찮아요. 그래서요?

여자 ……그때 어떤 섬처녀를 알게 됐나봐요. 옥희라던가…… 서로 사랑
  을 했나본데 처녀의 아버지가 반대를 했대요, 굿쟁이에게 딸을 줄 수는
  없다고. 그 후 파도가 잦아 극단이 이 포구를 떠나는데 왼통 울음바다
  가 되고…… 처녀는 그 후 실성해서 죽었대요……. 그러니 쉽사리 잊을
  수 있겠어요?

낚시꾼 (투덜투덜) 기막힌 인연이군!

여자 뭘 말입니까?

낚시꾼 (고개를 살래살래 저으며) 아닙니다. ……에 또, 그렇다면 좀더 뒤져
  보시지 않고?

여자 ……아저씨 말씀처럼 망망대해에 낚시는 던져 봤고…… 그리고 여
  자는 가정을 지켜야 한다는 부득이한 사정이 있잖아요? 뿐만 아니라 여
  기 와 보니까 머리를 식히기에는 아주 제격인 곳이군요! 그이가 이 근
  처에 와 있다면 이 곳에서 좀 쉬게 해드리고 싶어졌어요.

낚시꾼 ……부인!

여자 예?

낚시꾼 부인은 현명하십니다.

여자 현명하면 뛰쳐나가게 했겠어요?

낚시꾼 그 책임이야 쌍방이 져야지요. 허나 누군가가 먼저 타협을 제기해
　　야 하니까…… 나는 그런 뜻에서 하는 말입니다. 때로는 돌이킬 수 없
　　는 결과를 만들거든요!
여자 돌이킬 수 없는?
낚시꾼 (담배를 태워 물고 시부렁시부렁) 그 사람은 장사를 했다던데! 나 원,
　　세상 참!
여자 누가요?
낚시꾼 ……아무것도 아닙니다.
여자 아저씨!
낚시꾼 네?
여자 ……아까 내 말끝에 왜 끔쩍 놀라셨죠?
낚시꾼 (어물어물) 내가 그랬었나요?
여자 아저씨도 극단과 무슨 관계가 있었나요?
낚시꾼 ……아뇨.
여자 ……그런데 왜 자꾸만 그러실까?
　　(배의 고동소리, 가깝게 들린다.)
낚시꾼 배가 들어오죠?
여자 선창에 가보겠어요.
낚시꾼 아, 네! 가보십시오.
　　(여자, 상수로 퇴장.)
낚시꾼 (일어서서 우왕좌왕 수선을 떨며) 이 근방에 와 있긴 있는 모양인데!
　　나 참! 내가 이 꼴이 된 건…… 허긴 그 녀석 탓은 아니거든! 나 참!
　　(남자, 술병을 들고 등장.)
남자 (멍석에 앉아서 병마개를 따며) 자 어서 오세요.
　　(낚시꾼, 서성거리며 남자의 동정을 살핀다.)
남자 (술병과 술잔을 들고) 어? 왜 그래요? 별안간!

낚시꾼 (시치미를 떼고) 아, 술을 사왔나요? 들어야죠.

　(남자의 우측에 앉는다.)

남자 (술을 따르며) 무슨 일이 있었나요?

낚시꾼 아뇨.

남자 자, 드세요.

낚시꾼 듭시다. (두 사람, 주거니받거니)

낚시꾼 (투깔스럽게) 당신 장사를 했다구요?

남자 그렇다니까요?

낚시꾼 장사꾼 같진 않는데? 무슨 장사를 했나요?

남자 ……그냥 뜨내기죠.

낚시꾼 ……그래, 이번에는 뭘 사러 왔소?

남자 ……뭐 되는 대로 사지요. 아무거나!

낚시꾼 아무거나 사요?

남자 장사가 되는 것이면!

낚시꾼 ……나 참!

남자 왜 그러세요?

낚시꾼 술을 듭시다.

남자 그럽시다.

　(여자, 상수에서 등장. 그늘에 서서 두 사람의 거동을 살핀다.)

낚시꾼 (감상에 젖어) 나 노래 하나 할 테니 들어보겠소?

남자 ……좋도록…….

낚시꾼 (목청을 죽여) 넓고 넓은 바닷가에 오막살이 집 한 채 (남자, 따라 부
　른다.) 고기잡는 아버지와 철 모르는 딸 있네. 내 사랑아, 내 사랑아, 나
　의 사랑 클레멘타인. 늙은 아비 혼자 두고 영영 어디 갔느냐─. (사이)

남자 (속삭이듯) 부인과 금슬은 좋으시오?

낚시꾼 (시무룩해서) 그와 나와 단 둘뿐인데 좋지 않으면 어쩔 거요?

남자 그러면 됐지!

낚시꾼 당신은 어떻소?

남자 뭐요?

낚시꾼 뭐요라니, 어느 쪽이오?

남자 (사납게) 좋다니까! 자, 술!

낚시꾼 이제 그만!

남자 그럼, 낚시질도 틀렸고 집에 들어가 보시지?

낚시꾼 낚시질이 틀려?

남자 술병을 세 개째 비우고도…….

낚시꾼 낚시의 둘쨋 번 덕은 큰놈이 올라올 거라고 믿으라는 거예요.

남자 이제나저제나 하고 기대를 걸어보는…….

낚시꾼 인생과 같은…….

남자 ……난 피곤해!

여자 (그늘에서 나와 낚시꾼에게) 선표 샀어요.

　　(남자, 머리를 번쩍 쳐들고 몹시 긴장한 투로 입을 벌린다.)

　　(여자, 낚시꾼 곁에 등을 대고 앉는다.)

낚시꾼 ……떠나세요!

여자 네!

낚시꾼 부인!

여자 네?

낚시꾼 ……내가 혹시 주인양반을 만나면 뭐라고 전할까요?

여자 ……보기도 싫으니 돌아오지 말라구요!

낚시꾼 (담배를 태우며) 내가 그대로 전했다가 정말 돌아가지 않으면 후회
　　않겠어요?

여자 후회를 하다니요? 내가 뭣 때문에 후회합니까?

남자 ……감당 못할 소릴!

여자 누가 할 소린데요!

남자 고집은 그대로군!

여자 당신은요?

남자 당신이라니?

여자 아니에요.

남자 아니면 관 둬요.

여자 관두지 않구요?

남자 나, 참!

낚시꾼 (엄청나게 큰 소리로) 하―나, 원!

남자 왜 그러시오?

낚시꾼 ……계속해요. (몸을 돌려 바다를 향해 앉는다.)

여자 ……마땅찮으면 두들겨 패 줄 것이지 뛰쳐나오긴!

남자 누가?

여자 그런 사람이 있어요.

남자 바보군!

여자 왜요?

남자 사내답지 못해서!

여자 그인 항상 정이 앞서요.

남자 그늘에 숨어서 찔찔 우나요?

여자 맞았어요. 애들처럼!

남자 꼬집어 주잖고?

여자 ……끝내는 나도 같이 울게 되는 걸요!

남자 미쳤군, 둘 다!

여자 미치다니요?

남자 뜻대로 안 되니까.

여자 누구나 그런 대목이 있잖아요?

남자 더러 헤어질 생각도 해볼 걸?

여자 뭐라구요?

남자 그런 생각은 못했군!

여자 남자들은 하찮은 일을 꼬집어서 막다른 골목까지 끌고 가는 습성이
      있어서 탈이에요.

남자 여백이 없다, 그거요?

여자 잔인해요.

남자 여자는 심술쟁이거든!

여자 심술을 부리지 못하게 붙들어 매세요.

남자 힘들어!

여자 여자에게 좀 대담하게 정을 주지 않았나요?

남자 ……그런 셈인가!

여자 여자는 단순해요.

남자 아니 복잡하더군!

여자 여자를 모르셔요?

남자 당신은 남자를 아오?

여자 당신이라니?

남자 아니지.

여자 정말?

남자 우린 남남이야.

여자 그건 처음부터 그래요.

남자 그러니까 우린 싸울 필요 없어.

여자 울 까닭도 없어요.

남자 따질 것도 없고.

여자 ……그렇다고 포기할 것도 없잖아요?

남자 뭘 말이오?

여자 우리의 모든 것…….

남자 우리의?

여자 그래요.

낚시꾼 (버럭 소리를 질러) 그렇지, 우리의 모든 것을 포기할 수는 없어요.
    좀더 알뜰히 가꾸어 봐야지!

    (배가 부두에 닿는 소음 들린다. 배의 기관 소리 들린다.)

여자 아저씨!

낚시꾼 예?

여자 (손수건에 싼 것을 내밀며) 이거, 그이 만나시면 전해 주시겠어요?

낚시꾼 ……뭡니까?

여자 돈이에요. 그인 집을 떠날 때 별로 가진 것이 없었을 거예요. 지금쯤
    빈털터릴 겁니다. 외상술 먹고 섬처녀한테 붙들리지 말라구…….

낚시꾼 ……알겠습니다.

여자 (일어서서) 나는 가겠습니다. 많이 낚으세요.

낚시꾼 (일어서서) 부인!

여자 예?

낚시꾼 ……내가 주인양반을 기어이 찾아서 보내드리리다. 나처럼 섬귀신
    이 안 되게시리, 이 태풍이 지나간 후 바다가 잔잔해지면 다음 배에 태워
    서 보낼 테니 걱정 마시고 떠나세요.

여자 고맙습니다.

낚시꾼 그러나 두 분은 명년 파시(波市)가 설 무렵쯤 나란히 한 번 오셔야
    합니다.

여자 (활짝 피어 올라) 그렇게 하겠어요.

    (여자, 총총히 상수로 퇴장.)

    (남자, 불끈 일어서서 여자의 뒤를 쫓으려 한다. 낚시꾼이 남자의 팔목을 덥석
    잡는다.)

낚시꾼 덤비지 말랬잖아!

　(봉꽂이의 방울이 요란하게 운다. 낚시꾼과 남자, 거의 동시에 몸을 날려 낚싯
　　줄을 당긴다.)

남자 크죠?

낚시꾼 암!

남자 (줄을 사리며) 빨리 빨리!

낚시꾼 (줄을 당기며) 핫하! 또 덤벼!

남자 그러다가 놓쳐요.

낚시꾼 그러니까 이렇게 슬슬 올려야 한다구요. 자─올라오신다!

　(두 사람, 봉돌을 올린다. 도미새끼가 올라온다.)

남자 ……겨우?

낚시꾼 ……태산명동에…….

남자 서일필이라!

　(배의 기관 소리 요란하게 들리면서 고동이 길게 운다. 두 사람, 떠나는 배를
　　바라본다.)

낚시꾼 손을 흔들어 줘야지!

남자 저 배에 누가 탔어요?

낚시꾼 ……누가 탔건 뱃길은 외로워! (손을 흔든다. 남자, 살며시 손을 들어
　　한들한들 젓는다. 고동소리 가늘게 운다. 낚시꾼, 손을 내린다. 남자, 멋쩍게
　　손을 내린다.)

낚시꾼 (도미새끼를 추켜들고) 여보!

남자 뭐요?

낚시꾼 ……우리 이걸 안주 삼아 다시 한 잔 합시다.

남자 그렇게 적은 새끼까지 낚으라는 법도 있소?

낚시꾼 핫하─이 친구, 아는군!

남자 뭘?

낚시꾼 셋쨋 번 꺼…….

남자 새끼는 낚지 말란가?

낚시꾼 옳지! "월척이 아니면 다시 물에 집어넣어라"가 셋쨋 번 덕이라는
　　거지! 좌우간 용케 맞췄어! 당신은 천재야! 아직 빛을 보지는 못한 모양
　　이지만 말씀이야! 앗핫하하하. 자, 자, 어서 갑시다. 우리 마누라가 반가
　　워할 거요.

남자 참! 그 여배우 솜씨로 지지고 볶으고 해서…….

　　(두 사람, 마주보고 히죽 웃는다. 이윽고 눈알이 튀어나오도록 웃어 제친다.)

—막—

조그만 영토

등장 인물

김희수

기무라(木村 · 일본 육군 오장)

소장(일본 육군 대좌)

다카기(高木 · 경찰서장)

이씨(문인)

만담가(일본 여인)

정원(김희수의 애인, 소리뿐)

지원병 다수(소리뿐)

때   194×년

무 대

서울의 지원병 훈련소 강당의 무대.

전면이 객석을 향해 뚫려 있을 뿐 삼면은 두꺼운 벽으로 둘러싸여 있어서 무대를 오르내리려면 정면에 세워 놓은 사다리꼴의 층층대를 통해야 한다.

중앙의 벽에 일본 국기가 걸려 있고 그 앞에 테이블과 의자가 하나씩 놓여 있다.

집합 나팔소리 울려 퍼지면서 막이 오르면 기무라 오장(伍長)이 의자에 비스
듬히 앉아서 편지를 읽고 있다.

지원병 (소리만) 고쪼오도노(오장님), 청소를 끝내고 집합했습니다.

기무라 (발을 테이블 위에 얹으며) 좋아!

지원병 (구령) 차렷! 고쪼오도노께 경롓!

기무라 (답례로 손을 올렸다 내리고) 김희수 있나?

김희수 (소리만) 하잇(네).

지원병 (구령) 바롯!

기무라 이리 와!

김희수 (등단) 뭡니까?

기무라 (훑어보고) 너 훈련이노 게을리하고 연애노 열심히 했소가?

김희수 (푹 꺼진 소리로) 또 내 편지를 뜯어 봤군요?

기무라 편지노 보는 건 내 권한이야!

김희수 검열관이 따로 있잖소?

기무라 뭐? ……검열관이노 있소도 나노 봐야 한다…… 기미노 후테이센
징(不逞鮮人)이니까 더욱 그래!

김희수 (울분을 견디며) 좌우간 봤으면 돌려 주시오.

기무라 기다려! 에─또…… 여기 재미있는 말이노 있으니까 읽어 주지.

김희수 당신이 봤으면 그만이지 저번처럼 또 여러 사람 앞에서 낭독을 할
거요?

기무라 ……흥!

김희수 그 편지는 내 개인의 친서요. 공문이나 회람판이 아니란 말이요.
봤으면 본인에게 돌려줘야 할 게 아니오?

기무라 (들은 체 만 체 음성을 바꿔) ……희수 씨는 나의 보람이요 나의 영혼
입니다. 우리의 굳은 사랑은 어떠한 난관도 뚫을 것이오, 아무리 모진
곤욕도 이겨 나아갈 것입니다. 그래서 언젠가는 우리들의 보금자리에

서 우리의 꿈을 꽃피울 것입니다. 희수 씨! 나는 희수 씨와 거닐던 뒷산
의 오솔길을 오늘도 걸었습니다. 희수 씨와의 밀어 그리고 그때의 체온
을 되새기며 실성한 사람처럼 오래도록 서 있었습니다…….

(지원병들의 와아——웃음소리)

김희수 (테이블을 탁 치며) 그만 하란 말이오. 그 편지 못 주겠어?

기무라 (화가 치밀어) 뭐? 건방진 자식!

　　　　(발을 쿵 내려 디디며 편지를 김희수 앞으로 던진다.)

　　　　(김희수, 편지를 집어 주머니에 쑤셔 넣는다.)

기무라 (일어서서 김희수의 주위를 돌며) 코노야쓰(이놈의 새끼) 상관이노 앞
　　　　에서 건방지게…….

　　　　(주먹으로 김희수를 일격)

　　　　(김희수, 넘어진다.)

기무라 (발로 차며) 기오쓰겟! 기오쓰께다(차렷! 차렷이다). 코노 바가야로
　　　　메(이 바보녀석아)!

　　　　(김희수, 비틀거리며 일어선다.)

기무라 너는 이 훈련소에서 제일 나쁘노 자식이야! 전번에 편지 읽었다고
　　　　소장께 탄원서노 냈지? (김희수의 뺨을 손가락으로 쿡 찌르며) 그래 좋은
　　　　답변이노 얻었나?

김희수 ……탄원서 낸 건 내 잘못이었소.

기무라 내가 당할 줄 알았나? 바가야로메!

김희수 그런 부당한 처사를 시정해 줄 줄 알았었지요. 그렇게 믿었던 것
　　　　이 내 오산이었단 말이오. ……당신이나 소장이나 같은 일본인이란 것
　　　　을 깜박 잊고…….

기무라 (눈알을 부라리며) ……일본인 조선인 구별이노 했소까?

김희수 말로는 내선일체(內鮮一體)라면서 차별은 당신들이 하잖소? 방금
　　　　도 당신은 날보고 후테이센징이라고 안했소?

기무라 이놈의 자식! 갈수록 태산이군! (주먹으로 갈긴다.)

　(김희수, 쓰러진다.)

기무라 (발길질하며) 기오쓰겟! 기오스께다!

　(김희수, 부시시 일어선다.)

기무라 (악을 쓰며) 기오쓰겟!

　(김희수, 똑바로 선다.)

　마와래미깃(뒤로 돌아.)

　(이하, 김희수는 기무라의 구령에 따라 움직인다.)

　마와래미깃 야스메(쉬어). 기오쓰께 미기무께 미기(우향우). 미기무께
미기 마와래 미기 마와래 미기 마와래 미기 마와래 미기 마와래 미기
엎드려 뻗쳐 굴신운동 스무 개 시작, 하나둘 하나둘 하나둘 계속이노
해……빌어먹은노 자식! 버릇이노 단단히 고쳐 줘야지! 일본이노 가서
학교 다니면서 나쁜 짓이노 하고 고향에 쫓겨와서 또 나쁜 짓이노 하고
군대에 와서 또 나쁜 짓이노 하고 나쁜노 바카리(나쁜 짓만) 하는 놈이
노 착실히 하는 센징(鮮人)에게 물이노 드니까 기압이노 받아 봐라.

　(김희수, 기를 쓰고 스무 개를 채운다.)

기무라 기오쓰겟!

　(김희수, 비틀거리며 일어선다.)

기무라 야스멧 기오쓰겟 야스멧 기오쓰겟! 웃웃이노 벗엇 (김희수, 웃웃을
　벗는다. 이하 구령에 따른다.) 쓰봉이노 내렷! 빤쓰노 내렷! 야스멧 기오쓰
　겟! 두 손이노 뻗어서 긴따마(고환) 노 잡앗!

　(지원병들 폭소)

　앞으로 갓! 여기 무대노 뺑뺑 돌앗!

　(지원병들의 웃음소리 높다.)

지원병 (별안간 소리만) 차렷!

　(기무라, 차렷 자세)

지원병 (소리만) 소장님께 경롓!

　(기무라 경례)

　바롯!

　(기무라, 손 내리고 부동자세)

소장 (소리만) 뭐야? 뭣들 하고 있나?

기무라 하잇! 저 녀석이 나쁜 짓이노 했소대…….

소장 (소리만) 오늘 여기 위문단이노 오는 거 알고 있나?

기무라 하잇!

소장 (소리만) 준비노 다 되었나?

기무라 하잇!

소장 곧 시작이노 한다 정돈해.

기무라 하잇! (경례를 붙이고 나서 김희수를 훑어보며)

　이리 왓!

　(김희수, 기무라 앞으로 나선다.)

　다시노 주의했소까?

김희수 (쏘아보며) 뭘 주의해?

기무라 (때릴 듯) 나니(뭐)?

　(김희수, 옷을 입는다.)

기무라 누가 입으라고 했나?

김희수 ……또 벗을까?

소장 (소리만) 그만이노 해라.

기무라 하잇 (김희수의 턱을 쿡 찌르며) 이 새끼……명령이노 듣지 않고 제

　멋대로 굴어? (이를 갈며) 요씨 위문공연이노 끝나면 보자! (정면을 향해)

　모두 차렷!

　(기무라, 구보로 하단)

　(김희수, 두덜두덜 하단)

(사이, 무대 밝아지면서 일본 군가[취주악] 들린다.)

소리 (마이크) 에—또 지금부터 '다나카' 일행의 위문공연이노 시작하무
니다. 맨 처음 나오실 분은 '쓰찌 기요코' 상입니다. 재미있는 만담이
노 보내드립니다. 그러면 '기요코' 상 도—조…… 여러분 박수를 보내
주세요.

(관중의 박수소리)

(샤미생[三味綿] 소리에 맞추어 만담가, 부채를 들고 등단)

만담가 (장내를 휘둘러보고 위엄을 갖춘 다음) 요요와가 구니노 군따이와 댄
노우노 도오소쓰시 다마우 도코로니소 아루…… 에—또 이건 여러분
이 매일 아침 동방요배(東方遙拜)를 한 후 외우는 군인칙유(軍人勅諭) 올
시다만 이 칙유를 내리신 메이지댄노우(明治天皇)는 일찍이 조선동포를
사랑하시사 일한합방(日韓合邦)의 칙어(勅語)에서 말씀하시기를 (목청을
바꾸어) '짐은 동양의 평화를 영원히 유지하고 제국(帝國)의 안전을 영
구히 보장해야 하며 또 한국이 화란(禍亂)의 근원임을 알고 짐의 정부로
하여금 한국정부와 협정시켜 한국을 제국의 보호하에 두어 그 화란을
두절시켜 평화를 확보하고자 함이라.'……하셨습니다. (언성을 높여)
황통연면(皇統連綿) 기원 이천육백 년의 빛나는 대일본제국은 명치천황
폐하의 성대에 이룩한 명치유신의 대과업의 일환으로써 암흑의 나날에
서 질식하던 조선의 백성을 적자(赤子)로 맞아 주셨습니다. 여러분은 이
크고 큰 홍은(鴻恩)에 보답하고자 귀축(鬼畜) 미·영(美·英)을 박멸하는
성전(聖戰)에 참여하게 되었습니다. 이 슬기 이 기쁨 이 충성은 여러분
의 무한한 영예이며 여러분의 선조에 대한 효도가 아니고 무엇이겠습
니까!

(관중의 긴 박수소리)

우리 위문단은 그러한 가상한 여러분을 위문 격려하고자 멀리 동경에
서 달려왔습니다. 돌이켜 보건대 오늘날 우리들이 말하는 내선일체는

결코 우연한 것이 아닙니다. 그 한 가지 예를 대일본과 인연이 깊었던 백제와의 관계에서 찾아 보기로 하겠습니다. 에—또 조오센노 미나사마 (손으로 입을 가리며) 아라 시쓰래이(조선의 여러분 어머 실례)…… 일본서기(日本書紀)에 의하면 응신천황(應神天皇) 25년에 백제의 직지왕모(直支王母)와 모쿠만치(木滿致)가 간음했다는 대목이 있습니다. 이 모쿠만치와 왕모와의 러브 스토리로 내 만담의 실마리를 풀어볼까 합니다.

(관중의 박수소리 요란하다.)

(김희수, 쏜살같이 무대 위에 뛰어올라 만담가의 덜미를 잡아 누른다. 한 손에
  는 수류탄과 밧줄을 들었다.)

만담가 (기겁해서) 고래 도오시다노(이거 어떻게 된 일이에요?).

김희수 (윽박지르며) 꼼짝 마라!

  (관중 수선거리는 소리)

소장 (소리만) 아노야쓰(저 자식) 기치가이노 야쓰(미친놈)!

기무라 (소리만) 바가야로메! 기어이 개지랄이노 했소대…….

김희수 (만담가를 옆구리에 끼고 관중석을 향해) 오냐! 미치지 않게 되었느냐?
  (수류탄을 추켜들어) 이놈들! 모두 꼼짝 마라! 이걸 던질 테다! 차근차근
  내 말을 들어! 자, 너는 여기 앉고 (만담가를 의자에 앉히고 밧줄로 묶은 다
  음) 다음은 너희들 차례다. 모두 차렷! 차렷이다! 이놈들아, 내 명령에 복
  종 안 하면 이걸 관중석 한복판에 던진단 말이다. 자, 해 봐. 차렷이라니
  까? 차렷! 쉬엇! 차렷!…… 좋아! 내 명령에는 지원병이고 사병이고 앞줄
  에 앉아 있는 육군 대좌 훈련소장이고 중대장이고 소대장이고 그리고
  기무라 고쪼오고 모두 순종해! 쉬엇! 차렷! 제자리에 앉앗! 두 손을 합장
  하듯 앞에 모으고…… 그래 그래 됐어! 자—식들…… 봇짠들이노(어린
  애들) 말이노 잘이노 들어 해! 자, 그 자세로 나에게 주목! 나를 봐, 나를!
  됐어! 기무라 고쪼오, 특히 너는 나를 잘 보고 있어! 알았나? 대답하라,
  대답 안하면 이걸 던진다. 대답하라, 알았나?

(관중들 하잇 소리)

자, 그럼 이제부터 명령을 내리겠다! 첫째, 소장은 단상으로 올라 와랏!

소장 (소리만) 오이 오이! 야매때 구래(그러지 마라).

김희수 이걸 던지면 끝장이다. 어서 올라 와!

(소장, 맥이 풀려 등단)

소장 장난이노 그만 하라구!

김희수 장난이노 좋아하네! (소장을 테이블 다리에 묶어 앉히고 엉덩이에 찬 권총을 빼낸다.) 다음은 기무랏!

(소리만) 빌어먹은노 나 참!

(기무라, 등단)

김희수 코노 악질이노 세빠또새끼!

(기무라, 오들오들 떤다.)

김희수 자—식! 떨기는 왜 떨어? (기무라를 테이블 다리에 묶고) 너희들 세 연놈의 목숨은 내가 맡아둔다. 공연히 죽이지는 않을 테니까 떨지 마라! 그러나 허튼 수작 부리면 없어! (관중석을 향해) 너희들 중에 누군가가 나를 잡아 공을 세우려고 만용을 부려 봤자 소용 없어! 이 수류탄은 핀을 뽑아 두었으니까 나는 넘어지면서도 (단상의 세 사람을 보며) 이것들과 폭사할 수 있어!

(비상벨 소리, 사이렌 소리)

자—식들 조선군 사령부와 관동군 사령부가 몰려와도 안 돼! 나는 내 영토를 수호하겠어! (관중석을 내려다보며) 너희들도 꼼짝 말고 앉아서 내 말을 들어! 음! 허긴 모두 조선 사람이군! 나와 같은 조선 사람이야! 허나 너희들은 반은 왜놈이야! 너희들 탓만은 아니지만 말이어! 같은 조선 사람으로서…… 내가 부당하게 모욕을 당하는데 의분을 느끼지는 못할망정 창자를 빼들고 와아— 와아— 웃어대는 꼴이란…… 그건 그렇고 (몸을 돌려) 오이 아가씨?

만담가 하 하잇!

김희수 너 결혼했나?

만담가 ······아직······.

김희수 처녀란 말이지?

만담가 하잇!

김희수 ······그래 아직 사내맛도 못 본 주제에 기껏 만담 소재가 백제왕후
    의 간음이란 말인가?

만담가 시쓰래이 시마시다(실례했습니다).

김희수 시쓰래이 좋아하네! 넌 우리 민족을 은근히 모욕할 속셈으로 간음
    어쩌고 하려다가 나 때문에 말문이 막혔지만 내가 네 나라 얘기 좀 하랴?

만담가 하잇!

김희수 네가 첫머리에 들먹이던 명치(明治) 말이다. 그 사람을 너는 잘 모
    르는군! 명치는 효명(孝明)의 아들이고 경도(京都)에서 낳아서 경도에서
    컸어!

만담가 하잇!

김희수 그건 아나?

만담가 하잇!

김희수 덮어놓고 하이냐? 좋아! 그러니까 명치는 그쪽 사투리를 썼어!
    ······난야 도쿄 잇돗단야 나니 시돗단낸! 이런 식이지! 어때? 경도 말 그
    렇게 하지!

만담가 하잇!

김희수 그런 것이 수염을 길러 영웅의 뽄을 떠서 사진을 내고 이 나라 저
    나라 쿡쿡 찔러 약탈이나 하는 전쟁 깡패였는데 말이다. 너 그 사람이
    얼마나 색골인 줄 알아? 모르지?

만담가 아라 마—(무슨 말씀을)!

김희수 모르면 듣고 있어! 내가 가르쳐 주지······ 명치는 마누라 아키노리

(昭惠) 말고도 첩이 다섯이나 있었어!

소장 그런 거짓말이노 하는 것이노 아니야. 불경죄(不敬罪)에 걸려!

김희수 흐흥! 소장 나리! 그 기백 한 번 좋았어! 자식 전연 벽이로군! 너 학
　교 어디냐?

소장 나니?(뭐?)

김희수 육군사관학교?

소장 그렇다.

김희수 허기야 사관학교에서 그런 것을 가르치겠나? 내가 일러주지! 나는
　말이다. 네 나라 일본서 학교에 다닐 때 썩 재미있는 선생을 만났어! 나
　는 그 사람으로부터 일본정사(日本正史)를 얻어봤거든! 거기 하도 우스
　운 데가 있어서 외워 두었지! 너희들의 구세주 명치는 본처 말고도 첫
　째 첩 하무로(葉室), 둘째 첩 하시모도(橋本), 셋째 첩 야나하라(柳原), 넷
　째 첩 지다내(千種), 다섯째 첩 소노(園)가 있었어! 명치는 여기서 아들
　다섯 딸 열, 도합 자그만치 열다섯을 낳았지! 나는 그 열다섯을 모두 외
　울 수 있지만 관두기로 하고 셋째의 야나하라가 다이쇼(大正)을 낳고 다
　섯째의 소노가 후사코(房子)를 낳았다는 것만 일러 두지! 하여간 그 사
　람 자식 욕심은 대단했어! 그치는 우매요 후야새요(낳아라 불려라 ── 일
　정 때의 구호)의 선구자니까 산아제한은 안했을 것이며 종자 많이 쳐서
　어디 평온한 나라 또 침범해야 했을 테지! 그게 명치유신이야! 이 바보
　들아!

소장 황송이노 하게! 아─ 아─ (신음소리).

김희수 그래! 너희들은 황송하다고 하겠지! 나도 둘러봤지만 그치 따로
　명치신궁(明治神宮)이라는 것을 차려주고 또 성덕기념회화관(聖德紀念
　繪畫館)이라는 것을 세워 그 앞에서 손뼉치고 절하고 마치 하느님처럼
　치켜 세우고 있으니까! (소장의 머리를 만지며) 그러나 말이다. 너는 고등
　교육을 받은 놈이니까 내 말을 새겨 봐라! 너희들의 영웅이 반드시 우

리들의 영웅일 수는 없어! 명치는 우리 것을 훔쳐다가 너희들의 배를 채웠으니까 너희들에게는 은인이고 영웅이고 신(神)일지는 모르지만 우리들에게는 원수란 말이다. 입장을 바꿔놓고 생각해 봐!

소장　천황은 일시동인(一視同仁)하셔!

김희수　앗핫핫……웃기는군! 소장이 날 웃겼어! 강아지처럼 길들이려고 어루만질 때는 일시동인이고, 월급을 줄 때는 차별해서 가봉(加俸) 붙여주고 출장여비는 몇 배씩 올려주고 하는 건 뭔고?

소장　생활수준이 다르잖아?

김희수　이런 악당 봤나? 조선 사람들은 가봉 주면 쓸 줄 모른다든? 너희들만큼 문화생활을 누릴 줄 모른다든? (소장의 머리를 손가락으로 쿡 찌르며) 섬나라 주제에 해적질하다가 두둑해지니까 생활수준 어쩌고? 우리나라는 말이다, 기원 이천육백 년 하는 네 나라 역사의 배인 오천 년의 역사와 찬란한 문화를 계승하고 있어! 허기야 네놈들이 임진란과 여타 여러 차례 몰려와서 무고하게 부수고 불태우고 약탈해 가기는 했지만 말이다. 네 나라가 지금 그 나름대로 문화 어쩌고 들먹이는 것은 모두 우리 선조들이 세워준 거야! 그건 너도 알지?

소장　……영향은 받았어?

김희수　영향 정도가 아냐! 하늘 천 따 지로부터 인의예지(仁義禮智)와 모든 경전(經典)과 여러 예술과 심지어는 집 짓고 배 짜고 밥그릇 굽는 짓까지 다 가르쳐줬어! 그런 종주국(宗主國)을 너희들은 어떻게 대접했지?

소장　대동아공영권(大東亞共榮圈)을 건설해서 다같이 평화를 누리자는 것인데 뭘 그러나?

김희수　(단상의 세 사람의 머리를 두루 쓰다듬으며) 소장의 그 따위 넋두리는 내가 너희들 호령을 감내할 때 통용이 되는 것이지 지금의 이 영토에서는 궤변에 지나지 않아! 나는 너희들처럼 억지는 안 쓴다. 침략자들은 타민족을 침략할 때면 모두 그럴 듯한 명분을 조작했었지! 너희들은 대

동아공영권 어쩌고 수작을 부리면서 못된 짓 많이 했어! 지금도! 소장
은 중국에 가서 3년 싸웠다며?

소장 ……그랬어!

김희수 무고한 중국 사람 얼마나 죽였나? 훈장을 두 개 탔다니까 전공을
많이 세웠겠군! 중국 여자 강탈은 몇이나 했어?

소장 오이! 그만이노 하면 어때!

김희수 양심에 찔리나?

소장 이렇게 한다고 해서 뭐가 되는 것도 아니고 기미만(너만) 손해노 보
니까 그만이노 하소.

김희수 뭐가 되고 안 되고 그쪽에서 참견할 것 없어! 내 요구만 들어 주면
돼!

소장 그것이노 뭔가?

김희수 당신 따위 보고 내 나라 독립을 인정하라든가 우리 말을 자유롭게
쓰게 하라든가 빼앗긴 성(姓)을 돌려 달라든가 그런 요구는 안 해! 그러
나 당신이 할 수 있는 일이 있어!

소장 뭔데?…… 음! 앞으로 식사대우노 잘이 한다든가 기압이노 아니 준
다든가 그런 것이노 약속하지.

김희수 그렇다. 잘하고 못하고가 아니고 그런 것 모두 안 하면 될 것
아냐?

소장 응?

김희수 여기 훈련병이 모두 앉아 있다. 이 사람들을 고향에 돌려보내면
돼.

소장 뭐?

김희수 너희들이 도발한 전쟁에 우리 조선 사람이 말려들 이유가 뭐지? 우
리는 우리 영토에서 우리 것 먹고 우리 말 쓰고 우리 뜻대로 살아야 한
다. 너희들이 우리 청년들을 지원병이란 허울 좋은 올가미를 씌워 너희

들의 배때기를 채울 침략전쟁에 몰아넣을 권리는 전연 없어! 그러니까
　오늘로써 이 훈련소 폐지를 선언하란 말이다.

소장　참! 터무니노 없는 밀이노 했소욧.

김희수　터무니없는 것은 너희들이야!

소장　나도 명령이노 받아서 여기 소장 노릇이노 했지. 그런 권한이노 없
　소욧.

김희수　내가 그대를 조선총독이나 일본총리 대신으로 보지는 않아! 허지
　만 지금 그대는 내 요구를 들어 줄 수 있어! 어때?

소장　핫하― 참, 답답한 양반!

김희수　못하겠다 그 말이지?

소장　할 수노 없소요!

김희수　좋아! 그럼 오늘은 일단 이걸로써 휴전이다. 우선 훈련병을 취침
　시켜.

소장　하잇! ……당직사관!

소리　하잇!

소장　해산이노 시키고 재워라!

소리　하잇! 모두 해산!

　(흩어지는 소리)

김희수　(단상을 둘러보며) 우리도 자 두자! 밖의 불을 환히 켜 두고 이 무대
　의 불은 꺼라.

―암전―

　(기상 나팔 소리)

―F·1―

김희수　(졸고 있는 세 사람의 머리를 흔들며) 자식들! 꼭 오이쪼 판에서 털린
　놈들 같군! 오이 (만담가에게) 잘 잤나?

만담가　……하나치도 못 잤어요.

조그만 영토 · 121

김희수 ……왜 그랬을까? 모쿠만치노 간음이노 꿈이노 꾸면서 자 두지
　　　그랬어? 전쟁이 길어질 텐데!

만담가 스미마셍(미안합니다).

김희수 (만담가의 머리를 쓰다듬으며) 자네는 솔직해서 좋아! 소장이노 내
　　　말이노 잘 들으면 곧 해방이노 된다 참아라.

만담가 ……하잇!

김희수 ……그리고 기무랏!

기무라 하잇!

김희수 너는 내려가서 훈련병들 아침밥 먹여 곧 이리로 모이게 해. 너 새
　　　빠또새끼노 알았소까?

기무라 하잇!

김희수 오면서 여기 세 사람 식사 가져 와라! 내가 먼저 먹지는 않을 테니
　　　까 바보짓 말고! 알았나?

기무라 하잇!

김희수 (오랏줄을 풀며) 어서 가.

　　　(기무라 하단)

김희수 ……소장?

소장 (겁에 질려) 하잇!

김희수 ……생각해 봤나?

소장 (저자세로) 오이! 용서해 줘!

김희수 (언성을 높여) 못 해?

소장 ……어쩔꼬 잉!

김희수 곧 훈련병이 모두 온다. 결심을 해 둬.

소장 내 입장이노 알면서 그러나?

김희수 소장은 체면이 문제겠지만 나는 생명을 건 일이다. 여기서 끝장을
　　　보려나?

소장 그런 불길한 소리노 마소.

김희수 나는 한치도 물러설 수 없어!

소장 ……에—또 우리 이런 일 하니치도 없었던 깃으로 해 두지! 나도 생각이노 많이 했어요. 깅꿍(김군)이 왜 이렇게 나오게 되었나 납득이노 가는 점이노 있소요. 우리 나이치징(內地人)이노 잘못이노 많았어요. 앞으로 서로 잘이노 하기로 하고 그만 하자니까!

김희수 그런 동정은 싫어! 나를 이렇게 만든 건 오직 당신들 일본인이여! (고함을 질러) 내 책임이 아니여! 내 잘못은 없어! 전연 없어!

다카기 (소리만) 핫하—깅꿍이 화가 단단히 났구나!

김희수 (눈알을 부라리며) 흥! 포도대장 나타났군!

다카기 (등단하며) 깅꿍이노 왜 이럴까?

김희수 (쏘아보며) 당신, 누가 여기 올라오라고 했어?

다카기 (손을 저으며) 마 마! 홍분이노 하지 마소.

김희수 (수류탄을 추켜들며) 거기 구석에 서 있어.

다카기 (무대 좌측 구석에 서서) 에—또 …….

김희수 (버럭 소리를 질러) 에또고 쥐뿔이고 꼼짝 말어! 소식을 듣고 왔겠지만 내가 당신한테 문초를 당할 때와는 사정이 달라! 허튼 수작 부리면 이치들처럼 묶어놓을 테니까?

다카기 마 마! (다가서려 한다.)

김희수 (권총을 겨누며) 움직이면 쏠 테다. 그 구석에 앉아 있어!

다카기 (구석에 쪼그리고 앉아서) 존말이노 하려고 왔는데!

김희수 조선 청년들을 모조리 잡아다가 지옥으로 몰아넣은 악당께서 존말이노 무슨 존말이여?

다카기 단신노(당신은) 명예스런 일본군인이노 되어 놓고 이런 짓 하면 못써요! 그 총이노 치우고 존말이노 합시다. 그러면 모든 것이노 용서할께!

김희수 조선군 사령관 행세까지 하나?

다카기 마 마! 모두가 나라에 봉공(奉公)하는 일이니까 온나시(같은 일)
아닌가?

김희수 다카기 경찰서장! 당신은 내 거주지의 경찰두목으로서 할 짓 다 했
어! 읽는 책을 모두 압수해 가! 사상이 나쁘다고 잡아다 두들겨 패! 창씨
(創氏) 않는다고 잡아 가둬! 이제 복날 개 끌듯이 끌어다가 지원병 훈련소
에 처박았으면 당신 소임은 다 했을 텐데 왜 여기까지 와서 수작 부리려
는고?

다카기 깅꾼노 깅꿍 혼자 이 세상을 사는 것이 아니야! 깅꾼노 고향에는
노인노 어머니노 있고 공부하는 동생이노 둘이나 있어요! 그 사람들이
노 생각이노 해야지! 앙그래?

김희수 다카기 서장!

다카기 하잇!

김희수 당신들은 우리 조선 사람들을 요리조리 재주있게 얽어놨어! 갈 길
이 아닌 줄 알면서도 주위 사정 때문에 꼼짝 못하고 마치 도살장에 끌려
가는 소의 신세를 만들어 놓았어! 그리고 좀 꿋꿋이 나가면 협박을
하고…….

다카기 협박이노 아니고 그것은 현실 아닌가?

김희수 그래! 당신 말이 맞았어! 그게 현실이야! 희망이고 조국이고 그런
짓은 환상이다! 애국 애족은 어느 철부지가 해 주겠지! 지금 당장은 안
일하게 살자! 대체로 그렇게 되어 버렸어! 그러나…… 우리 어머니나
동생들이 혹은 양심있는 우리 동포들이 내 행동이 옳다고 손뼉을 치면
어쩔 텐가? 그것도 당신 나름의 현실인가?

다카기 (어물어물) 그럴 수가 있을까?

김희수 그럴 수가 있느냐고? 허기야 그런 수는 드물지! 그래서 아직도 당
신들은 우리를 짓누르고 있고! 그런 수가 많으면 조선을 포기해야 할
것이니까! 허나 더러는 당신들 설계대로는 안 될 때도 있거든!

다카기 나는 깅꾼노 오랜 친구 아닌가! 딱딱한 말이노 치우고 존말이노
　　하세!

김희수 친구 좋아하네! 당신 같은 친구 둘만 사귀었다가는 해파리 신세
　　되게?

다카기 깅꿍! 나는 깅꿍이노 걱정이 되어서 온 것이고 그리고 문학청년이
　　노 깅꿍이 매우 숭배하는 이 선생이도 여기 와 있어욧.

김희수 (소스라치게 놀라) 뭐?

다카기 그렇다니까!

이씨 (느릿느릿 등단) 김군!

김희수 ……선생님이?

이씨 ……이런 곳에서 김군을 만나다니 정말 서글프군.

김희수 (주위를 확인하고) 선생님! 왜 오셨습니까?

이씨 나는 김군을 유망한 문학도로서 아껴 왔어!

김희수 ……그래서 오셨습니까?

이씨 나를 일인(日人)들 대하듯 하려나?

김희수 ……어떻게 하라는 말씀이십니까?

이씨 ……문학이 젊은 혈기만으로는 안 돼! 더구나 인생은 짧아!

김희수 ……그런데요?

이씨 그런데요라니? 김군은 지금의 김군의 처지를 모르나?

김희수 알고 있습니다.

이씨 그러면서 나더러 왜 왔느냐고 묻는가?

김희수 선생님 저는…….

이씨 아무 말 말고 냉철한 이성으로 돌아가세! 나는 여기 오기 전에 경찰
　　국과 군사령부를 들러서 왔어! 모든 것을 내가 책임지기로 하고 문책은
　　않기로 했으니까 나를 따라 여길 떠나세!

김희수 ……다카기 서장의 말과 같군요!

다카기 그렇다니까! 이 선생이 고생이노 많이 했어요!

소장 기미(네)가 조용히 물러서면 모두모두 좋게노 된다. 순순히 물러가라.

김희수 다카기와 소장은 입을 다물고 있어 줘야겠어! 아가도 말했지만 여긴 그대들의 영향을 받을 곳이 아니야!

　(다카기와 소장, 시무룩)

　헌데 기무라는 왜 안 오나? 소장이 불러.

소장 (정면을 향해) 기무라 고쪼오 빨리 와라!

김희수 이 선생님!

이씨 뭔가?

김희수 저는 한때 선생님을 민족의 태양으로 숭배했었습니다. 중학교 다닐 때는 기숙사에서 사감의 눈을 피해 전등불을 이불 속에 넣고 선생님의 글을 읽었습니다. 울고 웃고 더러는 부들부들 떨고…… 책장을 펴면 낡은 기와집 앞에 서 계신 선생님의 사진이 있었지요…… 그 사진은 그때의 젊은이들에게 정열을 불태워 주는 용광로 구실을 했고 특히 저는 돌아가신 아버지로 착각하곤 했었습니다. 그 후에도 저는 선생님을 더욱 사숙(私淑)했고 가능하다면 선생님의 분신이 되고자 했었습니다. 그랬던 것이 이제는 모두 와르르 무너졌습니다. 선생님과 저와의 사이는 이것으로 종지부를 찍는 것이 좋겠습니다. 선생님이 여기 나타나신 것은 매우 어색한 노릇입니다. 돌아가 주십시오.

이씨 ……나는 김군을 해치러 온 사람이 아닐세!

김희수 (단호하게) 아니면 무기력한 철부지를 만들려고 오셨겠지요?

이씨 뭐라구?

　(기무라, 쟁반에 음식을 차려들고 등단)

　(김희수, 기무라를 묶어 앉힌다.)

　(지원병들 모이는 소리)

소리 쇼쪼오도노(소장님) 모두 집합했습니다.

소장 (축 처져서) 요로시이(좋아).

이씨 김군은 지금 승리자가 된 셈으로 좌충우돌하는데 세상은 그렇게 단
순한 것이 아니야.

김희수 선생님은 엉뚱한 착각을 하고 계십니다. 나는 지금 이 사람들을 인
질로 잡아 두고 있지만 승자라고는 생각 안 합니다. 한 알의 밀씨가 되려
는 방편일 뿐 어디까지나 패자입니다. 한창 공부를 할 나이에, (고함을 질
러) 달걀로 바위 치기다! 형편대로 살자! 인생은 짧다! 이런 식으로 조국
을 팔아넘긴 매국노들 덕분에 모기소리만큼 외치다 죽을 패자가 되었습
니다. 그러나 '빌라도' 나 '알렉산더' 나 '나폴레옹' 이 당시 거대한 힘의
소유자이긴 했지만 그들이 영원한 승자가 아니고 끝내는 패자가 되어
두고두고 온 인류의 저주를 받고 있다는 것은 이미 선생님이 우리들에
게 가르쳐 주신 교훈 아니었습니까?

이씨 몇몇 역사적 사실을 획일적으로 규정지어서는 안 돼.

김희수 그럼 '역사만큼 훌륭한 교사는 없다' 고 하신 선생님의 말씀은 거
짓이군요?

이씨 (신경질적으로) 사태가 달라졌다고 하지 않는가?

김희수 거대한 폭력 앞에 무릎을 꿇고 타협하라는 말씀이시겠지요? 선생
님처럼!

이씨 자네는 내게까지 폭언을…….

김희수 선생님은 짧은 인생을 손해 안 보시려고 조국의 지성을 왜곡하고
드디어는 훼절(毁節)하셨습니다.

이씨 (냉정을 되찾아) 내가 지성을 왜곡하고 훼절했다고? 그럼 김군이 내
처지에 놓였다면 어떻게 하겠나? 현책이 있는가?

김희수 있습니다.

이씨 뭔가?

김희수 형편에 따라 해석을 달리하고 처신을 바꾸는 그런 짓을 지성이랄

수 있을까요?

이씨 그럼 나더러 어떻게 하란 말인가?

김희수 가실 곳이 있습니다.

이씨 갈 곳이 있다니 어디 말인가?

김희수 선생님은 지금 형무소에 계셨어야 합니다.

이씨 형무소에?(툭 쏘아) 아니 나더러 또 형무소에 가 있으라고?

김희수 두 번이고 세 번이고 열 번이고 가 계셨어야 옳았지요! 그것이 선
생님의 도리요 숙명이었습니다. 선생님의 짧은 인생을 영원히 사시는
길이었습니다. ‘동아일보’나 ‘조선일보’가 폐간을 당하지 않게 하고
속간을 했다면 그걸 누가 읽어 줄 줄 아십니까? 지금의 선생님의 왜글
인 ‘그들의 사랑’ ‘가가와 고오쪼오(加川校長)’ ‘원술의 출정’ ‘진주만
(眞珠灣)의 구군신(九軍神)’ ‘선전대조(宣戰大詔)’ 따위를 누가 읽는 줄
아십니까? 선생님이 수상한 ‘조선예술상(朝鮮藝術賞)’에 모두들 침을
뱉는 까닭을 모르십니까?

이씨 ……(침울하게) 젊은 사람들은 아직도 내 속셈을 모르고 있어!

김희수 얼마나 훌륭한 속셈이 있어서 그렇게 거창한 주석을 붙여서 창씨
창명을 하셨습니까? 대문호이며 독립운동가며 위대한 교육자며 사상
가이며 종교가로서 이천만 동포의 사표가 되셨던 선생님이 무엇이 부
족해서 어용문학단체의 책임자가 되어 ‘내선일체’ ‘문장보국’ ‘황도문
학(皇道文學)’ 확립을 주창하고 심지어는 대동아공영권 건설을 예찬하
며 미·영 타도를 외치고 다니십니까?

이씨 ……그만 해 둬!

김희수 선생님의 과오는 점점 더 커 가고 있습니다. 나라 안에서의 추태
만으로는 부족해서 북지(北支)로 뛰어가 일군(日軍)을 위문하고 드디어
는 최 선생과 함께 동경으로 건너가 학병권유 강연까지 하기에 이르렀
습니다. 그래서 형무소로 보내야 할 청년 학도들을 침략전쟁의 제물로

바쳤습니다. 이 선생과 최 선생의 강권으로 학병에 끌려가서 개죽음을
당한 동포들에 대해 선생님은 무엇으로 속죄하시렵니까? 역사의 교훈
은 어디다 묻어버렸습니까? 선생님은 '조선어학회' '진단학회' '수양
동우회' 등의 사건으로 지금 감옥에 계신 여러 선생님들께 부끄럽지 않
습니까?

이씨 허! 이거 혹을 하나 더 붙인 격이 되었군 그래!

다카기 (벌떡 일어서서) 할 수 없군! 조르므니노(젊은이의) 잔내리가(장래
　가) 둘이오부소(두렵소)욧!

이씨 (푹 꺼져) 모두 파국이야!

　(다카기, 하단)

김희수 젊은이의 장래가 두렵다고? 고맙구나! 생각해줘서! (하단을 향해 고
　함을 질러) 임마! 이 쪽바리 녀석아! 우린 하나도 두렵지 않아! 두려운 건
　누구냐구? 여러분! (사이) 대답을 해! 훈련소에 끌려온 여러분!

　(지원병들 술렁거리는 소리)

　여러분! 힘을 내! 힘을! 노래를 불러! 조선의 젊은이가 두렵지 않다는 걸
보여줘! 노래를 불러! 봉숭아를 불러!

　(지원병들 더욱 술렁거린다.)

　(곡조를 붙여서) 울 밑에 선 봉숭아야―하나 둘 셋!

　(김희수와 지원병들 노래를 부른다. 차츰 볼륨이 커진다.)

　(노래)

울 밑에 선 봉숭아야 네 모양이 처량하다. 길고 긴 날 여름철에 아름답
게 꽃필 적에 어여쁘신 아가씨들 너를 반겨 놀았도다.

　　　　　　　　　　　　　　　　　　　（김형준 시 / 홍난파 곡 ）

　(이씨, 손으로 얼굴을 감싸고 흐느끼다가 비틀거리며 하단)

소리 (마이크) 김희수는 들으라. 여기 네 애인이노 와 있다. 장차 행복이노

하려거든 애인이노 말을 들어라!

김희수 (소스라치게 놀라) 뭐? 정원이가 왔어?

소리 (마이크에서 여성의 흐느끼는 소리 들린다.)

김희수 정원이가! (무대 앞으로 나서며) 정원이 왜 왔어? 어서 가! (이를 갈
며) 왜놈의 새끼들! 아녀자까지 끌어내어! (서성거리며) 뿌리치고 도망
가! 어서 가!

소리 (흐느끼는 소리 더욱 높다.)

김희수 (목메어) 정원이, 여긴 오는 데가 아니야! (손을 저으며) 어서 가라니
까! 어서!

소리 (마이크) 아가씨노 어서 말이노 햇!

김희수 (무대 좌측에 서서 미칠 듯이) 원, 천하에 저런 무도한 놈들! (몸을 돌
려 소장에게 말을 하려는 순간 총성 울린다.)

　　(김희수, 넘어진다.)

　　(여성의 비명소리)

　　(군중의 떠드는 소리)

김희수 (엎드려서 가슴을 움켜쥐고 한 팔로는 권총을 뽑아 들어 단상의 일인들
을 겨눈다.)

　　(만담가, 기절한다.)

　　음! 너희들 기어코 살인을 하는군! (사이) 소장!

소장 (와들와들 떨며) 하잇!

김희수 기무랏!

기무라 (넋이 나간 듯 목메어) 하 하잇!

김희수 나는 너희들을 해치려 안 했는데 너희들은 나를 쐈단 말이야! 이
제 나는 너희들을 쏴도 그건 정당해! 어때! 너희들도 나처럼 콩알 하나
씩 먹여주랴?

소장 오이! 용서해 줘!

김희수 용서를 바랄 테면 여기 조선의 젊은이들이 지원해 온 것이 아니고
　　　너희들이 강제로 끌어 온 사실을 고백하라.

소장 고백이노 하지! 조선총독이노 명령으로 경찰들이노 잡아 왔어욧,
　　　지원병이노 아니어욧.

김희수 됐어! 그럼 강제로 끌어 온 것이니까 모두 돌려보내야지?

소장 하잇! 민나(모두) 고향으로 돌려보내지욧.

김희수 됐어! (사이) 내가 지금 네 아가리에 대고 방아쇠를 당기지 않는 것
　　　은 (사이) 네가 사나이답게 나와의 약속을 지키리라 믿기 때문이다.

소장 하잇! 훌륭하무니다. 정말 훌륭하무니다. 틀림오부시 약속이노
　　　지키지욧.

김희수 좋아! 헌데 기무랏!

기무라 하잇!

김희수 넌 쓸모 없는 놈이니까 죽여 줄까?

기무라 (몹시 떨며) 제발 잘못이노 했어욧, 잘못이노 했어요. (고개를 끄덕
　　　이며) 용서노 해 주시오, 정말 용서노 해 주시욧, 정말이지 잘못이노
　　　했어욧…….

김희수 (맥이 풀려) 치사하군! 저 앙알거리는 개주둥이에 바람구멍을 내주
　　　고 싶구나!

기무라 (혼비백산하여) 김 선생! 김 선생 정말 잘못이노 했어욧, 김 선생 이
　　　렇게 빕니다. 나 처자식 다섯이노 있소욧. (울며 불며) 용서해 주시욧.
　　　김 선생…….

김희수 네 처자식 소중한 것은 알고 (사이) 조선 사람 소중한 것은 모르
　　　느냐?

기무라 알았소욧, 알았소욧. 이제 김 선생 속이노 알았소욧. 한번만 용서
　　　노 해 주면 다시는 나쁜 짓 않겠어욧, 제발이욧…….

김희수 (점점 힘이 풀려) 그래! 용서해 주마!

기무라 (연속 고개를 숙이며) 참말로 감사하무니다. 감사하무니다…….

김희수 너희 왜놈들은 함부로 사람을 죽이지만 (혼신의 힘으로 고함을 질러)
    우린 까닭없이 죽이지 않아! (소장과 기무라 엎드린다.) 너희들과는 달라!
    우린 너희들 같은 야만인이 아니야!

    (김희수, 머리를 쿵 묻고 숨을 거둔다.)

    (술렁거리는 소리에 섞여 봉숭아의 노래 울려 퍼진다.)

    (노래)

    어언간에 여름 가고 가을바람 솔솔 불어 아름다운 꽃송이를 모질게도
    침노하니 낙화로다 늙어졌다 네 모양이 처량하다

    (노래가 계속되는 동안 소장과 기무라 살며시 머리를 들어 눈알을 부라리며
    연속 고함을 지르고 하단 여기저기서 노래를 제지하려는 일군의 구령이 요란
    하지만 우렁찬 노랫소리에 묻혀버린다…….)

—막—

화 약

제1장

서 언

우리에게는 거추장스런 지난날의 문제들이 내부에 잠재하고 있어서 이따금 그것들을 들추어내지 않을 수 없는 불편을 겪는다.

가령, 36년 간의 일제 침략하에서 민족을 배반한 식자(識者)들을 들먹이는 일도 그 중의 하나이다.

우리가 그것들을 낱낱이 들먹여야 할 것인가, 아니면 넓은 아량으로써 흐르는 강물에 띄워버릴 것인가의 여부는, 전개될 얘기의 성질에 따라 결정되는 경우와 오늘의 우리들이 그 상황을 바로 보아 다시는 그 같은 오류에 빠지지 않는다는 자성에서 연유한다.

각설하고 일본은 그들이 저지른 만주사변의 1930년대부터 차츰 군국화 체제로 치달아 1939년에는 우리의 한글을 말살할 속셈으로 왜어상용을 교육의 첫째 과업으로 삼는 한편, 어용단체를 수없이 조직했고 이듬해 2월에는 창씨개명 제도를 실시했으며, 그 해 8월에는 '동아일보'와 '조선일보'를 강제 폐간하고 두 달 후 '국민총력연맹(國民總力聯盟)'을 결성하면서 식민지 조선을 완전히 암흑과 공포로 뒤덮었다.

1941년 12월 미국과의 대전(大戰)에 돌입한 후로는 '조선어학회'와 '진단학회'를 해산하는 등 조선의 정신문화를 철저히 짓밟는 한편, 한 술 더 떠서 사상범예구속령(思想犯豫拘束令)을 발동한 뒤, 3월에는 무고한 지도층 인사들을 무더기로 잡아 가두어 놓고, 1943년 8월에는 징병제를 실시하고, 1944년 1월에는 학병제를 강행하면서 전쟁물자를 공출케 하고 징용자(노무자)를 강제 생출(生出)하기에 이르렀다.

이에 앞서 1939년 1월에는 3·1운동 33인 중의 한 사람인 박희도(朴熙道)가 훼절하여 조선인으로서는 최초의 일문잡지 '동양지광(東洋之光)'을 창간하여 화일(和日)에 앞장섰고, 이어 '녹기(綠旗)' '삼친리(三親里)' '국민문학(國民文學)' 등의 잡지가 나와서 이른바 황도사상(皇道思想)을 고취했으며, 한편 '학예사(學藝社)'의 임화(林和), '인문사(人文社)'의 최재서(崔載瑞), '문장사(文章社)'의 이태준(李泰俊) 그리고 김동인(金東仁)·박영희(朴英熙)·임학수(林學洙) 등이 황군위문단을 구성, 북지전선(北支戰線)의 일본군을 위문하였고, 1942년 10월에는 거창하게 창씨개명한 이광수(李光洙)와 최남선(崔南善)이 소위 대동아 문학자대회에 조선인의 대표로 동경에 들러 학병권유의 연설을 하기에 이르렀다.

이상의 얘기는 서두에서 언급한 바와 같이 들먹이기에 매우 거추장스런 노릇이다. 그러나 그 당시의 독립운동가요, 위대한 교육자요, 사상가요, 종교가요, 신문화의 선구자요, 대문호인 그들의 행위로 말미암아 던져진 엄청난 충격은 우리 정신사의 치부로 낙인되어 있으며 그 통양(痛痒)은 우리네 가슴 마다에 깊게 잠재하여 이 '화약'의 작중 인물에도 나타난다.

등장 인물

박춘삼

승철

혜원

하녀

정필래

여 행상

막이 오른다.

박춘삼의 호화저택의 하층 응접실.

학병권유 등쌀에 학업을 중단하고 귀가한 동경대학 이공학부 3학년에 재학중인 승철과 동경의학전문학교 1학년에 재학중인 혜원 두 남매는 그의 아버지 박춘삼과 마주앉아 있다. 서구식의 벽난로에서 불이 활활 타고 있어서 섣달의 추위도 잊은 듯, 그들은 녹록한 자세로 푹신한 의자에 묻혀 있으나, 제각기 마음은 산란해서 이마를 찌푸리고 있다. 한 차례의 실랑이가 끝나고 다음의 화제를 궁리하느라고 서로 힐끔힐끔 눈치를 보고 있는 중이다.

어느덧 어둠이 깔려 불안이 겹친다. 그 불안을 없애려는 듯 혜원이 벌떡 일어서서 벽에 붙은 스위치를 당겨 천장에 매달린 샹들리에에 불을 켠다. 밝은 불빛에 드러난 이 응접실은 일견해서 주인들이 독서를 많이 하는 지성인이라는 것과, 벽난로 위에 걸린 20호짜리 여인의 초상화와 그밖에 품위 있는 서너 개의 유화가 적당하게 걸려 있는 것으로 미루어 퍽 유족한 살림임을 짐작할 수 있다. 맞은편에 출입문이 나 있다. 이따금 이층에서 웃음소리 들린다.

혜원 (초상화를 우러러보며) 아버진 저 어머니 앞에서 체면이 서요?

춘삼 (태연하게) 결국, 마찬가지 얘긴데……. 나는 네 어머니한테 부끄러울 게 없어! 뿐만 아니라 너희들에게도 아비의 도리는 하고 있다고 봐.

혜원 ……어머닌, 일류 화가를 시켜서 저렇게 훌륭한 초상화로 모셔 두었고, 오빠는 동경대학 이공학부 3학년까지 진학시켰고, 나는 동경의학전문학교 1학년에 넣어 두었으니 하실 일 다 하셨다, 그런 말씀이시죠?

춘삼 (파이프에 담배를 쑤셔 넣으며) 나는, 네 어머니를 지금도 사랑하고 있고 너희들도 더 없이 소중히 여기고 있거든!

혜원 (승철의 어깨에 손을 얹고 동의를 얻으려는 듯) 오빠와 나는 세상이 부끄러워서 밖에도 못나가고 있어요……. 모두들 친일파의 자식이라고 놀려대는 것 같아서 말예요.

춘삼 너는 남을 위해서 세상을 사니? 각자 소신껏 행동하면 된다지 않았
　　느냐.

혜원 (쏘아붙이며) 아버지처럼 총독부 나리들과 어울려대는 그런 소신 말
　　인가요?

춘삼 (느릿느릿 파이프를 빨면서) 너희들은 아직 세상을 몰라. 학교에서 책
　　을 읽는 식으로는 이 세파를 헤쳐 나갈 수 없어. 책에는 애국이 어떻고
　　민족이 어떻고 또박또박 씌어 있지만 세상에는 그런 게 씌어 있지 않거
　　든. 어디서 어디까지가 진실이고 어디서 어디까지가 거짓인지, 너희들
　　능력으로는 판단이 어렵게 되어 있어. 산전수전 다 겪은 이 아비의 눈에
　　는 너희들이 아직은 햇병아리로밖에 보이질 않아. 그러나 내가 항상 말
　　했듯이, 나는 너희들의 인격을 믿고 있으니까 너희들 자유의사를 꺾지
　　는 않는다구. 소신껏 행동하라는 거야. 이 아비는 아비 나름의 소신이
　　있으니까 내버려 두면 돼. 내가 너희들의 의사를 존중하듯 말이다.

혜원 아버지의 친일 행동을 존중하라구요?

춘삼 궁극적으로……. 뭐가 친일적이고 뭐가 민족적이냐 하는 문제는
　　여기서 판단할 수 없는 일이야.

혜원 아버지는 정말…… 무슨 말씀을 하시는 건지……. 오빠와 내가 지금
　　학병과 보국대로 끌려 가느냐, 아니면 어디론가 뛰느냐 하는 절박한 순
　　간에 기껏 하시는 말씀이 그거예요?

춘삼 ……절박한 건 나도 마찬가지야. 나는 늘 그래 오고 있어.

혜원 ……양심은 남아 계셨군요.

춘삼 물론이지.

혜원 (방안을 거닐며, 지난날을 회상하듯) 오빠와 내가 중학교를 다닐 때, 그
　　때는 정말 아버지가 우리의 자랑이었어요. 신문 잡지에는 민족의 경륜
　　을 펴셨고, 강연회에서는 군중을 울렸고, 유치창을 마치 이웃집 드나들
　　듯하셨지요. 덕분에 우린 어딜 가나 우쭐댈 수 있었어요. ……그러다가

아버지가 형무소에 갇힌 후…… 어머니는 어떻게 하셨지요? 아버지의
사형선고를 뭉개느라고 어머니가 어떻게 하셨냐 말입니다. (울먹이며)
아버지는 그 일을 잊으셨나요?

춘삼 ……그 얘기는 왜 하니?

혜원 아버지의 그 처량한 모습을 보고 말 않게 됐어요?

　(승철, 난로 위의 술병을 들어 두 개의 술잔에 따르고)

승철 (춘삼에게) 드시겠어요?

춘삼 (받으며) 고맙다.

　(춘삼과 승철, 천천히 마신다.)

혜원 (흐느끼며) 어머니는 왜놈들에게 몸을 던져 아버지를 구하고 나서
　자결하셨잖아요! 네! 아버지! ……아버지는 민족을 배반하고 어머니의
　순결을 배반하고 그리고 자식들을 배반하고 있어요.

춘삼 (벌떡 일어서서) 나는 올라가겠다. 손님들이 기다리고 있으니까.

승철 (퍽 너그럽게) 그렇게 하셔야죠.

혜원 이층 손님이 더 소중하니까!

　(하녀, 등장)

하녀 안국동 정 도령께서 오셨습니다.

승철 (툭 쏘아) 들라고 해.

하녀 네.(퇴장)

춘삼 (승철에게) 필래 군 말이냐?

승철 네.

춘삼 걔는 어떻게 한다든?

승철 (내뱉듯) 기꺼이 학병으로 응소한다더군요.

　(정필래 등장)

정필래 (춘삼에게) 안녕하셨습니까?

춘삼 어서 오게나! 춘부장께서도 편안하시고?

정필래 네, 그렇잖아도 나오면서 여기 들린다니까 문안 여쭈라 하셨습니다.

춘삼 고맙네. 자 여기 앉게. 나는 올라가려네.

정필래 말씀 도중이신 걸…….

춘삼 아, 아냐. 언제나 하던 소릴 되풀이 하고 있었어.(퇴장)

정필래 (혜원에게) 어? 왜 그래?

승철 …놔 두고 여기 앉아.

정필래 (앉으며) 무슨 일이 있었나? 혜원 씨가 울고 있잖아!

승철 한 잔 하겠니?

정필래 응.

　　(승철, 정필래에게 술을 따라 준다.)

정필래 (마시면서) 나, 병사구 사령부에 들러오는 길이야……. 수속을 마
　　쳤어……. 명년 정월 초순에 출발한대……. 그러니까 약 이 주일 남았
　　어.(승철을 쳐다보며) 자네는 어쩌려는가? 에―또, 끌려 갈 바에야 자진
　　해서 나가는 편이 좋잖아?

승철 (몹시 불편한 질문을 받은 듯 빈둥대며) 우리 아버지의 지론인데 말이
　　야, 상대편의 의사에 개입치 않는 게 좋겠어.

정필래 개입하는 것으로 받아들인다면 아뭇소리 않겠네만……. 나는 단
　　순한 우정일 뿐이야, 그런데 나 말이야…….

승철 (가로막아) 간부 후보생이니까 일본 육군 소위가 되겠구나.

정필래 (언짢아 하며) 그런데?

승철 ……소대장쯤 되어 가지고 중국의 광야를 누비겠구나.

정필래 어? 이 사람.

승철 ……칼을 빼들고 총을 겨눠…… 그래서 누굴 죽이나?

정필래 몰라서 묻나?

승철 ……우리와는 아무 상관이 없는 지역을 점령하면 일장기를 꽂고
　　만세를 부르고…….

정필래 점 점!

승철 그러기를 바라지는 않겠네만 만약 거꾸로 총알을 맞으면 그때 너는 어떤 심정으로 죽이려나?

정필래 죽는 궁리부터 하는 군인도 있나?

승철 일본군에는 전사자가 없다던?

혜원 걔네들, 죽는 방식이 있잖아요, 천황폐하 만세! 그러고…….

정필래 왜들 이러지? 출정하는 사람을 가지구서…… 자, 자 우리 그런 얘기 집어치우고 내 말 좀 듣게! 승철이!

승철 뭔데?

정필래 ……나와 혜원 씨와의 얘긴데…….

혜원 (툭 쏘며) 나, 하구요?

정필래 우리 집 어른들 하고는 대체로 합의를 본 얘긴데……. 내가 떠나기 전에 예식을 올리고 싶다는 거야.

혜원 뭐라구요?

정필래 그렇게 하면, 떠나는 나도 마음 놓게 되고 혜원 씨도 보국대니 뭐니 귀찮은 일 없고 서로 좋지 않겠느냐는 거야.

혜원 (어처구니없지만 되도록 침착하게) 나, 잘은 모르지만…… 외국에서는 결혼 날짜를 받아 놓고서도 전장에 나가게 되면 일단 중지하라잖아요! 그건 만약의 경우 과부를 만들지 않게 하기 위해서예요. 그런데 그 반대군요?

정필래 왜, 꼭 내가 죽을 것으로만 여기십니까?

혜원 내가 뭐, 정씨 가문의 씨받이 노릇을 해야 하나요? 신문화를 섭취한 동경 와세다 대학 법문학부 3학년인 정필래 씨의 지성이 고작 그거예요? 그리구 해동은행 중역댁 어른들의 사고방식이 날 보국대에서 빼돌리는 방편으로 자부를 삼으신다면 정말 실망인데요.

정필래 하, 나, 원 ! 다발로 마구 퍼부어 대니 견딜 수가 있나. 승철이 나 술

　한 잔 줘.

　　(승철, 정필래에게 술을 따라 준다.)

정필래　(단숨에 마시고) 그럼, 결국 우리 사이는 어떻게 되는 것이지요?

　　(3층에서 웃음소리 들린다. 간혹 일본말 들린다.)

혜원　(방안을 거닌다.) 필래 씨는, 우리가 동경에서 겪은 일들을 잊으셨나
　　요? ……그들은 우리더러 성을 갈라고 했어요. 참 우스운 얘기지요.
　　……우리네 말에 상대방에게 막단을 지울 적에 ‘나 그게 아니라면 성을
　　갈테다.’ 어쩌구 하는 그 성을 갈라고 했어요. 그 다음에는 징병제 실
　　시, 그리구선 학병…… 우리 민족의 마음의 지주이던 이모 씨 최모 씨의
　　얼빠진 학병지원 권유연설…… 그 날 우리는 그 해괴망측한 연설을 듣
　　고 통분했었잖아요. 그리구 은밀히 어느 교회당으로 모였지요. 거기서
　　우리는 뭘 했었지요? ……우리가 나라를 뺏긴 것도 억울한데 그들의 침
　　략의 도구가 되다니 천만의 말씀! 학병으로 나가느니 차라리 현해탄에
　　빠져 죽자! 그랬잖아요? 거기서 우리는 새삼 조국을 발견했고, 젊음을
　　인식했고, 그리고 서로 부둥켜안고 울었잖아요? 나도, 우리 오빠도, 필
　　래 씨도, 거기 모두가…… 그 눈물이 채 마르기도 전에 필래 씨는 그들
　　과 야합을 하고 나서 이제 나까지 끌어 넣으려는 거군요.

정필래　(손수 술을 따라 마시며) 혜원 씨 말대로면 나는 민족 반역자가
　　되었군.

혜원　(단호히) 그 이상이죠. 우리들의 사랑까지 짓밟으니까.

정필래　(고함을 지르며) 나는 짓밟지 않았어! 그러기에 결혼하자는 거야.

혜원　……나는 짐승이 아녜요.

정필래　내가 짐승하고 결혼한댔어? 자, 그럼 나더러 어떻게 하라는 거야?
　　어디 독립군에라도 뛰어들라는 거야? 계란으로 바위를 치라는 거야? 그
　　래서 개죽음을 하라는 건가? 응? 저 막강한 일본군의 위세를 몰라? 막강
　　한 일본군의 위세를 몰라? 백만 대군의 관동군을 모르냐구요?

혜원 ……알고 있어요. 가야마(香山) 씨도 그렇게 말합니다.

정필래 이제 마구 날 놀려대는군. 허지만 난 물러서지 않아. 내 주견은 틀
림 없어! 보라구, 저 이층에서 들리는 웃음소리! 한때 대학자요, 대언론
인으로서 독립운동에 앞장섰던 혜원 씨의 아버지도 대세를 어쩌지 못
하고 총독부 고관들과 저렇게 희닥거리고 있잖아! 우리네 아버지가 바
보가 아니듯이 나도 바보가 아니야. 꿈만으로는 세상을 못산다구! 승철
이와 혜원 씨가 무슨 꿍꿍이 수작을 꾸미는지 모르지만, 나는 기어이 혜
원 씨를 우리 집에 데려다 놓고 떠날 테야. (승철을 툭 치며) 자, 나는 간
다. 내일 다시 들를 테니까.(퇴장)

혜원 ……형편 아니군. 위기에 처해 봐야 본성을 알 수 있다더니 정말이야.
궤변가에 독재주의를 점점 닮아 가는군요. 참 다행이지 뭐예요. 이 북새
통이 아니었다면 저 위인하고 어쨌을는지. (부르르 떨며) 오늘 보니까, 정
말 불결한데!

승철 ……현실적으로는 전적으로 무시할 수 없는 사고 아냐? 우리 아버지
도 그리고 계시고, 둘러보면 실상 모두 그렇잖니?

혜원 아버지 때문에 한 풀이 꺾이는군요.

승철 아버지의 진의를 알 수 없단 말이야.

  (하녀 등장)

하녀 저녁 진지 올릴까요?

혜원 난 생각 없어. 오빠는?

승철 나두.

  (하녀, 머무적거리다가 퇴장)

혜원 (하녀의 거동을 훑어보고) 쟤가 왜 저러지?

승철 뭘 그러니?

혜원 (고쳐 앉으며) 아네요.

  (사이)

혜원 (나직이) 오빠!

승철 응?

혜원 ……막상, 우리는 어쩌죠?

승철 ……글쎄다.

혜원 우리 도망칠까?

승철 어디루 말이냐?

혜원 이대로는 배겨 나지 못할 거고, 아버지는 저렇게 태평이시니 우리가 어떻게든 해야 하잖아요?

승철 ……답답하구나.

혜원 우리, 경상도 외갓댁으로 가볼까요? 거기 가면 무는 수가 없을까?

승철 거긴 경찰이 없다더냐?

혜원 아니면, 금강산이나 지리산 깊숙이 들어가서 토굴을 팔까?

승철 ……하루나 이틀쯤, 피크닉 떠나는 기분으로는 안 돼.

혜원 ……만주로 떠나면 거긴 우리 동포도 많고 독립군도 있다니까 보람 이 있겠지만, 그쪽은 반연이 없고…….

승철 ……삼천리 강산에 우리 둘이 설 땅이 없구나.

　(여 행상, 보따리를 들고 등장)

여 행상 (거리낌없이 불쑥 나서며) 있습니다.

　(승철과 혜원, 소스라치게 놀라 벌떡 일어선다.)

승철 당신, 누구요?

여 행상 (다가서며) 두 분이 떳떳이 가실 곳이 있습니다.

승철 (언성을 높여) 누구냐고 묻지 않소?

여 행상 (방긋 웃고 나서) 아, 저는…….

　(하녀 등장)

혜원 (하녀에게) 너, 이 분이 누군데 들여보냈니?

하녀 (아랑곳없이 싱글싱글 웃으며) 보따리장수예요.

혜원 그런데?

하녀 도련님과 아가씨는 모르시겠지만 이 아줌마가 여태, 여기 물건을 대
  주고 있답니다.

승철 무슨 물건인데?

하녀 ……전쟁 등쌀에 시장에 가봐야 뭐가 있어야죠! 허지만 이 아줌마를
  통하면 뭐든지 구할 수가 있답니다. 커피·양주·설탕·고급 담배·화
  장품, 그리구 뭐든지…….

승철 (누그러져서) 호―대단하구나! 그래 여기는 뭣하러 들여보냈니?

여 행상 (보따리를 풀어 탁자 위에 헤치며) 임도 보고 뽕도 따고…….

승철 (손을 저으며) 가만, 우리는 그런 물건 소용 없소.

  (여 행상, 물론 그럴 거라는 투로 보따리를 챙기면서 하녀에게 살짝 눈짓한다.
    하녀 퇴장)

혜원 (여 행상 앞으로 다가서서) 당신, 우리집 하녀와 짜구서 우리 얘기를
  엿들었죠?

여 행상 (태연하게 그러나 퍽 부드럽게) 네!

혜원 (어이없어 하며) 네?

여 행상 아가씨, 놀라지 마세요. 저는 당신들 편이에요.

혜원 우리 편이라니? 당신 지금 무슨 말을 하는 거죠? 이층에는 총독부 고
  관들과 헌병대 장교들이 득실거리고 있는데…….

여 행상 다 알고 있어요. 나 (의자에 앉으며) 좀 앉겠어요.

혜원 보따리장수를 가장하고 일본 유학생들의 동태를 살피고 다니는 헌
  병대의 공작원이죠, 당신?

여 행상 저는 그 반대쪽이에요.

혜원 (평온을 가장하고) 보시다시피 우리 집은 조선 총독부에 적극 협력하
  는 처지이고 또 우리 오빠와 나는 곧 일선으로 떠나게 되어 있으니까 염
  려 마시고 어서 나가세요.

여 행상 (어린애를 달래듯) 각박한 세상이니까 아가씨가 그렇게 도사리는 것은 당연해요. 하지만 내 얘기를 들어 두세요. 일본이 이제 마지막 발악으로 학생들을 전장으로 쓸어 넣으려 하는데, 정필래 씨처럼…… (승철과 혜원, 어안이 벙벙—) 자진해서 출정하는 철딱서니 없는 무리가 없는 것은 아니지만 대부분의 학생들은 마치 승철 씨와 혜원 씨처럼 뜻은 있으나 뭘 어떻게 해야 할지, 그 길을 몰라서 허둥대는 형편입니다. 대단히 안타까운 일이죠. 저는 그런 분들을 위해서 돕고 있습니다. 두 분이 떳떳하게 걸어갈 수 있는 길이 있습니다. (보따리를 치켜 들고) 저에게 속는 셈치고……. 내일 오전 열 시에 동대문 밖의 한성 복덕방으로 가셔서 '돌이 영감' 이라는 노인을 만나세요. 이 (연필을 탁자 위에 던지며) 하늘색 연필을 만지작거리노라면 만나 줄 것입니다. (승철에게 다가서서) 승철 씨는 조국 광복을 위해 매우 훌륭한 일을 하실 수 있을 것입니다. 저는 이만 물러가겠어요.

(여 행상, 쏜살같이 퇴장. 승철과 혜원, 넋을 잃은 듯 여 행상 뒷모습을 바라본다.)

제2장

등장 인물

박승철

혜원

농부

노파

해가 뜨고 지는 광활한 만주 뚜하 남방의 벌판. 영하 20도의 추위와 모진 눈보라와 음산한 적막이 대륙을 짓누르고 있다. 눈알이 부리부리한 장승이 우뚝 서 있지 않았다면 위치와 방향을 분간할 수 없는 곳. 승철과 혜원과 농부, 우측에서 등장. 두터운 털옷과 배낭으로 단장을 했다. 승철과 혜원은 장승 곁에 털썩 주저 앉고 50대의 농부는 방한창(防寒唱)을 벗어서 눈을 털어 내며 주위를 두리번거린다.

혜원 여기가 어딥니까?

농부 (상냥하게) 장승이 서 있잖습니까!

혜원 장승? (장승을 쳐다보고 위상에 놀라 움츠린다.)

승철 (담배를 피우면서) 여기서 또 어디로 가는 겁니까?

농부 저는 여기까지만 모셔다 드리도록 되어 있습니다.

혜원 ……그럼?

농부 누군가가 와서 모셔 갈 것입니다.

혜원 (맥이 풀려) 그래요.

농부 일몰도 되고 했으니 저는 돌아가겠습니다.

승철 (농부의 옷자락을 잡고) 아니 우릴 이 벌판에다 놔두고 떠나시다니 무슨 말씀이십니까?

농부 (달래듯) 염려 마세요. 내가 떠나면 모실 사람이 온다니까요.

승철 그 분이 오신 후 떠나시면 되잖아요?

농부 내 임무는 여기까지 모시는 것뿐입니다. 내가 두 분을 맡아 가는 사람을 보아서는 안 되게 되어 있어요. 우리 독립군의 군령입니다. 만약의 경우를 위한 보안조치예요.

승철 그래요?

혜원 만약 아무도 안 오면 어쩌지요?

농부 (파이프에 담배를 넣으며) 틀림없이 옵니다. 믿으십시오. 우리는 이 일을 수없이 해오고 있습니다만 단 한 번도 실수를 한 적이 없습니다. 이 길은 우리 독립군의 동맥입니다. 동맥이 끊겨서야 되겠어요?

승철 ……동맥이라!

농부 그럼, 저는 갑니다. (승철의 손을 잡고) 동지의 무운을 빌겠습니다.

승철 ……고맙습니다.

농부 (혜원에게) 앞길은 더욱 험합니다. 마음을 굳게 가지세요.

혜원 (시무룩하게) 안녕히 가십시오.

　　　(농부, 우측으로 퇴장)

승철 ……이거 정말!

혜원 (불안에 쌓여) 어디루 가는지, 얼마나 더 걸어야 하는지…….

승철 군령이라는데야…….

혜원 모두가 수수께끼예요.

승철 응?

혜원 ……서울의 보따리장수와 집의 하녀, 동대문 밖의 돌이 영감, 신의
　　　주에서의 로이드, 안경의 이동경찰, 안동역의 호떡장사, 그리고 역마차
　　　와 약장사, 방금의 농부…….

승철 ……그러니까 그게 동맥이라는 것 아냐? 일본 동경에서부터 시베리
　　　아까지 이어지는…… 우린 지금 그 동맥을 타고 어디론가 가고 있는 것
　　　이지.

혜원 꿈속 같아요.

승철 믿을 수밖에(부르르 떨며) 너 춥잖니?

혜원 손발이 동태가 됐어요.

승철 이대로 얼어붙으면 썩는다. 자,(팔다리를 움직이며) 너도 해.

혜원 네.(팔다리 운동을 하며) 오빠!

승철 왜?

혜원 우리가 서울을 떠난 지가 며칠째지요?

승철 그럭저럭…… 5일쨀가.

혜원 ……서울서는 어쩌고들 있을까?

승철 ……글쎄다. 아버지는 우리들 의사에는 개입 않는다고 하셨지만, 막
    상 둘 다 말도 없이 떠나버렸으니 허전하실 거야. 결국 아버지와 우리는
    정반대의 길을 가고 있구나. 젠장.

혜원 우리 그런 얘기는 모두 잊어버려요.

승철 별 수 없지. 잊어야지.

혜원 (비실비실 웃으며) 나 참.

승철 왜 그러니?

혜원 ……그 아줌마 말이에요.

승철 ……보따리장수?

혜원 ……운명이라는 것일까? 성부지 명부지의 한 여인 때문에 우리가
    이렇게 되다니.

승철 한 여인의 사주라기보다는 거대한 조직의 힘에 작용된 것이야.

혜원 ……그 여자, 몇 살쯤으로 보여요?

승철 ……스물 칠, 팔?

혜원 어머, 나는 서른 하나 둘로 봤는데. 오빠가 잘 봐주는군요.

승철 남의 나이, 잘 봐주고 못 봐주고가 어딨니.

혜원 아줌마, 아줌마 하지만 지금 생각하면 그 영롱한 눈빛으로 아직 미
    혼여성 같기도 하고…… 좌우간 그 대담성, 그 근엄, 그 기민성……. 한
    마디로 훌륭하고 멋있었어요.

승철 너는 그 5분 남짓한 순간에 잘도 봐 두었구나.

혜원 육감이라는 것이 있잖아요? 나는 그 아줌마가 들어서는 순간, 뭔가
    커다란 운명에 부닥치는 것 같았어요. 바람처럼 왔다가 바람처럼 사라
    졌지만.

승철 ……지금쯤 또 어디서 우리처럼 방황하는 학생들을 만나고 있겠지.

혜원 그럴 거예요.(좌측을 멀리 바라보면서 날카롭게) 오빠!

승철 왜, 그러니?

혜원 (손을 들어) 저기…….

승철 (바라보며) 역시 죽지는 않겠구나.

혜원 눈보라를 헤치느라고 휘청거리는군요.

승철 ……두 손으로 뭔가 움켜쥐고 있군.

혜원 맞았어요.

승철 달려가 볼까?

혜원 혹시 알아요, 딴 사람인지?

승철 이 허허벌판에서 우릴 데릴러 오는 사람 아니고 또 누가 있을라구?

혜원 하여간 기다려 봅시다.

승철 이쪽으로 곧장 오는군.

혜원 ……아니 저분 할머니 아녜요?

승철 그런가 본데.

혜원 (앞으로 나서려다 주춤 선다.) 어쩌죠?

　(사이)

　(노파, 어정어정 등장)

노파 (쉰 목소리로) 나는 동으로 가는 거북이오.

승철 (우물우물) 뭐라구요?

혜원 오빠, 뭐하는 거예요. 거 있잖아요?

승철 (알아차리고) 오라, 저 우리는 북으로 가는 토끼들이요.

노파 봄날씨예요.

승철 어?

혜원 제비는 두 마리예요.

노파 (방긋 웃으며) 이 추위에 수고들 하셨습니다.

혜원 우리보다도 할머니께서 큰 고역이십니다.

노파 고역은 무슨? 젊은 사람들은 죽기로 싸우는데 이런 것 가지고. (손에
　든 보자기를 풀며) 먼저 이걸 마시고 오한을 풀어야 해요. (질그릇 뚝배기를

내밀며) 좀 씁쓸하겠지만 마시고 나면 훈훈해질 거예요. 쌍화탕입니다.

승철 (받아 들고) 고맙습니다. (마신다.) 너(혜원에게 넘기며) 마셔.

혜원 (마시고 나서) 고맙습니다.

노파 아가씨가 대견하십니다. 몹시 춥지요?

혜원 참을 수 있습니다.

노파 (보자기를 챙기며) 왜놈들과 싸운다는 생각을 굳히고 있으면 추위쯤
　　　견디어 내게 됩니다.

혜원 명심하겠습니다.

　　　(늑대의 무리 사납게 운다.)

혜원 (기겁해서) 무슨 소리지요?

노파 늑대들이에요. 먹이를 찾느라고 으르렁대는군요.

혜원 ……늑대? (배낭을 메며) 할머니!

노파 네?

혜원 우린 어디로 가는 거죠?

노파 말씀 드려도 모르실 거예요. 자, 어서 떠납시다. 어둡기 전에 십 리
　　　는 걸어야 하니까요.

승철 (배낭을 메며) 또 십 리를?

노파 (혜원의 손을 잡고) 앞으로 오백 리를 더 갈지 천 리를 더 갈지 모를 일
　　　이에요. 아마 오늘 밤은 양화촌에서 주무실 것입니다. 나는 그 동구 앞
　　　까지 모셔다 드리기로 되어 있으니까요. 자 어서 걸읍시다.

　　　(노파, 혜원, 승철의 순으로 좌측으로 퇴장)

제 3 장

등장 인물

박승철

혜원

오 소령

박상진 장군

군관 A

군관 B

이종문(군의관)

사병

　만주 뚠하 서북방 산악지대의 독립군 기지. 험준한 산 속에 파 놓은 한 토굴 속. 우측으로 토굴이 길게 뻗어 있고, 좌측은 밖으로 통하는 판자문이 닫혀 있다. 중앙의 벽에 태극기가 걸려 있고 나무 의자가 너댓 개 놓여 있을 뿐 아무 장식도 없다. 박상진 장군이 바위처럼 굳은 자세로 의자에 앉아 있고 군관 A와 B, 팔목 시계를 들여다보면서 서성거리고 있다.

박상진 장군　어쩐 일이지?

군관 A　(차렷 자세로) 좀 늦습니다만 틀림없습니다. 오 소령의 작전이니까요.

박상진 장군　오 소령!

군관 A　네.

박상진 장군　얼어붙거나 감기에 걸리지 않게 주의했겠지?

군관 A　네. 세심한 지시를 내렸습니다.

박상진 장군　아직은 온실 속에서 자라난 화초 같을 테니 이 추위를 이겨내
　　고 있는지 걱정이군…….

군관 B 훈련을 쌓지는 못했지만 의지가 충천해 있으니까 능히 이겨 내리
  라고 믿습니다.

박상진 장군 어디, 그 동지들의 신원을 다시 볼까?

군관 B 네. (토굴 안으로 퇴장)

박상진 장군 지금 몇 시지?

군관 A (시계를 보고) 18시 20분입니다.

박상진 장군 밖의 기온은?

군관 A 영하 23도 가량입니다.

박상진 장군 아무래도 그들에게는 무리야.

군관 A 왕성한 정신력으로 극복할 것입니다. 더구나 그들은 아버지에 대
  한 반발이 역으로 작용하고 있을 테니까 쓰러지지는 않을 것입니다.

박상진 장군 이겨 내야지. 만에 하나라도 실패하는 날이면 우리군의 작전
  이 모두 와해가 되는 것이야.

군관 A 잘 알고 있습니다.

  (군관 B, 토굴 안에서 나온다.)

군관 B (서류를 펴 보이며) 이겁니다.

박상진 장군 (받아 읽는다.) 음 음! 오 소령의 보고서도 한 번 더 보고 싶군.

군관 B 네, 다음을 넘겨 보십시오.

박상진 장군 (서류를 넘기고) 음! 음!

군관 A 지금까지의 작전으로, 우리들 계획에 아무 차질이 없습니다.

박상진 장군 앞으로가 문제지. 이제 시작 아냐?

군관 A 물론입니다.

박상진 장군 여순(旅順)과 대련(大連)에서도 만반의 태세를 갖추고 있겠지?

군관 A 최선을 다하고 있습니다.

박상진 장군 ……좋아. (서류를 군관 B에게 넘기고) 누가 밖의 동정을 좀
  살펴보게.

군관 B 네. (판자문을 나서려 할 때 밖에서 사병 A 뛰어온다.)

사병 A (경례하며) 옵니다.

　(박상진 장군 벌떡 일어서고, 군관 A · B 반사적으로 밖으로 뛰어나간다.

　사병 A 퇴장)

　(밖에서 왁자한 소리 들리고 이윽고 군관 A · B 배낭을 들고 등장. 승철 · 혜원
　뒤이어 등장. 군관 A · B 배낭을 내려놓고 박상진 장군의 양편에 선다. 승철
　과 혜원, 지칠대로 지쳐서 휘청거리면서도 토굴 구석구석을 호기심으로 살펴
　보다가 장군과 시선이 마주치자 못박힌 듯 서버린다.)

군관 A 승철 동지와 혜원 동지를 충심으로 환영합니다. 그리고 여기까지
　차질없이 행군하신 두 동지의 강인한 의지에 경의를 표합니다. 제가 안
　내 말씀을 드리겠습니다. 여기는 대한독립군 제3군단 사령부입니다.
　여기 사령관 박상진 장군께서 진즉부터 두 분을 기다리고 계십니다.
　저희(군관 B를 가리키며)는 장군님의 부관입니다.

박상진 장군 (앞으로 나서서) 잘 오셨소. (승철의 손을 잡고) 고맙소.

승철 제가 박승철입니다.

박상진 장군 (혜원의 손을 잡고) 고생이 많았지요?

혜원 모두 친절히 해 주서서 여기까지 왔습니다.

박상진 장군 자, 앉아요.

　(승철 · 혜원, 앉는다.)

박상진 장군 동상은 안 입었나요?

승철 괜찮습니다.

박상진 장군 감기는?

승철 아직…….

박상진 장군 천만 다행이오.

승철 여러분의 덕택입니다.

박상진 장군 (군관 A에게) 오 소령과 이 군의관을 나오도록…….

군관 A 네. (토굴 안으로 퇴장)

박상진 장군 (감회가 큰 듯 크게 숨을 몰아쉬고) 모두, 모두 잘 될거야.

군관 B 우리 군의 지성이니까 하늘이 도우실 것입니다.

　(군관 A · 오 소령 · 이종문 · 군의관 등장)

박상진 장군 (승철과 혜원에게) 두 분은 이(오 소령을 손짓하며) 오 소령을
　아시겠지?

　(승철과 혜원, 군복으로 말끔히 단장한 여 행상을 바라보고 소스라치게 놀란다.)

승철 아!

혜원 ……아줌마가…….

오 소령 (승철과 혜원에게 경례하고) 오시느라고 수고하셨습니다. (앞으로
　나서서) 감사합니다. (혜원의 손을 잡고 방긋 웃으며) 아가씨, 반갑습니다.

혜원 (울먹이며) 정말 뭐가 뭔지? 이렇게 뵈리라고는 천만 뜻밖이에요.

오 소령 하느님의 은총입니다. 그리고 우리들의 지성입니다.

혜원 정말 꿈만 같아요.

오 소령 성의껏 도와드리겠습니다. (손을 흔들고 뒤로 물러선다.)

박상진 장군 추위를 헤치고 수천 리 길을 오셨는데……. 어서 쉬게 해드리
　고 싶습니다만 우선 몇 마디만 말씀 드려야 하겠습니다. 두 분은 이미
　알고 계시리라 믿습니다만 우리 대한독립군은 우리나라를 침략 강점하
　고 있는 일본과 정면에서 싸우는 군대입니다. 나라를 빼앗긴 우리에게
　는 침략자를 몰아내어 어엿한 자주 국가를 재건해야 할 막중한 사명이
　부가되어 있습니다. 그러나 침략자들은 매우 완강합니다. 그들은 우리
　국토를 삼킨 후 이 만주 땅과 중원 전역에 침략의 마수를 뻗치고 있습니
　다. 그 침략의 총본산이 그들이 자랑하는 백만 대군의 관동군입니다.
　우리 독립군은 그 백만 군대와 백 대 일로 때로는 천 대 일로 싸우고 있
　습니다. 우리에게는 군비도 없고 그 누구의 지원도 없고 실상 설 땅도
　없습니다. 싸워서 전공을 세워도 박수를 보내는 동포도 없고, 적탄에

맞아 전사를 해도 울어 줄 가족도 없습니다. 우리에게는 우국의 충정이 있을 뿐, 총과 대포도 왜적의 것으로, 옷과 식량도 왜적의 것으로 싸우고 있습니다. 모든 것을 맨주먹으로 시작해서 무에서 유를 창조하면서 싸우는 것입니다. 전쟁에는 긴요한 물자가 많습니다. 우리는 그것을 적으로부터 빼앗아야 하고 스스로 만들어 내야 합니다. (숨을 돌리고) 승철 동지에게는 그러한 일 중의 가장 중요한 사명이 부여될 것입니다. 왜적과 용감히 싸우시는 자랑스런 아버지와 어머니의 뒤를 이어 받아 조국과 가문에 영광을 안겨 주시리라 믿습니다.

승철 장군님! 우리 아버지의 말씀은 꺼내지 마십시오. 부끄럽습니다.

박상진 장군 (엷은 미소로) 응! 이걸 어쩌지? (오 소령을 보며) 오 소령이 설명하실까?

오 소령 (앞으로 나서서) 승철 동지!

승철 네?

오 소령 승철 동지의 아버님께서는 우리들 이상으로 훌륭한 일을 하고 계십니다.

승철 뭐라구요?

혜원 무슨 말씀을!

오 소령 (너그럽게) 두 분은 모르시겠지요, 우리 조직의 기밀이니까. 그건 비록 부자지간이라도 어김이 없습니다. 아버님은 서울에 계시면서 우리 독립군에게 군비를 조달하는 일, 적의 기밀을 탐지하는 일, 동지들을 구출하는 일, 기타 막중한 과업을 수행하고 계십니다. 두 분이 여기 오신 것도 아버님은 잘 알고 계십니다. 떳떳하게 전송을 못하신 아버님의 애타는 심정을 이해하실 줄 믿습니다. 아버님에 대한 오해도 이 자리에서 푸셔야 합니다.

혜원 (흐느끼며) 아버지!

승철 (목메인 소리로) 그럴 수가…….

혜원 정말 너무들 하셔요. 그토록 감쪽같이…….

승철 제가 어리석었습니다. (박장군을 향해) 장군님, 저희 아버님 일로 가슴
한 구석에 도사리고 있던 먹구름이 이제 싹 가셨습니다. 앞으로는 아무
것도 거리낄 것이 없습니다. 뭐든지 명령하십시오. 할 수 있는 일이면 뭐
든지 해내겠습니다.

박상진 장군 고맙소. ……승철 동지!

승철 네?

박상진 장군 지금 우리에게 가장 절실히 필요한 것은…… 화약이오.

승철 화약이라구요?

박상진 장군 그렇소. 적에게 퍼부을 탄환이 없소. 다행히 철은 다른 동지
들의 힘으로 만들어 내고 있으나, 그걸 터뜨릴 화약이 없소. 총탄이 바
닥이 난 군대……. 그건 상상도 못할 노릇이오. 동지는 대학에서 이공
학을 전공했다지요?

승철 네. 그렇습니다. 재료만 주십시오. 얼마든지 만들어 내겠습니다.

박상진 장군 (침통한 어조로) 우리에게는 재료도 원료도 없소.

승철 네?

박상진 장군 기자재도 전혀 없고…….

승철 그럼.

박상진 장군 그러나 동지의 힘으로 기어이 만들어 내야 합니다.

승철 장군님. 화약을 제조하려면…….

박상진 장군 알고 있어요. 무엇이 필요한가를…….

승철 그러시면서?

박상진 장군 그 원료와 기자재도 동지가 구해야 합니다.

승철 어디에서 말입니까?

박상진 장군 여순과 대련의 관동군 군수조병창에 그것이 산더미처럼
쌓여 있소.

승철 제가 어떻게?

박상진 장군 ……적이 알기로는, 승철 동지는 조선 총독부에 적극 협조하는 아버지를 두고 있고, 승철 동지가 학병에 응소하는 것은 당연한 것으로 되어 있어요. 동지가 지금 여기 와 있는 것을 적은 전혀 모르고 있으니까 여기서 다시 4천리 길을 되돌아가서 관동군에 현지 입대하여, 특기에 의해 조병창에 근무하면서 필요한 모든 물자를 빼내야 하는 것입니다. 동지의 이 과업 수행에는 우리의 조직과 첩보와 병력이 최대한 작용할 것입니다.

승철 저더러 학병이 되라구요?

박상진 장군 그 일은 적과 정면에서 싸우는 일보다도 훨씬 어려운 일입니다. 그러나 만난을 무릅쓰고 해야 합니다. 휴식은 오늘 밤뿐입니다. 내일부터 5일 간 그 과업에 관한 특수훈련을 받아야 합니다. 오 소령과 여기 군관 동지들이 맡아 줄 것입니다.

승철 (어리둥절해 하며) 전 갑작스런 일이라 전연 엄두가 나지 않습니다.

박상진 장군 좀더 자상한 작전은 내일 설명할 것입니다. 그리고 혜원 동지!

혜원 네?

박상진 장군 동지는 동경의학 전문학교에 다녔다지요?

혜원 네.

박상진 장군 (이종문 군의관을 손짓하며) 두 분이 인사하시고…….

이종문 (앞으로 나서서) 이종문입니다. 잘 오셨습니다.

혜원 저 혜원이에요.

박상진 장군 이종문 군의관은 신경(新京) 의전(醫專) 출신의 유능한 의사입니다. 두 분이 손을 맞잡고 협력하시기 바랍니다. (일어서서) 자, 그럼 오늘은 이만 해 두고 두 동지를 편히 쉬도록 여러분이 도와드리세요.

    (모두 장군에게 경례.)

—막—

제4장

등장 인물

박승철

오 소령

정필래

학병 A

학병 B

일본 헌병 대위

헌병 A

헌병 B

만주 관동군사령부 헌병대의 취조실. 사방은 콘크리트 벽. 중앙에 철제 출입문이 있고 그 앞에 테이블과 의자가 놓여 있다. 전등이 천장에서 길게 늘어져 있고 그 주위에 매놓은 댓가닥의 로프에 승철과 학병 A · B가 수갑을 찬 채, 발끝이 땅에 닿을 듯 말 듯하게 묶여 있다. 그들이 몸에 걸친 것은 팬티뿐, 거의 발가벗은 꼴인데 전신에 얼룩진 핏줄기와 기진맥진해서 내던지다시피 늘어뜨린 머리의 몰골로 보아 혹독한 고문을 당한 것으로 짐작이 간다. 이따금 푹 꺼진 신음소리 들린다. 헌병 A 등장. 벽에 붙은 스위치를 만지작거린다. 불이 밝다. 벽에 걸린 가죽채찍과 여기 저기 널려 있는 몽둥이와 쇠붙이가 보이고 홍건이 고인 피와 오물이 을씨년스럽다.

(헌병 A, 의자에 앉으려다가 출입문 밖에서 떠드는 소리 들리자 일어서고, 이어 정장한 일본 헌병 대위와 상의를 벗고 팔뚝을 걷어 올린 헌병 B 등장. 헌병 A, 대위에게 경례. 헌병 B, 가죽채찍을 들고 로프에 매달린 세 사람의 배를 북북 찔러 본다. 죽었는지 살았는지 별로 반응이 보이지 않는다. 헌병 B, 물통을 들어 승철

의 얼굴에 철썩 뿌린다. 승철, 몸을 부르르 떤다.)

대위 (승철 앞으로 다가서서) 이 모양이노 되어 가지고도 아직 자백이노
　　아니 한다고.

헌병 B 네.

대위 음! 악질이노 새끼로고. (쥐고 있던 신문지로 승철의 머리를 툭 치며) 오
　　이! 승철이! 니노 동경대학 이공학부노 다닌 천재가 이 꼴이노 뭐고? 모
　　든 것이노 순순히 자백해서 다시 나라에 충성이노 하면……. 헌 데가
　　아문 데노 되는 것이 아니겠나! (방안을 거닐면서) 에—또, 신사 대우도
　　해 줄 것이니까 솔직히노 말해라! 어디로 빼냈어?

승철 실험에 썼다고 하지 않았소.

대위 그걸 모두?

승철 고성능 포탄을 만들려면 여러 가지의 실험이 필요하단 말이오.

대위 앗하! 니노 우리를 천치로 아는구나. 니가 빼돌린 것이 얼마나 되는
　　지 잊었나?

승철 실험에만 몰두해서 그런 숫자는 모릅니다.

대위 오이! 승철이 니노 이러고 버틴다고 해서 문제가 해결되는 것 아냐!
　　니가 저지른 일로 해서 우리 관동군이노 발칵 뒤집혔다. 우매쓰(海律)
　　사령관님 이하 전 장병이 혼이노 나가뿌렀다. 그런 큰 불상사를 니노
　　고집으로 어물어물 한다고 끝나는 것 아니다. 알겠나?

승철 어물어물 하는 것이 아닙니다. 나는 참모부의 지시로…….

대위 그것도 니노 자청해서 장담이노 했다더군.

승철 ……충성하느라고…….

대위 충성이라고? 웃기지 마라. 니노 빼돌린 것 다시 찾으면 그게 충성이
　　야! 오이, 어디로 빼냈지?

승철 하, 나 참!

대위 어서 말이노 해라.

승철 글쎄 실험하는 데 썼다구요.

대위 (꽥 소리를 질러) 망할 놈 자식! 그래 니트로, 글리세린 12통, 질산·황산·초산·염산 15통, 뇌관 12상자, 기타 33가지의 기계 기구를 실험에 썼다고? 니노 빼낸 것으로 화약이노 만들면 우리 백만 관동군이가 1년 동안 쓸 수 있는 총탄이노 만들 숫자야. 그래, 그 많은 물자를 실험에 써?

승철 사정거리를 두 배로, 폭발력을 세 배로 하라는 참모부의 명령으로…….

대위 (이를 갈며) 사지를 갈기갈기 찢어 죽일 놈! 니노 기어이 그렇게 나오면 더 재미있는 방법으로 문초노 해 주지. 우리 군대는 야만인 장꼬로노 다루면서 고문 기술이노 많이 늘었다. 고문이노 아니 당하고 자백이노 하면 서로 편할 것인데 죽도록 당하고 나서 마지막에 실토노 하거든! 당한 것만 손해지. 바보 녀석들! 자, 어쩔 텐가?

승철 …….

대위 (학병 A에게) 니노 승철이와 같이 근무했소데, 물건을 어디로 빼냈는지 잘이노 알 것이다. 억울하게 개죽음이노 당하지 말고 말이 해라.

학병 A 우리는 조수노릇밖에 한 것이 없어요.

대위 그러니까 보았을 것 아닌가?

학병 A 빼낸 것인지 써버린 것인지 우리는 모릅니다.

대위 흠! 초록이노 동색인데 (학병 B에게) 니노 말이 해라.

학병 B 나는 아무 영문 모릅니다.

대위 세 놈이 모두 그렇게 나오면 별 도리노 없지. (악을 쓰며) 누가 이기나 해 보자. (승철에게 다가서서) 승철이에게 좋은 소식이노 있구만. 이 신문은 서울에서 발행하는 '경성일보' 다. 여기 니노 아버지 기사가 났다.

승철 ……뭔데요.

대위 읽어 줄까? ……에—또, 거물 스파이 박춘삼 검거……. 조선군 사령

부 헌병대는 오늘 새벽 조선총독의 자문위원으로 활약중이던 박춘삼을
서울 가회동 그의 저택에서 스파이 혐의로 긴급 구속했다. 조선 총독부
의 한 고위 당국자의 말에 의하면 박춘삼은 조선 총독의 자문위원임을
기화로 정계·재계·군부의 고위층과 수시로 접촉, 일본정부에 주력
협조하는 것으로 위장해 놓고 해외의 조선인 망명객과 만주의 대한 독
립군에 거액의 자금과 정보를 제공했다는 것으로 그의 자택에는 무전
기까지 설치해서…….

승철 (벽력 같은 소리로) 그만! 그만!

대위 ……왜, 듣기 싫으냐? 니노 아비의 마각이 드러나 (신문을 툭툭 치며)
  이 꼴이 되었는데도 더 버틸 테냐?

승철 (목메인 소리로) 아버지가 기어이!

대위 니노 아비가 그 모양이노 돼, 또 니가 여기서 죽으면 니노 집은 멸종
  이다.

승철 (부르르 떨며) 멸종이고 단종이고 나는 몰라요.

대위 (이를 갈며) 음, 이 뻔뻔한 비국민!

승철 쳇, 내가 왜 비국민이란 말입니까? 아버지가 무슨 짓을 했건 나와는
  상관 없소. 나는 상부의 명령에 충실했을 뿐이오.

대위 (부화가 치민 듯) 망할 자식이노, (헌병 B에게) 오이!

헌병 B 네.

대위 이놈의 자식이노 바른 말이노 할 때까지 쳐라.

헌병 B (가죽채찍을 허공에 날리면서) 또 시작할까. 맞아 봐라. (승철을 때린
  다.) 말이노 해라. (때린다.) 말이노 해라. (때린다.) 어디로 빼냈어? (때린
  다.) 말이 해.
  (승철의 몸에서 피가 흘러 내린다. 그의 피부는 이미 마비가 되어 별로 고통을
  안 느끼는 것 같다. 헌병 B는 매질을 계속한다.) 독사 같은 놈이다.

대위 기어이 자백이노 받아라.

헌병 B 알았습니다.

대위 그래도 안 불면……. 주사노 놔 주지, 주사기에 염산이노 담아서 (승
　　철의 엉덩이를 도닥거리며) 여기 구멍으로 슬슬 넣어 주지, 니노 따끔할
　　게다, 그것으로 자백이노 아니한 놈이노 아직 보지 못했소대! (퇴장)
　　(헌병 B, 매질을 계속한다. 때리는 쪽이 오히려 지쳐버린다. 헌병 A, 상의를 벗
　　고 하나의 가죽채찍으로 매질한다.)

헌병 B (승철에게) 오이! 말이 못해?

승철 (모기소리로) 시험에 썼다니까!

헌병 B (승철의 머리카락을 움켜 잡고) 빌어 먹을 놈! (숨을 헐떡거리며) 가만
　　히노 있어요. 더 지독한 것으로 해 줄 테니까.(채찍을 휙 던지고 퇴장)

헌병 A (덩달아 채찍을 던지고) 악질이노 새끼들! 명태처럼 말라 죽고 싶은
　　게로구나. (의자에 앉아 담배를 피운다.)
　　(정필래, 일본 육군 소위 차림으로 등장)
　　(한 바퀴 돌고 나서) 승철이. 나야 나.

승철 (간신히 눈을 뜨고) 음.

정필래 자네, 아버지 소식 들었나.

승철 (꺼진 소리로) 방금.

정필래 신문 보고 나도 놀랬어. 어쩌다 자네 집안이 이 꼴이 되었지?

승철 ……글쎄.

정필래 사람이 살면 얼마나 살겠나? 대세를 쫓아야지.

승철 자네 여기 어떻게 왔나?

정필래 짐작 못하나?

승철 자네더러 자백 받으라든?

정필래 ……우선 이 연옥을 벗어나야 하잖아?

승철 어떻게?

정필래 살고 봐야지.

승철 누가 죽고 싶댔어?

정필래 빼돌렸다고 해 놓고 나서…….

승철 자네도 저들 식으로 걸어 오는군.

정필래 까짓것 사실대로 말해 버려, 그리고 나서 또 살 길을 찾자.

승철 사실 나는 연구자료로 썼거든.

정필래 개들이 그런 말에 속는 바본 줄 아나? 오산이라구.

승철 ……사실인 걸 어떻게 하란 말인가?

정필래 자네, 나까지 우습게 보는군.

승철 ……천만에.

정필래 그럼, 화제를 바꿔 보세, 혜원이는 지금 어딨나?

승철 여기, 입대할 때 서울서 갈렸으니까 그 후는 모르지.

정필래 계산이 안 맞는다구. 자네 남매가 감쪽같이 사라진 후 15일 만에
　　자네만 여기 왔거든. 그 보름 동안 어디 갔었어?

승철 ……경상도 외갓댁으로…….

정필래 무슨 소릴? 내가 자네 외갓댁은 안 간 줄 아나?

승철 글쎄, 그리루 가다가…… 어머니 사건도 있고, 서먹서먹할 것 같아
　　서 방향을 돌렸어.

정필래 어디루 말인가?

승철 여기 입대할 결심을 하고 나니 좀 기분이 언짢아서 혜원이와 같이
　　남해안을 돌았었지.

정필래 ……증거가 허술하게시리 연막을 치는군. 좌우간 나를 따돌린 것
　　만은 사실이야.

승철 나는 처음부터 자네들 일에 간섭 않기로 한 사람이야.

정필래 편리한 말만 늘어 놓는군. 하여간 지금 혜원이는 어디 있느냐
　　말일세?

승철 헤어진 후로는 나도 모른다니까.

정필래 ……나는 꼭 알아야 하겠어. 지금쯤 어느 놈하고 뒹굴고 있는지
　　목격을 해야 하겠단 말이야. 그래야 자네의 정체도 알 수 있으니까.

승철 찾아보지 그래? 자네는 자유의 몸이니까!

정필래 나한테 비꼬아대도 소용 없어. 다시 본론으로 돌아가세. 이대로면
　　자네는 죽게 돼. 자네가 죽는 건 자네 소치니까 아무도 원망할 수 없지
　　만 자네 때문에 우리 학병 전원이 눈칫밥을 먹는단 말일세. 순수한 우
　　정으로 충고하네. ……내게만 가만히 일러 줄 수 없겠나?

승철 괜히 생사람 잡지 말게. 나는 일본군이 쓸 고성능 폭탄을 만들기 위
　　해서 일한 사람이야.

정필래 ……음, 끝내 바보 짓을 하려 드는군. (담배를 피운다.)

　　(오 소령, 중국복 차림으로 등장. 나무로 짠 도시락 3개 · 신문지 · 물통 · 빗자
　　루 · 수세미를 들었다. 들어서면서부터 헌병 A에게 아양을 떤다.)

오 소령 죄수들 식사에요. 청소도 해야 하구요. 아유우 저녁때가 늦었는
　　데 헌병아저씨는 식사 안 하세요?

　　(승철, 눈을 부릅뜨고 오 소령을 쏘아보고 나서 살며시 고개를 숙인다.)

헌병 A 어? 당신이노 누구야?

오 소령 아유우 날 모르세요? 밥집 식모예요. 우리 아줌마가 감기 들어 누
　　워 있기에 제가 왔세요.

　　(헌병 A의 어깨를 툭 치며) 세상에 무뚝뚝도 하셔라…….

헌병 A (오 소령 앞으로 다가서서) 이리노 와. (몸을 수색한다.)

오 소령 (앞가슴을 내맡기며) 의심도 많으서!

　　(헌병 A, 물통을 채찍으로 휘저어 보고 또 도시락 속을 젓가락으로 쑤셔 본다.)

정필래 (시부렁시부렁) 청소를 한다고? 그래, 하긴 해야겠군! 피비린내,
　　오줌 · 똥 냄새 때문에 숨이 막힐 지경이야.

오 소령 ……다 됐세요?

헌병 A 음.

오 소령 그럼, 청소부터 합니다. (신문지를 테이블 위에 놓고, 물을 거칠게 뿌린다.)

정필래 (오 소령의 궁둥이를 철썩 치며) 무슨 청소가 이렇게 거칠지?

오 소령 (장난스레) 어머, 장교님은 짓궂으셔.

정필래 (승철에게) 사실은 말야. 위에서 오늘 안으로 자백을 받아 내라는 거야. 공연히 모진 고문 당하지 말고 실토하게나. 별 수 있어, 약소민족이? 나 이따가 또 올께. 잘 생각해 둬.(퇴장)

(오 소령, 청소를 계속한다. 헌병 B, 정장하고 등장)

헌병 B (헌병 A에게) 식사 시간이오. 교대합시다.

헌병 A 네. (퇴장)

(헌병 B, 의자에 앉아 담배를 피우면서 테이블 위의 신문을 읽는다.)

(오 소령, 헌병 B의 눈치를 살피면서 입안의 면도날을 승철의 입안에 넣어 준다. 빗자루로 바닥을 쓸며 방안을 한 바퀴 돌고 나서 머리카락 속에 넣어 두었던 열쇠를 승철의 손에 쥐어 준다. 다시 한 바퀴 돌고 나서 물통을 승철 곁에 놓고 여러 겹으로 두른 물통의 손잡이 줄을 툭툭 친다. 승철, 고개를 끄덕인다. 오 소령, 물을 뿌리는 체하면서 줄을 풀어 물통 위에 가지런히 걸쳐 놓는다. 줄 끝에는 집게로 된 '소켓 꽂이' 가 달려 있다.)

오 소령 (도시락을 세 사람 발 밑에 놓고 빗자루와 수세미를 들고) 죄수들 식사 안 시켜요?

헌병 B (신문을 읽으면서) 놔 둬.

오 소령 그럼 저는 갑니다. (퇴장)

(승철, 헌병 B의 거동을 살펴가면서 신속하게 움직인다. 면도날로 로프를 끊는다. 열쇠로 수갑을 푼다. 전선줄을 발끝으로 달아올려 입에 물고 로프를 타 올라 천장의 전등을 살며시 잡아 당겨서 전선 끝의 '소켓 꽂이' 를 연결한다. 다시 내려서서 전선의 반대쪽 끝과 로프를 쥐고 처음 상태로 꾸민다. 승철의 이 행동을 학병 A · B 숨을 죽여 바라본다.)

승철 (투깔스럽게) 여보시오.

헌병 B 왜?

승철 나, 소피 봐야겠소.

헌병 B 그대로 싸 둬.

승철 방금 청소를 했는데 또 싸요? 점잖지 못하게.

헌병 B (아니꼽게 노려보며) 여기가 니노 안방인 줄 아나?

승철 별 수 없군, 야만인들이라.

헌병 B 그대로 싸 둬.

승철 야만인이 아니면 이걸 좀 풀어 주세요.

헌병 B (신문을 던지고 다가서서) 안 풀어 주면 야만인이라고?

승철 야만인이 아니고서는 이러고 서서 어떻게 소피를 본단 말이오.

헌병 B (어처구니없다는 듯) 이놈의 자식, 죽고 싶어? (승철의 뺨을 친다.)

승철 쳇, 말로는 못하나?

헌병 B (몹시 흥분하고) 정말이노 죽인다. (승철의 목을 조이려 든다.)

　(승철, 손을 날려 전선 끝을 헌병 B의 얼굴에 댄다. 감전이 되어 '아이쿠' 소리
　를 지르면서 넘어진다. 승철, 헌병 B의 허리에 찬 권총을 빼내어 뒤통수를 갈
　긴다. 헌병 B, 길게 뻗는다. 승철, 헌병 B의 군복·군모·군화로 정장한 다음
　의자에 앉아 머리를 숙인다.)

　(사이)

　(헌병대장, 헌병 A, 정필래 등장)

승철 (출입문에 기대서서) 돌아보지 말고 손을 들어.

　(세 사람 기겁해서 손을 든다.)

승철　허튼 수작하면 쏠 테다.

대위 뭐라고?

승철 (다가서며) 죽이진 않을 테니 그러고 서 있어.(대위와 헌병 A의 권총을
　빼내고 뒤통수를 때린다. 쿵 넘어진다.)

정필래 점점 답답한 짓을 하는군.

승철 글쎄, 어쩔는지.

정필래 나도 치려나?

승철 넌 믿을 수가 없어. 죽지는 않을 테니 참아라. (뒤통수를 때려 쓰러뜨린
다.)

(학병 A·B에게) 동지들, 나를 따르겠소?

학병 A 물론!

학병 B 빨리!

(승철, 학병 A·B의 수갑을 풀어 대위와 헌병 A처럼 정장시키고 권총을 나누
어 준 후 뚜벅뚜벅 퇴장)

(사이)

(밖에서 '차렷' '경례' 소리 들린다.)

제5장

등장 인물

박승철

혜원

오 소령

박상진 장군

군관 A

군관 B

이종문

사병

토굴 속. 크고 작은 많은 드럼통과 각종 상자가 벽 주위에 가득 쌓여 있고 중앙

에는 많은 기계 · 기구가 널빤지 위에 놓여 있다. 박상진 장군과 군관 A · B, 침통
한 표정으로 서성거린다.

박상진 장군 (이것저것 만지작거리면서) 이토록 많은 전리품을 마련하고도
　정작 만질 사람이 없으니.
군관 A 너무 심려 마십시오. 모든 수단을 총동원하고 있습니다.
박상진 장군 ……가능할까?
군관 A 오 소령으로부터 전갈이 와 있습니다.
박상진 장군 뭐라고?
군관 A 적의 심장부까지 침투했다는 것입니다.
박상진 장군 ……오 소령을 믿을 수밖에.
군관 B 혜원 동지가 아까부터 장군님을 뵙자고 기다리고 있습니다.
박상진 장군 만나야지.
군관 B 그럼 데려오겠습니다. (경례하고 좌측으로 퇴장)
박상진 장군 여봐.
군관 A 네?
박상진 장군 오 소령의 계략이……, 실패할 경우도 생각해 두었나?
군관 A ……아직…….
박상진 장군 우리의 작전이 반드시 성공하리라는 생각은 금물이야.
군관 A 네.
박상진 장군 만약의 경우…… 우리는 중대병력 정도로 정면 돌격을 해야
　할 것 같아.
군관 A 지당한 말씀입니다만…….
박상진 장군 그러나, 어쩐다고?
군관 A 우리에게는 지금…… 그럴 만한 탄약이 없잖습니까?
박상진 장군 (침울하게) 그랬던가?

군관 A 일대 위기에 놓여 있습니다.

박상진 장군 제1군단과 제2군단 사정은 어떤고?

군관 A 거기도 마찬가집니다.

박상진 장군 ……지금쯤 적이 쳐들어오면 꼼짝없이 전멸하겠군.

군관 A 현재의 상태로는 속수무책입니다. 이 상태가 계속된다면 다시 편의
　　대(便義隊) 조직으로 전환할 수밖에 없습니다.

박상진 장군 아직 그럴 수는 없어. 오 소령이 실패하면 제2, 3의 방법으로
　　쳐들어가서 기어이 승철 동지를 구해 내야 돼. 탄약이 없으면 칼로, 칼
　　이 없으면 주먹으로라도 해야 돼.

군관 A 알겠습니다. 장군님!

박상진 장군 지체할 수 없는 일이니 당장 작전을 세우도록…….

군관 A 알겠습니다.

　　(군관 B · 혜원 · 이종문 등장)

박상진 장군 어서 와요, 혜원 동지!

혜원 네.

박상진 장군 나한테 할 말이 있다구요?

혜원 네.

박상진 장군 승철 동지의 무운을 비는 마음은 우리 모두의 한결같은 소원
　　이에요. 지금 오 소령이 만난을 무릅쓰고 침투하고 있으니까 기다려 봅
　　시다. 그리고 만약의 경우에도 대비할 것이니까 너무 상심 말아요.

혜원 장군님, 차라리 저를 보내주셔요.

박상진 장군 ……물에 빠진 사람을 구해 내려면 수영에 익숙해야 돼. 수영
　　도 못하는 사람이 다급하다고 물에 뛰어들면 그 결과가 어떻게 되지요?
　　우선은 오 소령을 믿읍시다. 오 소령은 수영과 구급법의 명수니까.

혜원 하지만 이렇게 초조하게 기다리고만 있을 수는 없잖습니까?

박상진 장군 위기에 처할수록 침착해야 해요.

　　(혜원, 훌쩍훌쩍 운다.)

박상진 장군　눈물을 보여서는 안 된다고 하지 않았소.

　　(모두 숙연해진다. 박상진 장군, 기계·기구를 만지작거리면서 감회에 젖는
　　다. 사병 다급하게 등장)

사병　(경례) 옵니다. 오 소령과 승철 동지가 옵니다.

　　(모두 탄성을 지른다. 혜원·이종문·군관 B·사병, 뛰어나간다. 밖에서 만세
　　소리 들린다.)

박상진 장군　(의자에 털썩 주저앉으며 목메인 소리로) 하느님…… 감사합니다.

　　(눈물이 주르르 흐른다.)

군관 A　기적입니다. 기적입니다. (눈물을 쏟는다.)

　　(군관 B·오 소령·승철·혜원·이종문, 활짝 웃으며 등장. 박상진 장군 일어
　　선다.)

오 소령　(경례) 다녀왔습니다.

승철　(경례) 염려 끼쳐 드려 죄송합니다.

박상진 장군　(두 사람의 손을 잡고 한동안 바라보다가) 고맙소, 고맙소.

　　(모두 달려들어 두 사람을 얼싸안는다.)

박상진 장군　오 소령!

오 소령　네?

박상진 장군　우린 이제 두려울 것이 없어요. 어떤 말로도 두 동지의 위대한
　　과업에 보답할 수 없어. 자, 봐요. (방안을 손짓하며) 동지의 전리품이야.

승철　영광입니다.

박상진 장군　(둘러보고) 여러분, (방긋 웃고) 오늘 같은 기쁜 날 축배가 없을
　　수 있나요?

군관 A　준비하겠습니다. 장군님! (우측 토굴 안으로 퇴장)

박상진 장군　(혜원의 손을 잡고) 한 번 더 우실까?

　　(모두 웃는다.)

혜원 (상냥하게) 먼저 우신 분이 누구신데요?

박상진 장군 오늘은 나도 좀 마셔야겠어.

　(모두 티없이 크게 웃는다.)

제6장

등장 인물

박승철

혜원

오 소령

박상진 장군

이청천 장군

군관 A

군관 B

기타 군관 다수

이종문

사병 A

사병 B

기타 사병 다수

　만주 뚠하 남방의 산악지대. 우측에 토굴의 출입문이 보인다. 여름의 낮. 완전 무장한 대한 독립군의 장병 다수. 더러는 앉고 더러는 서서 노래 부른다. 우렁찬 노랫소리로 미루어, 보이지 않는 곳에도 많은 장병들이 도열해 있음을 짐작할 수 있다.

노래 동방의 슬기로운

　　　평화의 나라

　　　하느님이 보우하신

　　　복지의 민족

　　　아름다운 우리 강산

　　　빼앗은 자 누구냐

　　　이역만리 유랑이

　　　웬 말이냐

　　　동포여 일제히

　　　깃발을 들어

　　　눈보라와 쇠사슬을

　　　헤쳐 나가자

　　　왜적의 무리들은

　　　두렵지 않다

　　　아! 장하도다 배달의 자손

　　　우리는 싸우노라

　　　자유의 전사

군관 A (구령) 일동 차렷.

　(노래 멈추고 전 장병 일어선다.)

군관 A 동지 여러분! 이청천 장군님과 박상진 장군님께서 나오십니다.

　(와── 하는 함성 터지고, 나팔소리 들린다. 말발굽소리 들린다. 박상진 장군

　　과 이청천 장군 등장. 중앙에 자리잡고 휘둘러 본다.)

군관 A (구령) 일동 이청천 장군과 박상진 장군께 받들어 총.

　(모두 받들어 총, 두 장군 답례)

군관 A (구령) 바롯!

박상진 장군 (두리번거리고 나서) 승철 동지는?

군관 B 네. 곧 나옵니다.

　(사이)

　(토굴의 출입문 열린다. 오 소령이 붕대로 머리와 눈을 싸맨 승철의 손을 잡고
　등장. 혜원과 이종문 뒤따른다. 오 소령, 승철을 두 장군 사이에 놓인 의자에
　앉힌다.)

이청천 장군 대한 독립군 동지 여러분! 우리는 오늘부터 1945년도 춘계 대
　작전에 돌입합니다. 돌이켜보건대 우리들은 지난해 겨울부터 얼마나
　애타게 오늘을 기다렸습니까. 오늘의 이 보람과 영광은 우리 독립군의
　한 동지의 백절불굴의 애국정신과 총명한 지혜의 결정입니다. 우리는
　적과의 전투에 임해서 일발필살 백발백중의 신념으로 백전백승하여 동
　지의 공훈에 보답하고 나아가 조국의 광복을 앞당겨야 하겠습니다. 어
　느 때나 마찬가지로 일사불란의 전열로 매진하기를 바라는 바입니다.

박상진 장군 동지 여러분! 여기 오늘의 주인공 박승철 동지가 앉아 있습니
　다. 동지는 그 동안 이루 형언할 수 없는 공훈을 세웠습니다. 동지는 오
　늘의 이 영광을 위해 적의 심장부에 뛰어들었고 적의 축생과 같은 고문
　에 항거했고, 드디어는 밤과 낮을 가리지 않고 탄약의 연구와 제작에 몰
　두하여 적의 간담을 서늘케 할 새 총탄을 만들어 냈습니다. 그러나 하
　늘도 무심하신지 동지는 작업의 마무리 단계에서 뜻하지 않은 사고로
　머리와 가슴과 그리고 눈에 심한 상처를 입었습니다. 실로 애석하기 짝
　이 없습니다. 의무대에서 최선을 하는 것은 물론이려니와 우리 전 장병
　이 동지의 쾌유를 빌어 마지 않는 바입니다. ……우리 참모부에서는 이
　미 수차에 걸쳐 시사(試射)를 한 바 그 뛰어난 우수성을 입증했습니다.
　동지들이 적을 향해 쏘아대는 탄환은 그 하나하나를 박승철 동지의 혼
　으로 여기고, 일당백 일당천의 기개를 발휘하기 바랍니다. 동지 여러
　분, 박승철 동지에게 뜨거운 박수를 보내어 공훈에 보답합시다.

(박수와 함성이 길게 이어진다.)

군관 A 에— 두 장군님의 말씀에 이어 진군하기에 앞서서 새 탄환의 시사
　를 하겠습니다. 이미 말씀이 계신 바와 같이 오늘부터 사용할 탄환은 각
　종 화기 공히 사정거리가 종전의 두 배로 연장되었고, 파괴 능력 역시 종
　전의 두 배 반으로 확대되었습니다. 따라서 여러분은 전투에 임해서 이
　러한 능력을 충분히 감안하셔야 합니다. 지금부터 시사를 하겠습니다.

　(군관 A, 멀리 좌측을 향해 신호기[황색]를 흔든다.)

군관 B (구령) 소총부대…… 발사.

　(소대병력의 소총 소리 들린다. 장병들의 함성 들린다.)

　(군관 A, 신호기를 흔든다.)

군관 B (구령) 다음 기관총……. 발사.

　(기관총 소리 들리면서 장병들의 함성 들린다.)

　(군관 A, 신호기를 흔든다.)

군관 B (구령) 다음 수류탄…… 발사.

　(수류탄 터지는 소리 들리면서 장병들의 함성 들린다.)

　(군관 A, 신호기를 흔든다.)

군관 B (구령) 다음 박격포…… 발사.

　(박격포 터지는 소리 요란하게 들린다. 장병들의 함성 높다.)

　(군관 A, 신호기를 흔든다.)

군관 B (구령) 다음은 마지막으로 대포…… 발사.

　(대포의 포탄이 하늘을 가르는 '쌩' 하는 소리에 이어 천지를 진동하는 폭발음
　들린다. 장병들의 함성 길게 이어진다.)

군관 A 이상으로 시사를 마칩니다.

이청천 장군 (박상진 장군에게) 엄청난 위력입니다. 왜적이 혼비백산 하겠
　군요.

박상진 장군 그렇습니다. 이제 두려울 것이 없습니다.

이청천 장군 (승철의 손을 잡고) 동지의 과업은 위대해.

승철 …….

이청천 장군 (이종문에게) 경과가 어때요?

이종문 최선을 하고 있습니다만…….

이청천 장군 눈이 회복될까요?

이종문 ……아무래도 큰 병원으로 옮겨야 하겠습니다.

이청천 장군 그래야지. 형편 닿는 대로 연락할 테니까! 하얼빈이나 장춘에
　서……. (군관들에게) 자, 진군!

　(군관 A, 신호기[적색]를 흔든다.)

군관 B (손을 번쩍 들고) 제1진…….

　(그때, 사병 A 뛰어나와 군관 A에게 귓속말한다. 군관 A, 박상진 장군에게 귓
　속말 한다.)

박상진 장군 (이청천 장군에게) 소만 국경에 소비에트 군대가 대거 집결하
　고 있다는 정보가 들어왔습니다.

이청천 장군 (큰소리로) 그래요! 필경 일본에게 선전포고를 할 모양이군요.

박상진 장군 (장병에게) 동지 여러분, 방금 접수한 무선통신 정보에 의하면
　소만 국경에 소비에트 군대가 대거 집결하고 있다는 것입니다. 작금의
　정세로 보아 소련은 일본에 대해 선전포고를 할 징후가 많으며 따라서
　일본의 패망이 앞당겨 지리라는 것으로 가늠됩니다.

　(장병들, 함성을 지른다.)

　그러나 여러분! 일본이 패망하는 것은 사필귀정이고 다만 그 시간이 문
　제라고 보는 이때에 소련이 여태 우리들의 항일투쟁을 구경만 하고 있
　다가 이제 와서야 참전하는 속셈은 무엇을 뜻하겠습니까?

　(장병들, 우우— 하는 야유를 지른다.)

　그들은 남이 잡아 논 고기의 눈을 쑤시자는 것에 불과합니다. 따라서
　우리는 박차를 더해 그들을 훨씬 앞질러 왜적을 섬멸해야 하겠습니다.

(장병들, 함성을 지른다.)

박상진 장군 자, 진군이다.

(군관 A, 신호기를 크게 흔든다.)

군관 B (손을 번쩍 들고) 제1진, 출발!

소리 (구령) 앞으로 갓!

(발자국소리 · 말발굽소리, 노래 들린다.)

군관 B 제2진, 출발!

소리 (구령) 앞으로 갓!

군관 B 제3진, 출발!

(쇠바퀴 구르는 소리 섞여 들린다.)

군관 B 기지수비 부대는 본 위치에!

(이청천 장군, 박상진 장군, 군관 A · B 퇴장. 말발굽소리 들린다. 기타 장병들
　사방으로 흩어져 퇴장)

승철 (측은하게) 모두 떠났소?

오 소령 네.

승철 여긴 누가 남았소?

오 소령 (승철의 손을 잡고) 내가 여기 있습니다. 혜원 동지와 이종문 군의
　관도 계시구요.

승철 오 소령은 왜 안 떠났어요?

오 소령 ……장군님께서 여기 남으라는 명령입니다.

승철 남고 싶지 않은데 말입니까?

오 소령 아, 아닙니다. 승철 동지.

승철 전쟁은 이번으로 끝이 나는 것입니까?

오 소령 아마, 마지막 결전이 될 것 같습니다. 승철 동지 덕분으로.

승철 내 덕분으로?

오 소령 그렇습니다, 동지.

승철 오 소령!

오 소령 네?

승철 말끝마다 동지로군요.

오 소령 무슨 말씀을.

승철 …….

  (이종문, 혜원에게 눈짓한다.)

혜원 (승철의 등을 만지면서) 오빠, 들어 가세요. 치료시간이에요.

승철 오 소령은 고향이 개성이라고 그랬지요?

오 소령 네.

승철 부모가 독립운동을 하다가 붙잡히는 바람에 집안이 몰살당해서 이
  쪽으로 넘어 왔다고 그랬지요?

오 소령 ……네.

승철 오 소령.

오 소령 네?

승철 전쟁이 끝나고 조국이 광복되면…… 당신의 가족과 우리 부모와 그
  리고 내 눈은 누가 찾아 주는 것입니까?

오 소령 ……아무도 찾을 수 없습니다.

  (혜원, 흐느낀다.)

승철 (벌떡 일어서서) 이게 모두 무슨 짓이에요? 어쩌다가 나라를 빼앗기
  구서 우릴 이 모양으로 만들어 놓았어요? 아! 내 눈! 어머니! 아버지!
  (앞으로 나서서 손을 저으면서) 이게 모두 누구 탓이냐? 누구를 원망해야
  하느냐? (고함을 질러) 누가 나를 보상할 거냐구?

  (혜원, 통곡하며 이종문의 가슴에 안긴다.)

오 소령 (눈물을 흘리면서) 보상할 사람도 없고 보상이 되지도 않아요.
  우리에게는 다만 우리 스스로가 있을 뿐이에요.

승철 (휘청거리며 울부짖어) 난 싫어! 난 싫어! 모든 것이 싫어! 난 보고 싶

어! 푸르디 푸른 나무잎새며, 두둥실 떠 있는 흰구름이며 정든 사람의 검은 눈망울이며 모두 내 눈으로 보고 싶단 말이야. (흐느낀다.)

오 소령 ……승철 씨!

승철 …….

오 소령 승철 씨는 볼 수 있어요.

승철 뭐, 볼 수 있다구요?

오 소령 ……마음으로, 사랑의 마음으로 볼 수 있을 거예요.

승철 사랑의 마음으로? (휘청거리다가 넘어진다.)

　(오 소령, 달려들어 승철의 머리를 안아서 무릎에 누인다.)

오 소령 ……우리가 할 일은 다 했어요. 너무나 용감하게, 너무나 성심껏 다 해 냈어요. 이제 우리는 쉴 수 있어요.

　(짤랑짤랑 방울소리 들린다. 사병 B 등장)

사병 B 오 소령님, 식사 시간입니다. (퇴장)

　(사병들의 노랫소리 멀리 들린다.)

승철 (가늘게 속삭이듯) 사랑의 마음으로! 사랑의 마음으로! 사랑의 마음으로!

─막─

간 이 역

등장 인물
농촌을 동경하는 서울 상인
서울로 올라가려는 농부
간이역 주변의 왕초
구두 닦는 소녀

때 197×년

곳 호남선의 어느 간이역

무 대
　좌측에 매표구, 중앙에 개찰구, 우측에 장의자가 하나 놓여 있는 간이역의 대합실. 가을철의 초저녁. 기적소리와 쇠바퀴 구르는 소리 울려 퍼지면서 막이 오르면, 왕초 등장

왕 초 (술에 취해) 어험! (개찰구에서 철로 쪽을 보며) 꼭 하나 내리는구나. 요
　　즘 같아서야 어디 밥벌이 할 수가 있나 씨팔!
　　(개찰구에서 상인이 백을 들고 등장)
상 인 (왕초를 위아래로 훑어보고) 말 좀 묻겠는데요?
왕 초 (투깔스럽게) 뭐요?
상 인 (기가 꺾여) 곰재[熊峙]로 가는 버스가 몇 시쯤에 있다요?
왕 초 막차가 9시에 있을 거요. 차표를 살려면 날 따라 오시오.

(왕초, 하수로 퇴장)

상 인 고맙습니다. (왕초의 뒤를 따라 퇴장)

　(농부, 보따리를 들고 하수에서 등장)

농 부 (매표구에 대고) 서울 가는 완행열차가 몇 시에나 있을까요? (사이)
아, 9시 12분에 있구만요잉! 그러면 지금 몇 시나 되었을까요? (사이) 아,
8시 반이라요잉! 저, 나 서울 차표 한 장 주실까요? 여기 돈 있소. (주머
니에서 돈을 꺼내 매표구에 밀어 넣고) 이 기차를 타면 서울에는 언제 닿는
다요? (사이) 아 내일 아침에. (차표를 받아 쥐고) 나 여기서 기다릴라요,
차가 오면 소리 치시요잉! 처음 길이라 서툴러서 그러요.

　(장의자에 앉는다.)

　(상인, 버스표를 들고 등장. 장의자에 앉는다.)

농 부 (상인에게) 나는 서울까지 가요마는 댁은 어디로 가시요?

상 인 나는 곰재라는 곳으로 갑니다만.

농 부 (몹시 놀라) 예?

상 인 왜 그렇게 놀래시오?

농 부 내가 바로 곰재에서 왔어요, 그래 곰재 누구네 댁을 찾아 가시오?

상 인 ……아무도 아는 사람은 없소.

농 부 그런디 뭣하러 가시지요?

상 인 ……거기 땅도 넓고 인심도 좋다기에 발을 붙여 볼까 해서…….

농 부 농사를 지을려고…….

상 인 벼농사 · 밭농사……울 안으로는 과실나무를 심고, 돼지도 기르고,
닭을 길러 알을 받아먹고, 뽕나무를 심어 누에를 쳐서 명주실을 뽑고,
봄이면 냉이며 미나리를 캐서 버물려 먹고…….

농 부 요새 서울 부자들이 촌에다가 땅을 많이 사 가지고 목장이다 농장
이다 하드니마는…….

상 인 아니, 나는 그런 부자가 아니요. 판잣집 팔고 장사 밑천 모두 뽑으

면 한 오백만 원 될까말까 그게 전 재산이오.

농부 그래요?

상인 그거면 농토를 얼마나 잡을 수 있을까요?

농부 글씨! 겨우겨우 내 살림 정도구만!

상인 댁은 얼마나 버시오?

농부 산골다랭이 서마지기에, 산밭 댓마지기에, 오두막 한 채…….

상인 그거면 됐지! 내 처지에!

농부 헌디, 어째서 그런 생각을 하게 되었지요?

상인 서울 살림이 신물이 나서…….

농부 장사가 잘 안 돼요?

상인 장사고 뭐고 벌이는 시원찮은데 물가는 마구 뛰고 공기는 탁해서
   숨이 막힐 지경이고…….

농부 그래도 농촌보다는 나을 것인디?

상인 농촌이 어째서요? 손수 지어서 자급자족 하잖아요?

농부 ……밥만 먹고는 못 사는 시상 아닌기라우!

   (소녀, 하단에서 등장)

소녀 구두 닦아요. (상인과 농부 앞에 앉아서) 아저씨들 구두 닦읍시다.

농부 다 떨어진 구두 닦으면 뭣해!

소녀 그러니까 닦아야지요. 잘 닦아드릴 테니 벗으세요. 내 손이 한 번
   지나가면 새 구두가 됩니다.

농부 그만둬.

소녀 뭘 그러세요, 어서 벗으세요. (상인에게) 아저씨두요.

상인 나두 안 닦는다.

소녀 왜들 이러실까? 자 자, 벗으시라니까. (농부와 상인의 구두 한 짝씩을
   날쌔게 벗겨 들고) 젠장!

상인 저런 고이얀!

농부 야 야, 임마!

소녀 째째하게 노시네! 그러지 말고 얘기들이나 하고 계세요. 파리가 낙
    상하게시리 광을 내드릴께.

    (하수로 퇴장)

농부 마구 깡다구로!

상인 하, 나 원!

농부 그놈으 말씨하며…….

상인 오나가나 저 꼴이니…….

농부 다 된 거 아녀요.

상인 ……우리 얘기나 합시다.

농부 그럽시다.

상인 난 그래서 내려옵니다만 댁은 무슨 일로 서울 가시오?

농부 ……나는 서울로 옮겨볼까 하고 나와 봤어요.

상인 그래요? 무슨 인연이 있나요?

농부 인연이 다 뭣이라요! 그저 서울이 시골보다는 살기가 좋다기
    에…….

상인 댁과 내가 꼭 정반대로 노는군요.

농부 그렇게 되어 가는가부요.

상인 우리가 여기서 만난 것이 참 기묘한 인연이요.

농부 그러게 말이요.

상인 일이 잘되면, 살림도 비슷하겠다…… 서로 바꿔치기도 될 것 같군요.

농부 참 멋있는 생각이오.

상인 우리 담배를 한 대씩 피웁시다.

농부 그럽시다.

상인 (담배를 농부에게 주며) 이걸 태우세요.

농부 (담배를 주머니에서 꺼내면서) 저는 요것을 피울라요.

상인 이게 좀 나은 것 같군요.

농부 (담배를 받아들고) 요것을 항상 피우시오?

상 인 ……아닙니다, 나도 평상시에는 댁에서 피우는 삼백 원짜리를
　　샵니다.

농부 아, 그러십니까.

상 인 (성냥을 그어 대며) 태우세요.

농부 (불을 붙이고) 고맙습니다.

상 인 여기서 댁을 뵙게 돼서 천만다행입니다.

농부 그것은 내가 할 말입니다.

상 인 서울 가시면 천상 여관에 드시겠군요.

농부 여관이 다 뭣이라요! 내 주제에. 어디 시장바닥 으슥진 데서 며칠
　　지내다가 형편 보고 내려 올랍니다.

상 인 그건 무립니다. 그러지 마시고 우리 집으로 가십시오. 주소와 쪽지
　　를 적어드릴 테니까요.

농부 과분한 말씀입니다.

상 인 판잣집이지만…… 거리에서 지내시는 것보다는 나을 겁니다.

농부 고맙습니다. ……참 댁에서도 곰재에 가시면 우리 집에서 지내시
　　오. 거기서 삼돌이네 집이라면 다 알 것입니다.

상 인 감사합니다. 찾아가겠습니다.

　　(소녀, 구두를 들고 등장)

소녀 (다가서서) 어때요, 얼굴이 비치지요? 자, 이쪽을 벗으세요.

상 인 너, 누가 신을 닦으래서 네 마음대로 설치니?

소녀 어? 그럼 한 쪽만 닦을래요?

상 인 한 쪽이고 두 쪽이고 너 다음에는 그러면 못 써. 손님에게.

소녀 (히죽 웃으며) 네! 알았어요. 어서 한 쪽을 벗으세요.

　　(상인과 농부, 한 쪽 신을 벗는다. 소녀, 구두를 들고 휘파람을 불며 하수로 퇴장)

농부 한 번 닦는디 얼마 받는가요?

상인 오백 원일 겁니다.

농부 약칠 좀 하고, 오백 원?

상인 할 수 없죠. 이렇게 된 걸.

농부 엿장수 맘대로…….

상인 엿장수 마음대로가 태반인 세상 아닙니까. 그건 그렇고 댁은 어떻
게 해서 농촌이 싫어졌습니까?

농부 싫어진 것이 아니지요. 본시 배운 것은 농사일뿐이고 호정출입도
못하는 놈이 딴 욕심이야 있겠능가라우. 하지만 워낙 싹수가 없는 노릇
이라 달리 도리가 없겠능가 하는 것이지요.

상인 채산이 안 맞아요?

농부 맞고 안 맞고가 아니라 우리끼리니까 말입니다마는…… 너무들 하
셔요.

상인 누가 말입니까?

농부 들어 보실랍니까? 오늘 우리 마을 이장이 들려준 말인디, 추곡 매상
금을 훨씬 올려 준다는 것이 칠만오천 얼마랍디다요. 지금 시세가 만팔
천 원 하는디 말입니다. 그것이 농민을 생각한 일입니까? 더 주고 사주
지는 못할망정 시세보다도 싸게 사들인다니 나 원.

상인 쌀값이 오르면 딴 물가가 마구 뛰니까 별 도리 없다잖아요.

농부 그러닝께 농민만 골탕 먹어라, 그거 아니어요?

상인 ……허긴, 무슨 물건이건 시세대로는 줘야 하는데…….

농부 양식이 모자라서 뭐, 한 해에 칠억 불어친가 사다가 먹어야 한다는
디 농사애비 대접을 그렇게 하니 증산이 될 것입니까? 뿐만 아니라 비
료며 농약이며 농비가 얼마나 드는지 아십니까? 농약만 하더라도 그렇
지요. 백칠십 원 하던 오소박스가…….

상인 오소박스가 뭡니까?

농부 그런 농약이 있지요. 삼백 원으로 껑충 뛰어도 누구 하나 나서서
　　걱정하는 사람도 없어요.
상인 그랬던가요?
농부 그랬던가요가 뭡니까. 돼지고기 값이 좀 오르니까 서울 여편네들
　　데모를 했다구만요! 우리가 추곡 값 올려라, 농약 값 내려라 하고 데모
　　를 해봐요. 될 법이나 한 소린가.
상인 서울은 서울대로 고충이 많아요.
농부 뉘서 밥 먹여 달라고 하는 소린지는 모르겠지요마는 돼지고기 값이
　　야 오르면 좀 덜 먹으면 되지마는 농약이나 사료는 아니 쓸 수가 없고
　　굶길 수 없는 노릇이니 사정이 다르지요. 안 그래요? 좌우간 고추 값이
　　좀 오른다니께 외국서 수입한답디다요. 고추는 좀 덜 먹을 수도 있는
　　거 아녀요? 하여간 딴 물가는 북북 올려놓고 농민이 만든 물건 값은 죽
　　을 쑤게 만든단 말입니다!
상인 ……농촌은 농촌대로 딱한 사연이 있군요.
농부 그럼요.
상인 (감회에 젖어) '나물 캐는 아가씨' 란 노래가 그리도 좋게 들렸는데!
농부 ……나물 캐는 아가씨는, 실상 몹시 배고픈 처지어요. 멀리서는
　　이쁘게 보일지 모르지만요.
상인 어딜 가나 밝은 소리는 없으니.
농부 서울은 우리네 농촌보다는 나을 테지요?
상인 댁에서는 서울의 뭘 보고 올라가시려는지 모르겠습니다만 거긴 거
　　기대로 또 사연이 많아요.
농부 나는 올라가면 리어카를 한 대 사 가지고 야채 장수나 해볼까 하는
　　디 안 될 거나요?
상인 내가 바로 그런 장사를 하는 사람인데…… 댁에선들 못할 거야 없
　　겠지요만 그게 그리 쉬운 일인 줄 아십니까?

농부 힘들어요?

상 인 아침이면 새벽 4시에 일어나서 삼십 리는 걸어야 야채밭에 가고 용
    케 물건을 사게 되었다 하더라도 다시 삼십리를 걸어야 하며, 잘 팔아야
    돈 만 원이나 얻어먹는데 시장에서는 자릿세다 청소비다 떼는 것이 한
    두 가지가 아니고 어쩌다 물건이 밀어닥치면 쓰레기값이 되고, 거기다
    가 쉬는 날, 비오는 날, 공치는 날 빼면 남는 건 뻔하죠. 그래도 삼시 먹
    어야 하고 오줌 똥 싸는 데도 돈이어야 하니 견디어 나겠어요.

농부 ……그렇다면 차라리 품팔이를 하면…….

상 인 품을 팔 데는 어디 항상 비워 뒀답니까? 다 해본 나머지라구요.

농부 시장 길가에서 딴 장사를 하면 어쩌요?

상 인 댁에서는 전혀 모르는군요. 시장에 함지 하나씩을 안고 죽 늘어선
    아낙네들 그 자릿세가 백만 원씩이라도 얻을 곳이 없다구요.

농부 핫 하—.

상 인 댁에서는 자가용 타고 다니는 서울사람만 보셨군요.

농부 그런 것, 나는 몰라요.

상 인 피차 이웃집 색시는 이뻐만 보였으니.

농부 ……그, 그런 꼴인가.

상 인 보이는 것은 밝은 곳뿐이고 어두운 곳은 가려져 있었군요.

농부 허면…… 어쩌지요?

상 인 글쎄올시다. 알고 보니 점점 늪 속으로 빠져드는 것 같군요.

농부 더러는 성공한 사람도 있다는디.

상 인 요행으로.

농부 ……꿈이 팍삭 깨지는 것 같구만이요.

상 인 ……흥얼거리며 조용히 살아 보려고 했는데.

농부 왜 죄다 이 모양일까요?

상 인 글쎄요, 어디 중간이 잘못 된 것 아닐까요?

농부 중간이라니요?

상인 낸들 압니까? 허나 뭔가가 틀린 게 아녀요?

농부 그래요. 뭣인가 틀리긴 틀렸어요. 말하자면…… 가난하게 살아도 약
　속만 지켜주면 그대로 뿌리를 내리고 지내겠는디 말입니다.

상인 약속이라니요?

농부 ……음, 가령…… 오천 원 내라, 그러면 서울까지 기차를 태워다 준다,
　그래 놓고 서울역에 가서는 이천 원을 더 내라…… 그래서야 되겠능가요?

상인 그런 일이야 있을 수 없죠.

농부 ……음, 그런 일 없었을까요.

상인 자, 자. 우리 그런 골치 아픈 얘기는 그만하고 담배나 태웁시다.

농부 그럽시다.

　(두 사람 담배를 피운다.)

　(소녀, 구두를 들고 등장)

소녀 (다가서서) 자, 다 닦았습니다. 신어 보십시오. 때를 빼고 칠을 올리
　느라고 시간이 좀 걸렸습니다만 (농부와 상인, 구두를 신는다.) 맵씨가 훤
　하군요.

상인 (돈을 소녀에게 준다.) 받어.

농부 내 것도 받아라. (돈을 소녀에게 준다.)

소녀 (돈을 쥐고, 어이없다는 듯) 이게 얼맙니까?

상인 오백 원 아녀!

농부 나도 오백 원 줬잖어!

소녀 (도전하려는 듯) 이거 왜 이러십니까? 점잖은 아저씨들이.

상인 어? 왜?

소녀 웃기지 말라구요.

상인 웃기지 말라니 거 무슨 뜻이지?

소녀 아니, 때 빼고 칠 올리는데 얼만지 몰라서 묻는 거요?

(왕초 등장. 매표구에 기대 서서 이쪽 동정을 살핀다.)

상 인 누가 너더러 때 빼고 칠 올려달라고 그랬어?

소 녀 하, 나 원! 아까 내가 말했잖아요. 파리가 낙상하게 칠을 올려드린
　　다고!

상 인 강제로 벗겨 가지고서는 이제 한다는 소리가…….

농 부 야, 너 좌우지간 얼마를 더 내라는 거냐?

소 녀 진즉 그렇게 나오실 일이지 신사들 체면에 거 무슨 말씀들입니까?
　　한 켤레에 이천 원씩만 주세요.

상 인 (소스라치게 놀라) 뭐, 이천 원?

농 부 (악을 쓰며) 뭐여?

소 녀 (태연하게) 왜 그러세요?

상 인 이 불한당놈 같으니!

소 녀 ……점, 점…….

　　(왕초 다가선다.)

왕 초 (소녀에게) 왜 그러니? 점잖은 손님에게.

소 녀 때 빼고 칠 올리는 거 이천 원씩 받잖아요?

왕 초 그래서?

소 녀 돈 달래니까 불한당 놈, 하잖아요.

왕 초 (상인에게) 구둘 닦게 했으면 대가를 내시지 않고 왜 저 불쌍한 애를
　　붙들고 그러시요?

상 인 그렇게 점잖게 나오는 당신은 누구요?

왕 초 (아니꼽다는 듯) 풋 풋…… 나더러 누구냐구? 풋 풋…… (소녀에게) 너
　　이 얼간이에게 내 성함을 일러줘라.

상 인 뭐, 얼간이라구?

소 녀 (엄지손가락을 세워 보이며) 이거 몰라요, 이거? 괜히 얻어터지지
　　말고 어서 돈 내놔요.

상인 네 놈들이 짜구서 협박 놓는다만 우린 그런 돈 못 줘.

농부 이천 원이면 고무신이 두 켤레여.

왕초 이천 원짜리 위스키 한 잔 먹여 놨으면 까무라치겠구나.

농부 그러닝께 우리는 그런 술 안 묵고 소주를 한 병 마신다네.

왕초 (언성을 높여) 그런 소주 퍼 마시고 자빠졌지, 왜 기어 나와서 구두를
　　닦아?

농부 참, 괜히 나서서 남의 일에 배 놔라 감 놔라여.

상인 도둑질도 분수에 맞게 해야지. 이 낡은 구두에 약 좀 바르고 이천
　　원이라니 어디서 그런 엉터리 수작을 배워 먹었어? (소녀에게) 차라리
　　네가 이 구두 이천 원에 사거라.

소녀 그런 걸 누가 사요.

왕초 길거리에 놔 둬도 거들떠보지도 않을 고물을 이천 원에 팔려고
　　드는군.

상인 하, 도둑이 매를 드는구나.

왕초 뭐, 도둑이라고?

상인 도둑은 그래도 점잖은 편이고 너희들은 바로 강도여.

왕초 이 쌔끼들! (주먹으로 치고 발로 차고 농부와 상인을 넘어뜨린다.) 병신
　　들 같으니, 맞는 것만 공꺼라구. 어서 돈 내 놔.

　　(농부와 상인, 부시시 일어선다.)

왕초 (다가서서) 더 맞고 싶어?

농부 재수 없이 나, 원!

상인 (매표구를 향해 고함을 질러) 여기 역원(驛員) 없어요?

왕초 흥! 바보 녀석! 네가 부르면 뛰어나온다든? 걔네들은 모래알 씹고
　　산다드냐? (잭나이프를 빼 들고) 피를 보기 전에 어서 내 놔.

상인 무법천지로군!

농부 (상인의 팔을 잡고) 어쩌지요?

왕 초 어쩌긴 어째, 돈만 내면 돼.

　(왕초 다가서고, 농부와 상인 차츰 우측 구석으로 밀린다.)

농 부 (내뱉듯) 빌어먹을!

상 인 (힘주어) 저 칼에 찔릴 수는 없어.

농 부 우리…….

상 인 힘을 냅시다.

농 부 (쏘아붙이며) 너 죽고 우리 죽어!

상 인 (농부와 갈라져서 팔을 걷고) 좋아 오너라.

왕 초 이 하룻강아지들 죽고 싶어서 환장을 하는군!

　(서로 겨누는 순간, 소녀가 백과 보따리를 들고 하수로 도망치려 한다. 상인,
　소녀의 발을 걸어찬다. 소녀, 비명을 지르고 넘어진다. 왕초, 상인을 찌르려는
　찰나에 기적소리 울린다. 왕초가 잠시 머뭇거리는 순간에 상인이 왕초의 팔
　을 걸어찬다. 잭나이프가 굴러 떨어진다. 농부, 우악스럽게 달려들어 왕초를
　들어올렸다가 메다 꽂는다. 왕초, 뻗어버린다. 상인이 왕초의 허리를 걸어찬
　다. 왕초, 우 욱! 소리를 내며 늘어진다.)

소 리 (역원) 서울 가실 손님 나오세요.

상 인 (백을 집어들고) 우리가 바보 아니라는 걸 보여줘서 다행입니다.

농 부 (보따리를 집어들고) 우리 둘이서 힘을 합쳐 놨으니께 저 칼을 피할
　수 있었지라우.

상 인 물론입니다.

농 부 그러나저러나 참 지독한 놈들입니다.

상 인 ……사실은…… 저런 나쁜 놈들이 어딜 가나 많잖아요.

농 부 ……그, 그래요.

상 인 나는 오늘 느끼는 바가 많습니다.

농 부 댁의 처지에 대해서 말입니까?

상 인 우리가 같이 겪은 일 아닙니까.

농부 참, 그랬었지요.

상인 ……그러니까…….

농부 ……어쩔까요?

(버스 굴러오는 소리)

소리 (여 차장) 곰재 가요! 곰재 방면으로 가실 손님 나오세요.

(기적소리 가까이 들린다.)

상인 ……남의 색시보다도 내 색시가 더 이뻐 보일 때 우리 다시 만납시다.

농부 그러니께 우리가 차표를 바꾸자 그런 말이요?

상인 ……아직은, 사슬에 묶여 있을 수밖에 없을 것 같습니다.

농부 ……먹구름이 개이는 날까지 말입니까?

(기차 정지하는 소리, 버스의 클랙슨 소리 요란하다.)

상인 (표를 주며) 버스를 타십시오.

농부 (표를 주며) 안녕히 가십시오.

(상인과 농부, 악수를 나눈 후, 상인은 개찰구로 농부는 하수로 퇴장)

(왕초, 벌떡 일어서서 개찰구로 걸어 가서 두리번거린다.)

(버스 떠나는 소리)

(기차 떠나는 소리)

왕초 (투덜투덜) 씨팔! 한 놈도 안 내리는구나. 오늘은 왜 이리 재숫대가
리가 없지? (돌아서서 소녀를 발길질하며) 임마! (소녀, 부시시 일어선다.)
밑천을 뽑아야 할 게 아냐, 밑천을.

(왕초와 소녀, 맥이 풀려 하수로 퇴장)

(대합실의 불빛이 줄어든다.)

—막—

소 설

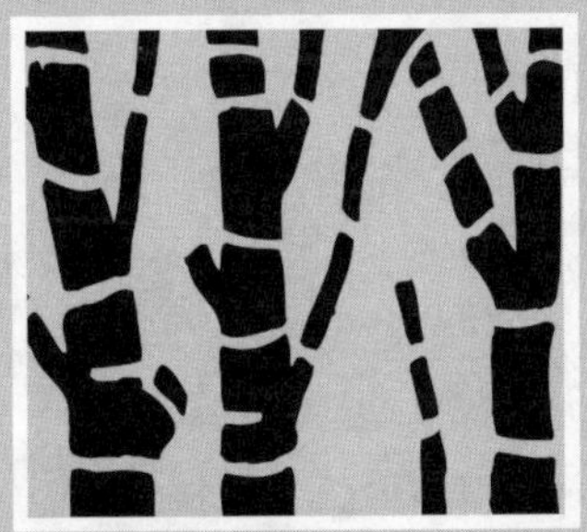

세 한 도

1

완당(阮堂) 김정희(金正喜)가 그의 문하인 우선 이상적에게 그려준 세한도(歲寒圖)는 1974년 12월 31일, 국보 제180호로 지정되어 지금은 손세기(孫世基) 씨의 소장품으로 정착하고 있지만, 그러기 전, 그러니까 그 작품이 제작된 1844년부터 지금까지의 134년 동안 매우 기구한 이력을 겪고 있는데, 그 한 예를 이겸로(李謙魯) 씨가 쓴 책방 비화(冊房秘話)라는 글에서 간추려 보기로 하겠다.

…… 6·25의 피난정부가 아직 부산에서 환도하기 전의 어느 날이었다. 서울 낙원동 시장에 점심을 먹으러 나갔다. 그때는 청계천을 사이에 두고 남과 북 천변에서 비교적 일찍 입경한 사람들이 노점을 벌이고 있던 때인 만큼 낙원동 시장에도 상인들이 드문드문한 때였다.

국밥을 먹고 있노라니까 이복용(李福龍) 노인이 젊은 사람과 함께 현판 하나를 들고 청계천을 향해 가고 있었다. 참새가 방앗간을 그냥 지나지 못한다고 이 노인를 불렀다. 현판을 보니 화면이 노랗게 찌들고 파리똥이 새까맣게 앉은 완당의 세한도였다. 값을 물었더니 이 양반이 그것을 진짜로 알았던지 굉장히 호된 액수를 말한다.

이런 경우에는 상대방이 알아듣도록 자세한 설명이 필요하므로, 세한도는 원래 완당이 우선에게 그려준 것인데, 세월의 흐름에 따라 전전하다가 완당연구의 권위자인 학자 등총린(藤塚隣)의 손에 들어가게 되었다는 것과, 그가 그의 회갑

때에 그걸 60벌 복사하여 절친한 벗들에게 기념품으로 증정한 사실이 있었다는 것을 말하면서 이것은 그 60벌 중의 하나라고 납득을 시켰었다. 그랬더니 그들도 내 말을 믿었던지 값을 낮추어, 그때 돈으로 8천 원인가에 매입하였다. 표장은 너무 헐어 쓸모가 없으므로 화폭만 떼내어 둘둘 말아두었다.

그 후 2·3년이 지났을까, 갑자기 그걸 새로 꾸미고 싶은 생각이 들어서 들고 나오다가 국립중앙도서관으로 들어갔다. 그때 거기 정문을 돌아서면 좌편에 목조건물이 있었는데, 거기 동창 원충희(東滄 元忠喜) 씨가 화랑을 경영하고 있었기 때문이다.

. 나는 동창을 만나자마자 두르르 말아쥔 세한도를 건네주면서 ××씨가 시골 가지고 올라왔는데 나에게 위탁으로 맡겨놓고 값은 1천만 원을 호가하니 어떠냐고 하였다. 동창은 "거 좋은데, 좋은데" 소리를 연발한다. 세한도에 복사판이 있다는 것을 알지 못하고 있었으며, 또 갑자기 대하게 되니 진짜인 것으로 감식하는 것도 무리는 아니었다. 동창은 다 보고 난 뒤에, 세한도가 두 벌이 있을까 의심이 든다며, 아무래도 소전(素荃) 옹 것만은 못하다는 것이다.

나는 세한도가 두 장 있는 것은, 완당이 처음에 한 장 그렸다가 마음에 안 들어서 다시 또 한 장 그린 것이라고 꾸며대고 소전 옹 것과 어디의 어떤 점이 다르냐고 반문하였다. 동창은 이러쿵저러쿵 군색한 설명을 늘어놓는다. 그때서야 나는 동창에게 "여보, 좀 정신을 차려 똑바로 봐요. 이것은 복사판인데 다르기는 무엇이 다르며 못하기는 어디가 못하오?" 하고 핀잔을 주었다. 동창은 깜짝 놀라면서 전연 몰랐노라고 거듭 감탄하였다.

각설하고, 일본인 등총린의 소장이었던 세한도가 다시 현해탄을 건너 고국으로 돌아와, 소전 손재형(孫在馨) 옹의 소장이 되기까지의 그 경로는 대략 다음과 같거니와…….

그 다음 대목에 관한 설명은 이겸로 씨의 글을 빌리지 않더라도 내가 말할 수 있다. 소전 선생으로부터 직접 들은 바 있으니까——.

소전 손재형 옹은 우리가 모두 알고 있는 바와 같이 우리나라 서예계의 거봉이다. 지금은 중환으로 누워 있지만 얼마 전까지만 해도 대한민국 국전 운영위원장으로서 미술계의 중추적 역할을 했고 기타 예술원부원장·홍익대학 명예교수·전 국회의원 등 그 방면에서는 모르는 이가 없는 매우 다채로운 분이다.

이 분의 고향은 전남 진도군 진도면인데 본시 2천여 석을 받는 지주의 유복자로 태어나, 지방에서는 명필로 소문난 그의 조부 옥전(玉田) 옹의 무릎에서 자랐는데 손자가 장차 큰 그릇이 될 것을 짐작하고 서울 효자동에 저택을 세워 그를 양정고보(養正高普)에 다니게 하면서 당시의 서예계의 제일인자인 성당(惺堂) 김돈희(金敦熙)의 문하에서 솜씨를 다듬게 하였다.

아니나 다를까 소전은 양정고보 2학년(지금의 중학 2년) 때부터 선전(鮮展)에 입선을 거듭하더니 중국을 몇 차례 다녀온 청년기에 접어들면서부터는 대단한 안목으로 일가를 이루게 되었다.

서예가가 대체로 그러하듯, 소전 역시 서예를 탁마(琢磨)하는 동시에 고서화와 골동품 수집에 열을 올리지 않을 수 없었다. 그건 재정이 허락하는 한 무한대인 것이다. 또한 바람직한 일이요, 즐거운 일이었을 것이다. 옥전(玉田) 옹은 소전의 그러한 욕망을 충족시켰다. 미술품의 수집벽은 서예의 안목을 높이는 데도 크게 도움이 되겠기 때문이다.

당시는 조선의 지주의 아들들이 대체로 건들건들 주색잡기나 아편중독으로 가산을 탕진하는 때였으니, 얼마나 대견했겠는가. 그 무렵, 그러니까 일정 때의 일본인들이 우리네 미술품을 온갖 수단을 다해서 그네들 나라로 무제한 반출하고 있을 즈음, 가재를 털어서 일본인의 앞잡이 노릇을 하는 몰지각한 무리들로부터 매입함으로써 그네들의 만행을 저지한 우리의 문화재 보호의 슬기로운 기사들이 있었는데, 그들은 위의 소전 손재형과 서울 장안의 거상의 아들인 간송 전형필(澗松 全鎣弼)과 칠곡의 거부의 아들 창랑 장택상(滄浪 張澤相) 등이다.

이러한 일은 뜻이 있어도 재산이 없으면 어쩔 수 없는 노릇으로 그들은 선조의 재산으로 좋은 일, 신나는 일을 한꺼번에 한 셈이니 뜻이 있으되 가난하게 태어난 사람에게는 부러운 일이었다.

그 당시, 그이들이 일본인의 행패를 저지하는 데 있어서 흥미로운 일도 많았다. 그 한 예로는, 서울 인사동 근처에 어떤 작품이 나왔다 하면 모두들 자기 연줄 따라 혈안이 되어 사들이려 하였는데 원매자(願買者)가 조선 사람끼린 것을 알면 서로 양보해서 쉬쉬 종적을 감추게 했고, 일본인이 줄을 대어 사들이려고 나서면 서로 돈을 대어주면서까지 한 군데로 모아 주었으며, 어쩔 수 없이 일본인 수중으로 들어가게 되었으면 터무니없는 가격을 다투어 호가함으로써 골탕을 먹이곤 했던 것이다.

그리고 이러한 일들을 치르는 데 있어서 무슨 조직이 있었던 것도 아니고, 누군가의 영향이 있었던 것도 아니었다니 그거야말로 침략자에 대한 조용하고도 알찬 반항이라 하겠다.

그러나 예나 지금이나 나라를 잃은 백성의 힘에는 한도가 있는 법인데 몇몇 부자의 아들이나 학자 선비들의 힘이 컸으면 얼마나 컸겠는가. 개개인의 노력과 성과를 따진다면 그로부터 반 세기가 지난 지금도 경탄하여 마지않는 일이지만, 나라 전체가 입은 상처는 실로 대단한 것이었다.

야만의 티가 창창한 약 칠백 년의 역사밖에 지니지 못한 섬나라 개구리들이 오천 년의 찬란한 한국 문화 유산을 송두리째 도마 위에 올려놓고 찧고 까불고 약탈하지 않았다면 그건 오히려 우스운 이야기가 된다.

각설하고, 일본인은 본시 감격하기를 좋아하고 모방을 잘 하며 요령을 본분으로 해야 한다며, 임기응변에 능한 백성들이다. 그건 본래 바탕이 허약한 소치이기도 하거니와 좋게 따진다면 진취성이 있다고나 할까. 그들은 경술국치 후, 한국의 문화 유산을 훑어 보고 나서 이거 별거 아니로구나, 하고 스치고 지나갈 그런 바보는 아니었다.

그들은 중원(中原)의 모든 문화를 나름대로 저작(咀嚼)하고 소화해서 제

것으로 창조한 한국 고유의 문화를 보았던 것이다. 퇴계학(退溪學)이 그렇고 다산학(茶山學)이 그렇고, 한글이 그렇고, 저 방긋 웃는 불상에서 보았고, 청자와 백자에서 보았고, 기라성 같은 서화에서 보았다.

그들은 마구 훑었다. 고궁과 관아는 물론 양가의 안방까지 훑었다. 권력과 금력을 쏟아 거의 바닥이 드러난 듯 하니까, 우리네 선조의 분묘까지 파헤쳤다. 그런 일을 하는, 이른바 호리꾼이라는 호리는 일본말이 아닌가.

일본인들의 그러한 전리품 중의 하나에는 이거야 정말, 괴상하고 딱딱하면서도 타의 추종을 불허하는 당오(堂奥)한 걸작이 있었다. 그게 완당(阮堂) 김정희(金正喜)였다. 완당의 경학(經學)·서지학(書誌學)·금석학(金石學)·시문(詩文) 그리고 그의 글씨·그림, 그의 독특한 품격과 기구한 생애까지가 그들에게는 모두 생소했으며 기이하였다. 일찍이 청나라의 대석학 옹방강(翁方綱)이 완당을 보고 해동(海東)의 영물(英物)이라고 했으니, 일본인의 눈에 신기하게 보였을 것은 당연하다.

일본인들은 완당의 작품이라면 값의 고하와 수단 방법을 가리지 않고 긁어 모았다. 그 중에는 완당에 심취한 학자도 있었다. 위에서 언급한 등총린도 그런 부류의 한 사람인데, 그는 서울의 경성 제국대학의 문학부 교수로 있으면서 〈청조문화(淸朝文化) 수입과 김정희의 영향〉이라는 논문으로 문학박사 학위를 받았었다. 그 등총린 박사가 소장한 완당의 구장서(舊藏書) 및 서화 중에는 우리의 세한도가 끼여 있었는데, 그는 1945년의 일본의 패망을 미리 짐작했음인지 1943년 가을에 홀연히 일본 동경으로 떠나고 말았던 것이다.

한편, 소전은 완당연구로 하여 평소 교분이 두터웠던 등총린으로부터, 어떻게 하면 세한도를 수중에 넣을 수 있을 것인가 하고 골몰했었다. 그가 양보만 한다면 자신의 소장품 중의 무엇과도 바꿀 수 있겠고, 금액으로 나온다면 부르는 대로 주리라 다짐하고 있었다.

그러나 선뜻 말머리를 꺼내지 못했던 것은 그가 워낙 완당에게 심취한,

돈으로도 어쩔 수 없는 독실한 학자이기 때문이었다. 그러나 어떤 낭패를 당하더라도 한 번 말을 해 보리라, 일단 말을 꺼내고 나서는 집요하게 달라붙어 보리라, 연합국에 대하여 기고만장하던 그네들도 이제 패색이 드러나기 시작했으니 우물쭈물 하다가는 무슨 사태가 벌어질지 모를 일이야, 빨리 서둘러야지, 생각하고 있었다. 그런데 등총린이 현해탄을 건너간 것을 소전이 안 것은 1943년 10월 하순께였다.

하늘이 캄캄했다. 이럴 수가 있을까. 나는 그의 완당연구에 아낌없이 협력했는데, 문헌과 작품을 제공해줬는데, 이건 분명 날 속인 거다. 한마디 말도 없이 떠나다니, 그건 정말 너무했구나. 그 날부터 소전은 안절부절이었다. 도무지 글씨도 써 지질 않고 책을 읽어도 머리에 들지 않았다.

소전이 거금 삼천 원을 전대에 차고 부산에서 일본 시모노세키로 가는 연락선 경복환을 탄 것은 그 해 12월 25일이었다. 미군의 B29 폭격기와 현해탄에 출몰하는 미국 잠수함 때문에 출항시간도 미리 알리지 않는 때였다. 현해탄을 무사히 건너는 일은 성공률이 반반이었다.

평범한 생각으로는 그림 한 장 때문에 목숨과 거금 삼천 원을 수장할지도 모를 그런 도박은 상상할 수도 없는 일이었다. 더구나 상대방과 어떤 약속이나 언질도 없는 처지에랴. 설령 현해탄은 무사히 건너간다고 하자, 동경은 연일의 폭격으로 거의 잿더미가 되었다지 않는가.

소전은 기어코 동경에 왔다. 우에노쿠(上野區)의 망한려(望漢廬)에서 소전을 맞은 등총린 박사는 소스라치게 놀랐다.

"어쩐 일이오. 소전!"

"예! 박사를 뵈러 왔소이다."

처음 날은 수인사만 나누고 갈렸다. 우에노 공원 부근의 여관을 들어갔다. 날마다 찾아가서 문안인사만 하고 되돌아오기를 일주일 가량 했다. 소전의 수작을 이상하게 여겼던 등총린 박사가 솔직하게 나온다.

"뭘 달라는 거요?"

"세한도를 돌려주십사고 왔습니다."

병석에 누웠던 그가 벌떡 일어나 앉아 소전을 쏘아본다.

"소전, 나는 내가 소장하고 있는 김정희 선생의 작품들을, 어떤 경우 송두리째 내놓을 수는 있어도, 세한도만은 내내 간직할 것입니다. 내가 이 길에 평생을 바친 것은 사실은 그 세한도 때문이라 해도 과언이 아닙니다. 어찌나 좋은지! 입장 바꿔, 소전이 내 처지라면 그걸 내놓겠소?"

소전은 묵묵부답이었다.

"이제, 이 전쟁도 막바지에 접어들었고 폭격도 차츰 무차별로 나오니 어서 조선으로 돌아가시오."

세한도를 양보할 기미는 조금도 보이지 않았다. 소전은 폭격도 아랑곳없이 석 달 동안 하루도 빠지지 않고 문안만 되풀이했다. 90일째 되던 날 등총린 박사는 그의 큰아들을 불러 소전과 나란히 앉혀 놓고 이른다.

"내가 세상을 하직하거든, 여기 손재형 선생께 세한도를 돌려보내라. 대가를 받아서는 안 된다."

소전은 일단 물러나왔으나, 등총린 박사가 죽기 전에 세한도 주변에 꼭 무슨 탈이 날 것만 같았다. 그만큼 동경의 전화가 혹심했다. 식전의 문안인사는 다시 계속되었다. 열흘이 지나도 등총린 박사는 아무 말이 없었다. 서로 지칠 대로 지쳤다. 무엇보다도 미군의 폭격을 더는 견딜 수가 없었다. 등총린 일가도 시골로 피난을 가겠다 하기에 소전은 돌아오기로 작정했다.

'물각유주(物各有主)라' 허전한 심사를 달래면서 작별의 뜻을 전화로 알렸다. 그랬더니,

"소전, 내가 졌소. 지금 곧 오시오."

이러지 않는가. 소전은 날 듯이 뛰어갔다. 등총린 박사는 비단으로 싼 두루마리를 마치 삼대 독자를 출정보내는 비통한 얼굴로 내놓았다. 소전은 간직했던 삼천 원을 내밀었다.

"내가 세한도를 다시 조선으로 돌려보내는 것은, 첫째 소전이 이 전화

를 무릅쓰고 조선의 문화재를 찾으려는 성심에 감탄함이요, 둘째로는 그대가 이것을 오래오래 간직하리라 믿기 때문이오. 내가 돈을 받고 세한도를 내놓는다면 지하의 김정희 선생이 나를 뭘로 보겠소. 더구나 우리는 그 분을 사숙하는 동문 아닙니까.”

소전은 등총린 박사의 말을 새겨들은 다음, 세한도를 안고 여관으로 돌아왔다. 그리고 뭔가 성의를 표시해야 한다고 생각한 나머지, 곧 청부업자를 시켜 등총린 박사댁의 정원에 철근 콘크리트의 지하실을 지어 그의 망한려(望漢廬)의 수많은 소장품을 그곳으로 옮겨주고 다시 현해탄을 건너왔던 것이다.

소전의 이 공적을 치하한 글은, 세한도에 붙어 있는 긴 발문(跋文) 맨 끝에 오세창(吳世昌) 선생과 정인보 선생이 기록해 두고 있다.

위의 이야기는 이미 잡지나 신문의 문화면에 여러 사람으로부터 발표된 바 있거니와, 내가 당사자로부터 직접 들었다 함은 다음과 같은 사연이 있기 때문이다.

6·25 직후, 나는 내 고향 해남에서 지금은 서울에서 표구점을 경영하는 안치조(安致祚)라는 분과 함께 ‘고서화 전시회’ 라는 것을 열었었다. 안치조 씨는 그때도 고향에서 표구점을 열고 있는 까닭으로 소장품도 많았거니와, 지방의 명문가에 산재해 있는 고서화의 상황을 잘 알고 있었으므로, 우리는 쉽사리 많은 작품을 모을 수가 있었다.

단원(檀園)·오원(吾園)·현제(玄齊)·관아제(觀我齊)·심전(心田)·안평대군(安平大君)·한석봉(韓石峯)·광사(匡師)·완당(阮堂)·소치(小癡) 그리고 지방출신인 공제(恭齊)·청고(靑皐)·미방(米舫) 등 지금 같으면 꿈도 못 꿀 무수한 걸작품을 읍의 공회당에 걸어놓고 별로 봐 주는 사람도 없는데 몇몇 동호인들과 더불어 즐기고 있었다.

그러던 나흘쨴가의 어느 날 불쑥 어느 노신사가 회장에 들어섰다. 그는 걸려 있는 작품을 낱낱이 구경하고 나서 거기 놓여 있는 방명록을 집어들더니 유연한 글씨로 일필휘지하는데, 전람여경세인경도(展覽餘慶世人驚倒)라 쓰고, 그 밑에 한양시 소전이라 밝히지 않는가. 그때야 나는 벌떡 일어나서 인사를 올렸다. 그리고 미처 몰라 뵈서 죄송하다는 말을 했다. 그랬더니 이 양반 한다는 소리가,

"천만에, 좋은 작품들을 구경시켜 줘서 고맙네. 이렇게 모으느라고 수고들 했겠지? 가짜가 더러 눈에 거슬리네만."

하잖는가. 그는 대뜸 말 놓고, 그리고 인사치레 닦고, 또 한 침까지 놓는다. 이렇게 해서, 이른바 주최측인 우리들과 소전과는 금세 어울려서 화제를 종횡무진으로 이끌어 갔다. 그의 해박하고도 구수한 말솜씨에 우리는 도취했었다. 그래저래 점심 때가 되고, 저녁때가 되고, 밤에는 술좌석이 벌어졌으며, 이윽고는 술상 밀어붙이고 글씨를 쓰기 시작했는데, 그이도 흥이 났었는지 족히 스무 장은 낙관을 했던 것이다.

소전은 그때 완도군 고금도를 가던 길이라 했다. 문화재 심사위원장이란 직함으로 거기 관우(關羽)의 비석이 있다하여 그걸 감정하러 가던 참인데 우연히 우리들이 붙들어 맨 것이다. 나는 그를 되도록 오래 붙잡아 둘 욕심으로 다음날 아침에 문화강연을 해달라고 졸랐다.

오후에는 목포로 떠나야 하는데 오전에 사람을 모을 수가 있겠느냐고 묻기에 덮어 놓고 문제 없다고 장담하고 나서 10시쯤에 열기로 결정했다. 그때가 9시였다. 동호인들과 내 친구들은 대책도 없이 어쩔 셈이냐고 걱정했지만, 염려 말고 시간이 되면 강연장으로 모시고 나오라 이르고, 여관을 나섰다.

강연장은 내가 경영하는 극장으로 정했었다. 그런데 사람을 모을 수 있다고 장담은 시퍼렇게 했지만 막상 여관을 나서고 보니 갈 곳이 없었다. 도대체가 어디 가서 선전이라도 해볼 시간이 없었던 것이다.

건들건들 한 5분 가량 길을 걷다가 한 묘책이 떠올랐다. 쏜살같이 경찰서장을 찾았다. 대강의 내용을 말하고 협조를 구했다. 그랬더니 서장 역

시, 취지는 좋지만 난들 이 판국에 어쩌라는 거냐고 반문하는 것이었다.

"사이렌이 있잖소."

"사이렌?"

"사이렌이란 사람을 모으는 데 쓰는 물건 아닙니까."

"사이렌은 불이 났다거나 아니면 적의 공습이 있을 때에만 사용한다는 것쯤 아시면서 그러십니까?"

"일종의 문화공습이라고 셈을 치면 되잖습니까. 우리 멋있는 장난을 한 번 해 봅시다. 우리나라 문화사에 길이 남을 일입니다."

나의 이 터무니없는 제안을 경찰서장은 받아들일 것으로 나는 믿고 있었다. 김배룡(金培龍)이라는 그 총경은 유도가 육단인가 하는 우람한 체격에 배짱 좋고, 두주불사하는 호연지기가 있었고, 또 서화 수집에도 상당한 열을 올리고 있음을 나는 알고 있었기 때문이다. 아니나 다를까, 그가 한바탕 껄껄 웃고 나더니

"저녁은 사시는 거지요?"

한다. 나는 한술 더 떠서 대꾸했다.

"영웅 만들어 드렸으니까 저녁은 서장께서 사야죠."

그렇게 해서 비상 사이렌은 울렸고, 그 사이 각 학교와 몇몇 기관단체에 서장으로 하여금 전화를 걸게 했으니 어찌 사람이 모이지 않았겠는가.

극장에 가득 찬 청중 앞에서 소전은 매양 즐거운 표정으로 그의 특유의 구수한 재담을 터뜨렸는데 그때 강연의 후반부가 그 세한도 반환의 고충담이었던 것이다.

그 후, 나는 소전 선생을 자주 뵐 수 있었다. 내가 그이를 사숙하는 만큼, 그이도 나를 친근하게 대해 주셔서, 어떤 때는 주위의 시기를 살 만큼 가까워졌다. 잡지의 제호나 액자 한 점 받을라치면 그가 사는 서울의 효자동이나 세검정을 십여 차례는 왕래해야 하고 혹은 몇 달씩 기다려야 하는데도 내가 어리광을 부리면 즉석에서 붓을 들곤 하였다. 그런데 어쩐

영문인지 바라고 바라던 세한도의 배관은 그이의 수중에서는 이루지 못했다.

내가 세한도를 본 것은, 그것이 소전 선생으로부터 이근양(李根養) 씨를 거쳐 손세기 씨의 소유가 된 후의 이조미술 오백년전(李朝美術五百年展)이 열리고 있는 국립박물관에서였다. 그 날은 일요일이어서 관람객이 매우 붐볐지만, 세한도가 놓인 진열장 앞에는 별로 사람이 없었다. 나는 한나절을 거기서 보내고 그 길로 해남의 두륜산(頭輪山) 대둔사(大芚寺)를 찾아 나섰다.

대둔사에는 대웅보전(大雄寶殿)·천불전(千佛殿)·대광명전(大光明殿)·표충사(表忠祠)·대장전(大藏殿)·쾌년각(快年閣) 등 본전에 딸린 가람 말고도 사찰 안에는 남암(南庵)·청신암(清神庵)·만일암(晚日庵)·북암(北庵)·진불암(眞佛庵)·일지암(一枝庵) 등의 암자가 있었다.

그런데 그 중에서 지금 남아 있는 것은, 청신암과 북암과 진불암뿐이고, 남암·만일암과 일지암은 폐허가 되어버렸다. 내가 찾고자 하는 암자는 그 중의 일지암인데, 그건 유난스럽게 망가져서 그 흔적마저 알 수 없었다.

일지암은 초의(草衣 張意恂) 스님이 그의 나이 41세 때인 병술년에 결암(結庵)하여 그가 입적(入寂)한 병인년인 81세까지 지내던 곳이다.

초의는 완당과 동년생(병오년·1786)으로 두 사람은 평생 유일무이한 친구였다. 일지암을 찾고 초의를 만나야 완당의 한 면모를 알겠기에 내가 여기 온 것이다. 이리저리 수소문한 끝에 가까스로 한 노장스님을 뵙고야 일지암의 위치를 탐지했고, 또 뜻하지 않게 희귀한 족자 한 폭을 배관할 수 있었다. 대둔사 어귀의 속가에서 여생을 보내고 있는 응송(應松) 노장은, 수백년은 넘어 뵈는 영산홍과 자산홍이 나란히 서 있는 화단 앞, 완당이 쓴 초의(草衣), 일로향실(一爐香室)의 목각현판이 걸려 있는 툇마루에 앉아서 나를 맞아주었다.

족자는 옹방강(翁方綱)의 넷째아들 옹수곤(翁樹崐)이 완당에게 보낸 서
간(書簡)이었다.

해남현의 대둔사는 선사를 많이 배출한(13대종사와 13대선사를 배출하였음·저
자 주) 동방 제일의 사찰이니 이천여 년 전의 고적이 비석과 현판 그리고 서적으
로 남아 있을 것으로 압니다. 거기 수룡(袖龍)·기어(騎魚) 두 스님으로 하여금 그
것들을 탁본해서 보내주시면 내가 깨우치는데 크게 도움이 되겠나이다.

편지의 내용은 이러했는데 거기 성추(星秋)라는 도장이 찍혀 있었다.
응송 스님은 그것에 대해서 다음과 같은 설명을 붙여 주었다.
"옹수곤은, 완당이 연경(燕京)에 갔을 때 사귄 분인데 두 사람의 우의는
대단했습니다. 그 한 본보기로는 옹수곤은, 그의 아호인 성원(星原)의 성
(星)자와 김정희의 아호인 추사(秋史)의 추(秋)자를 따서 성추(星秋)라고
아호를 고쳐 불렀을 정도였으니까요. 기록에 의하면, 완당은 이 편지를
받고 나서 초의스님과 함께 하동의 쌍계사(雙溪寺)에 있는 진감국사(眞鑑
國師)의 비문과 여기 대둔사의 사적비문과 연담대사(蓮潭大師)의 임하록
(林下錄) 등을 탁본해서 보냈답니다. 말하자면 우리의 것이 중원으로 역수
출된 셈입니다."
"화단의 운치가 일품입니다."
"허리가 굽어서 손질을 못 하니까 많이 시들어 버렸습니다만, 저 영산
홍과 자산홍은 사십여 년 전에 내가 일지암에서 옮겨 심은 것입니다."
초의가 어루만졌을 팔뚝만큼 굵은 영산홍 가지를 나도 만져 보고, 응송
스님 맥을 하직했다.
두륜봉을 향한 산길은 고요, 바로 그것이다. 승지(勝地)란 이런 곳을 말
함인가. 서산대사(西山大師)가 여기에 주석하기로 하면서 만년불파지지
(萬年不破之地)라 했다더니, 과연 속인의 가슴에도 영기가 스며 든다. 일지

암 옛터는 대광명전에서 약 9백미터 전방에 있었다.

축대와 주춧돌과 깨진 기와가 이끼에 덮여 여기저기 널려 있을 뿐, 옛 모습은 찾을 수 없었다.

다람쥐의 부스럭거리는 소리와 벌레소리를 들으면서 나는 일지암 마루 끝에 시름없이 앉는다.

초의가 거처하는 이 일지암은, 흔히 산속에서 볼 수 있는 암자와는 그 구조와 모양이 다르다.

첫째, 외관으로 보아 무척 초라하다. 민가의 초당과 별로 다를 게 없다. 주춧돌은 산에 아무 데나 굴러다니는 잡석이요, 기둥은 다섯 치도 못 되는 도리목이다. 기둥 위에 평방이나 주두를 얹은 것도 아니요, 흔한 장여를 끼지도 않고, 길이 아홉 자의 외목도리를 덜렁 뉘어놓았다.

서까래는 차양을 않기 위해선지 넉 자 가량 빼었는데 연목이나 부연도 없이 꼬불꼬불한 평고대만 붙여서 막새와를 받치고 있다. 추녀는 반듯하게 뻗었을 뿐 잣아올린 것도 아니며, 더구나 포를 얹게도 되어 있지 않다. 지붕은 오량으로 꾸몄으나 박공을 차리지 않고 두부모처럼 끊어버린 뱃집인데, 툭 불거진 중도리와 종도리 끝은 합장을 덮지 않아서 벌레집이 되어 버렸다.

이러한 초라한 집에 어울리지 않게 기와는 한 자 네 치나 되는 토기를 이었는데, 긴 세월을 손을 보지 않아서 기와등이 꼬불꼬불하고, 새파란 이끼가 온 지붕을 덮고 있다. 그래도 용마루는 연화문을 새긴 오짓물을 입혀 구운 옹동이 꼴인데, 하나는 동쪽으로, 또 하나는 서쪽으로 비스듬히 기울었다. 기역자 네 칸인 이 일지암이 흔한 암자와 구조가 다르다 함은 모퉁이의 셋째 칸이 다실로 꾸며졌다는 것이다.

그런데 또 하나 기이한 것은 이 다실의 꾸밈새가 절간의 선방(禪房)에서 말하는, 이를 테면 달마상(達磨像)이 걸리거나, 향로가 놓인 절 냄새가 나는 그런 구조가 아니고, 동남 칸과 서남 칸에서 세살창만 열면 숲과 바위와 안개가 방안으로 성큼 들어 앉는, 그리고 초의가 자랑했고, 완당의 아버지 유당(酉堂) 김노경(金魯敬)이 마셔 보고 나서 제호(醍醐)보다도 더 맛이 좋은 유천(乳泉)이라고 격찬한 다천(茶泉)에서 짚세기 한 짝만 걸치면 다수(茶水)를 퍼올릴 수 있는, 그러면서도 인위적인 꾸밈새가 전연 드러나지 않는 데에 있는 것이다.

그러니까 이 다실은 선방의 유원(幽遠)하고도 적막(寂寞)한 분위기와, 선비네 사랑(舍廊)의 청아한 감각을 곁들였다 하겠는데, 이 다실 하나로 미루어 보더라도, 초의가 이백오십 계를 다하여, 승려의 총상위인 대종사(大宗師)에 오른 독실한 불제이면서도 당대의 내노라 하는 유학자들 즉, 해거(海居) · 연천(淵泉) · 학유(學遊) · 운포(雲逋) · 학고(鶴皐) · 위당(威堂) · 자하(紫霞) · 완당(阮堂) 등과 티없이 교우했던 것에 그 근원이 있을 것이다. 불교와 유교의 접사(接師)라고나 할까, 불교 쪽에서 보면 선비들의 기풍을 선방의 공(空) 속에 채웠다고나 할까.

2

초의는 지금, 그 다실에 앉아서 멀리 황금색으로 물들어가는 가섭봉(迦葉峰)을 바라보고 있다. 어젯밤의 꿈자리가 몹시 뒤숭숭했던 까닭으로, 가섭봉을 바라보는 것이 마치 가섭존자(迦葉尊子)를 대하는 듯한 즐거움도 없어지고, 괜히 안절부절이다.

손에 든 찻종에서 작설(雀舌)이 가늘게 김을 올리고 있는데 그걸 한 모금 마셔도 오늘 따라 쓰기만 하다. '다신전(茶神傳)'과 '동다송(東茶頌)'을 저술한 초의의 차가 쓰다면 말이 안 된다. 다지구난(茶之九難)과 다지구덕(茶之九德)은 초의의 체험이자 가르침 아닌가! 초의는 머리를 돌려 벽에 걸린 액자를 바라본다.

이 일로향실(一爐香室)은 저지난해 완당이 허소치(許小痴) 편에 보낸 것이다. 또 한 모금 마신다. '완당은 이것도 마시지 못할 거고', 김홍근(金弘根)이 지난날의 윤상도(尹尙度) 사건을 다시 들먹거려 헌종(憲宗) 6년 7월 12일, 윤상도 부자가 능지처참 당했고 사건의 연루자로 지목된 완당도 나포(拿捕)되었다는 소식을 들은 것은 9월 초순께였는데, 그 후 들리는 말로는 끝내는 완당도 극형을 당할 거라는 것이었다.

'차를 달라고 몹시도 성화를 부리더니', 초의는 손을 뻗어 문갑에서 완당의 편지를 꺼내어 펴 본다.

초의 보소. 그대가 지난해까지는 차를 잘 보내더니 금년에는 장마철이 지나 단오절이 가까워오건만 두륜산(頭輪山)의 한낱 중의 주제에 뭐가 그리 바빠서 보내지 않는고. 혹 말꼬리에 매달아 보낸 것이 도중 하차 했을까, 아니면 그대가 유마병(維摩病)에 걸렸나. 만약 이 이상 더듭게 해 봐, 마조할(馬祖喝)이나 덕산방(봉)(德山棒)으로 그 못된 근원을 캐고 그 버릇을 뉘우치게 할 것이니 내 말을 깊이 명심할진저.

상좌 혜원(惠元)이 뜰 아래 시립하고 있다. 그는 뭐라고 입을 열려다 말고 다시 움츠린다. 몹시 여위었으나 큰 바위처럼 근엄한 대덕(大德)스님의 차의 삼매경을 건드릴 수가 없었던 것이다.

초의는 편지를 쥔 채 머리를 들어 맞은편 벽에 걸린 족자를 바라본다.

줄곧 고이는 산속의 샘물은
산사의 스님 위해 있음인가
그들은 모두 표주박 하나씩을 들고 와서
오롯한 달을 하나씩 담아 가네.
(無盡山下泉普供山中侶各持一瓢來摠得全月去)

'보고 싶구나, 죽지나 않았는지!'

움푹 패인 초의의 눈에 이슬이 맺는다. 혜원이 살며시 인기척을 한다.

"스님!"

초의가 고개를 돌려 상좌를 내려다본다.

"아까, 쾌년각(快年閣)에서 전갈이 왔습니다. 완당 선생께서 제주로 가시게 되었답니다."

"뭐?"

벼락이 떨어졌다.

"지난 9월에 결판이 났는데……."

"유찬(流竄)이라든?"

"그러하옵니다. 선생께서는 오늘 관머리[冠頭]에 도착하셨다가 배를 타신다 하더이다."

"그런데 왜 이제 전하느냐?"

"……스님께서 삼매에 드셨기에……."

"삼매고 지랄이고, 어서 행장 꾸려라."

"네. 하오나 점심공양은 듭시고 행차하실 것을……."

"잔말 마. 어서 거기 주렁부터 이리 줘."

초의는 벌써 털맹이를 끌고 뜰 아래로 내려섰다. 혜원이 바랑과 주렁을 집어 주자 그걸 두 손에 나눠 쥐고 산길을 내닫는다.

일지암에서 남암 쪽으로 조금 내려오면 개천가에 물방앗간이 있다. 절에서 도반 이백여 명의 식량을 찧는 곳이다. 거기서 일을 하던 행자들이, 굴러내리듯 헐레벌떡 달려오는 초의를 바라보고, 웬 일이냐 싶어 숨을 죽인다. 보다 못해 한 행자가 뛰쳐나가 합장하고 나서 그의 손을 잡는다.

"노장님, 무슨 일인지는 모르오나 이쪽 냇가로 넘어지시면 큰일입니다. 소승의 손을 잡으십시오."

"이놈아, 이 손 놔, 나 바쁘다."

행자의 손을 뿌리치고 초의는 또 달린다. 그가 해남현 화산 관머리에 닿은 것은 점심때가 조금 지나서였다. 그러니까 그는 대둔사에서 여기까지의 길을 한 경에 달려온 것이다.

제주는 물론, 중원과의 유일한 항로의 항구인 이곳 관머리에는 백여 칸의 객사와 십여 칸의 마구간과 그리고 곳집, 주막들이 있다.

초의는 곧장 객사 마당으로 들어섰다. 말과 가마와 그리고 그걸 다루는 마부와 채꾼들이 서성거리고 있는 것으로 미루어 그들도 여기 온 지 얼마 안 되는 모양이다. 초의가 그들을 헤치고 뜰 아래 이르자, 세살문을 열어제치고 버선발로 내려서서 머리를 숙인 두 청년이 한꺼번에 외친다.

"스님, 어서 오십시오."

우선 이상적과 소치 허유다.

"음, 자네들이 와 있을 줄 알았지."

그때, 제쳐진 세살문으로 완당이 얼굴을 내민다.

"수척했구나, 그 피둥피둥하던 살갗은 어디다 버리고 저리 땟국이 잘잘 흐르는가. 샛별 같던 안총은 왜 저리 쇠잔한고……."

"왜, 그러고 서 있어? 올라오지 못하고."

완당이 입을 연다. 초의가 소치의 부축으로 완당이 좌정한 방안으로 들어선다. 그들은 누가 먼저랄 것도 없이 덥석 손을 잡는다.

"다치지는 않았나?"

"음. 괜찮아."

"도대체, 이게 무슨 짓들이여?"

"……뭐. 다 아는 일 아냐!"

"다 아는 일? 그래, 다 아는 일이지. 이씨 조선 사백 년 동안의 치부의 일부분이 드러난 것뿐이지, 그들의 무정견(無定見)한 횡포의 한 토막에 불과한 것이지. 참 우스운 사람들이야. 정권을 잡기 위해서는 가까운 혈육도 죽이는 자들이니까. 뿐인가, 뜻이 다르다고 상대방의 삼족을 몰살하고, 정권 연장을 위해서는 충신들을 마구 죽였으니까. 집권자는 언필칭 왕명으로 그런 짓을 거침없이 자행했고, 어쩌다 들통이 나더라도 그 책임은 왕과 집권자 사이에서 연막으로 처리되고. 도대체 최고 통치자인 왕은 뭘하는 물건이야? 생사람 잡아 죽이는 백정인가? 탄지(彈指)의 세상 살려고 영겁(永劫)의 안식을 망치다니! 가엾어라. 나무 나무아미타불!"

해변에서 불어닥치는 폭풍이 세살문을 뒤흔든다.

"날씨가 사나워서 며칠 묵겠네그려!"

"……절에 간 색시라잖던가! 가자면 가는 거고, 있으라면 있는 거지 뭐. 죄인은 유구무언일세."

"아니, 죄인이라니 무슨 죄 졌어!"

"참, 그 사람!"

"지레 죄인으로 움츠리누만."

"……장가[草衣]는 법계(法界)에서 놀고 김가[正喜]는 사바 중생 아닌가."

"너무 무기력하다구."

"……글쎄?"

완당이 한숨을 내뿜는다. 그때 우선이 두 사람의 말을 가로막는다.

"스님, 언성을 낮추십시오. 압송하는 관원들이 듣습니다."

"……나무 나무관세음보살!"

"탐라국으로 떠나면서, 대둔사의 중녀석 못 보면 어쩌나 했었는데, 이제 소원성취했으니 여한은 없어. 내가 거기서 죽었다는 소문 들리거들랑 염불이나 하라구."

"쯧쯧, 주제에 좋은 곳으로는 가고 싶나벼."

형극의 길가에서도 이렇듯 그들은 농을 주고받는 사이다. 그들이 처음 만난 것은 39세 때의 순조(純祖) 24년(1824·갑신)인데, 그때 완당은 규장각 대교(奎章閣待敎)에 올라 있었고 초의는 한창 명성을 날리는 선승이었다. 풍조로 따진다면, 완당은 당대의 으뜸 가는 권문세가이고, 초의는 가

뜩이나 천대 받는 승려였지만, 만나자마자 그들은 그런 장벽을 넘어선 경지와 우의로 의기상투했다. 온갖 청조문화(淸朝文化)를 우리의 것으로 재현한 천재와, 불교에 통달하면서 시문과 서화와 다도(茶道)에 일가견을 세운 도승이 서로의 정신적인 내면을 살찌우기 위해서 결합했던 것이다.

진리를 탐구하고 예술적인 멋과 차의 맛을 터득한 그들에게 출신계급이나 종교가 무슨 상관이랴. 그들에게 존재한 것은 인간 본연의 순수뿐, 찌꺼기라곤 전혀 섞이지 않았던 것이다. 완당이 정처없는 죽음의 길을 가면서 외우 초의를 만나고자 했던 것은 결코 상정만이 아닌 것이다.

완당은 해남 관머리에서 사흘을 머문 후 배를 탔다. 수행은 아들 상우(商佑)와 금오랑(金吾郞)과 종 두 사람이었고, 초의와 우선과 소치와 그리고 압송해 온 관원들은 포구에서 작별했다. 바다는 폭풍의 여파가 밀어닥쳐 아직도 몹시 출렁거렸으나 너무 지체할 수 없다는 금오랑의 성화로 떠나는 것이다.

병신년(丙申 · 1836) 이래로 병조참판을 지냈고, 이 지경을 당하기 전인 작년(己丑 · 1839)에는 형조참판을 지낸 지체지만 죄인의 낙인이 찍힌 지금에는 한낱 말단 관원[從六品]의 명령에도 순종해야 하는 팔자가 되어 버렸다. 사공들을 지휘하는 도사공의 호령으로 밧줄이 걷히고, 배가 요동을 치면서 떠나려 하자 뱃전에 기대어 섰던 완당이 오열하는 초의를 향해 읊조린다.

초의야 잘 있거라
다음해 이때쯤
이 떠돌이가 다시 오거들랑
너, 나 모른다 하지나 말라.
(好在靑山草明年又此時放曠人重到莫云爾不知)

관머리를 떠난 배가 삼마도(三馬島)와 어불도(於佛島)와 갈머리[葛頭]를 지나, 소안도(所安島)와 보길도(甫吉島)를 빠져 나오자, 망망대해가 펼쳐지는데, 산더미 같은 파도가 일어, 키와 돛대가 제멋대로 놀아나서 방향을 잡을 수가 없다. 거센 물결이 뱃전을 후려치면 배 위로 폭포수가 쏟아져 이력을 쌓은 도사공들도 멍에를 붙잡고 부들부들 떨기만 한다. 그래도 사공만은 고물에 앉아서 안간힘으로 키를 붙들고 있는데, 배라고는 처음 타보는 완당은, 처음부터 이물에 앉아서 무어라 흥얼거리면서 수평선을 바라보고 있는 것이다. 도사공이, 창막이를 열고 안으로 들어가라고 외쳐도 끄덕 않는다.

파도가 세다해도 제바람 만난 돛단배의 속력은 쏜살같은 것이다. 그럭저럭 추자도(楸子島)까지 왔는데, 사공들이 더는 못 가겠다고 배를 포구에 대려 한다. 그때 이물에 버티고 앉았던 완당이 벽력같은 소리를 지른다.

"돛을 올리지 못할까."

제주목사가 사공의 담뱃대에 불을 붙여 준다는 말이 있다. 뭍에서는 불호령을 내릴 수 있다손치더라도 배에 오르면 고분고분 사공의 지시에 따라야 한다는 얘기이다. 그런데 완당은 그게 아니었다. 오히려 큰소리를 친다. 더구나 유배를 당하는 처지에서. 완당의 위엄에 찔렸음인지 도사공이 키를 돌린다. 추자도부터 제주까지의 뱃길은 잔잔한 날씨에도 한바탕 고역을 치러야 건너는 거센 바다인데, 이 폭풍을 만났으니 오죽 하랴.

배의 상활과 용두가 물에 닿을 지경으로 이리저리 기울며 활대가 서너 개 부러졌는데, 폭풍을 가득 안은, 돛을 지탱하는 마룻줄과 용총줄은 끊어질 듯 윙윙 소리를 낸다. 사공들은 넋을 잃고 창막이 안으로 들어가버렸고, 배 위에는 키를 잡은 도사공뿐인데 그도 제정신이 아닌 듯, 그냥 웅크리고 있을 따름이다.

이물의 완당이 고물로 옮겨 와서 도사공과 나란이 앉아, 품에서 쇠(지남철)를 꺼내어 키를 바로잡는다. 배가 날듯이 파도 위를 치닫는다. 아침에 해남 관머리를 출발한 배가 제주에 닿은 것은 저녁때였다. 제주 사람들은 날아 왔느냐고 혀를 내두른다.

유배 당한 죄인이 현지에 도착하면 그 골 원의 지시에 좇아야 한다. 제주에 상륙한 완당은 그곳 산지골[禾北鎭]에서 다시 남쪽으로 80리를 걸어야 하는 대정(大靜)으로 적거지가 정해졌다.

(제주도 남제주군 대정읍 안성마을—. 조선의 영물 완당 김정희가 적거했다는 옛집은 흔적도 없고, 그 자리는 이제 텃밭이 되어 가을곡식이 수북이 자랐다. 제주시에서 서쪽 일주도로를 따라 선현의 유적지를 찾아가는 길목 여기저기에는 남국의 협죽도가 흐드러지게 피어 있다. 제주시를 출발하기 직전, 한 줄기 소나기가 지나더니 한라산으로 이어지는 넓은 초원은 온통 진초록 원색으로 빛나고 있다.

6·25 전란 때 신병훈련소로 귀에 익은 모슬포를 지나 서귀포 쪽으로 약 십리, 옛날 대정현(大靜縣) 소재지로 번성했을 안성마을은 이제 자그마한 한촌으로 남겨져 있다. 옛적 대정현 관아가 있었다는 그 자리도 이제 혹은 밭으로 혹은 여염집터로 변해 왔다. 다만 마을 어귀의 아름드리 노목들과 마을 뒤를 둘러친 성벽만이 이 마을의 옛날을 말해준다. 조선 태종(太宗) 무술년에 축조됐다는 이 석성은 둘레 약 1.5킬로미터의 성곽 전모가 그대로 보전되어 대정현 사백 년의 역사를 지키고 있는 것이다.)

그 해 9월 27일, 제주에 배를 대어, 10월 초하루 유배지 대정읍성에 도착한 완당은 처음 안성마을 송계순의 집에 머물렀다. 그의 9년 간의 제주 유배생활이 시작된 것이다. 그의 적소에는 규정에 따라 가시울타리가 둘러쳐지고 식사 차입구가 마련되었다.

완당은 그가 거처할 송계순의 집 사랑채로 들어가기 전에 그를 따라온 아들에게 이른다.

"여기서 작별하자. 네가 여기까지 올 수 있었던 것도 금오랑(金吾郎)의 배려가 컸던 것이다. 네가 여기 있고자 하고 내가 너를 붙들고자 해도 더는 규정이 허락치 않는다.”

상우는 갑작스런 분부에 넋을 잃는다. 노숙을 해도 좋으니 하룻밤만 머물게 해달라고 애원을 하지만 완당은 딱 잘라버린다.

“네가 여기 하룻밤을 묵는다 해서 뭐가 달라지는 것도 아니며 가시울타리에 갇힌 내 심사가 편할 수도 없을 것이다. 뒤도 돌아보지 말고 곧바로 제주로 가라. 그리고 다음 배를 타라.”

상우가 통곡한다. 완당 역시 참을 도리가 없어 눈시울이 아물거리는데 기를 쓰고 소리 지른다. 마치 자신에게 타이르듯―.

“선비의 자세를 흐트려서는 안 되느니―.”

추상같은 외침이다. 처절한 절규였다. 기약 없는 까마득한 앞날의 경구(驚句)였다. 밀어닥친 운명에의 도전이었다.

상우가 그러한 부친의 결연한 심사를 모를 리 없다. 그는 넙죽 절을 올리고 오던 길을 되돌아간다. 이를 말이야 서로 태산 같지만 모질게 참는 것이다.

이 광경을 지켜 보던 관원이나 구경 나왔던 마을 사람들이 모두 눈시울을 적시는데, 완당은 세상 모든 것과 인연을 끊으려는 듯, 구들방으로 들어가 문을 닫고 머리를 벽에 기대고 앉아 눈을 감아버린다. 겹친 피로가 한꺼번에 몰려오지만, 잠이 오기는커녕 이런저런 상념으로 정신은 더욱 맑아진다.

“나는 누구인가? 내가 왜 여기 와 있는가? 왜? 왜?”

조선은 주자(朱子)의 성리학(性理學)을 이상으로 하는 정치형태를 구현하고자 전심 전력을 기울인 결과, 정권을 잡은 후 150여 년이 지나자, 학구적으로 혹은 제도적으로 크게 발전은 하였으나, 학파간의 대립 또한 적지 않았으니 그 하나는 율곡 이이를 따르는 서인이요, 다른 하나는 퇴계 이황을 따르는 동인이었다.

이 두 학파는 시체말로 양당 정치를 실현하는가 싶더니, 각기 분열을 거듭하여 동인측은, 남인계와 북인계로, 서인측은 노론과 소론으로 갈렸다. 그리하여 이른바 사색(四色) 정치의 혼돈상태가 거듭되면서 성리학의 기본정신인 의리와 명분이 땅에 떨어지고 점차 공리주의가 노골화되기 시작하였다.

한편 인조반정 이래로, 왕실과 사림과의 거듭된 혼인 및 사림 상호간의 혼사는 결국 몇몇 대표적인 가문을 훈척화시켰으니, 이는 끝내 족벌주의를 탄생시켜, 영조 후기부터는 권세가 난무할 뿐, 공허한 학문과 형식적인 제도만 남게 되었다.

이에 식자들 간에는 반성과 비판의 소리가 높아 가기 시작하였으니 이것이 이른바 실학운동인다. 이들은 청나라에 새로 대두한 고증학을 수입하여 기본적인 개혁을 시도하고자 하는 움직임을 서서히 일기 시작하였다. 이들이 즉 북학파인데 국정의 쇄신을 갈구하던 정조의 후원으로 성장하여 간다.

이와 같은 시대에 완당 김정희는 훈척가문의 하나인 경주김문(慶州金門)에서 태어났다. 그의 집안은, 7대조 홍욱(弘郁)이 황해도 관찰사로 있을 때, 강빈옥사(姜嬪獄事)에 바른말로 상소하다가 장살(杖殺)된 사건으로 인하여 명신(名臣)이 되었고 이어 훈척가문으로 등장하는데, 그의 고조 홍경(興慶)은 영의정을 지냈고, 증조 한신(漢藎)은 영조의 장녀인 화순옹주(和順翁主)에 상(尙)하여 월성위(月城尉)에 피봉되었으며, 그의 조부와 십촌 형제간인 정순왕후(貞純王后)가 영조의 계비가 됨으로써 그의 집안은 중복된 종척(宗戚)이 된다.

완당은 이조판서 노경(魯敬)의 장남으로 태어나 백부인 예조참판 노영(魯永)에게로 출계하여 위의 월성위의 봉사손이 되었는데 그가 24세에 생원시에 급제하고 34세에 문과에 급제하자 순조는 사악(賜樂)을 내려 월성위 내외묘(內外廟)에 제사를 드리게 하는 성의를 보일 정도였으니 그의 집안이 왕실 지친으로 얼마만큼 권위를 누렸던가를 짐작할 수 있다.

그런데, 한편 그의 동종(同宗)인 정순왕후의 집안은 시벽(時僻)의 싸움에서 벽파의 중심으로 진퇴를 거듭하다가 정순왕후의 오라비이며 벽파의 수장인 구주(龜柱)가 배소(配所)에서 죽고 일시 침체하였으나 순조 초에 정순왕후가 수렴청정(垂簾聽政)을 하게 되어 다시 세도를 잡는다.

그러나 정순왕후가 죽자 순조의 처가이며 시파의 중심이던 척족 안동김문(安東金門)에 의하여 정순왕후의 집안은 부승지 용주(龍柱) · 해미현감 화주(華柱) · 인주(寅柱) · 열주(烈柱) · 필주(弼柱) · 상주(象柱) · 호조참의 일주(日柱) · 우의정 관주(觀柱) · 우참찬 면주(勉柱) · 한록(漢錄) · 노문(魯文) · 노정(魯鼎) · 노연(魯璉) · 노형(魯亨) 등 육촌친에 이르기까지 모두 참화를 입은 철저한 숙청을 당했다.

이러한 와중에서 완당 집안은 비록 정순왕후의 친정가문이로되 다툼에 초연하였고 처족으로보다는 왕가의 외손으로 더욱 가까웠던 관계로 직접적인 피해는 입지 않았었다.

그러나 익종의 대리청정을 계기로, 익종의 처가인 풍양조문(豊壤趙門)이 세도를 잡고, 이에 완당의 집안이 가깝게 된 것이 빌미가 되어, 익종의 사후에 다시 세도를 잡은 안동김문의 거센 공격을 받게 된다. 그래서 완당의 생부(生父) 노경이, 박종훈(朴宗薰) · 신위(申緯) 등을 무고하였다는 윤상도 사건의 배후 조종 혐의와, 익종의 대리 시에 권신 김로(金鏴)에게 아부하고 국혼(國婚)을 방해하였다는 죄목으로 고금도(古今島)에 유배된다.

이러한 모든 혐의는 실상 증거가 없는 정치적인 죄목이었으니, 완당의 극진한 직간과 순조의 특별한 배려로 노경은 3년만에 귀양에서 풀려나 헌종 1년에는 판의금부사로 복직되고 완당도 병조참판을 거쳐 성균관 대사성의 벼슬에 오르는 등 다시 권세를 누리게 된다.

그런데 순조가 돌아가고, 나이 어린 헌종이 즉위하여 순원왕후(純元王后) 김씨가 수렴청정을 하게 되어 안동김문의 세도가 극에 이르자, 그들은 청정 후에 헌종의 외가인 풍양조문에게 혹시 세도를 빼앗길 것을 염려

하여 풍양조문의 기선을 제압하는 방책으로 다시 완당 일문을 강타하게 되는데, 이 때는 순원왕후의 재종형인 대사헌 김홍근(金弘根)이 직접 나서서 10년 전의 윤상도 사건을 재론하여 3년 전(헌종 3년)에 죽은 노경의 관직을 추탈하고 완당을 죽이려 한 것이다.

그러나 풍양조문의 수장이며 완당과 동방(同榜) 친구인 우의정 조인영(趙寅永)의 영구(營救)에 의해서 완당은 겨우 목숨을 건지고 제주도에 유배되어 온 것이다.

벽에 기댄 채 제주 적소에서의 첫날 밤을 꼬박 지샌 완당은 덮쳐 오는 고독과 피곤으로 몸서리친다.

"최선을 다했던 관직은 타의에 의해서 버렸다 하더라도, 이제 우리의 것으로 매듭을 지으려고 벌여둔 학문은 어찌하며, 산산조각이 난 종가는 뉘 수습할꼬."

치받치는 열기를 토하려는 듯 들창문을 열어젖힌다. 짙푸른 바다와 드높은 하늘이 그를 맞는다. 갑자기 펼쳐진, 맑고 고운 대자연을, 여태 미처 몰랐던 것처럼 그도 반긴다. 바다와 하늘에 이끌리듯 마당으로 내려선 그는, 방금 동쪽에서 바닷물을 붉게 물들이며 치솟는 해돋이와 마주친다. 맑고 고운 남국의 바다와 하늘도 처음 만나려니와, 이 찬란한 해돋이를 완당이 언제 보았겠는가. 유달리 감수성이 짙은 그에게, 제주에서의 첫인상은 매우 흡족한 것이었다.

그는 결코 고독하지 않음을 알았고, 엄청나게 크며, 너무나 아름다운 것 앞에서, 인간은 너무나 하잘것없는 것임을 깨달았다. 깨치는 일이란 누구나 그리 쉽게 되는 것은 아니지만, 바탕과 앞뒤가 맞아떨어지면 이렇듯 쉬운 것이다. 마당을 서성거리다가 가시울타리에 발이 걸려도 그게 그리 징그럽지도 않고 밉상도 아니다. 새들의 울음소리는 더욱 아름답고, 시월의 삭풍도 정답다.

완당이 얼굴에 활기를 띠고 툇마루에 걸터앉자, 기다렸다는 듯이 집주인 송씨가 아뢴다.

"나으리, 세수하고 조반 듭써."

"그러지."

"세숫물은 이디……."

"고마워."

대야에 떠온 물로 세수를 마치자 이번에는 수건을 내민다.

"조반은 구들에 아저다 뒷주기."

완당이 방으로 들어가서 조반상을 마주하자, 송씨도 들어선다. 쌀과 보리와 조의 삼곡밥이다. 찬은, 배추를 버무린 막김치와 마늘장아찌이고, 국에는 오도미에 고사리를 넣었다. 송씨가 또 아뢴다.

"어서 듭써."

"그래, 먹지. 주인도 조반을 드셔야지."

"내 걱정이랑 맘써. 나으리 여기 계시는 동안, 어떵 모실까 그기 걱정이주. 이디는 육지서 귀양 온 사람 많앙, 서로 내통하명 지냄쭈. 우리 송씨도 오대조께서 우찬성(右贊成) 지내당 간신들의 모함에 끼여 이디 귀양 온 거 아니우까."

"아, 그랬었나."

"정말로 죄 짓고 온 사람은, 이디 하나도 없수다."

"그래?"

"계시는 동안 잘 하쿠매 걱정 맘써."

"고맙구만."

"밥 식수다. 어서 듭써. 곰밥(쌀밥) 아니라 어떵 하쿠까."

"아냐, 이거면 성찬이야."

송씨가 나가고 완당이 획지위옥(劃地爲獄)의 첫 식사를 든다. 집주인 송씨는 완당의 열두 살 아래인 마흔 세 살이고, 대정현의 포교(捕校)인데 생활이 비교적 넉넉한 편이기는 하지만, 내내 완당에게 극진히 대했다.

완당은 저간의 소식을 그의 아우 산천(山泉) 김명희(金命喜)에게 아래와 같이 띄웠다.

……송계순이라는 포교의 집에 머물기로 하였는데 이 집은 대정읍 아래의 좋은 곳에 있고, 또한 정갈하고 살림이 넉넉한 편이다. 구들방은 한 칸인데 남쪽으로 조그만 툇마루가 있고, 동쪽에 작은 부엌이 있으며 부엌 북쪽에는 두 칸쯤의 부엌과 광이 있는데, 이것은 바깥채이다.

그리고 안채도 이와 같은 것이 있는데, 거기는 주인이 살고 있다. 바깥채를 반분하여 나누어도 족히 살 만하니 작은 부엌을 구들방으로 고치면 손님이나 종들이 쓸 수 있는데 그렇게 할까 한다. 울타리는 집 형태를 좇아서 둘렀는데, 섬돌 사이에 밥을 날라 올 수 있게 터 놓았으니 잘 되겠지. 주인은 매우 순박하고 조심성 있어서 다행이다. 조금도 괴로운 일이 없어서 만족하고 있다.

이밖에 자질구레한 일에 불편이 있다한들 어찌 참지 못하겠느냐. 금오랑이 돌아가려 하지만 바람새를 모르니 답답하구나. 여기 종으로 하여금 같이 나가게 하여 이 소식 전한다. 언제나 이 편지를 받아볼 것인지, 그리고 집 소식은 언제 전해들을 것인지, 멀리 바라보며 넋을 잃을 뿐이다. 이를 말 다 쓰지 못하면서 이만 그친다.

(得宋校啓純家住處而此家果於邑抵之稍勝而亦頗精渟 堗 則爲一間南向有眉退 東有小廚自小廚北有二間廚又有庫舍一間此則外舍而又有內舍之如此者內舍則 使主人依舊人處　只旣外舍割半分界足以容接小廚行將改堗 則客傔輩又可以入 處此則不難變通云矣籬圍邉家形址爲之庭階之間亦可以行飯所處　則於分過矣 主人亦極淳謹可喜耳無幾微苦色甚庸感歎外此琑 細設有　不便豈無地忍之道也 金吾朗而方回程未知候風又爲幾日而家隷使之同爲出途略此付信幾時果能收啓 而家信則漠然無承聞之道詹望魂銷而己姑不宣)

완당의 이 소식은 제주 섬 안에 삽시간에 퍼졌다. 책을 짊어지고 배우러 오는 사람들이 장날같이 몰려들었다. 완당은 그들을 낱낱이 인도하고 가르쳤다. 그들의 뒤떨어진 문명과 거친 풍습은 차츰 아름다운 문채(文彩)로 변하여 가고, 학문의 당오(堂奧)를 엿보기에 이르렀다.

그리하여 완당이 깨우쳐 준 제자 가운데는 강도훈·박계첨·이시형과 같은 수재도 배출되었지만, 완당 자신은 착잡한 심사와 날로 쇠약해 가는 건강으로 우울한 날이 많았다. 그가 사촌형 교희(敎喜)에게 띄운 편지에는 다음과 같은 대목이 있다.

……기침이 더할 뿐만 아니라 그 기세가 대단하여 겨울을 지나고 보면 몰골은 마른 나무와 같고 마음은 타버린 재와 같을 것인데, 나는 앉아서 이런 세월만 보내야 할까요. 이 섬나라에서는 아직 추수가 늦지만 육지 북쪽에서는 언덕 위에 낙엽이 지고 풀과 나뭇가지들이 변했겠군요. 이런 때에 건강은 어떠하십니까. 생신이 곧 다가오면 또 연세를 더 하시겠습니다.

북두성을 바라보며 남극성에 고개 숙여 멀리 축수를 드리는 것이 다른 때와는 비교가 안 되는군요. 송수(頌壽)를 드릴 수는 없으나, 바닷가에서의 정만은 한이 없습니다. 보내주신 편지로써 두루 평안하신 줄 압니다만 먼 곳 소식도 듣고 계십니까. 여러 가지로 착잡하기만 합니다.

이 아우는 옛날 그대로 모질고 덤덤한 채로 지냅니다만, 요즘 갑자기 피부병이 생겨서 온 몸이 허물을 벗고 점이 솟았는데 가려움으로 밤에는 조금도 눈을 붙일 수가 없습니다. 지난번 장마 때에도 그랬었는데 이것이 가장 큰 고민거리입니다. 제 아내는 또 학질로 고생한다고 합니다. 그걸 갑자기 떼어버릴 수는 없겠지만 만약 오래 앓는다면 어떻게 견디어 낼 수 있을지 모르겠군요. 그 사이 소식을 전혀 들을 수가 없으니 그저 애만 태우면서 갈피를 못잡고 있습니다…….

(……聲咳不瞢 過矣轉丸滔滔冬令已屈形如槁未心如死灰坐送此流光而已耶海國尙遲欹藏而北陸則皐壤搖落草木變衰矣此時體候諸節更若何封封又茲不遠屋籌更進一甲詹彼北斗把此壽曜遙拱祝又非他時可比矣執觴一頌未田如誠渺渺海

角情有難窮……夫得銷受一法耶芝信一連承妥遠奇亦有聞耶種種縣邛從弟依

昔頑鈍忽患皮風之症逼體鱗鱗班班不勝掻爬夜不能交睫竝前時之眠亦不得爲之

最是悶絶悶絶室憂又以老癃作若云此是狴雜譴却者也以若積瘁何以支得其間

動靖無係續聞只是焦惱不能定耳……)

완당이 적소에 머문 다음해(辛丑·헌종 7년) 2월에 소치가 찾아왔다. 해
남 관머리에서 헤어진 지 석 달만이지만, 몹시 초췌한 스승의 몰골을, 소
치는 바로 보지 못하고 엎드려 목메인 채 아뢴다.

"선생님, 원통하옵니다."

사랑하는 제자의, 설움에 겨운 통곡이요, 폐부를 찌르는 분노이다. 완
당이 어찌 그의 속마음을 모르랴. 무고한 죄목에 떠밀려, 산처럼 쌓인 일
감을 밀어두고 이렇게 오돌오돌 떨며 허송세월을 해야 하는 자신의 처지
가 어이없이 가엾은 것이다. 완당의 눈시울도 붉어 오른다.

진실로 나라를 위해서는 큰 손실이며, 개인을 위해서는 더 없는 불행이
지만, 지금의 처지로는 그저 호소무처 아닌가. 참고 견디어야지. 또 일이
뒤집혀서 내일 사약을 받는 한이 있더라도, 목숨을 부지하고 있는 날까지
는—.

"어험."

완당이 스스로를 채찍질하듯 크게 기침을 하자, 소치가 살며시 고개를
든다.

"자네가 보낸 책과 음식 모두 받았어."

"……네."

"공부 잘 하고?"

"……네."

"자네 나이…… 서른 셋이렸다."

"네."

"젊었을 때 부지런히 해 둬야지."

"……네."

"대둔사에 들러 왔나?"

"네. 초의 스님께서 서찰을 주셨습니다."

"……음. 차[茶]는?"

"차도 가지고 왔습니다."

소치가 행낭에서 서찰과 차를 꺼내어 완당 앞으로 밀어 놓는다. 차가 담긴 하얀 자기는 뚜껑을 장지와 유지로 덮어 노끈으로 가로 세로 꽁꽁 묶었는데, 완당은 먼저 그것부터 풀어 헤친다. 방안에 난향(蘭香)과 순향(純香)이 뒤엉긴다. 한 줌 집어서 코에 대고 감탄한다.

"역시 초의는 우리나라 다성(茶聖)이야. 이런 명천(名荈)을 만들어 내니까."

"금년 곡우에 넉넉히 만들어서 손수 가지고 오신다 하셨습니다."

"……고맙군."

차를 치우고 봉서를 편다. 거기에는 아무 말이 없고 시 두 편이 적혀 있다.

그대 보내고 고개 돌린 석양의 하늘

마음은 안개가에 아득히 젖는데

오늘 아침 그 안개 따라 봄마저 가고

빈 가지 쓸쓸히 꽃잎 떨어뜨리고 잠드네.

(離來回首首陽天思入濛濛煙雨邊煙雨今朝春倂去悄然空對落花眠)

멀리 고향 떠난 지 사십 년만에

머리 희어진 줄 모르고 돌아왔네

터는 풀에 묻혔으니 집은 어디에 있단 말인가

옛 묘소 이끼 덮여 발자국마다 수심 어린다

마음이 죽었으니 한은 어디서 일어날꼬
피가 말라 눈물도 흐르지 않네
이 외로운 중은 다시 구름 따라 떠나노니
아서라, 고향 그립다는 말조차 부끄럽도다.
(遠別鄉關四十秋歸來不覺雪盈頭新基草沒家妥在古苔荒履跡愁心死恨從何處
起血乾淚亦不能流孤筇更欲隨雲去已矣人生愧首邱)

완당은 정회가 듬뿍 담긴 벗의 친필을 엉성한 손바닥으로 덮는다.
"이 친구 고향에 갔던 게로군?"
"선생님과 작별하신 후 허전한 마음을 달래고자 다녀오셨다는데, 오히려 더 쓸쓸해 하시더이다."
소치가 완당을 사숙한 것은 그의 나이 서른 둘일 때 초의의 소개로 서울 월성궁(月城宮)을 찾아간 거년부터이고 초의에게 사사한 것은 스물 일곱 살 때인 을미년(헌종 원년)이었으니 두 스승 가운데 좀더 자상하게 대할 수 있는 이라면 초의 쪽이 아니겠는가.
"좋은 선승(禪僧)이야. 멋이 넘쳐 흐르고……."
소치가 두리번거리며 묻는다.
"……하온데, 우선(藕船)께서 보이질 않습니다. 여기 계신 줄 알고 왔습니다만 ……."
"우선?"
"네."
"우선은 연시(燕市 · 燕京)에 갔어."
"……벌써."
"답답한 대목도 있고, 연락할 일도 있고 해서……."
"거년에도 다녀온 걸로 알고 있습니다만, 또 금년에……."
"거년 금년뿐이야? 이번이 몇 번짼 지도 잘 모르겠군."

소치가 대정(大靜)의 완당 적소에서 그림과 글씨와 서지와 금석을 공부하는데 그 진도가 두드러지게 빨라 하루는 스승의 초상화를 그리고 완당선생해천일입상(阮堂先生海天一笠像)이라 써서 바치니 완당이 크게 기뻐하여 다음과 같이 자제(自題)하였다.

담계[翁覃溪]는 '옛 경전을 좋아한다' 하였고, 운대[阮藝臺]는 '남이 말하는 것을 그대로 말하는 것은 좋지 않다' 고 하였는데, 두 분의 말씀이 내 평생을 모두 나타내었도다. 어찌하여 내가 바다 밖의 삿갓 쓴 한 사람이 되어 홀연히 원우(元祐) 때의 죄인이 되었을까.

(覃溪云嗜古經藝臺云不肯人云 亦云兩公言盡吾平 生胡爲乎海天一笠忽似元祐罪人)

이렇게 때로 즐겁게 해 주던 소치가, 6월에 그의 중부(仲父)의 부음을 받고 떠나버리자, 완당은 다시 탁탁한 나날을 보내야 했다. 벗이란 오직 책뿐이었다. 책과 종이와 약은 그런대로 서울 본댁에서 조달이 되었다. 제주에서 제물포를 거쳐 서울 마포까지 내왕하는 배의 선주에 양봉신(梁鳳信)이라는 사람이 있었는데 그가 서너 달 만에 한 차례씩 다녀와 주었던 것이다.

읽고 쓰고, 또 읽는 것만이 유일한 즐거움이요, 울화를 견디는 방편이었다. 그러나 그러한 안일한 생활도 지속하기 힘든 시련이 또 밀어닥쳤다. 신축년이 가고 임인년도 다 된 섣달 보름에 부인 예안이씨(禮安李氏)의 부음이 전해 온 것이다.

본인은 부득이 유찬을 당하고 있지만, 집에 주부가 있어서 살림을 꾸려주기에 그나마 집안 일을 잊을 수가 있었는데 그 주부마저 세상을 뜨고 말았고, 더구나 그 장례에도 나아가지 못하니, 남편된 사람의 슬픔이야 오죽 하겠는가. 이 지경을 당하여 그가 할 수 있는 일이란 자기의 심사를 서찰로 띄우는 도리뿐이었다.

임인년 11월 13일에 부인이 예산의 묘막에서 임종하였다는데, 다음달 15일 밤에야 비로소 바다 건너로 부고가 전해졌기에 이에 남편된 김정희는 상복을 갖추고 슬퍼 하노라.

살아서 헤어지고 죽음으로 갈라진 것을 슬퍼 하며, 멀리 간 길을 좇을 수 없음이 뼈에 사무쳐서 몇 줄의 글을 엮어 집으로 보내노라. 이 글이 도착하면 궤전에 의해 영궤에 고할 것이니라.

아아, 나는 옥에 갇히고 섬으로 귀양 왔어도 아직 내 마음을 흔들리게 한 적은 없었는데 이제 아내의 죽음에는 가슴이 무너져서 마음을 걷잡을 수 없으니 이 어인 까닭일까. 대체로 사람마다 죽음이야 있지만, 그대만은 죽을 수 없는 처지에서 죽었기에 이토록 슬픈 것이 아닌가. 이 기막힌 원한은 뿜어내면 무지개가 될 것이고, 맺히면 우박이 될 것이므로, 능히 공부자의 마음이라도 움직일 수 있겠나니, 아아 그래서 옥살이보다도 더하고 귀양보다도 더 심한가 하노라.

부인은 30년 동안 효를 다하고 덕을 쌓아서 친척들이 칭찬하였고 우리와 관계 없는 남들까지도 칭송하지 않는 사람이 없었도다.

예전에 우리가 장난으로 말하기를 만약 부인이 죽으려면 나보다 먼저는 가지 마오. 그래야 좋은 수도 있으리라 했고, 그 말에 부인은 귀를 틀어막곤 했었는데, 그런데 이 어인 일인고.

먼저 죽은 것이 그리 시원하단 말인가. 내가 홀아비가 되어 이 섬에서 홀로 지내는 것을 보겠단 말인가. 푸른 바다 드넓은 하늘에, 원통한 마음만 한없이 사무치도다.

중매쟁이 잡아다가 명부에 호소하리
다음 세상에는 부부가 바뀌어
내가 죽고, 그대 천리 밖에 살아남으면

그대는 그때 비로소 나의 이 슬픔을 짐작하리니.
(聊將月姥 訴冥府來世夫婦易地爲我死君生千里外使君知我此心悲)

살을 에이고 뼈를 깎는 듯한 고초는 계속되었다. 그에게는 기후와 음식과 질병에 시달리는 것 못지않게 엄습해 오는, 고독의 쓰라림과 학문에의 욕구불만이 불타고 있었다. 그러나 어찌하랴. 또 참고 견디어야지.

악몽과 같은 임인년이 가고 계묘년으로 접어들자 서울의 정치적인 양상에 조금의 서광이 일기 시작했다. 완당일가를 수렁에 몰아넣었던 장본인인 대사헌 김홍근(金弘根)이 죽고, 동방 친구인 조인영(趙寅永)이 영의정으로, 종형 김도희(金道喜)는 이조판서에서 우의정으로, 외우 권돈인(權敦仁)은 우의정에서 좌의정으로 각각 승진한 것이다.

그해 7월에 소치가 또 건너왔다. 제주목사 이용현(李容鉉)이 그의 이종형이어서 그 그늘에 얹히면서 대정(大靜)을 내왕했다. 그리고 9월에는 초의도 건너왔다. 초의는 이듬해 2월까지 반년 동안, 완당과 함께 기거하다가 대둔사로 돌아갔고, 소치는 그해 4월에 해남우수사(海南右水使) 신관호(申灌浩)에게 갔다. 신관호는 무관이지만 시·서·화에 깊이 심취하여 있었고, 좌상 권돈인과도 교분이 두터울 뿐더러, 조정의 신임이 대단한 처지여서 소치로 하여금 출세의 길을 열게 하려는 완당의 배려가 작용된 것이었다.

초의가 가고 소치가 뜨자, 완당은 다시 말벗을 잃었다. 섬사람들을 몽학(蒙學)하는 일이 고작 말문을 여는 계기였다. 섬의 선주 양봉신이 변치 않고 서울 본댁과의 연락을 맡아주었고 아들 상우(商佑·서자)와 상무(商懋·양자)가 하노라고 하지만, 부인이 세상을 떠나 버린 후의 허전함은 이 구석 저 구석에 남아 있었다.

……이해도 벌써 많이 지나서, 너희 어미의 소상날도 홀연히 지났구나. 어미

잃은 너희들의 슬픔인들 오죽 크겠느냐. 나 역시 이곳에서 한번 곡하고 상복을 벗었느니라. 모진 정이로구나. 거기는 아이들과 젊은이들도 모두 편안하느냐. 몹시 궁금하구나. 그 사이 소상과 사당 제삿날이 차례로 다가왔을 터인데 이 아비는 먼 바다 밖에서 매년 빠지는 것만 애달퍼 할 뿐이구나. 언제나 또 너희들 글을 받아 볼 수 있을지 답답하기 그지없다. 상우와 같이 이 글 보아라. 각각 따로 쓰지 못했다.……

  동짓달을 넘기면서 아들 상무에게 이와 같은 서찰을 보내는 것이 고작이었다.

  그러나 그가 한시도 게을리 않는 것은 한 손에 책을 들고 한 손으로 붓을 잡는 일이었다. 책은 어떠한 것이라도 암송할 수 있도록 탐독했고, 글씨는 하루에 천자를 쓰는 것을 일과로 삼았다. 국내의 백가서는 물론, 이상적이 연경으로부터 날라다 주는 모든 경전서적을 낱낱이 섭렵했고, 어떤 글자는 조형이 갖추어질 때까지 이천 번이고 삼천 번이고 물고 늘어졌다. 이제 완당의 학문은 유학이나 청조문화에 그치지 않고 불교에도 깊고 넓게 파고들어, 초의와의 토론은 물론, 당대의 선문(禪門)의 태두인 선운사(禪雲寺)의 백파 선사(白坡禪師)와도 격론을 벌이기에 이르렀다.

  선사상(禪思想)을 조사선(祖師禪)·여래선(如來禪)·의리선(義理禪)의 삼종선으로 나누어 일체의 제법을 삼종으로 유별하여 판단하려는 전통적 관념을 가졌던 백파 선사의 지론에 대하여 실학사상(實學思想)에 의한 여래선·조사선의 이종 선사상을 제기하면서 '백파는 불교의 법문이 아닌 유교 및 세상속설이라도 자기류로 합리화시키려는 사고방식이 있고 무엇이나 분리시켜 생각함으로써 터무니없는 오해를 일으키게 하고, 중세시대로부터 내려오는 그릇된 사고방식을 탈피하지 못하여 사제관계가 없는 사람은 비록 입으로는 천문만법을 다해도 외도를 벗을 길이 없다고 완고하게 주장을 할 뿐 아니라 화(話)와 화두(話頭)를 그릇되게 설명하고 있다' 고 혹

평한, 이른바 변망증십오조(辨妄證十五條)라는 글을 발표한 데 대하여 당사자인 백파 선사는 '한 마디의 반딧불로 수미산(須彌山)을 태우려는 것이니 가소로운 일'이라고 일축했으나, 백파 선사가 세수 86세에 입적한 후, 그리고 완당 자신이 세상을 뜨기 전 해인 을묘년(乙卯·1855년)에, 화엄종주(華嚴宗主) 백파 대율사(白坡大律師) 대기대용지비(大機大用之碑)라는 백파비(白坡碑)를 쓴 것은 불연이 지극했다 하겠고, 또 완당이 백파 선사와 격론을 벌일 적에 초의도 완당에 동조하여 백파 선사의 선문수경(禪文手鏡)에 대항하는 사변만어(四辨漫語)를 펴낸 것은, 완당과 초의의 천생연분이라고도 하겠다.

그해[甲辰年] 섣달에 우선 이상적이 건너왔다. 그는 연경에 두 해를 머물다가 선물을 가득 싣고 온 것이다. 선물이라 함은 연경의 여러 학사로부터 완당에게 보내온 책과 문헌과 탁본류와 서화이다.

우선이, 스승 완당의 심부름으로 연경을 내왕한 것은 이번이 무려 열두 번째이다.

"우선."

"예?"

"……이 대목의 연유를 도무지 알 수가 없구만…… 저쪽에서는 규명을 하고 있을까?"

"글쎄올시다. ……다녀올까요?"

"그랬으면 좋겠구만서도!"

학문과 예술을 섭렵하려는 그들의 지성은 이런 몇 마디 말로 쉽게 연경 행차가 결정된다.

"우선!"

"예?"

"이 책은 내가 연경의 석묵서루(石墨書樓)에서 잠시 읽었을 뿐이여, 지금쯤 속편이 나왔을 텐데……."

"그러시면 내가 가서 한 질 얻어 올까요?"

"그랬으면 좋겠네만. 마침 성추(星秋)에게 보낼 탁본도 있고……."

"다녀오겠습니다."

흡사 이웃집 나들이 아닌가. 서울서 연경이 육천 리, 제주서 치면 팔천 리의 노정이다. 유배를 당하기 전에는 노자라도 주었겠지만, 귀양살이 신세에 무슨 뒷바라지를 해 주었겠나, 미투리 삼아 신고 풍찬노숙하며 타국 만리 내왕했을 건 뻔하다.

올해 들어, 스승의 나이 오십구 세의 노경에 접어들었고, 우선은 마흔하나의 장년이 되었다. 사십이면 초로(初老)라 했으니 서로 늙어 가는 처지이다.

"선생님, 절 받으십시오."

우선이 넙죽 큰절을 올린다.

"고초가 많았지?"

"아닙니다. 오히려 많은 것을 배우고 왔습니다."

"그래, 중원(中原)에는 모두들 잘 계시던가?"

"네. 저저이 안부 말씀 전하시더이다."

그때 짐을 실은 마필 두 마리가 당도했다.

"어인 짐인고?"

"예. 낱낱이 아뢰겠습니다."

이번에 우선이 가지고 온 물목은 대략 다음과 같은 것이었다.

의천(宜泉) 옹수배(翁樹培)가 보내온 만경문편(璊耕文編), 감천(甘泉) 왕희손(汪喜孫)이 보내온 상우기(尙友記) 두 권, 혜암시집(惠庵詩集) 두 권, 경의술문(經義述文) 네 권, 방송공양(倣宋公羊) 네 권, 소희본공양전주(紹熙本公羊傳注) 두 권, 오난설(吳蘭雪)이 보내온 경의고보정(經義攷補正) 열 권, 섭지선(葉志詵)이 보내온 문필고(文筆考), 한간(汗簡) 두 권, 상우묘옥집(賞雨卯屋集) 다섯 권, 상생(常生)이 보내온 소창낭필담(小滄浪筆談), 요손(曜

孫)이 보내온 전국책석지(戰國策釋地), 완복(阮福)이 보내온 효경의소보(孝
經義疏補) 두 권, 독서잡지(讀書雜誌) 여덟 권, 이장욱(李璋煜)이 보내온 예
경석예(禮經釋例) 열두 권, 성추(星秋) 옹수곤(翁樹崑)이 보내온 탁석집(蘀
石集) 여섯 권, 십삼경주소교감기(十三經注疏校勘記) 서른아홉 권, 반증형
(潘曾瑩)이 보내온 홍초산관시초(紅蕉山館詩鈔) 두 권, 단전가(單專可)가
보내온 백양산방시초(白羊山房詩草) 두 권, 오숭량(吳嵩梁)이 보내온 제생
소초(再生小草), 방포(方苞)가 보내온 산정순자(刪定荀子), 그리고 각종 탁
본 꾸러미와 서화 꾸러미와 열다섯 통의 서찰이다.

책은 모두 장정이 훌륭했으며, 책머리에는 증정의 휘호가 정중하게 쓰
여 있고 서화는 그 내용이 모두 완당 김정희 선생의 지조와 학덕을 찬양
한 것이다.

연경 석학들의 서찰은, 그들과 완당과의 지난날의 우의와 오늘의 불운
을 슬퍼하는 정의가 넘쳐 흘렀다.

방안에 수북이 쌓인 선물을 바라보던 완당은 어느덧 삼십오 년 전의 연
경으로 추억의 나래를 편다.

"……스물네 살 때였지, 순조(純祖) 9년 이조판서이셨던 아버님이, 그해
의 동지사은사(冬至謝恩使·副使)로 떠나시는데 내가 수행한 것이―. 우
리 일행은 시월 그믐에 서울을 출발, 동짓달 스무 나흗날 연경에 닿았지.
거기 조선관(朝鮮館)에 여장을 풀고 나서 모두들 도성의 궁전누각을 구경
다니느라고 정신 없더군.

난 누구부터 만나야 할 것인가가 걱정이었어. 선생님[朴楚亭]께서 귀가
닳도록 말씀하시던 강추사(江秋史)·송지산(宋芝山)·기효남(紀曉嵐)·나
양봉(羅兩峰)·손연여(孫淵如)·진중어(陳仲魚) 등은 모두 은퇴했거나 남
하하고 없었고, 담계(覃溪)나 운대(芸臺)를 만나는 것은 주제 넘는 일로 여
겼고―.

그러나 나는 재빨리 조옥수(曹玉水)를 만날 수 있었지. 나보다 다섯 살

위인 그는 너무나 뛰어난 미남이어서 남잔가 여잔가 분간하기 어려울 정
도였고. 학문은 마치 옥편을 펴 놓은 것 같아서 사람인지 귀신인지 의심
날 지경 아니었던가.

더구나 그가 나를 놀라게 한 것은, 내가 스무 살 때 읊었던 '慨然起別想
四海結知己如得契心人可以爲一死日下多名士艷羨不自己'를 외우고 있었던
거였지. 그와 나는 만나자마자 백년지기가 되어, 오류거서사(五柳居書肆)
혹은 법원사(法源寺)에서 학문을 논하고 시를 짓고 그리고 떠들고 마시고
하지 않았던가. 그는 지금 죽었는지 살았는지, 서찰이 너댓 번 온 후로는
나처럼 유배만 당했다는 소문만 있고, 소식은 없으니—.

내가 담계를 만난 것은 나보다 나이 여섯 살 위인 그의 제자 서성백(徐
星伯)의 호의 때문이었지. 일흔여덟이던 그는 짙은 안경을 쓰고 그의 서
재 석묵서루(石墨書樓)에서 두 아들 수배(樹培)와 수곤(樹崐)과 경전을 읽
고 있을 때였어! 그와 한 식경 얘기를 주고받았는데 그 노사(老師) 한다는
소리가 '어허, 조선에 아직도 이런 영물(英物)이 있었군' 하잖는가, 과찬의
말씀을—.

그날부터 그는 보고(寶庫) 석묵서루의 구석구석을 활짝 열어, 나로 하여
금 마음껏 만지게 하고 읽게 하고 그리고 만사 제쳐놓고 나를 가르쳐 주
었지.

아아, 그때 보았던 화도사고승옹선사사리탑명(化度寺故僧邕禪師舍利塔
銘)과 동파진적천제오운첩(東坡眞蹟天際烏雲帖)과, 동파선생시잔본(東坡先
生詩殘本)과, 소동파상(蘇東坡像)과 당각본공자묘당비(唐刻本孔子廟堂碑)
와, 육방옹서시경각석탁본(陸放翁書詩境刻石拓本)의 황홀함. 수배와 수곤
의 극진한 친절. 수관(樹寬·翁方綱의 六女)도 이제는 늙었겠지, 내가 서고
(書庫)에 파묻혀 있노라면 늘 차를 날라다 주었었는데—.

내가 완운대(阮芸台)를 만난 것은 순조 10년 정월이었지, 운귀총독(雲貴
總督)인 그가 마침 상경하고 있었으니 나로서는 천재 일우의 행운이었지.

마흔일곱의 그는 연성공저(衍聖公邸)에서 버선발로 나를 맞아 주더군. 희대의 다인(茶人) 채군모(蔡君謨)가 처음 만들었다는 명다(名茶) 용단승설(龍團勝雪)을 내놓으면서, 옹담계처럼 그의 서재 봉화쌍비지관(奉華雙碑之館)을 아낌없이 펼쳐주었지. 거기서 홍보사명원본(鴻寶四明元本)을 보았을 때의 나의 감격은 평생 잊을 수 없어. 그리고 당정관조상동비(唐貞觀造像銅碑)와 남송우연지본문선(南宋尤延之本文選)을 보고 얼마나 놀랐던지—.

그는 나에게 너무나 잘해 주었어. 또 아들 상생(常生)과 복(福)이 운대편찬의 황청경해(皇淸經解) 1,400권, 184종을 서울 월성위로 보내 온 은혜는 어떻고—.

아아, 이묵장(李墨莊)·오난설(吳蘭雪)·주야운(朱野雲)·김의원(金宜園)·김근원(金近園)·법오문(法梧門) 등 석학들은 모두 어떻게 지내고 있을까—."

완당의 적소에는 석양 노을이 연분홍 색깔로 갈려 있고, 멀리서는 바위에 부딪히는 파도소리가 철썩철썩 들려온다.

"……우선!"

"예?"

"……우선이 연경에 몇 번 다녀왔지?"

"……그건 왜 물으십니까?"

"……나는 이제야 생각이 났어. 우선에게 신세를 너무 많이 진 것을!"

"무슨 말씀이십니까. 저는 선생님을 이렇게 모실 수 있는 것만도 천행으로 여기고 있습니다. 제가 뭘 잘못한 걸까요?"

"……음."

완당은 한숨을 크게 몰아쉬고 사르르 눈을 감는다.

'이 어진 친구에게 나는 무엇으로 보답을 할꼬—지금의 이 초라한 처지로는 아무 계책이 없는 것을—.'

그때, 완당의 뇌리에는 번개처럼 논어(論語)의 한 구절이 스쳐 갔다. 그리고 순·후(淳·厚)의 생각도 나고 책공의 처지도 떠올랐다.

그는 무의식 중에 필현을 당겨, 장지를 펴고, 붓을 들어 그림을 그린다.

허허 벌판에 초췌하게 서 있는 한 채의 한옥(寒屋)과 엉성한 네 그루의 소나무—. 그림은 그것뿐이다. 그리고 화제를 쓰고 제발을 쓰고 낙관을 했다. 순식간의 창작이었다.

숨을 죽이고 바라볼 수밖에 없었던 우선의 눈에서 비로소 눈물이 쏟아져 흐른다. 완당이 붓을 놓고 시부렁거린다.

"내가 그대에게 줄 정표는 오직 이것뿐이야."

우선은 더욱 흐느낀다. 완당도 눈시울을 적시며 뇌인다.

"……날 실컷 꾸짖어 줘."

밖은 제주 섬을 송두리째 집어삼킬 듯 칠흑의 어둠으로 덮였다.

완당이 그린 그림의 화제는 세한도(歲寒圖)였다. 화제 밑에 우선시상(藕船是賞)이라는 네 글자가 적혀 있고, 제발에는 다음과 같은 글이 쓰여 있다.

거년에 만학 장운 두 책을 보내오고 금년에 또 만경문편을 보내왔는데, 이는 누구나 할 수 없는 일이니라. 천만 리 먼 곳에서 여러 해를 걸려서 구해 왔으니 어찌 한때의 일이라 하겠는가. 세상 조류가 오직 권리만을 쫓는 판국에 그대는 마음과 힘을 다해서 이 초췌한 나를 찾아주기를, 마치 세인이 권력가를 대하듯 했어.

태사공이 이르기를, 권리로써 합한 자는 권리가 다하면 멀어진다 했는데, 그대 또한 이 세상의 한 사람으로서 도도히 흐르는 권리를 외면하고 권리로써 나를 보지 않으니 태사공의 말이 그르다는 것인가. 공자는 말하기를 세한 이후에 송백의 시들음을 알 수 있다고 했는데, 송백은 사시 시들지 않는 것이어서 세한 이전에도 또 세한 이후에도 송백 그대로이니라.

성인이, 특히 세한 이후라 하였으나 이제 그대와 나 사이는 전에 더한 것도 없고, 후에 서운함도 없으니 그대 성품을 성인의 말에서 엿볼 수 있도다. 특히 성인의 말은 후조의 정조 정절을 말한 것이 아니고, 세한에 느낀 바를 지적함이니, 슬프다, 전한 순후의 시대에 급씨 정씨의 어짊으로써 가세가 흥할 때는 손이 많이 들고, 쇠잔해지니 손이 없어지더라 하였거늘, 이 일은 하비현에서 책씨가 당한 것과 같도다.

(去年以晚學長雲二書寄來今年又以璃耕文編寄來此皆非世之常有購之千萬里
之遠積有年而得之非一時之事也且世之滔滔惟權利之是趨爲之費心費力如此而
不以歸之權利乃歸之海外蕉萃枯槁之人如世之趨權利者太史公云權利合者權利
盡而交疏君亦世之滔滔中一人其有超然自拔於滔滔權利之外不以權利視我耶太
史公之言非耶孔子曰歲寒然後知松柏之後凋松柏是毋四時不凋者也歲寒以前一
松柏也歲寒以後一松柏也聖人特稱之於歲寒之後今君之於我由前而無加焉由後
而無損焉然由前之君無可稱由後之君亦可見稱於聖人也耶聖人之特稱非徒爲後
凋之貞操勁節而己亦有所感發於歲寒之時者也嗚呼西京淳厚之世以汲鄭之賢賓
客與之盛衰如下邳榜門迫切之極矣)

그 후 세월은 덧없이 흘렀다. 완당이 제주로 귀향온 지 9년만인 무신년(戊申年·헌종 14년) 섣달에 유찬이 풀렸다. 완당은 그 이듬해인 기유년(己酉年) 2월에 제주를 떠나 서울로 올라오는 길에 해남 대둔사에 들렀다. 쾌년각(快年閣)으로 안내되어 손발을 닦고 쉬고 있는데 밖에서 고함소리가 들린다.

"김가는 어디 있어? 응? 도량(道場)에 왔으면 스승을 찾아 뵙지 않고, 자빠져서 오너라 가너라? 이 건방진 것 같으니라고!"

세살문이 열리고 우선이 버선발로 뛰어내려 조아린다.

"대사님, 안녕하셨습니까?"

"워따. 이 사람아 먼 길을 또 왔구만!"

초의가 우선의 손을 잡아 흔든다. 완당이 살며시 머리를 내밀고 대꾸한다.

"장가도 살아 있었구나, 바싹 말라 빠져 가지고……."

완당은 기어나오고 초의는 뛰어올라 툇마루에서 얼싸안는다.

"중부(中孚·草衣 別號) 너 공부 좀 했나? 워낙 멍텅구리가 되서 터득은 못했을 게다만!"

"귀양살이를 9년씩이나 하고도 속을 못 차리고…… 이 버릇없는 것……."

"니 나이도 예순넷, 내 나이도 예순넷, 이제 서로 늙어버렸구나."

그들의 눈에 이슬이 고인다. 우선이 아뢴다.

"바깥 날씨가 찹니다. 안으로 드십시오."

완당과 초의는 서로 부축해 가며 방으로 들어간다.

"일지암(一枝庵)에 매화가 피었겠군."

"암, 피었재. 여태껏 보고 앉아 귀양간 녀석 생각하고 있었다."

"환갑이 넘은 어른더러 하는 말버릇 봐, 이 버릇없는 땡땡이……."

그들은 거기 우선이 있는 것도 잊고 애들처럼 농을 나눈다. 이윽고 백설당(白雪堂)에서 밥을 날라 왔다. 절의 밤공양은 으레 어둡기 전에 끝내는 것이다.

"들자."

"노덕(老德)은 죽비(竹篦)를 쳐."

"야 야, 죽비고 지랄이고 밥맛 떨어진다. 시장할 건디 어서 들어. 우선도 어서……."

"예."

그들에게 식불언이고 묵언이고 있을 리 없다. 깔깔대며 히닥거리며 먹는다. 김치·콩나물·고소나물·무채·유과·깨강정·토란국…… 절밥치고는 제법이다. 백설당 원주 스님의 배려이리라.

"어디로 해서 왔재?"

"어란진(於蘭鎭)에서 배를 내렸어. 거기서 여기까지는 걷고."

"우선은?"

"예. 서울서 선생님의 석방 전교를 전해 듣고 제주에 들러 여기까지 모시고 왔습니다."

"노독이 대단하겠네그려."

"……선생님께서도 매우 수척하시니 그게 걱정입니다."

"이제 육지로 상륙했으니, 내 차를 많이 마시고 나면 회복할 꺼여."

"차 많이 만들어 뒀나?"

"또 차타령이구만! 아무려면 우리 마실 차야 없을라고!"

밥상을 물리고 나서도 그들의 정담은 한없이 계속되었다. 우선이 화두를 연다.

"대사님께 보여드릴 것이 있습니다."

"뭣인디?"

우선이 행낭에서 비단으로 싼 두루마리를 꺼내어 초의 앞에 편다.

"이거?"

초의는 대번에 눈을 부릅뜬다.

"예. 우리 선생님께서 저에게 주신 세한도올시다."

"그래?"

초의는 제발(題拔)까지를 다 읽고 나서 푹 꺼진 소리로 외친다.

"이거야 정말 문자향(文字香), 서권기(書卷氣)로고."

우선이 자랑스럽게 허리를 편다.

"세한도라…… 우선시상이라…… 음 걸품이야. ……그런데 여기 붙은 두루마리는 뭐고?"

"예. 중원의 석학들이 써 준 발문(跋文)입니다."

"중원의?"

"예. 그러하옵니다."

"어떻게?"

"예. 사연을 말씀드리겠습니다."

　제주 완당의 적소에서 세한도를 받은 우선이 열세번 째로 연경에 간 것
은 헌종 13년 동짓달이었다. 그는 곧장 석묵서루에 들러 수배와 수곤을
만났다. 그리고 그가 저술한 은송당속집(恩誦堂續集) 네 권을 그들에게 주
었다. 그들은 증정받은 책을 안고 비단옷을 선사받은 여인네처럼 기뻐했
다. 그리고 언제나 내놓는 승설차를 마시며, 수배가 말하는 것이었다.

　"마침 내일 한림원(翰林院)에서 학술 연찬회가 열립니다. 중원의 학자
들이 거의 모이죠. 열띤 토론들이 있을 것입니다. 나가 보시지 않으시렵
니까? 좋으시다면 우선 선생께서 완당 선생님의 근황도 널리 소개하여 주
시고……."

　"좋습니다."

　그리하여 우선은 일 년에 한 번씩 열리는 연경 한림원 학술 연찬회에
객원으로 참석하게 되었다. 사흘 간의 보고강연과 연찬토론이 끝나고 마
지막 순서로 '조선의 영걸 완당 김정희 선생의 학술적 근황을 그의 동문
이신 우선 이상적 선생이 발표한다' 는 사회자의 소개로 우선이 단상에
섰다. 기라성 같은 석학홍유의 거벽들과, 그밖에 여러 명사들의 정회에
넘치는 시선을 받으며 우선이 입을 연다.

　"오늘 내가 중원의 저명하신 여러 학사님들 앞에서 우리나라 학계의 거
봉이신 완당 김정희 선생의 학설과 근황을 말씀드리려는 것은 나로서는
대단히 어리석은 노릇입니다. 왜냐하면, 나는 아직도 그이의 학덕의 한계
조차도 모르고 있기 때문입니다.

　그런데 내가 감히 이 단상에 나선 것은, 여러 학사님들께 한 장의 그림
을 보여드림으로써 그 모든 것을 대신하려 함입니다. 이 그림은 내 스승
김정희 선생님이 이 못난 나에게 주신 것입니다. 자 보십시오."

　우선이 말아쥐었던 세한도를 두 손으로 펴 든다. 모두의 시선이 그림으
로 쏠린다. 마술에 걸린 어린애들처럼 입을 벌리고 쳐다본다.

　─군더더기가 전혀 없는, 어떤 구상적인 작의(作意)가 아닌, 천의무봉

(天衣無縫)한 마음의 신비가 철학적으로 승화된—조선은 물론, 중원의 고금 그 누구도 시도하지 못한 대담한 선과 추상으로 단숨에, 팽개치듯 그려진 문인화(文人畵)의 극치—.

고고(枯槁)한 화격(畵格)과 신비로운 필력에 넋을 잃은 학자들이 한 사람 두 사람 그림 앞으로 몰려들어 화폭에 쓴 삼백 자에 달하는 제발을 읽는다. 그리고 그 경탄의 열도는 더욱 높아간다. 누군가가 외쳤다.

"인생의 모든 경지를 넘어선 사람이 모든 것을 버리고 토해낸 것이다."

또 누군가가 점잖게 말한다.

"몸에 깊이 젖은 문기(文氣)가 아니면 저와 같은 심의(心意)를 나타낼 수 없어."

그리고 저마다 최대의 찬사를 늘어 놓는다. 그때 좌상격인 서성백(徐星伯)이 입을 열었다.

"그림·글·글씨가 모두 천하일품이려니와 더욱 뜻 깊은 것은, 완당 선생과 우선 선생의 고매한 인간관계이다. 나는 외람되지만 저 그림의 말미에 발문(跋文)을 쓰겠다."

"나도 쓰겠다."

"나도."

"나도."

이렇게 해서 장지를 이어 가며 그들이 다투어 쓴 발문의 길이가 무려 스물여덟 자(尺)—. 거기 모인 학사들이 백여 명이었으니 더러는 차례를 얻어 쓰고 더러는 차례를 얻지 못했다.

그날 밤, 초의와 완당과 우선은 밤 늦게까지 정담을 나누다가 함께 쓰러져 잤다.

초의는 완당의 영전(靈前)에 엎드려 통곡한다.

"함풍(咸豊) 8년 무오(戊午) 청명일(淸明日)에 방외(方外)의 친구 장의순이 한 잔의 술을 올리고 김공 완당 선생의 영전에 고합니다.

좋은 세상 때를 택해서 태어났으면 그 좋은 세상을 어기지 말아야 하거늘, 만약 그걸 어기게 되면 기린과 봉황이라 할지라도 초부처럼 제재를 받는 것이며, 억지로 맞추려고 하면 지란(芝蘭)도 서리와 눈으로 향기를 잃는 법, 좋은 세상을 만났다 하더라도 길흉이 바뀌는 바이거늘.

오, 선생이시여, 그대는 슬기로운 생각으로 옛 것을 거울 삼아 지금에 실천하고, 또 지난 일을 연구하고 오는 일을 다듬으며, 경서로써 근원을 찾고 끊어진 것을 이어 이치를 더듬어, 답답한 것들을 풀어 새롭고 정밀하게 하시었으니, 그 결의가 안으로 맑아 조화를 이루시고, 밖으로는 엄하시어 옳은 것만 보시면서, 스스로를 이겨내고 예의를 지켜 어진 마음과 믿음으로 행하시니, 그 큰 도량이 한없이 돋보였나이다.

그대 민망스럼이 없이 천도와 인도를 닦아 여러 학덕을 체득하시고 또 조화를 이루어 두 왕(王羲之·王獻之)의 필법을 능가하셔서 연정의 아름다움과 육의(六義)의 뛰어남과 삼기(三氣)의 영화를 휩쓸었고, 금석문에 있어서는 크고 작은 것을 모두 규명하여 중원에까지 그 이름을 떨치었도다. 달이 밝은데 구름이 솟고, 꽃이 고운데 비가 내리니, 그대는 먼 곳에 9년 동안 갇히었도다.

그러나 그대는 도를 어기지 않고 가르침에 인자하여, 사나운 악어를 순한 이무기로, 물 안의 새를 작은 봉황으로 만들어 옛 어른들의 한을 이었나니, 그대가 벼슬길에 있을 때도 하늘은 어짊으로 대하고 사람은 선으로 보답한 까닭이도다.

슬프다, 마니(摩尼)가 불을 토하매 많은 보배가 쌓이고 전단(栴檀)을 옮겨 심으니 잡스런 것에서도 향기가 나서 뛰어난 모든 현인들이 그대를 우러러보며 또 손을 씻고 그 향기에 취했으니, 이는 비단무늬에 원앙을 수놓음이라. 오 그대는 때를 만나지 못한 인봉이요 지란이라, 우환이 꼬리를 이었으니, 그대는 큰일이란 운수소관임을 알고 흰 구름을 타셨는가.

슬프다. 나와의 49년 간의 깊은 우정이여, 그리 자주는 만나지 못했으나, 그대 글을 그대로 보듯 하였고, 그대와 만났을 때는 허물이 없었지. 제주에서는 그대와 반 년을 지냈고 용호에서는 두 해를 함께 살았었군. 때로 담론할지면 그대는 논리가 당당했고 때로 정담할지면 봄바람 같은 마음씨로 나를 대했어. 스스로 차를 끓여 마시며 세상일들을 걱정하여 눈물을 뿌리지 않았던가.

땅에 떨어진 꽃은 바람에 날리고 정목(庭木)은 달 그림자 위에 외로워 소랑의 기별을 믿을 수 없으며, 안자의 수문심 또한 인자스러워 머리를 돌려 탄식을 거두고 눈물로써 한마디 하노니, 모든 일이 헛되었으나 그 헛됨이 다하면 오히려 오묘함에 이른 것이라, 그대는 필시 극락에 있을 것이나, 그러나 한 번 더 생각건대, 오 내가 왔어도 서로 만나지 못하니 이 어인 일인고."

완당과 우선이 초의의 시부렁거리는 소리에 잠을 깨어 일어나 앉는다.

초의의 잠꼬대는 더욱 거칠어진다.

"권돈인(權敦仁) 유배 순흥(順興), 신관호(申灌浩) 유배 고금(古今), 김명희(金命喜)·김상희(金相喜) 방축향리, 김정희(金正喜) 유배 북청(北靑), 뭐? 뭣이 어째? 살인자, 살인자, 그대들은 살인자야, 상(上)도 살인자야, 상도 살인자야—."

"대사님의 옷이 땀에 흠뻑 젖었습니다."

"무슨 소리를 하는 건지 나 원……."

우선이 초의의 손을 잡고 조심스럽게 아뢴다.

"대사님! 대사님!"

초의가 벌떡 일어나서 두리번거리다가 후유우 한숨을 내뿜고는, 완당을 등지고 결가부좌(結跏趺坐)한 다음 또 시부렁거린다.

"나무, 나무관세음보살, 나무관세음보살……."

"허, 그 사람!"

완당과 우선이 바위처럼 굳어진 초의를 물끄러미 바라본다. 새벽예불을 알리는 종소리가 울려 퍼진다. 이어 스님들의 높고 낮은 염불소리가 은은하게 들려온다.

3

예술작품은 시대적·사회적 산물이며, 그것이 일단 작가에 의해서 생산되면 인류 공유의 자산이 되는 것이어서, 그걸 누가 소장했거나 크게 상관할 바는 아니다.

그러나 이 세한도의 경우, 소전 옹이 그토록 애지중지 하다가 타인의 소장이 된 그 원인이, 한때의 정치욕에 기인했음을 잘 알고 있는 나로서는 그 세한도를 생각할 때마다 입안이 씁쓸해지는 터이다.

홍어잡이

1

삼치잡이 어선 삼성호(三星號)가 전라남도 해남군 송지면 어란진 포구에 닻을 내렸다. 고기를 듬뿍 잡아 가지고―. 그 만선의 깃발은 해안감시소의 초소에서 반 시간 전에 인지되었으므로 그 기별이 선주와 선원들의 가족과 외항선(일본으로 수출하는)과 그런 일에 관여하는 수산협동조합의 직원들과 지서의 경찰관들로 포구에는 이미 많은 사람들이 나와 있었다.

입항과 검역의 수속이 끝난 다음, 잡아온 삼치를 부두에 하역하는 수선스런 작업이 시작되었다.

그때, 삼성호의 선장이 보자기 하나를 들고 배에서 내리더니, 선주와 소곤소곤하다가 이어 부두에서 서성거리는 순경과 뭔가를 의논한 끝에 보자기 안에 것을 요리조리 살펴 본 다음, 세 사람이 곧장 지서로 직행하는 것이었다. 지서에서는 지서장과 차석이 있었는데 그들 역시 그 보자기의 물건을 단독으로는 처리할 수 없었던지 본서로 연락을 하는 것이었다.

"털끝도 다치지 않게 할 것이며, 철저한 보안조치를 취하고 기다리라. 곧 본서에서 내려갈 것이니까―."

이것이 본서에서 지서로 내려진 명령이었다. 그러나 본서 역시 자체적으로 어쩌지 못했던지, 결국 그 보자기의 물건은 도(道)의 경찰국과 치안본부에 보고되어, 치안본부에서는 폭발물 취급의 전문가와 감식과의 직원 등 네 사람, 도 경찰국에서는 대공수사의 거물급 두 사람, 본서에서는 수사과장과 정보과장이 각각 날리는 형사들을 대동하고 현장인 어란진 지서에 당도하였다.

관계관들이 그 물건을 대강 살펴 본 다음 삼성호의 선장과 일문 일답이
시작되었다.

"발견한 지점이 어디였소?"

"장도(長島)와 초도(草島) 사이였습니다."

"그때의 상황을 설명하시오."

"그저께 석양이었습니다. 마지막 그물을 끌어올리고 있는데 난데없이
어부 한 놈이 벽력같은 소리를 지르는 거예요. 무슨 일이냐니까 이상한
물건이 그물에 걸려들었다는 겁니다. 작업을 멈추고 그걸 살펴보니까 바
로 이것이었습니다. 그것뿐입니다."

"그래서요?"

"도로 바다에 버릴 생각도 했습니다만 어쩌면 잘못했다가 터질 것도 같
고, 또 평소에 저희들이 받아온 안보교육도 있고 해서 이렇게 조심조심
가지고 왔습니다."

"내용물을 뜯어 봤소?"

"천만의 말씀입니다. 마치 신주 모시듯 해서 여기까지……."

"좋소."

관계관들은, 구수회의 끝에 드디어 해체작업을 시작하였다. 면밀하게
그리고 용의주도하게—. 철저한 보안조치를 취했건만 어디서 냄새를 맡
았는지 서울과 지방의 신문기자들도 밀어닥쳤다.

그런데, 해체작업의 결과는 매우 허망한 것이었다. 태산명동서일필의
결과였다. 큰 사건을 기대했던 이른바 사건쟁이들의 의표를 찌른 것이었
다. 그 물건이란 야자나무 열매[椰子殼]를 정교하게 둘로 잘라서 그 안에
낡은 수첩 하나를 담고 다시 합친 다음 기름으로 밀봉한 것이었다.

수첩에는 다음과 같은 글이 적혀 있었다. 연필로 쓴 깨알만큼의 글씨를
읽는 데 족히 한 시간은 걸렸다.

2

대한민국 전. 나는 대한민국 국민입니다. 나이는 23세요 고려대학교 법학과 3년생이며 주소는 서울시 종로구 효자동 77의 33, 이름은 하나원(何那原), 아버지는 하기태 씨로 상업. 형님은 하나월로 회사원. 어머니는 작년에 작고하여 형수와 네 사람이 살고 있습니다.

내가 지금 살고 있는 곳은 어디쯤인지 모릅니다. 다만 말할 수 있는 것은, 여기가 아열대지방의 약 5만 평 정도의 무인도이며, 먹을 것으로는 바다에서 잡을 수 있는 조개류 · 새우류 · 어류(유별난 낚시로 잡습니다.) · 물새들의 알(卵) · 야자(열매가 작다.) · 바나나(역시 작다. 한국의 다래만큼) · 뱀(약 10종류) · 도마뱀(약 3종류) 따위가 있고, 이 섬에 살고 있는 인간은 나 하나뿐임은 물론 포유동물은 전연 생존하지 않습니다.

샘(먹을 물)이 없는 탓인지 인간이 생존한 흔적조차 없는데 내가 이 섬에 당도한 지 어언 한 해가(대강 짐작한 계산입니다만) 지나는 동안 어떻게 살았느냐고 물으신다면, 도대체 물을 무슨 수로 마셨느냐, 물 물 물.

아! 우리 고국에는 어디를 가든지 맑은 물이 얼마든지 있는데. 그 한 방울의 물을 얻으려고 내가 얼마나 고생하는지는 뒤로 미루거니와, 이제 지나가는 배를 기다리는 기대에도 지쳤고 불을 피워서(불을 만들어서 쓰고 있음) 유인하는 작업도 포기하고 있는데, 얼마 전에 나는 미처 생각지 못했던 대자연의 한 현상을 발견한 것입니다.

그건, 이 섬 앞을 흐르는 조수가 이틀 동안은 서북으로 또 이틀 동안은 동남으로 규칙적으로 그리고 매우 빠른 속도로 흐르고 있다는 사실이었습니다. 또 나는, 어림짐작으로 우리 대한민국이 이 섬에서 서북쪽에 위치하고 있다는 것과, 대만 또는 필리핀 근해에서 밀어 올리는 조수는 어김없이 제주도를 거쳐 남해에 도달한다는, 고등학교 때 지리학에서 배운 상식을 상기하고, 이 섬과 대한민국 사이가 몇 천 리 아니 몇 만 리의 거리인지는 모르지만 그 조수를 이용하면 나의 딱한 사연을 고국에 전할 수 있을지도 모른다는 기대를 가지게 되었습니다.

일단 그 기대를 실천해 보리라는 결심이 서니까, 방법은 쉽게 얻어졌습니다. 야자수 열매와 물고기의 내장에서 얻은 풀[糊]과 기름과 내가 표류하면서도 버리지 못했던 한 자루의 연필과 수첩이, 나의 기대에 아니 만분의 하나 혹은 억만 분의 하나에 불과할지도 모를 확률를 각오하게 한 것입니다.

내가 지금 가장 절실하게 바라는 것은 나를 이 섬으로부터 구출해 달라는 것입니다만 그건 요행인 듯싶습니다. 왜냐면 이 섬의 위치를 모르니까요. 내가 왜 이런 딱한 신세가 되었느냐, 어떤 영문으로 이 섬에 와 있느냐, 망망대해의 고도에서 이런 짓이라도 해서 꿈과 같은 지난 일을 알려 드리지 않을 수 없는 나의 심정을 헤아려 주십시오.

어느새, 이 섬에는 어둠이 깔렸습니다. 동남으로 흐르는 사나운 조수가 섬의 암벽을 후려치면서 우—우— 기성을 울립니다. 나의 이 초라한 동굴에는 그런대로 가지가지의 도구가 있습니다.

구석기 시대의 그것과 흡사합니다. 도끼·칼·접시·창·숟가락·젓가락·돌솥·화로·낚시·그물(樹皮로 엮음)·활(曳光信號에 씀)·등잔(魚油를 씀) 등입니다. 그 등잔에 불을 밝히고 이 글을 씁니다.

작년 8월 5일 새벽. 나는 목포역에 도착했습니다. 여비를 아끼려고 밤차를 탔던 거죠. 형의 선심으로 흑산도와 홍도를 찾는 길이었습니다. 방학 때면 나는 홀로 여행하는 걸 좋아했습니다. 떼지어 흥청거릴 여유도 없었구요.

우선 뱃시간을 알아보려고 륙색을 메고 부두까지 걸었습니다. 보영호라는 배가 8시에 출항한다는 거였고, 그때까지는 한 시간의 여유가 있었으므로 아침식사를 들기로 하고 선창가의 주막으로 들어갔습니다.

뱃사람들을 위해 해장국을 파는 듯싶은 그 주막의 중년 여인은 가자

미·넙치·낙지·준치·가오리·오징어 등등 군침이 도는 생선을 토닥
거리면서 뭘 먹겠느냐는 투로 눈을 끔뻑이는 것이었습니다. 내 눈길은 왠
지 가자미에 쏠렸습니다.

"가자미 매운탕으로 주세요."

여인이 가자미 한 마리를 집어들더니 한다는 말이,

"손님, 흑산도 가시죠?"

하는 것이었습니다.

"맞습니다. 그런데요?" 했더니,

"그럼, 이 가오리를 잡수세요. 먼 뱃길에는 가자미 먹는 법 아녜요."

"무슨 뜻이죠?"

"가자미 물때 모른다는 말이 있잖아요."

"……그렇다면 아무거나 주세요."

별난 미신도 다 있다 싶었으나 가자미나 가오리나 그게 그거다 싶어 여
인의 호의를 받아들이기로 했습니다. 그 주막에는 선객이 두 사람 있었습
니다.

구릿빛의 건장한 뱃사람인 듯한 27~8세와 32~3세 가량의 사나이였습
니다. 그들은 유리 잔(맥주 컵으로 기억됨)으로 '보해소주'를 남실남실 부어
놓고 홀짝거리고 있었습니다.

식사 도중 그들과 나는 서너 번 눈이 마주쳤습니다. 그런데 그들과 나는
분명 초면인데도 불구하고 이미 알고 지내는 사이처럼 착각을 하며 쳐다
보는 것이었습니다. 세상에는 불가사의한 일이 있다지만, 그들과 내가 기
구한 운명의 동반자가 되는 인연을 그 주막에서 맺을 줄 뉘 알았겠습니까.

각설하고, 가오리 매운탕으로 포식한 나는 구릿빛 사나이들과 함께 보
영호에 올랐습니다. 이백 톤 남짓한 그 배에는 승객과 화물이 가득했습니
다. 방학 때의 관광 인파와, 염전과 어장에서 쓰이는 물건들로 배가 남실
거릴 지경이었습니다.

배가 항구를 벗어나자 선실에 갇혔던 승객들이 갑판으로 기어올라왔습니다. 바다는 서북풍이 살랑거릴 정도여서 잔잔한 편이었으나 갑판에도 화물은 산덩이처럼 쌓여 있었는데 승객들이 항로의 좌우 풍경 따라 이리저리 몰리는 바람에 배는 기우뚱거렸고, 승무원들은 승객들에게 선실로 들어가라거니 승객들은 더워서 못 들어간다느니 아옹다옹하는 바람에 갑판 위는 마치 어물전처럼 소란했습니다.

배는 그런대로 항해를 계속하여 목포 앞의 고하도(高下島)·무안의 팔금도(八禽島)·안좌도(安佐島)·비금도(飛禽島)를 거쳐서 대흑산도(大黑山島)로 진로를 잡아 망망대해로 진입했습니다.

그런데 배가 비금도와 흑산도 중간지점에 이르렀을 때였습니다. 별안간 지평선 이쪽저쪽에서 검은 구름이 치솟더니 삽시간에 서북쪽에서 강풍이 불어닥쳤습니다. 장대 같은 비도 동반했습니다. 배는 요동을 했고 승객들은 모두 선실로 대피를 했습니다.

좌우전후로 흔들리는 심한 롤링으로 뭔가를 붙들지 않고는 앉아 있을 수가 없었습니다. 배는 제자리에서 몸부림을 칠 뿐, 조금도 전진을 못하는 것 같았습니다. 귓전을 따갑게 하는 허덕이는 엔진소리와, 배가 파도에 치밀렸을 때의 스크루의 공전하는 굉음으로 승객들은 넋을 잃었습니다.

배가 위로 올라갈 때는 준령을 넘는 듯했고, 배가 아래로 내려앉을 때는 바닷속 깊이 아주 가라앉지 않나 하는 공포에 부들부들 떨었습니다. 아녀자들과 어린애들은 비명을 지르며 울부짖었고 심한 배멀미로 아무데나 뱃속에 것을 토해냈습니다. 롤링과 비명과 울음소리와 악취와 굉음으로 선실은 마치 지옥 같았습니다.

그런데, 또 설상가상으로 엔진소리가 뚝 그쳤습니다. 기관이 고장난 것입니다. 배는 바람 부는 대로 물결 치는 대로 출렁거렸습니다. 족히 한 시간쯤 지났을 무렵부터는 배가 뭔가에 부딪치는 것 같았습니다.

그때였습니다. 벌써부터 드르렁 코를 골며 잠만 자던 그 주막에서 만났던 구릿빛 사나이들이 벌떡 나앉더니 선실 밖으로 뛰어나가는 것이었습니다. 마치 자석에 끌리듯 나는 그들을 뒤따랐습니다. 그들과 행동을 같이해야 살아남을 수 있을 것이라는 기대가 작용한 것입니다. 그들은 곧장 선장실로 달려갔습니다. 선원 대여섯 명이 오들오들 떨고 있었습니다. 큰 구릿빛이 호령하듯 소리쳤습니다.

"선장이 뉘귀요?"

"……나요. 왜 그러시오?"

하고 중년의 사나이가 잿빛 얼굴로 대꾸했습니다.

"이러고 배를 놔 두면 어쩌자는 것이요? 여기서부터는 암초밭인디 말이요."

"당신들은 뉘권디 그러시오?"

출항 때부터 갑판에서 서성대던 보싱(갑판장)이 겁먹은 얼굴을 내밀었습니다.

"우리 두 사람은……홍어잽이요. 이대로 놔 두면 배는 깨지고 다 죽어요."

작은 구릿빛이 말했습니다.

"어쩔 거요? 기다리는 수밖에. SOS는 쳐 놨으니께."

젊은 선원의 말이었습니다.

"에스오에스인지 뭔지 그것이 우리를 살려준답디까. 이 파도 속을 경비정은 올 수 있답디까? 배가 깨진 다음에 오면 뭣해."

큰 구릿빛이 내뱉었습니다.

"그럼 어쩌자는 거요? 이 지경인디."

갑판장 역시 언성을 높였습니다. 그때 또 한 번 밑이 암초에 부딪치는 쿠궁쿠쿠쿠궁 하는 충동으로 배가 기우뚱거리는 바람에 모두 기겁을 했습니다. 큰 구릿빛이 따지고 들었습니다.

"사람의 목심(목숨)은 하나뿐이지라우. 둘이 아니여요. 한 번 죽으면 그만이다 이거여. 이 배에는 자그마치 사람 목심이 이백 개 가량 실렸는디 이대로 있다가는 몰사한다 이거여요. 그런디 기계는 못 고치는 거요?"

"샤후트가 나가버렸어요."

선장이 모기소리로 대답했습니다. 큰 구릿빛이 성난 바다를 응시하며 쏘아댔습니다.

"그라면 끝장이구만. 자 어쩔거요? 무신 수를 써 불 거요. 아니면 이러고 하나님 날 살려 줘 하고 웅크리고 있을거요?"

"수는 무슨 수?"

갑판장이 나섰습니다. 큰 구릿빛이 단호하게 나섰습니다.

"수가 없는 것은 아니요. 목심이 경각에 달렸는디 바라고만 있어서 써? 그러니께 이 배를 우리 두 사람한테 매껴뿌리등가 그것이 아니라면 여(암초)에 안 걸리게 하등가!"

선장이 결단을 내렸습니다.

"당신들은 홍어잽이라니까 이 근방 소릅[地形]은 잘 알겠구만."

"그거야, 우리 집 마당 밟듯 했으니께."

작은 구릿빛의 말이었습니다.

"허면, 당신들 맘대로 하시요."

선장의 승낙이 떨어지자 홍어잡이들은 약속이나 한 듯 잠방이(팬티)만 남기고 옷을 훌훌 벗어던지더니 기관실로 달려가서 하나는 도끼를, 하나는 큰 망치를 집어들고 다시 선장실로 왔습니다.

"선장이고 뭐고 우리 하라는 디로 해야 혀. 홍어밥이 되든가 한 목심 건지든가 해 볼대로 해 볼 것잉께. 자, 다 내려가요, 선창으로. 어섯."

성난 독수리 마냥 도끼와 망치를 휘두르는 바람에 선장 이하 전 선원은 끽 소리 못하고 선창으로 밀렸습니다. 그들은 또 상갑판과 중갑판의 객실 승객도 모조리 밑바닥 선창으로 몰아붙였습니다.

이백여 명의 승객을 십여 평 남짓한 방에 가두어 놨으니 그 꼴이 뭐가 되었겠습니까. 아비규환 바로 그것이었습니다. 두 구릿빛이 출입문 앞에 버티고 서서 사자후 하는 것이었습니다.

"손님들 내 말 좀 들어보시요. 이 배는 지금 소흑산도(小黑山島)를 지나서 큰 바닥[黃海]으로 떠내려가고 있소. 이 근방은 여밭(暗礁群)이라요. 여에 걸려뿔면 우리는 그만이라요.

이 배는 우리 둘이 맡았으니께 우리가 하라는 대로 해야 혀요. 우선 돛폭을 맹그러야 혀요. 옷을 다 벗어요. 조각조각 말이어요. 실바늘은 없을 것이닝께 철사로 엮어요. 돛폭은 많을수록 좋은 것이니께 옷을 다 벗어요. 돛자리 크기로 싸게싸게 많이 만들어요. 안 죽을 테면—. 이 문은 철장할 것잉께 숨구멍[換氣窓]으로 내 줘요."

그때 나는 그들의 등 뒤, 즉 출입문 밖에 서 있었습니다. 수라장이 된 선실에 갇히기도 싫었거니와 이미 그들과 한 패거리가 되어버린 숙명 같은 것을 느꼈기 때문이었습니다. 그들은 출입문을 꽝 닫더니 나를 힐끔 바라보고는 당신은 봐 주지 하는 투로 마치 빗자루로 쓸어내리듯 나를 훑어본 다음 어디서 구해 왔는지 네 치 못을 문짝과 문설주 사이에 서너 개를 탕탕 비끌어 박아버렸습니다.

눈 깜짝할 사이에 그 지경을 당한 승객들의 비명은 영화에서나 볼 수 있는 화염 속으로 처박히는 지옥의 장면 바로 그것이었습니다. 못질을 하고 난 두 구릿빛은 쏜살같이 갑판 위로 뛰어올랐습니다. 억수와 바람과 파도는 점점 더해 가는 것 같았습니다. 그들은 도끼와 망치를 집어던지고 갑판 위의 물건들을 차근차근 바다에 집어던지는 것이었습니다.

가마니·수차(水車·염전에서 쓰는) 술상자·고기상자·보따리·박스·농기구 등속이 삽시간에 수장되었습니다. 나는 스스로의 몸을 가누기도 힘들었는데 그들의 행동은 나무에 오른 원숭이, 아니 광야에서 먹이를 쫓는 사자와 흡사했습니다. 승객을 밑선창으로 모은 것과 갑판 위의 물건을 버리는 것은 배의 중력과 롤링을 조절하려는 행위인 성 싶었습니다.

"나는 치(키)를 잡을 것잉게. 너는 돛폭을 재촉혀."

큰 구릿빛은 선장실(조타실)로 뛰어가고 작은 구릿빛은 선창으로 내려 갔습니다. 산더미 같은 파도가 쉴새없이 상갑판을 후려쳤습니다. 내가 기진맥진해서 선장실에 들어섰을 때 큰 구릿빛은 키를 붙들고 몸부림치고 있었습니다.

스크루가 돌아갈 때 비로소 키는 제구실을 하는 법. 배가 항진을 못하는데 키가 무슨 소용인가 하겠지만 강풍에 배가 떠밀리는 그 2~3노트의 속력에 키의 기능을 작용해 보려는 속셈인 듯 때로는 우로, 때로는 좌로 사납게 핸들을 조작하는 것이었습니다.

"학생, 이 치(키)를 말이여. 이대로 꼭 잡고 있어. 놔서는 안 돼. 배에 물이 많이 들었어. 퍼 내야 혀."

나는 그의 명령대로 핸들의 꼭지를 두 손으로 움켜잡았습니다. 그는 뛰어나갔습니다. 파도가 선장실의 유리문을 세차게 두둘겨 쨍그랑 깨버렸습니다. 해수는 이제 선장실에까지 넘나들었습니다. 앞뒤 용두에 멘 용총줄과 전선이 위— 위— 불어댔고, 배가 앞뒤로 기울 때는 이물과 고물이 완전히 물속에 잠기는 것이었습니다. 용케도 침몰이 안 되는구나 의심스러울 정도였습니다.

얼마나 시간이 지났을까! 두 구릿빛이 여기저기에 돛을 달기 시작했습니다. 돛은 돛단배에 다는 것. 발동선에 돛을 다는 건, 손바닥으로 하늘을 가리는 거나 같은 꼴이겠지만 조금이라도 배에 속력을 가해서 방향을 잡아보려는 그들의 최선의 노력이었습니다. 상활이나 마룻줄이나 활대가 있을 리 없고 변변한 노끈 하나 없는데 그들은 배의 구조를 적절하게 응용해서 용케도 여기저기에 돛을 달았습니다. 보자기 치마·남방셔츠·와이셔츠·원피스·담요·비닐 따위가 나풀거렸습니다.

아니나 다를까! 파도에 밀리는 속도가 가속하기 시작했습니다. 두 구릿빛이 키를 잡았습니다. 키의 기능이 살아난 것입니다. 우로 혹은 좌로 배가 말을 듣기 시작했습니다. 그들은 신들린 무당처럼 키를 휘둘렀습니다.

"여밭은 빠져는 갔는가 부구만."

"그런 것 같구마니라우."

두 구릿빛의 얼룩진 얼굴이 비로소 평온을 되찾은 것입니다. 긴장이 풀린 탓인지 키를 잡은 손이 달달달 떨리는 것이었습니다.

바다의 여신은 조화가 무궁했습니다. 배가 무변대해를 낙엽처럼 출렁이는데, 갑자기 바람이 자고 해가 솟고 파도의 기세가 줄어들었습니다. 그리고 한 시간 가량 지난 후는, 언제 그런 소란이 있었느냐 듯이 잔잔해졌습니다. 큰 구릿빛이 말했습니다.

"너 가서 문 열어 줘."

아침햇살이 눈부셨습니다. 갈매기 떼가 배 위를 빙빙 돌았고, 바다사자 떼가 물 위로 치솟는 것이었습니다. 그때가 9시, 그러니까 목포항을 떠난 지 24시간이 지난 것입니다.

작은 구릿빛이 선창으로 내려간 후, 승객들이 상갑판으로 기어올라왔습니다. 몰골이 말이 아니었습니다. 걸칠 만한 옷은 이미 벗겨졌으니 내의만 입은 건 그렇다치고, 그 내의 또한 찢기거나 오물로 범벅이 되어 있었으며, 머리는 수세미 같았고, 얼굴은 오랫동안 중병을 치른 환자처럼 땟국이 잘잘 흘렀습니다. 만 하루의 시달림으로 인간이 그토록 변할 수 있는 것인지 나는 미처 몰랐습니다.

모두들, 반은 살았구나 싶으면서도 몰골의 초췌함과 앞으로의 걱정 때문인지 웅크리고 앉아 있을 뿐 말이 없었습니다. 두 구릿빛은 중갑판 선실에 나무토막 넘어지듯 쓰러져 누웠습니다.

"우리는 뜻하지 않게시리 큰 시련을 겪고 있습니다. 한때 이 배가 암초밭에 걸려 깨질 뻔 했습니다만, 저 구릿빛의 홍어잽이 두 사람의 혼신의 노력으로 큰 위기는 모면한 듯싶습니다. 그러나 앞으로 우리의 운명은 미지수입니다. 이제 더욱 정신을 가다듬어 항해사는 조타실로 기관실로 가

서 최선을 다할 것이고, 그리고 나머지는 조를 짜서 부상자의 치료와 식
사준비와 돛폭 손질을 해야 할 것입니다."

그러나 내 말은 별로 효과를 나타내지 못했습니다. 선장과 항해사는 조
타실로 들어갔으나 속수무책이었고, 기관사는 부러진 샤후트를 어쩌지
못했으며, 부상자에게 먹이거나 바를 약은 하나도 없었습니다.

더구나 심각한 문제는, 식량이라고는 선원식당에 쌀 한 말이 있을 뿐이
었습니다. 모두 세 끼를 굶은 뒤 쌀 한 말을 이백여 명에게 나누면 반 홉은
되지만 앞으로 얼마 동안을 더 견디어야 할는지 모를 일이어서 앞이 캄캄
했습니다.

그런데 식량보다도 더 큰 문제는 식수였습니다. 식당에 있는 물탱크의
물이 배가 심히 출렁이는 바람에 절반이 쏟아져버려, 밥을 짓기는커녕 당
장 허기진 승객들에게 먹일 만큼의 물량에도 미치지 못했습니다.

그러나 더 큰 화를 당할망정 갈증으로 고통하는 승객들에게 목은 축이
게 해야 했습니다. 어림짐작으로 계산해서 소주 컵 한 잔씩을 배급했는
데 결국 남은 건 한 말 가량이었습니다. 그건 환자용으로 남겨둬야만 했
습니다.

배는 정처없이 무변대해를 표류했습니다. 승객들은 그늘을 찾아 아무
데나 문어발 늘어지듯 쓰러져서 밥을 달라 물을 달라 약을 달라 으르렁댔
습니다. 젊은이고 늙은이고 남자고 여자고 부끄러운 곳을 함부로 까발리
고(가릴 것도 없었지만) 아무 데서나 오줌 똥을 배설했습니다.

더러는 나무아미타불을 외거나 하나님을 찾는 신자들도 있었지만 승객
의 대부분은 대자연의 공포에 완전히 이성을 잃고 있었습니다. 쌀은 반
홉 가량씩 배급했는데 삽시간에 먹어치웠습니다. 이제 먹을 거라고는 아
무것도 없었습니다. 두 구릿빛은 드르렁드르렁 잠만 자고 있었습니다.

그런 가운데, 우리에게 한 가닥의 희망이 생겼습니다. 고장이 났던 배
의 무전기(간이연결식의)가 살아난 것입니다. 목포 해무청과의 교신에 성

공했던 해안경비정이 긴급 출동했다는 것입니다. 그로부터 10시간 후, 그러니까 그 날 오후 9시에 보영호는 경비정의 구출을 받아 그 다음날 7시에 목포항에 도착했습니다.

항구 잔교에는 선박회사측과 관계관들과 가족들과 구경꾼들로 인산인해였습니다. 우리들은 승선명부에 의해 한 사람씩 상륙하였고 간단한 검진을 마친 다음 지정해 준 여관에 들었습니다. 그리고 해난사고 구호위원회에서 주는 의복을 입고 우선 잠을 자야 했습니다. 나는 우연히도 그 두 구릿빛과 한 방을 쓰게 되었습니다.

얼마나 잤을까! 땀을 뻘뻘 흘리면서 천지분간을 못하고 자고 있는데 누군가의 고함소리에 눈을 떴습니다.

"여기 홍어잽이 있나?"

하는 거였습니다. 두 홍어잡이는 벌떡 일어났고, 나에게는 불길한 예감이 엄습해 왔습니다.

"우린디요. 왜 그러시요?"

큰 홍어잡이가 나일론 주렴을 제치고 머리를 내밀자,

"둘 다 나와."

하는 거친 소리가 들렸습니다. 여관 뜰에는 낯선 청년 두 사람과 보영호의 갑판장이 서 있었습니다.

"누구신디 왜 그러시요?"

"우린 회사 직원이야. 함께 가 줘야겠어."

"무신 일인디라우?"

"가보면 알아."

그들과 두 홍어잡이가 여관을 나선 후, 여관에서 점심을 차려왔지만 왠지 식욕은 사라지고 홍어잡이들의 걱정만 앞섰습니다. 서울로 되돌아가느냐, 초지일관하느냐, 아무튼 홍어잡이의 귀추나 알고 나서 정하지, 아나 내가 왜 그들을 걱정하는 거지? 이러지도 저러지도 못하고 있었습니다. 그 홍어잡이들이 초주검이 되어 여관으로 돌아온 건 오후 6시쯤이었습니다.

"아니 이게 웬일이오?"

나의 불길한 예감은 정확하게 맞아떨어진 것입니다. 머리·얼굴·팔·다리가 온통 상처투성이었고 지칠 대로 지쳐서 풀썩 거꾸러지는 것이었습니다.

"웬일이냐니까요?"

그들에게는 대답할 기력도 없는 듯했습니다. 분통을 참느라고 이를 갈며 좔좔 눈물만 흘리는 것이었습니다. 자초지종이야 어찌 되었건 우선 나는 약국으로 달려갔습니다. 머큐로크롬·마이신 연고·소독약·반창고·붕대·솜·가제 등속을 사들고 와서 응급치료를 해 주었습니다. 그들이 말문을 연 것은 밤이 깊어서였습니다.

"그냥 따라갔지요. 사무실이라는디, 이번 사고로 손해가 얼만지 아느냐고 그러대요. 천만 원이 넘는다는 거여요. 문짝 부신 것, 바다에 던진 물건 값, 손님들 치료비 그거이 다 우리 둘의 탓이래요. 변상하라는 거여요."

"저런……저런!"

나는 말문이 막혔습니다.

"우리가 어째서 변상을 한다요? 다 죽게 돼서 허락받고 한 일인디 왜 그러시요 그러니께, 잔말 말고 변상이나 하래요. 여보시요. 물에 빠진 사람 살려농께 쌈지 찾아내라는 격이재 그런 법이 어딨다요. 그러니께 바로 주먹다짐이대요."

"거기 선장이나 보싱은 없었나요."

"왜요. 있었는디 그치들이 한 술 더 뜨데요. 우리 보고 건방지다고."

"공로표창은 못할망정……."

"공로가 뭣이라요, 죄인도 상죄인이라는디? 뭔 문서를 내놓드니 도장을 찍으랍디다. 까막눈이라 뭣인지는 모르지만 덮어놓고 못 찍는다고 그 랬지요. 그러니께 마구 두들겨 패대요. 서너 놈이 달려들어서. ……배가 깨지거나 사람이 죽거나 그것은 보험에 들었응게 회사에서는 손해 안 나 는디. 어중간히 물건이 상했으니께 손해가 크다면서…….”

경악을 금치 못할 일이었습니다. 마치 어떤 못된 자동차 운전사가, 운 전사고로 팔 다리를 끊어놔서는 귀찮으니까 차라리 죽여버리는 편이 속 시원하다는 비정과 다를 바 뭐겠습니까. 그들은 이백여 명의 생명을 구해 낸 은인이요 영웅이었습니다. 절체절명의 위기에서 최선을 기울인 그들 에게 회사측이 취한 태도는 천인이 공노할 일이었습니다.

그들과 나는 지난 이틀 동안의 악몽과 요행과 분노를 짓누르며 세정이 야기로 밤을 지샜습니다. 서로의 신상을 털어 놓은 것입니다.

그들은 사촌 형제로 소흑산도에서 태어났다고 했습니다. 배운 건 가난 과 굶주림과 그리고 바다와 고기잡이뿐이라 했습니다. 장성한 후로는 주 로 홍어잡이를 하고 있었는데, 홍어라는 물고기는, 추운 겨울 거친 파도 속에서만 잡히는 것으로 항상 위험이 도사리고 있고 또 그 서식지가 암초 밭이어서 지형을 소상하게 익히지 않고서는 그물을 드리울 수 없다는, 그 러니까 용맹과 담력과 지혜를 갖추어야 한다는 것이었습니다.

그렇게 해서 잡은 홍어는 여러 경로를 거쳐서 비싸게 팔리고 있지만 그 들에게 돌아오는 보수는 하잘것이 없어서 겨우 먹고 입고 지내는데 이번 에도 선주(船主)와 셈을 치르고 자기들 몫을 타러 갔지만 수금이 늦는다 고 다음 파수로 미루는 바람에 허탕치고 돌아가는 길이었다는 것입니다.

날이 밝았습니다. 어디론가 떠나야 했습니다.

“어떻게 하시겠습니까?”

“가야지요.”

“흑산도로?”

“어디 갈 데가 있나요.”

"보영호로?"

"문짝 좀 고치고 샤후또 갈아 끼면 되는 것이니께 오늘은 떠날 거여요. 손님이 한창 붐비는 땐디 안 떠나겠어요?"

서울이냐 흑산도냐의 기로에서 나는 다시 흑산도로 결정했습니다.

"나도 동행하겠소."

"그렇게 허시오. 이번에 참 고마왔구만이라우. 섬에 가면 고기나 잡아 드릴께요."

보영호가 출항하는 잔교에는 사람과 화물들로 큰 혼잡을 이루고 있었습니다. 물량이 지난번의 배는 되는 것 같았습니다. 승객 중에는 지난번의 고역을 치른 사람도 많았습니다. 서로 마주보고 픽 웃는데, 그게 구사일생한 사람들 같잖고 어느 경기장에서나 어울리는 상대 같았습니다. 범행자가 범행의 현장에 다시 나타난다는 현상인지 아니면 그 지긋지긋한 참상을 잊어버렸는지 또 아니면 되짚어 섬에 가야 할 불가불의 일들이 있는 것인지 모를 일이었습니다.

선장·갑판장 등 낯익은 선원도 눈에 띄었습니다. 홍어잡이들은 죄진 사람처럼 주눅이 들어 그들과 마주보지 않으려고 외면하는 것이었고 나역시 그들의 등등한 꼬락서니가 싫어서 우리는 선실 구석에 자리를 잡고 누워버렸습니다.

보영호는 다시 목포항을 떠났습니다. 날씨는 쾌청한 듯했고 물결은 잔잔하여 배는 지난 일들을 깡그리 잊은 채 미끄러지듯 항진을 계속했습니다. 통통거리는 단조로운 기관소리와 아직 덜 풀린 피곤으로 해서 우리들은 새우잠에 빠져들었습니다.

얼마나 잤을까—. 비몽사몽 간에, 왁자하는 소리에 잠을 깼습니다. 그런데 이게 또 무슨 청천벽력입니까. 그렇게 쾌청했던 하늘은 검은 구름으로 뒤덮였고 바람은 돌풍으로 변했으며 파도는 사나운 짐승처럼 몸부림치는 것이었습니다.

선실의 승객들은 벌써 공포에 질려 사색이 되어 가지고 비명을 질렀으며 짐짝들은 제멋대로 뒹굴었고 기관실의 엔진은 허기진 멧돼지처럼 씩씩거렸습니다.

"어떻게 된 일일까요?"

내가 큰 홍어잡이에게 물었습니다.

"심상치 않구마니라우!"

그의 구릿빛 얼굴은 이미 일그러져 있었습니다. 착잡한 심사로 고통을 겪고 있는 듯했습니다. 사태는 사흘 전의 비극 이상이었습니다. 그때 겪었던 승객들이 우리 쪽을 바라보며 무슨 대책이 없느냐는 눈치였는데 두 홍어잡이는 그저 묵묵부답이었습니다. 드디어 엔진 소리가 멎었고 배는 고삐 풀린 망아지처럼 날뛰기 시작했습니다.

이윽고, 선원 한 사람이 우리 쪽으로 뛰어왔습니다.

"선장이 오래요."

두 홍어잡이가 선원을 힐끔 바라보고는 외면해버렸습니다. 선원이 큰 홍어잡이의 덜미를 잡고 다그쳤습니다.

"내 말 안 들려?"

큰 홍어잡이가 선원을 쏘아보더니 홱 밀어버렸습니다. 선원은 아이쿠 소리를 지르며 저만치 나가떨어졌습니다.

"또 때릴라고 자랄들이여."

두 홍어잡이가 벌떡 일어서면서 나더러 따라오라는 눈짓을 보내왔기에 그들과 나는 상갑판의 고물 쪽으로 가서 옹크리고 앉아 있었습니다. 배는 이미 암초밭에 이르렀는지 쿠궁 쿵 심한 충격을 받고 있었습니다.

"학생, 헤엄칠 줄 알아?"

그들은 최후의 심판을 내리려는 듯 나에게 물어왔습니다. 나는 이미 그들의 결의를 짐작하고 있었으나 애원하듯 말했습니다.

"다른 방도는 없을까요?"

"인자 늦었어. 매도 맞기 싫고."

그들의 결의는 단호했습니다.

"조금 있으면 이 배는 가라앉을 거여요. 이 뗏목 잡고 개(바다)에 떠 있어야 해요. 용 쓰지 말고 가만히 떠 있어요. 심(힘) 빠지고 졸리면 죽는 것이니께."

작은 홍어잡이가 그 사이 어디서 구해왔는지 기름통[폐유]에서 수건으로 기름을 찍어내어 전신에 바르기 시작했습니다.

"상어 떼는 피해야 하니께."

큰 홍어잡이와 나도 그렇게 했고, 옷을 여며 멘 다음 뗏목[浮囊 救命袋] 하나씩을 붙들고 때를 기다렸습니다. 공포에 휩싸였느니 무섭느니 두렵다느니 하는 차원을 벗어나니까 오히려 생기가 솟는 듯했습니다. 그때, 이물 쪽에서 선장과 갑판장이 사색이 되어 고물 쪽으로 다가왔었고 동시에 쾅 하는 소리와 함께 배가 왼편으로 기울기 시작했습니다.

"자, 가자."

홍어잡이의 구령에 따라 나는 덤벙 바다에 뛰어들었습니다. 바닷물은 의외로 차가웠습니다. 나는 스스로 채찍질했습니다.

"용 쓰지 말라. 심 빠지고 졸리면 죽느나니……."

내가 어떻게 해서 이 섬에 당도했는지, 얼마나 고생을 했는지를 말하는 것은 무의미합니다. 그 홍어잡이의 말을 명심해서, 체력을 아끼고 졸리면 혀를 물고, 백구야 나 살려라 하고 둥둥 떠 있다가 조수에 밀려 이 지경에 이르른 것뿐이니까요.

섬에 오른 나는 우선 자야 했습니다. 억수로 쏟아지는 잠, 그리고 심한 갈증은 오히려 바다에 떠 있을 때보다도 더 고통스러웠습니다. 섬 어디에고 물은 없었습니다. 나무껍질을 벗겨서 타는 입을 축였습니다. 눅눅한 잎사귀는 뭐든지 씹었습니다. 며칠 후 비가 내리면서(스콜로 짐작됨) 물을 저장하는 방법을 고안했고 먹을 것으로는 뱀·조개류로부터 개척하기 시작하여 오늘에 이르고 있습니다.

　나의 유일한 희망은 이 섬에서 구출되는 일입니다. 그러나 그건 어떤 행운이 있기 전에는 불가능한 일입니다. 오직 기다릴 수밖에—. 그런데, 나는 나의 구출의 희망 못지않게 답답한 대목이 있습니다.

　홍어잡이를 왜 때렸습니까?

　아! 수첩의 마지막 장입니다. 이만 줄입니다.

하나원 씀

대통령의 산책

1

민주만 대통령은 가을햇살이 쏟아지는 서재의 소파에 기대어 시름시름 졸고 있었다. 아니, 졸고 있는 것이 아니라 무엇인가를 골똘히 생각하느라고 눈을 감고 있는 성싶었다. 하기사 앞으로 1년이면 권좌에서 물러나야 할 처지이니 지나간 7년보다도 이제부터 할 일로 더 속을 태우는 것인지도 모를 일이다.

이 자리를 누구에게 물려줄까? 바쁘게 서두른 지난 일들이 뒤집히지는 않을까? 당의 일각에서 들고 나선, 원로원 창설을 위한 헌법개정의 문제는 어찌 할 것인가?

아니면, '나는 민주주의의 길로만 가겠습니다. 나는 독재를 않겠습니다. 나는 화내지 않겠습니다. 나는 내 식구들에게 거친 곡식을 먹이겠습니다.' 지난날 옥고를 치를 때마다 맹세했던 대목을 되뇌어 보는 것일까?

그는 살며시 눈을 떴다. 햇살에 끌리듯 자세를 바로 하고 기지개를 켠다. 손을 뻗어 책상 위에 엎어놓았던 책을 집어든다. 장기근이 쓴 《중국신화(中國神話)》이다. 이 책은 지난 봄에 미스 남이 새금(塞琴)에 갔을 때 백성원 씨한테서 얻어온 것이다.

─요(堯)임금은 자기의 아들 단주(丹朱)를 제쳐놓고 혈연과는 상관없는 순(舜)에게 제위를 물려주었다. 순은 총명과 덕행이 출중했으므로 요임금에게 뽑혔던 것이다.

그러나 순이 제위를 물려받기까지는 가혹한 시련을 겪어야 했다. 맹자는 말한 바 있다. '하늘은 큰 임무를 맡기기에 앞서 시련을 내려 그 사람의 심신을 시험한다'고.

순의 아버지는 이름이 고수(瞽叟)인데 소경이었다. 순의 어머니는 순을 낳고 며칠 못 가서 죽었다. 고수는 후처를 맞은 후 사람이 변한 듯 순을 학대하게 되었다. 더욱이 후처가 아들 상(象)과 계(繫)를 낳고서는 인정사정 없이 혹독하게 순을 못 살게 굴었다. 대체로 계모는 전처의 자식을 학대하게 마련이지만, 고수의 후처나 그의 소생은 천성이 음흉하고 잔인무도했나. 따라서 어리석고 지각없는 고수는 그들의 농간이나 수작에 넘어갈 수밖에 없었던 것이다.

하지만 순은 그게 아니었다. 천품이 온후했고 행실이 분명했으므로 어떤 학대에도 반발하거나 원한을 품는 일이 없었다. 부모에게는 효성을 바쳤고, 형제에게는 우애를 기울였다.

그뿐만이 아니었다. 학대를 참다가도 정 못 견디게 되면 그는 밭이나 벌판으로 나가 하늘을 우러러 통곡했다. 이때에도 남을 원망하거나 원통하는 것이 아니고, 도리어 '저의 효성이 모자라니까 부모로부터 꾸지람을 듣고, 저의 정성이 부족하니까 형제들로부터 미움을 받는다'고 자책하였다.

순은 이토록 자기에게 가해지는 학대를 효성과 우애로 보답했건만, 식구들의 악행은 더욱 기승을 부렸고 마침내는 순을 집에서 몰아냈다.

쫓겨난 순은 혼자 살아야 했다. 그래서 위수라는 강가에 있는 역산(歷山) 기슭에 터를 잡고 조촐한 초가를 세웠다. 그리고 맨손으로 황무지를 개간하여 농사를 짓고 살았다.

이에 하늘이 순의 처지를 모를 리 만무했다. 외롭게 사는 그를 위해 새들이 떼를 지어 날아와서는 즐거운 노래를 불러주게 하였으며 울타리에는 사시사철 꽃을 피우게 하였다.

한편, 역산 일대에 사는 사람들은 순의 덕행에 감화되어 서로 다투어 그를 도왔다. 밭이랑을 양보하는가 하면, 순이 뇌택(雷澤)이라는 곳으로 가서 고기를 잡으면 그곳 어부들은 서로 어장을 양보하였고, 또 순이 하빈(河濱)이라는 곳으로 가서 와기(瓦器)를 만들면 도공들이 정성을 기울여 협력하였다.

이렇게 하여, 처음에는 허허벌판에 외딴 집 한 채를 세웠던 순은 수많은 사람들의 존경을 받게 되었고, 그가 사는 고장은 3년이 못 되어 큰 도성으로 발전하게 되었다.

이 무렵에, 요임금은 장차 자기의 자리를 물려줄 만한 어질고 슬기로운 인재를 물색하고자 천하를 살피고 있었다. 그윽한 향기나 밝은 빛은 결국 멀리 퍼져 나가게 마련이었다. 기적과 같은 순의 덕행은 요임금의 귀에도 들리게 되었다. 뿐만 아니라 여러 부족의 장로들이 순을 천거하였다.

드디어 요임금은 자기의 두 딸 아황(娥皇)과 여영(女英)을 순에게 하가(下嫁)시켰고, 가구와 옷과 악기와 넓은 농토와 많은 가축을 주었다. 이렇게 하여 요임금은 은근히 순의 역량을 여러 모로 시험하고자 했던 것이다.

그건 꿈에도 상상하지 못한 일이었다. 순은 하루아침에 천자의 부마가 되어 아름다운 두 부인과 많은 재물을 얻은 것이다. 그러나 속이 깊고 덕이 높은 그는 조금도 오만해지거나 경솔한 짓을 하지 않았다. 전과 다름없이 검약한 생활을 했고, 부모 형제와 이웃 사람들에게 효성과 우애를 다 바쳤으며, 몸을 아끼지 않고 농사에 힘썼다. 그리고 그의 처 아황과 여영도 남편의 시중은 물론, 시부모의 봉양을 극진하게 했다.

그러나 순의 계모와 그녀의 소생들은 배가 아팠다. 자기들이 내쫓은 순이 더 없는 부귀와 영화를 누림에 대하여 시기와 질투와 증오와 선망이 뒤범벅이 되어 가슴속이 부글부글 끓어 오른 것이다.

특히, 상(象)은 순의 아름다운 두 부인을 탐냈다. 욕심꾸러기 계모는 순의 재산을 송두리째 차지하고 싶었다. 이들은 마침내 순을 죽이기로 하였다. 계모와 고수와 상과 계는 모의를 했다. 이튿날 배다른 동생 상이 순을 찾아와서 말했다.

"아버지께서 내일 곳간을 수리하시니, 형님도 와서 거들라고 하셨어요."

순은 상의 속을 훤히 알고 있었으나 태연스레 대답했다.

"암, 가고 말고."

순은 상을 돌려보낸 후, 두 부인과 의논을 했다. 아황과 여영 역시 비범한 총명을 지니고 있었다. 이튿날 순은 두 부인이 입혀주는 새옷을 입었다. 조문(鳥紋)이 새겨져 있었다.

"만약에 불이 나거든 이 옷을 날개같이 양쪽으로 벌리셔요. 그러면 새같이 하늘로 날아오를 수 있을 것입니다."

순은 아무것도 모르는 양, 곳간 지붕 위로 올라갔다. 악당들은 모의한 대로 범죄를 저지르기 시작했다. 상은 사다리를 치웠고, 계모는 곳간에 기름을 부었고, 고수는 불을 그어댔다. 순식간에 불은 곳간을 삼켜버렸다. 꼼짝없이 타 죽었을 순을 놓고 범죄자들은 한 마디씩 지껄였다.

"순아, 이제 너도 어미를 좇아 천당으로 가라."

"순아, 너 없어도 네 동생 상이 부마의 자리와 많은 재물을 잘 지킬 것이다."

"그렇고 말고, 내가 아황과 여영을 돌봐주지……."

그러나 순은 아무에게도 눈치채지 않게 자기 집 앞뜰에 사뿐히 내렸다. 이윽고 범죄자들은 떼를 지어 순의 집으로 몰려들었다.

"또 무슨 일로 이렇게 부산하게 오셨습니까?"

미소를 지으며 늠름하게 서 있는 순을 본 범죄자들은 어안이 벙벙하였다.

"아니?"

그들은 기겁을 하고 되돌아갔다. 그렇다고 회개하거나 단념할 그들이 아니었다. 이번에는 고수가 몸소 나섰다.

"우물을 파야 하니 네가 와서 앞 못 보는 애비를 도와다오".

"예!"

순은 아버지의 계략을 알면서도 쾌히 승낙했다. 아황과 여영은 밤을 새워서 용문(龍紋)의 옷을 만들어서 순에게 입혔다.

"다급하시면 겉옷을 벗고 용문 옷만 남게 하셔요. 그러면 용같이 조화를 부리실 수 있을 것입니다."

순은 약속대로 나타났다. 전과 같이 이상한 새옷도 입지 않았으니 이번에는 성공할 것이라고 범죄자들은 믿었다. 순은 그들이 시키는 대로 우물을 팔 도구를 들고, 밧줄을 타고 깊은 우물 속으로 들어갔다.

그러자 갑자기 위로부터 드리워졌던 밧줄과 함께 돌과 흙더미가 마구 쏟아져 내렸다. 순은 아내들의 말대로 웃옷을 벗었다. 순은 곧 용으로 변신했다. 그리고 우물 밑으로 빠져서 다른 물줄기를 타고 나와 자기 집으로 돌아왔다.

한편 진땀을 뻘뻘 흘리며 우물을 꽉 메우고 난 범죄자들은 얼굴을 마주 대고 뇌까렸다.

"이번에는 틀림없이 지옥에 갔으렷다."

"우리의 소원이 성취되었나 보다."

"어서 가서 계집과 재산을 나누어 오자."

그들은 춤을 추듯 순의 집으로 달려갔다. 그런데 이게 어찌된 일인가? 순이 의젓하게 대청에 앉아 있는 것이 아닌가? 이게 무슨 조화람? 범죄자들은 혼비백산하고 도망치듯 돌아왔다.

그들은 독종이었다. 다시 세 번째의 음모를 꾸몄다.

"아버지께서 형님과 함께 식사를 하시자고 오시랍니다."

"오냐, 올라가 뵙겠다고 아뢰어라."

순의 부인들은 부랴부랴 밤을 새워서 약을 만들었다.

"시댁에 가셔서 주시는 음식은 무엇이든 걱정 말고 드셔요. 어떤 독물이라도 이 약이 풀어 줄 것입니다."

순은 그 약을 먹고 악당의 소굴로 들어갔다. 과연 산해진미가 상다리가 휘어질 정도로 쌓여져 있었다. 순은 권하는 대로, 주는 대로 먹고 마셨다. 그러나 순은 아무 탈도 없었다. 도리어 고수와 상이 취해서 곤드라지고 말았다. 그때 계모가 나섰다.

"내가 이번에는 특이한 꽃술을 한 잔 주겠다."

간악한 계모는 독을 푼 꽃술을 순의 술잔에 넘칠 듯이 부었다. 계모가 잡은 주전자 끝이 달달달 떨렸다. 그러나 순은 모른 척 하고 술을 한입에 들이키고 일어섰다.

"소자, 물러가겠습니다."

뚜벅뚜벅 뜰을 지나서 대문 밖으로 나가는 순을 보고 계모는 기겁을 했다. 한 방울이면 알아볼 독주를 한 사발이나 마시고도 까딱 않다니? 이는 필시 하늘이 그를 보우하고 있는 것이리라 믿어졌다.

젊은 순의 저간의 소식을 전해 들은 요임금은 회심의 미소를 지었다. 몹시 만족했다. 그만하면 천하를 맡길 만하다고 확신을 했다. 그러나 요임금은 다시 한 번 순을 시험하기로 했다. 여지껏 순이 겪은 시련은, 본인의 덕망으로 말미암은 것이라 하더라도 누군가의 도움이 있었던 것이었으니, 이번에는 스스로 고난을 이겨내는 시험을 하고자 했던 것이다. 나라와 백성의 생명을 맡길 임금이라면 어찌 그만한 고난을 이기지 못하겠는가.

요임금은 순을 끝없는 황야로 유인하여 혼자 남게 하였다. 거기는 천둥과 폭풍우와 암흑과 그리고 더위와 추위와 맹수·독사가 우글거리는 곳이었다. 물론 순은 그 곳을 슬기와 용기로 벗어났다. 이제 무엇을 망설이랴. 요임금은 순에게 선뜻 천하의 제위를 물려주었다——.

어느새 미스 남이 들어와서 인기척을 한다.

"뭡니까?"

"아무것도 아닙니다. 오래 앉아 계시는 것 같아서 그냥 들렀습니다."

"그 《중국신화》를 읽고 있어요."

"재미있습니까?"

"좋은 책을 얻어 왔어요. 옛 선현들을 만나고 있는 것 같아요……. 바깥 날씨는 어떻든가요?"

"이제 완연한 가을입니다."

"……산과 들이 곱게 물들었겠군!"

"더구나 금년은 시절이 좋았습니다."

"끝내 좋아야 할 텐데!"

"각하……."

"뭡니까?"

미스 남이 한 발짝 다가서서 말한다.

"지금 별로 바쁜 스케줄이 없습니다. 한 바퀴 돌아오시지요."

"음!"

"언제가 좋겠습니까?"

"아무 때나……."

"그럼 곧 계획을 세우겠습니다."

미스 남이 허리를 굽히고 돌아선다.

"……하지만 나는 요란스런 건 싫으니까…… 거 있지요, 3호로 해요."

"알겠습니다. 각하!"

'대통령 지시 3호'라는 것이 있다. 대통령의 행차 방식의 하나로써, 수행원을 비서진 약간 명과 경호원 두 명으로 제한하고, 공무원이건 일반인이건 환영의 절차를 일체 금지하는 것을 말한다. 다음날, 민주만 대통령은 지방순시 길에 나선다. 중원을 출발하여 우선 서울을 둘러보고 나서, 마음 내키는 대로 가기로 하였다. 헬리콥터를 타기로 했다.

2

하늘에서 내려다보는 중원시는 정말 아름답다. 미국의 워싱턴과 흡사한 도시이다. 자연의 경관을 충분히 살리면서 조직적으로, 그리고 입체적으로 꾸몄으므로 거기 사는 사람들의 일상생활은 편하기 이를 데 없다.

넓은 도로와 거리마다의 공원과, 조각품의 숲을 지나는 지하철과 어디서나 평평 쏟아지는 상수도 시설은 이 도시의 자랑이다. 생산공장은 단 하나도 없고, 건축물은 도시환경 위원회가 전체의 균형을 조절하고 있으므로 높낮이와 색깔이 잘 조화되어 있다.

인구 백만 명, 거기에는 대통령관저 · 부통령관저 · 국무총리실 · 총무처 · 내무부 · 외무부 · 외국공관 그리고 국회와 대법원이 들어 있다.

정부 부처를 위시해서 모든 기관이 현장 위주로 전국에 분산되어 있어서, 이곳의 인구 팽창률은 도시건설 7년이 지난 지금 연 1%에 지나지 않는다. 수도 중원시는 민주만 대통령의 작품 제1호이다.

중원시를 한 바퀴 돌고 나서 기장(機長)이 묻는다.

"어디로 모실까요?"

"수원으로."

미스 남이 지시한다.

중원시와 수원시는 헬리콥터로는 지호지간이다. 산에는 짙푸른 숲과 풀을 뜯는 젖소, 들에는 황금빛으로 물든 벼논, 8차선 고속도로에는 질주하는 자동차의 행렬, 플라타너스로 둘러싼 학교에서는 만국기가 펄럭이는 가운데 운동회가 한창인 아이들, 모두가 가을의 풍요를 만끽하고 있다.

수원시에는 농림부 · 산림청 · 원예시험장 · 축산시험장 · 임업시험장 · 잠업시험장 · 농과대학 · 수의과대학 등이 들어 있다. 명실상부한 농업의 요람지이다.

"한 바퀴 돌까요?"

"그냥 서울로 가요."

하고, 미스 남이 말했다.

서울시는 수도를 중원으로 옮긴 후, 인구가 6백만 명 안팎으로 조절되어 지난날의 인구문제·주택문제·교통난 따위가 대폭적으로 완화되었다. 그러나 문교부·국방부·상공부·보건사회부·체신부·재무부·국세청·과학기술부·동력자원부 등이 남아 있고, 공산품과 농산물의 집산지가 되어 있어서, 흡사 미국의 뉴욕시를 방불케 하는 도시로 정돈되어 있다.

헬리콥터가 동작동의 국립묘지에 내리자 일행은 '무명용사의 탑'과 '순국선현의 탑'을 참배하고, 미리 대기시켜 놓은 자동차 편으로 한강을 건넌다.

제1한강대교의 중이도. 거기에는 중이도 전체를 만여 평으로 줄여서 준설(浚渫)한 후, 자연석으로 높게 옹벽하여, 높이 50미터의 웅장한 새 건물이 세워져 있다. 이름하여 민족항쟁 기념관(民族抗爭紀念館).

한강 중심부에 둥실 떠 있는 이 건물은 멀리서 보면, 예전의 중이도와는 딴판의, 흡사 서양의 성(城) 같다.

건물의 중심부를 자동차가 예전처럼 통과하고 있고, 단층 전체를 주차장으로 꾸미고 있어서 여기 드나드는 관람자와 수학여행 온 학생들은 아주 편하다.

《言路》는 말했다.

─(전략) 실로, 나 한목숨 나라에 바치기가 쉬운 일이 아니다. 말로는 애국애족하면서, 어느 국면에 다다르면 실천을 못하기 일쑤다. 정의의 편에 서느냐 아니면 무사안일을 도모하느냐의 기로에 서서, 전자를 택한다는 것은, 굳센 용기가 있어야 하며 자기 희생을 각오해야 한다. 나라와 겨레가 외환 또는 내환을 이기고 지탱되는 것은, 그 정의의 편에 나서는 인물이 많음으로써만이 가능한 것이다.

국가는 그 의로운 분들을 높이 찬양함은 물론 그 공적을 낱낱이 기록 보존하여 그 희생을 보상하여야 한다. 어느 작가는 말했다. 독립투사의 아들은 떠돌이가 되고 떠돌이의 아들은 미장이가 되었으며, 친일파의 아들은 대학을 나와서 고관이 되고 고관의 아들은 재벌이 된다고——. 결코 이런 일이 되풀이 돼서는 안 된다.

전사한 군인과 국가유공자는 국립묘지에 안장된다. 독립유공자는 독립기념관에 그 공적이 남는다. 하지만 정의와 절도를 위해서 희생된 분들은 갈 곳이 없다. 불민한 일이다.

여기서, 한 의견을 제시한다. 민족의 젖줄 한강의 복판 중이도에 민족항쟁 기념관을 세워, 민족 민주의 영원한 등대가 되게 하는——. (하략)

《言路》란 새금(塞琴)의 백성원 씨가 발행하는 신문의 제호이다.

민족항쟁 기념관에는, 멀리는 고조선으로부터 가깝게는 민주발전을 위해 일어선 의사(義士)·은사(隱士)·절사(節士)·창사(倡士)·열사(烈士)·열녀(烈女)의 모든 분, 그리고 그에 반하여 불의의 편에 섰던 무리들의 생생한 기록이 낱낱이 전시되어 있다.

민주만 대통령 일행은 그 곳을 견학 온 학생들과 잠깐 어울린 다음 차를 광화문로로 몰았다.

시청 앞 광장은, 구청사를 말끔히 철거했고 대한문을 동편 중앙으로 옮겨놓았기에 빌딩의 숲과 고궁이 잘 어울린다.

광화문 '門化光'은 '光化門'으로 현판을 복원하였고, 치안본부 별관 자리는 야외 무도장으로 탈바꿈하였다.

옛날의 대통령 관저인 청와대는 5년제 대학원 코스의 국립 정치대학이 들어섰다. 한 학년 30명 전교생 150명의 엘리트들이 청운의 꿈을 안고 수련하는 곳이다. 민주만 대통령은 그 곳 학장의 요청으로 '최근의 국제정세'라는 제목의 즉석 강연을 하고 교수들과 함께 점심을 들었다.

그리고 오후에는 서울시에 있는 각 부처의 장관들을 국방부 장관실로 모이게 하여 잠깐 현안 문제들을 상론하고 나서 다시 헬리콥터에 올랐다.

춘천을 거쳐 대전·대구를 둘러보고 부산에서 조금 쉰 다음 진주·광주로 해서 중원시에 도착할 계획이다.

그 계획이 부산까지는 아무 탈없이 진행되었다. 광주시에서는 마침 시의회 의원선거 기간 중이라 열띤 공방전이 벌어지고 있었다. 헬리콥터에서는 기내에 설치된 팩시밀리로 지상의 관공서와 대화가 잘된다. 그 곳 도지사가 지방의회 선거양상의 대강을 보고하고 나서 또 할 말이 있단다.

"뭡니까, 말을 하세요."

대통령이 다그쳤다.

"네, 그런데 그게 각하께는 매우 섭섭한 일입니다."

"말을 하세요."

"네, 백성원 씨 부부가 방금 테러를 당하고 쓰러졌습니다."

"뭐라구요?"

민주만 대통령과 미스 남의 얼굴이 삽시간에 잿빛으로 변했다.

"죄송합니다."

"죽었나요?"

"그런 것 같습니다."

"좀더 소상하게 말하세요."

"사용한 흉기는 사제폭탄이었습니다. 백성원 씨 부부는 곧 응급조치를 받았으나 상처가 깊어서 부인은 이내 숨을 거두었고, 백성원 씨는 계속 치료를 하고 있으나 위독하다고 합니다. 범인은 《言路》의 논조에 불만을 품고 있던 민혁당(民革黨)의 행동대원으로 추측됩니다. 현지 경찰서장의 말로는 곧 검거할 수 있을 것이라고 합니다."

"알았소."

대통령의 음성은 풀이 죽어 있었다.

"어떻게 할까요? 각하!"

미스 남이 묻는다.

"뭘?"

"기수(機首)를 돌릴까요?"

"음!"

"알겠습니다."

미스 남이 떨리는 목소리로 기장(機長)에게 말한다.

"새금시로 갑시다."

헬리콥터가 기우뚱 방향을 돌리면서 속력을 낸다.

3

한국지도를 펴놓고 남해안 언저리를 훑어보노라면 새금(塞琴)이라는 고을을 찾을 수 있다. 이곳을 옛사람들은 '토말(土末)' 또는 '땅끝' 이라고 했다. 한국의 최남단이라는 뜻이다.

대대로 농사를 주업으로 하고 더러는 어업을 부업으로 하는 우리나라 보통의 시골이다. 시민은 약 5만인데, 거기에는 시청·경찰서·교육구청·세무서·법원지원과 검찰지청·남녀 중·고등학교·농지개량조합·농협·축협·수협 그리고 은행지점도 둘 있는, 갖출 것 고루 갖춘 남단의 중심지이다.

이 새금시에는 다른 고을에서는 볼 수 없는 색다른 것이 하나 있다. 격일간의 신문 《言路》이다.

이 《言路》는 한국에서 가장 소규모의 신문으로, 이틀에 4페이지짜리 타블로이드판 한 장을 찍어내는 초라한 몰골이지만, 자유당 시절에 판권을 얻어내어 지금까지 꾸준히 계속해오는 이력을 지니고 있으며, 그 경영내용에 있어서도 일반 신문과는 다른 대목이 많은 신문이다. 그걸 요약하면 다음과 같다.

● 논조(論調)는 선비정신으로 일관한다.

● 2,000부만 찍는다.

● 구독자를 선별한다. 구독희망자는 이력서를 곁들인 구독신청서를 내면, 그걸 심사한 연후에 구독의 자격 유무를 결정하여 본인에게 통고한다.

● 구독료는 구독자 멋대로 낸다. 많이 내거나 조금 내거나 상관 않는다.

● 광고는 진실성과 공정성을 가려서 싣는다.

《言路》의 발행인이자 편집인은 백성원 씨이다. 지방의 중·고등학교와 광주의 대학을 나왔을 뿐, 별다른 이력도 없고 《言路》를 펴내기 위하여 별도로 교육을 받은 바도 없는데, 그가 이 일을 시작한 것은, 일본의 다카무라(高村光太郎)가 쓴 〈나의 이상적인 지방 소신문〉이라는 논문과 미국의 제임스가 쓴 《언론인의 고백》이라는 책을 탐독한 때문이었다.

백성원 씨는 《言路》를 발행함에 있어서 자기의 사업을 위해서라거나(다른 사업을 하지도 않지만) 자금이 풍부한 때문도 아니었지만, 그걸 지금까지 지속하고 있는 것은, 그가 지방 소신문을 펴는 뚜렷한 신념으로 일관하고 있는 점과, 신문사 운영비용을 극도로 절감하고 있기 때문이라 하겠다.

실상 말이 신문사이지 시설이란, 자기 집 사랑채를 사무실로, 그리고 거기 딸린 10평 남짓한 창고를 공장으로 쓰고 있으며, 인쇄기구는 낡은 평판기(平版機)가 한 대 있을 뿐이고, 직원으로는 본인과 그의 부인 오연경 여사와 기자 한 사람(지방 출신의 문학도)과 직공 한 사람 도합 네 사람이 있을 뿐이니 운영비용 절감이란 당연한 이치이다.

백성원 씨가 앞서 지적한 언론에 관한 두 권의 책을 읽은 것은, 대학을 졸업할 무렵, 장차 사회에 나가서 무엇을 할 것인가 망설이고 있을 때였다.

교육학을 전공했으므로 졸업하면 중·고등학교 교사가 되는 것은 쉬운 일이었고, 그렇게 했더라면 그의 평생은 편안했으련만, 그의 주임교수 한 분이 '어떤가! 학생들과 아웅다웅하는 것보다는 폭넓게 사회를 계도해

보는 것이……' 하는 권유 끝에 그걸 읽었던 것이다.

위의 두 권의 책은 백성원 씨에게 대단한 자극을 주었다. 그 내용을 요약하면 다음과 같은 것이 된다.

● 신문의 가치는 훌륭한 시설과 많은 인력과 발행부수로 좌우되지 않는다.

● 중앙지와 지방신문은 그 성격이 엄연히 달라야 한다.

● 신문이 권력과 영합하거나 상업주의로 흐르면 그 사명은 상실되고 만다.

● 개개의 신문은 '언론의 자유' 라는 대명제에 입각하여야 하지만, 다른 문화
장르와 마찬가지로 그 민족 그 사회의 올바른 전통에 뿌리를 내려야 한다.

백성원 씨가 대학을 나와서 교육계로 나가지 않고 지방 소신문을 해보기로 작정한 후, 가장 문제가 된 일은 신문의 판권취득이라는 것이었다.

한국의 상식인으로서, 언론·출판·결사·집회의 자유가 헌법으로 보장되어 있다는 것을 모를 사람은 없을 것이며, 또 그 당연한 자유(권리라 해도 좋고)를 얻어내기가 얼마나 어려운 노릇인가를 모를 사람도 없지만, 백성원 씨는 그걸 뚝심 하나로 밀기로 했다. 들리는 말로는, 신문의 판권취득은 중앙지고 지방지고 간에 하늘의 별 따기보다도 더 어려운 노릇이라 했다. 간혹 특수지로서의 월간지가 나온 예는 있었지만 신문(격일간이라 하더라도)이 나온 예는 전연 없었다는 것이었다. 신문의 판권을 불허(不許)한다는 것은 당시 정권의 지상명령이었다.

하지만 일단 신문을 발행하기로 결심한 백성원 씨는 말했다.

"민주주의를 실천하자는 나라에서 언론의 자유가 없다는 것은 말도 안된다. 헌법이 그걸 보장하고 있잖는가. 또 현행 관계법률은 '허가' 가 아니고 '등록' 으로 되어 있다. 등록하면 그만 아닌가! 등록을 허가하지 않는다는 조항이 어디에 있는가. 차라리 '이 나라에서는 기존의 신문 말고는 신문발행을 못한다' 는 법을 제정한다면 모를까."

좌우간 백성원 씨는 정기간행물등록서류를 절차에 따라 새금시 공보실에 제출하였다. 시청에서는, 시청 생기고 처음의 일이라, 도청에 문의를 하겠다며 전화를 걸어주었다. 도청에서는, 그들 역시 모르는 일이니 법대로 하라는 것이었다. 서류는 시청을 경유하여 도의 공보과로 보내졌다. 거기서는 또다시 공보실(지금의 문화공보부)로 문의하였다. 회답은, 알아서 처리하라는 것이라 했다. 서류가 공보실에 도착했다. 담당직원이 백성원 씨에게 말했다.

"이거, 어쩌자고 이러는 겁니까? 신문발행이 어디 대서소 차리는 일인 줄 아십니까? 어서 가지고 내려가세요."

"신문 발행하겠다고 했지, 누가 대서소 차린다고 했나요."

"배경이 누굽니까?"

"나는 배경 같은 거 없습니다."

"있는 신문도 줄이려는 터에 새로 신문을 찍겠다니 배짱 한 번 좋소. 터무니없는 일이니까 포기하세요."

"나는 포기하지 않습니다."

"좌우지간 이 서류는 반류하겠으니까 그리 아시오."

결국 등록서류는 접수처인 새금시 공보실을 경유하여 출원인에게 되돌아왔다.

그 사유는 붉은 종이의 부전지에 적힌 '불허(不許)' 였다.

백성원 씨는 다시 서류를 제출했다. 그리고 서류를 따라 시청으로, 서울로 동행했다. 결과는 마찬가지였다. 세 번째의 서류에는 탄원서를 첨부했다.

'불법 또는 결격 사유가 없는 한 불허는 부당하다. 정당한 민원서류를 까닭없이 반류하는 것은 위법이다' 라는 요지였다.

네 번째는 그 탄원서를 좀더 자상하게 써서 관계기관이 아닌 국회의장·국회 문공위원장·대통령 비서실·감사원에도 냈다. 역시 결과는 마찬가지였다.

　다섯 번째는 탄원서의 내용을 더욱 강도 높게 써서 국무위원과 국회의원 전원에게 냈다. 역시 마이동풍이었다.

　여섯 번째는 탄원서의 말미에 이렇게 적었다.

　명색이 민주주의를 표방하는 나라에서, 민원서류를 다섯 번이나 되풀이 제출하였어도 그걸 기계적으로 반류하였을 뿐, 납득할 만한 설명은 전연 없었으며, 그러한 부당한 처사에 대하여 국무위원 및 국회의원 전원에게 탄원서를 냈었건마는 단 한 곳에서도 가부간의 의사표시가 없다는 것은, 이 나라에 민주주의가 존재하는지조차 의심스러우며, 또 민의를 대변하라는 국회의원들은 무엇을 하는 사람들인지 한심스럽다. 그래, 우리나라에서는 언론의 자유가 없다고 공언해도 좋은가. 정당한 민의가 짓밟히고 그걸 탄원해도 귀를 기울이는 국회의원이 단 한 사람도 없노라고 외쳐대도 좋은가.

　일곱 번째에, 공보실 출판국장이 만나자고 기별을 보내왔다.

　"안 되는 일은 백 번 들쑤셔도 안 되는 게요. 안 되는 일을 가지고 소란을 피우는 게요?"

　"소란을 피우다니요?"

　"탄원서가 그게 뭐요?"

　"탄원서가 어쨌게요?"

　"그런 걸 함부로 높은 데까지 내 가지고 말썽이야!"

　"탄원서 내는 것도 위법인가요?"

　"위법이고 뚱딴지고, 안 된다는데 왜 자꾸만 나서는 게요?"

　"나는, 안 된다는 사유를 분명히 알고 싶은 것입니다."

　"사유라니? 정부에서 신문의 등록을 받지 않는다는 것이 사유예요."

　"등록을 받지 않을 수도 있다는 법조문이 있습니까?"

"그건 정부의 행정재량이오."

"그런 월권을 나는 이해 못합니다."

"그걸 이해하거나 말거나 댁의 사정이니까, 열 번이고 스무 번이고 돌려보내면 그만이지만, 사실은 높은 데서까지 이 일을 아시고 잘 타이르라는 분부가 있어서 이렇게 만나고 있는 것입니다. 도대체 인구 3만의 벽촌에서 무슨 신문을 찍겠다는 겁니까?"

그의 태도가 별안간 누그러졌다. 백성원 씨는 여기서 결판을 내고 싶었.

첫 번째의 서류를 낸 지 어언간 2년이 지났다. 집권자가 끝내 고집을 부린다면 우선은 도리가 없는 것 아니냐는, 그러니까 이번이 마지막 도전이 아니겠느냐고 다짐하면서 물었다.

"나를 타이르라는 높은 분이 누굽니까?"

"그건 모르셔도 됩니다."

"타이르라는 말씀은, 전연 불가능하지는 않다는 뜻도 됩니까?"

"글쎄요!"

여기서 백성원 씨는, 지방 소신문을 발행하려는 동기와 경영방침을 소상하게 설명하고,

"나를 사이비 신문쟁이로 보지는 마십시오. 그리고 아까 행정재량이라는 말씀을 하셨는데, 우리나라에 지방 소신문이 하나라도 있다는 것이 자랑이 될지언정 욕은 되지 않을 것입니다." 하였다.

국장이 백성원 씨를 물끄러미 바라보다가 말했다.

"당신 참 끈덕진 사람이야. 하여간 실장(지금의 장관)님을 만납시다. 지금 기다리고 계셔요. 헌데 당신 민주만 의원을 아십니까?"

"국회의원 민주만 씨 말입니까?"

"그래요."

"모릅니다."

백성원 씨는 국장의 안내로 실장실에 들어갔다. 거기에는 실장과 보도

국장과 그리고 신문의 사진으로 기억나는 민주만 의원이 함께 앉아 있었다. 실장이 먼저 말했다.

"신문을 하겠다구요?"

"네, 그렇습니다."

"꼭 해야 합니까?"

"물론입니다."

"왜 그런 생각을 하게 되었습니까?"

백성원 씨는 아까 국장에게 털어놓은 이야기를 다시 설명하였다. 실장이 말했다.

"집에 가 있으시오. 결과를 알려드리겠습니다."

민주만 의원은 내내 아무 말이 없었다.

그로부터 20여 일이 지난 어느 날, 백성원 씨는 시청의 공보실로부터 신문등록증을 찾아가라는 전화를 받았다. 처음 서류를 제출한지 2년 2개월 후의 일이었다.

19××년 3월 1일, 격일간의 신문 《言路》의 창간호가 나왔다. 한국에서 가장 보잘것없는 초라한 신문을 펴들고 사람들은 조잘거렸다.

"이거, 왜정 때의 회람판 아녀?"

"약장사 광고 같군."

서울에서 발행되는 화려한 일간신문과 비교해 보면 그건 당연한 놀림감이었다. 그러나 발행자 백성원 씨는 왼눈도 깜짝 않고 그걸 그대로 밀고 나갔다.

그런데 그 알량한 신문이, 구독희망자는 이력서를 첨부해서 신청서를 내라, 구독료는 내거나 말거나 멋대로 하라, 하고 나왔으니 시체말로 기절초풍할 노릇이었다.

4

《言路》는 이틀만에 타블로이드판 4페이지짜리 한 장씩을 찍어내는 신문이다. 누누이 말하지만 신문이라고 말하기에는 너무나 초췌하며 멋없다. 서울의 일간신문을 보는 습관으로《言路》을 보았다가는 이맛살을 찌푸리며 입을 떡 벌리고 말 것이다.

우선 1면 톱기사라는 것이 이렇다.

● 서울 사람들 대홍사(大興寺)에 피서와서 도박판 벌이기 일쑤

● 농협에서 내준 농약으로는 멸구가 죽지 않아

● 새금시장(塞琴市長) 선거에 돈 돈 돈, 선거법 무시하고 후보자마다 돈 자랑

● 초도순시 나온 도지사, 시장실에서 브리핑 듣고 선운장(仙雲莊)에서

  식사하고 곧 떠나. 먼 길 왜 왔을까

● 바다(새금과 완도 사이)에 고등어 떼 몰려오다. 어민들 희희 호호

● 여름에 꿔준 농자금 연말까지 50%만 받겠다(농협조합장 ×××씨의 말)

이건, 구색을 갖춘 신문이라면 사회면의 가십기사에 불과한 것이다.

처음에는《言路》가 하는 말을 어느 개가 짖는가고 거들떠 보지도 않던 식자들이, 차츰 그 예견(豫見)하는 바와 타당성에 귀를 기울이게 되었고, 이윽고는 더러 정책으로 받아들이게 되었다. 그 실례를 하나 들어보겠다.

서울 여의도와 영등포 사이에는 샛강이라는 한강의 지류(支流)가 있다.

이 샛강은, 옛날에는 한강수가 흐르고 있었지만 차츰 토사가 밀려들어서 이제는 강의 구실을 못하게 되어 있고 홍수가 났다해도 별로 도움이 되지 않으며, 여의도와 마포 사이의 강폭이 넓게 준설되었으므로, 그곳을 매립하여 택지를 조성하면 좋겠다는 서울시 당국자의 발표가 있었다. 이 안에 대하여 언론계와 학계에서는 극력 반대하고 나섰다. 홍수라는 것이

얼마나 무서운 것인지를 잘 모르는 소치라 하였고, 일단 강둑이 터지면 저지대의 서울시민이 어떻게 될 것인지를 경고하였으며, 지난 통계가 만약의 사태를 보증하지는 못한다고 주의를 주었던 것이다. 이러한 반대의 사가 어떻게 작용했는지는 모를 일이지만 아무튼 서울시 당국에서는 더 거론을 않고 있었다.

그때《言路》는 다음과 같은 의견을 제시하였다.

'샛강은 세계 제일의 늪공원! 그건 꿈이 아니다' 라는 세목의 '흙의 변(辯)' 에서, 서울시는 샛강을 매립하여 택지를 조성하겠다고 하더니 반대 여론의 기세에 눌려 후회하고 말았다. 그건 일단 잘한 일이다. 그러나 그 샛강을 잡초만 무성한 볼품 사나운 지금의 몰골로 놔 둬야 옳은가? 잡초를 뽑고 두 줄의 아기자기한 수로(水路)를 긋고, 연(蓮)과 창포(菖蒲)를 가득 채웠다고 가정해 볼 수는 없겠는가? 여의도와 영등포 쪽에서 내려다보이는 샛강, 올림픽도로가 반달형으로 지나가는 샛강, 김포공항과 귀빈로 사이의 샛강이 사철 피고 지는 연꽃과 창포꽃의 요염한 색깔과 그윽한 향내로 가득하다면 그건 지나친 낭만일까. 그건 결코 꿈이 아니며 분에 넘친 사치가 아니다. 우리나라도 이제 단종(單種)이나마 세계 제일의 공원 하나쯤 가질만도 하잖는가.

방법은 간단하다. 서울시는 전문가의 설계에 의해서 수로를 만드는 일과, 샛강을 50등분하여 국내(외국인 참여도 가능하다)의 조경업자들에게 대여하는 일로 족하다. 이 글을 쓰기 위하여 다음의 사실을 확인하였다.

- 연과 창포의 종류는 세계적으로 약 2,000여 종이 있으며, 그밖에 늪[沼]지대에 적합한 화훼(花卉)류는 약 5,000여 종이 있음.
- 조경업체(종합 · 단종) 대환영
- 서울시의 재정부담은, 설계도 작성과 포크레인 연 50대 동원뿐.

《言路》의 이 제안은 어느 사이 실천되어, 지금과 같은 세계 제일의 멋있

는 늪공원이 되었다. 샛강을 지나는 수많은 시민들은 50여 조경업자들이
다투어 길러내는 꽃들을 마치 자기 집 뜰 안의 것으로 여기며 즐기고 있
는 것이다.

우리네 속담에 '작은 고추가 더 맵다'는 말이 있다. 작은 신문《言路》
는 차츰 조금씩조금씩 맵고 짠 양념 구실을 했다.

5

로마가 하루아침에 된 것이 아니듯 한국의 민주주의 실천에도 긴 세월
이 걸렸다. 그동안 헌법의 개정도 많았고, 학생들의 데모도 빈번했으며,
권좌도 여러 차례 바뀌었다.

《言路》 창간 당시 국회의원이었던 민주만 씨가 영욕을 거듭한 끝에 드
디어 대통령이 되었다. 정치인으로서 바라마지 않는 최고의 권좌에 앉은
그는 조각을 끝내자 곧 선거공약을 과감하게 실시하여 명실상부한 민주
주의 국가의 기틀을 다졌다.

19××년, 대통령의 집무실에는 3월의 봄볕이 소록소록 내려앉고 있었
다. 남쪽으로 난 커다란 유리창 앞 소파에 파묻힌 이 방의 주인은, 지리산
에서 나는 작설차를 홀짝홀짝 즐기고 있었다.

으레 오전에 하는 서류결재를 하고 한시름 놓는 시간이다. 그때 공보
비서관 미스 남이 소파 가로 다가왔다. 그녀는 35세의 올드 미스이다. 그
녀의 손에 타블로이드판의 신문지 한 장이 들려 있었다. 머뭇머뭇하는 그
녀를 올려다 보며 민주만 씨가 입을 열었다.

"뭡니까?"

"《言路》에서 또 다그치고 있습니다."

"무슨?"

"지난 주말에 발생한 서일 고등학교 학생들의 교사 타살사건에 관한 것

입니다.”

“수습되었을 텐데…….”

“그건 일시적인 미봉책이라는 것입니다.”

“그럼, 어쩌라는 건가요?”

“대강 읽어 드릴까요?”

“그러세요.”

사건이란, D시에 있는 서일 고등학교 2학년 학생 5명이 등산을 갔다가, 역시 등산 나온 여고생 3명을 집단으로 폭행한 일이 있었다. 이런 일은 요즘 흔해 빠진 일로써, 떠들어 봤자 당사자들만 손해라 하여 가해자들을 2주일 간 정학처분하는 선에서 매듭을 짓기로 쌍방의 학부모와 교사들 사이에서 합의가 끝났다. 그런데 남학생들은 그게 아니라는 것이다. 산에서 만나 서로 인사하고 함께 밥먹고 술먹고 떠들고 놀다가 자연스럽게 성행위로 옮겨 간 것인데, 그게 왜 죄가 되며, 또 처벌을 할 일이라면 함께 받아야지 왜 여자 쪽은 놔 두는 것이냐고 담임교사와 학생과장에게 대들었다는 것이다.

이러한 학생들의 반항이 당돌하고 뻔뻔스럽게만 여겨진 학생과장이 그 5명의 학생들의 머리를 출석부를 거꾸로 쥐고 차례로 톡 톡 톡 톡 톡, ‘뭐가 어째? 이 나쁜 놈들’ 톡 톡 톡 톡 톡 하고 때렸다는 것이다. 그때 학생들은 미리 약속이나 한 듯 별안간 기성을 지르면서 선생에게 덤벼들어 주먹으로 쥐어박거니 발로 차거니 했다는 것이다. 선생은 곧 숨을 거두었다. 삽시간에 벌어진 일이어서, 곁에서 지켜보던 담임선생조차 어쩔 도리가 없었다 한다. 등산 갔던 학생들의 불장난은 학생과장을 죽게 하고, 교장과 담임교사는 멀리 전근을 당했고, 학생 5명은 영어의 몸이 되었다. 이것이 사건의 전모이다.

“……버릇없고 싸가지 없는 아이들을 양산하고 있는 지금의 교육계에 대하여 이러다가는 장차 큰일 난다고 기회 있을 때마다 터뜨리는 경고를,

서구사회의 습성에 젖어버린 고위 교육 행정가들은 매번 묵살해 버렸다. ……이번의 서일 고등학교의 사건은, 교사의 죽음으로 나타난 불행보다 는 반항하는 학생들의 비극적인 논리가 왜 지금의 학생들 사이에 팽일하 고 있느냐는 문제를 제시하고 있다.

　……지금의 교육 위원회와 문교장관은, 교육계가 줏대 없이 놀아나고 있는 사실을 뻔히 알면서도 그걸 위(대통령밖에 더 있나)에 건의하거나 스 스로 바로잡을 용기를 가지지 못한다. 왜냐면, 스승이 학생의 종아리 하 나 때리는 것조차도 자칫 잘못하다가는, 야만인 또는 구세대의 봉건적 인 물로 평가받을까 두려워하고 있기 때문이다. ……이번의 사건은, 교육계 가 안고 있는 병폐가 빙산의 일각으로 나타난 것에 불과하다. 우리의 아이 들은 차츰 예의와 인격이라는 것은 쥐뿔만큼도 찾아볼 수 없는, 수학과 영 어에 절어버린 인형이 되어 가고 있다.

　이러한 현실을 외면한 채 인사행정이나 예산타령만을 일삼는 각급 교육 위원회에 대하여 경종을 울리며, 서구문명의 부득이한 물결 혹은 산업사 회에서 야기되는 필연적인 현상 어쩌고 변명만 늘어놓는 문교장관에 대하 여는 불신임의 조치가 있어야 마땅하며, 백년대계여야 할 교육이 이토록 타락하고 있는 현실을 최고 통치자인 대통령이 몰랐다거나 방임했다면 이 제 하루빨리 개혁의 메스를 들어야 할 때이다. ……대강 이렇습니다."

　민주만 씨는 찻종에 남은 차를 기울여 마시고 나서 천천히 말했다.

　"그 친구 하는 말도 틀린 말은 아니군 그래."

　"……좀 지나치다 싶습니다만."

　"……아니야. 지나칠 것 없어. 우린 그런 말에 귀를 기울여야 해."

　"네, 각하."

　"나 말이야, 그 친구를 한 번 만났으면 하는데, 미스 남 생각은 어때?"

　"그렇게 하시지요."

　"어떻게?"

"부르시지요."

"……그냥 와 줄까?"

"그야 물론입니다."

"그 친구 고집통이야. 대통령이 부른다고 얼씨구나 하고 달려올 사람
이 아니야."

"각하께서 어떻게 그리 잘 아십니까?"

"……그 친구, 나 옛날에 만난 적이 있었어."

"그러시다면 더욱……."

"조심스럽게 초청해 봐."

"명심하겠습니다."

남미옥 공보 비서관은 곧 비서실장과 상의하여 현지(새금시) 시장으로
하여금 《言路》 발행인 백성원 씨를 중원의 대통령 관저인 영덕헌(榮德軒)
으로 올라오도록 지시하였다.

6

백성원 씨는 부인 오연경 여사와 함께 목포가 건너다보이는 화원면 매
화리 매화농원에 들러, 바나나·파인애플·파파야가 주렁주렁 열린 열
대식물 재배에 대해서 취재를 하고 있었다. 농장주인 E씨로부터, 연간 3
천만 원의 고소득을 올리기까지의 지난 5년 간의 경험담을 기록하고, 한
편으로는 탐스럽게 매달린 과일과 작업의 현장을 카메라에 담고 있는 중
이다.

E씨가 전화를 받는다.

"면장님의 전화입니다. 백 선생님을 바꿔달랍니다."

"아, 그래요" 하고 백성원 씨가 전화를 받았다.

"나 면장입니다. 시장님의 전화입니다. 바꾸겠습니다."

U시장의 이야기는, 대통령께서 만나고 싶다하니 곧 틈을 내어 올라가라는 내용이었다. 백성원 씨 부부는 매화농장의 취재를 끝낸 다음 터덜거리는 차를 몰고 집(신문사)으로 돌아왔다. U시장이 기다리고 있었다.

"전화로 대강 말씀을 드렸지만, 각하께서 뵙자고 하시니 어서 가셔야지요. 오늘은 어쩔 수 없겠고, 내일 아침에 떠나십시오. 저희들은 복명을 해야 합니다."

"무슨 일인가요?"

"그냥 뵙고 싶다는, 남미옥 공보 비서관의 전갈이었으니까 무슨 일인지 저는 모릅니다."

오연경 여사가 차를 내왔다. 백성원 씨가 U시장과 이야기하는 중에도 오연경 여사와 기자 S씨와 기공 K씨는 신문 제작에 여념이 없었다.

"시장께서 보시는 바와 같이, 우리 네 식구는 신문을 만드는 일로 일정이 꽉 짜여 있습니다. 무슨 일인지 모르지만 전화로 용건을 말할 수 없을까요?"

"……아무리 바쁘시다 해도 각하께서 부르시는데, 그건 결례가 아닐까요?"

잠시 말문이 막혔다.

"결례를 했다면, 그건 저쪽이지요. 불문곡직 올라오라고 하는…….."

U시장은 몹시 언짢은 눈치이다. 연달아 담배만 태운다.

"남들은 각하를 못 뵈어서 안달인 판에 나 원. 이대로 복명할 수도 없고, 어쩐다지요?"

"우선 무슨 용건인지 알아보십시오. 그래서 전화로 할 수 있는 일이라면 그렇게 하구요."

U시장은 일단 관사로 돌아왔다. 고민이 이만저만이 아니었다. 후환이 두려워서 적당히 꾸며댈 수도 없는 노릇이었다. 그는 다음날 아침 출근하자 곧 사실대로 복명했다. 남미옥 공보비서관 역시 고민이었다.

"이 노릇을 어쩐다지?"

U시장에게 다시 시달했다.

"각하께서 한담(閑談)이나 하시겠다"고.

U시장의 복명이 다시 올라왔다.

"그럴 틈이 없답니다."

"그래서 올라오지 못하겠다는 겁니까?"

"자꾸만 바쁘다면서 전화로 말을 하잡니다."

"이거야 원!"

남미옥 공보 비서관은 이 일을 비서실장과 의논했다. 각하께 사실대로 보고할 수밖에 없다는 결론을 내렸다.

"그러게 내가 말을 했잖아요. 그 친구 고집이 대단하다고. 그 동안의 그의 신문제작 태도로 보아, 내가 만나고 싶다고 얼씨구나 올라올 사람이 아니에요."

민주만 대통령은 사태를 미리 짐작하고 있었던 것처럼 말했다.

"그러시면……."

하고 남미옥이 조아렸다.

"난 그가 그렇게 나오니까 더욱 만나고 싶구만. 미스 남이 어떻게 해 봐요."

"알겠습니다."

미스 남은 몇 날을 고심하다가 그에게 편지를 쓰기로 했다.

"……각하께서는 귀하가 발행하는 《言路》에 대하여 각별한 관심을 기울이고 계십니다. 더러는 경의롭게, 때로는 놀라움으로 대하십니다. 그러기에 《言路》에서 주장하는 바를 이미 20여 건이나 정책에 반영하지 않았습니까. 각하께서는 국회의원 재직 때나 대통령 재임 3년 동안 《言路》창간 이래의 꾸준한 애독자이십니다. 뿐만 아니라 백 선생님하고는 《言路》발행 직전부터 교우를 시작하신 것으로 말씀하십니다. 두 분이 그 후 만나지는 못하셨지만 이미 의기투합하신 것이지요. 각하와 백 선생님의 만남은 우리나라의 민주 발전에 크게 이바지할 것으로 확신합니다. 백 선생님이 각히의 초청을 수락하신다면, 이곳 영덕헌에서 차를 보내어 정중히 모시겠습니다. 바쁘신 가운데 각별히 시간 할애하시기 바랍니다. 하회는 새금시장에게 전하여 주십시오.”

이 편지를 받은 백성원 씨는 U시장에게 말했다.

“대통령께서 나를 만나자는 취지를 이제야 알았습니다. 기꺼이 찾아가겠습니다. 신문을 앞당겨 만들어 놓고, 다음 토요일쯤 가겠습니다. 하지만 보내신다는 차편은 거절하겠습니다. 고속버스를 타는 것이 훨씬 편하니까요.”

U시장은 곧 남미옥 공보 비서관에게 보고했고, 날짜와 차편은 백성원 씨가 하자는 대로 하기로 하였다. 백성원 씨가 고속버스로 중원시의 터미널에 도착했다. 남미옥 공보 비서관은 이내 그를 알아보았다.

“어서 오세요. 저 남미옥입니다.”

화사하게 웃으며 반기는 여인을 백성원 씨는 위아래로 훑어보고 한참만에야 입을 열었다.

“아, 네. 편지를 주신…….”

“맞아요. 차편이 불편하지는 않았나요?”

“그냥 푹 잤습니다.”

“잘 하셨습니다. 자, 가시지요.”

미스 남이 백성원 씨를 안내한 곳은 중원시가 내려다 보이는 어느 한적한 식당이었다. 때늦은 점심 손님들 사이의 빈자리에 앉았다.

“각하께서는 지금 외국 사신들을 접견하고 계십니다. 여기서 점심을 드시고 가시면 오후에는 시간이 충분합니다.”

“아, 네.”

점심을 먹는 동안 미스 남은 백성원 씨의 퉁명스런 거동을 내내 호기심

으로 지켜 보았고, 백성원 씨는 앞자리의 여인을 전연 의식 않는 듯 식사
에만 열중하였다.

그들이 대통령 관저인 영덕헌에 도착한 것은 오후 3시였는데, 그때까지
대통령은 외국 사신들을 만나고 있다 하여 백성원 씨를 대기실에서 기다
리게 했다. 그 사이 미스 남은 비서실의 여러 사람을 백성원 씨에게 소개
하였으나 그는 전연 무감각이었다. 심지어 비서실장과 인사를 나눌 때도
'아, 네!' 한마디뿐이었다.

미스 남은 애가 탔다. 백성원 씨가 그냥 슬금슬금 나가버릴 것만 같았
다. '얼른 두 분이 만나버려야 할 텐데' 하는 것이었다. 이윽고 백성원 씨
는 의전관과 미스 남의 안내로 소접견실에 들어섰다. 거기에는 간단한 다
과상이 차려져 있었다.

얼마 후 예복차림의 민주만 대통령이 활짝 웃으면서 들어왔다. 그는 백
성원 씨와 악수를 할 양으로 저만치서부터 손바닥을 내밀며 다가왔다.

"반갑습니다."

"반갑습니다."

둘은 백년지기처럼 정답게 손을 잡았다.

"바쁘시죠?"

"네."

"시간을 내주셔서 고맙습니다."

"네."

"그러면……" 하고 대통령이 의전관과 미스 남을 바라보았다.

"점심은 제가 모셨습니다."

"그러면 여기서 차를 한 잔 드신 후에 내 방으로 모셔요. 그동안 나는
옷을 갈아입고 나올 테니까."

"알겠습니다. 각하!"

의전관과 미스 남이 조아렸다. 백성원 씨는 대통령의 방(집무실이 아닌

개인 서재)에서 다시 민주만 씨와 마주앉았다. 백성원 씨가 방안을 둘러본다. 시골의 어느 선비의 방 같다. 온돌방 여기저기에 쌓여 있는 책들……. 동편 벽에는 오무호오(悟無好惡)라 쓴 액자가 걸려 있고, 그 아래 책장 위에는 제주한란(濟州寒蘭)이 다소곳이 놓여 있으며, 서편 벽에는 정종조(正宗朝) 8대문장의 시문(詩文) 간찰이 표구도 않은 채 붙어 있다. 방바닥에는 여염집 것과 다름없는 방석이 서너 개 놓여 있을 뿐이다.

"오랜만입니다."

"오랜만입니다."

백성원 씨가 《言路》 등록으로 옥신각신할 때, 당시의 출판국장이 민주만 국회의원을 아느냐고 물었고, 이어 공보실장실에서 그와 마주친 일로 미루어서, 《言路》 등록이 가능했던 것은 그때 한참 명성을 날리던 야당 국회의원의 맹장 민주만 씨의 영향력 때문이었다는 것을 모를 리 없었고, 민주만 씨 역시 백성원 씨가 저간의 사정을 이미 알고 있을 것으로 짐작하지만, 그들은 약속이나 한 듯 그냥 '오랜만입니다' 로 거두절미하는 성싶었다.

"좋은 신문 만드시느라 고생이 많으시지요?"

"처음부터 각오한 일입니다."

"등록서류를 냈을 때는 대학을 갓 나온 홍안의 청년이었는데, 평생을 언론창달과 민주화에 바치셨겠군."

"각하께서는 그동안 말로만 무성했던 민주화를 제대로 실천하셨습니다. 각하야말로 평생을 이 나라 민주화를 위하여 불사르셨습니다. 이제 많이 늙으셨습니다."

"오늘은 만사 제쳐놓고 듬뿍 취하고 싶습니다."

기다렸다는 듯이 술상이 들어왔다. 어느새 한복으로 갈아입은 미스 남이 상머리에 앉아서 시중을 들었다. 술자리는, 격식을 떨쳐버린 허물없는 친구 사이의 정담으로 이어졌다. 셋이 모두 취했다.

"신문방송학과 출신도 아니고, 그렇다고 그 방면에 특별한 공부를 한 것도 아니라는데 어떻게 그런 신문을 만들고 있습니까?"

"저도 똑같은 질문을 할 수 있습니다."

"어떻게 말입니까?"

"각하께서는 정치학과 출신이 아니시면서 대통령의 자리에 계신 거나 마찬가집니다."

민주만 씨와 미스 남이 티없이 웃는다.

"하지만 그토록 할 말 다하면서, 그러면서도 그 주장을 정책으로 끌어들일 수 있게 만들어 내는 요령이 있을 게 아닙니까? 그걸 좀 배워야겠어요."

"각하께서 그토록 곤욕을 치르시고도 하실 말씀 다하시고, 그리고 상대당(黨)을 누르고 대통령에 당선하신 비결을 저는 듣고 싶습니다."

미스 남이 끼여들었다.

"백 선생님이 먼저 말씀을 하시는 것이 순서겠네요."

"……저는 학교교육을 모두 지방에서 받았습니다. 중학교 다닐 때의 일인데, 학교 대청소의 날이었습니다. 어느 반이 청소를 잘하나 교장 선생님이 채점을 하신다기에 너도나도 열심이었습니다. 청소가 끝나서 학생들은 집에 가고, 선생님들은 직원실에서 교장 선생님의 강평을 듣고 있었습니다. 그때 저는 문예반의 아이들과 함께 직원실 옆의 도서실에서 학교 교지를 편집하고 있었으므로 그 교장 선생님의 말씀을 낱낱이 엿들을 수 있었습니다.

'선생님들은 오늘 학생들과 함께 대청소를 하시느라고 수고가 많았습니다. 학교의 교실 안팎을 청소하는 일은 학교의 환경을 깨끗하게 하는 것은 물론이지만, 학생 개개인의 마음을 닦는 일이기도 하다는 우리 학교의 평소의 교육방침 그대로 열심히 하셨습니다.

그러나 오늘의 대청소는 실패했습니다. 선생님들과 학생들이 모두 열심히 했습니다만 그 결과는 매우 불만입니다. 선생님들은, 내가 현장에 가보지도 않고 이러고 앉아서 뭘 아느냐고 하시겠지만 가보나마나 뻔한 것입니다. 지금쯤 교실마다의 책상 위에는 먼지가 뽀얗게 앉아 있어서 보기가 흉할 것입니다. 왜 그렇게 되었을까? 지금부터 그 원인을 선생님들과 함께 찾아보겠습니다. 나를 따라오십시오' 하고, 교장 선생님이 여러 선생님들과 함께 어디론가 나가시는 것이었습니다.

저는 교장 선생님의 말씀이 수수께끼처럼 느껴져서 살금살금 뒤를 밟았습니다. 선생님들이 머문 곳은 우물가였습니다. 그 우물은 전교 6학급 3백여 명의 음료수 공급원이자 청소용수였습니다. 물은 나무두레박 두 개를 단, 쇠줄의 도르래로 퍼 올리는 것이었습니다. 줄을 잡아내리면 짤짤짤 요란한 소리를 내면서 두레박이 올라갔다 내려갔다 하는 것입니다. 저는 저만치 나무그늘에 숨어 있었습니다.

교장 선생님이 선생님 한 분에게 말했습니다.

'선생님이 여러 선생님들을 대신해서 물을 퍼 올려 보세요. 어떤 결과가 나타나나 봅시다.'

결과는 간단했습니다. 도르래에, 단 두 개의 두레박 중의 하나가 밑이 빠져서 쓸모가 없었던 것입니다. 교장 선생님이 고개를 숙이고 서 있는 선생님들께 말했습니다.

'이 도르래의 두레박 하나가 언제부터 이 모양이 되었는지는 모르겠지만, 오늘의 대청소에 쓰인 물은 평소의 절반으로 줄어들었습니다. 청소를 깨끗이 하려면 걸레를 자주 빨아야 하고 자주 빨자고 하면 맑은 물이 필요하다는 것은 다 아는 터이라, 선생님들이나 반장들은 물물물 하고 소리만 질렀지 그 물의 공급이 왜 늦어지는지를 알아보려고 하지는 않았습니다. 걸레는 더러운 물에서 빨아지지 않습니다. 청소의 청결도가 반으로 줄어든 건 당연합니다. 여기서 선생님들은, 무릇 모든 일에는 맹점(盲点)과 애로(隘路)가 있게 마련이다, 일의 성패 여부는 그 맹점과 애로를 빨리 찾아내어 개선하는 데에 있다는 것을 아시기 바랍니다' 하는 것이었습니다.

저는 그 교장 선생님의 교훈을 지금도 간직하고 있습니다. 내가 《言路》를 계속하는 요령이며 방침입니다.”

민주만 대통령이 방긋 웃는다.

“그런 좋은 자(尺)를 가지고 있었군요.”

밤이 깊었다. 대통령은 이미 취해 있었다. 백성원 씨의 술잔에는 미스 남이 자주 술을 채웠다.

“난 말입니다. 내년의 대통령 선거에 나서지 않을 수 없는 처지에 놓여 있는데, ……이번에는 ……백 선생의 자(尺)가 이떤 변수로 작용할까요?”

대통령이 ‘이번에는’ 이라고 말하는 데는 까닭이 있다.

민주만 씨는 30세 안팎의 청년시절에 국회의원에 당선되었다. 타고난 훤칠한 풍모와 굳센 정치신념과 뛰어난 웅변술과 앞을 내다보는 식견을 지녔고, 거듭거듭 옥고(獄苦)를 치르면서 재선 · 3선 · 4선 · 5선 · 6선의 정치경력을 쌓아 올렸다.

그리하여 저지난번의 대통령 선거 때는 국민당(國民黨)의 공천을 얻어 화려하게 입후보하였다. 그의 고루 갖춘 여건으로 하여, 당선은 무난하리라는 중론이었다. 여당인 공명당(公明黨)의 타성에 지쳐 있던 국민들은 혜성처럼 등장한 민주만 후보에게 갈채를 보냈었다. 도대체 그에게는 핥거나 헐뜯을 급소가 없었다. 여타 입후보자들이, 그는 아직 미지수의 인물이라고 공격하였지만 그건 유권자들의 웃음거리에 지나지 않았다.

그때, 《言路》가 민주만 후보에 대하여 유일하게 알쏭달쏭한 발언을 하였다.

우리가, 국토를 방위하는 군용 비행기 한 대를 맡기는 조종사를 양성하려면, 심신이 탁월한 청년 한 사람을 약 2억 원의 경비를 써서 약 10년을 훈련시켜야 한다. 또 구축함 한 척을 맡기는 함장을 육성하려면 20년의 세월이 걸린다.

대통령을 뽑는 일은, 그에게 6천만 국민의 생명과 명예와 재산을 맡기는 일이 된다. 어찌 소홀히 할 일이겠는가. 실로 부끄러운 과거를 수없이 체험한 후 새로 대임을 맡길 앞으로의 이 나라 대통령은,

● 하느님, 저는 반드시 민주주의의 길로만 가겠습니다.

● 하느님, 저는 한사코 독재를 않겠습니다.

● 하느님, 저는 어떠한 일에도 화내지 않겠습니다.

● 하느님, 저는 함부로 헌법을 고치지 않겠습니다.

● 하느님, 저는 옛 선비들의 본을 받아서 식구들에게 거친 곡식을 먹이겠습니다.

하고, 자신의 뼈 마디마디에서 우러나오는 뜨거운 눈물로 신명께 서약할 수 있는 인물이어야 한다.

○○당의 M후보는 중론이 그러하듯 장래가 촉망되는 정치인이다. 하지만 그는 위의 사항을 서약하기에는 아직 이른 것 같다. 미완의 대기(大器)라면 모를까. 왜냐면, 그는 아직도 젊고 그리고 여기저기 오만의 티가 남아있기 때문이다.

혹자는 말하리라. 그건 '전근대적이며 관념적인 잠꼬대' 라고—. 하지만 그러한 선례는 이미 민주국가 미국이 보여주고 있다. 존 F · 케네디 대통령의 경우가 바로 그것 아니던가.

그 경위야 어떻든, 대통령후보 민주만 씨의 첫 번째 도전은 아슬아슬한 표차로 실패했다. 막강한 여당의 힘에는 그의 인기가 맥을 추지 못했던 것이다.

그러나 그는 당선 이상의 수확을 거두었다. 오만의 불식(拂拭)과 뼈저린 민주화의 신념이었다. 그리하여 지난번 선거에서는 압승을 했던 것이다.

"법으로 재선까지는 가능한 것 아닙니까?"

"법이 어떻고 하는 문제가 아닙니다. 백 선생이 보는 시각이 어느 쪽이냐 하는 것이지요."

"그건 각하의 신념으로 결정하실 문젭니다."

"다시 나설 수밖에 없는 입장이라니까요!"

민주만 씨는 술로 목을 축이고 나서 말을 이었다.

"건투를 빌겠습니다."

"어떻습니까. 가까이서 나를 도와주실 방도는 없겠습니까?"

"……무슨 말씀이신지요?"

"이를테면……이 영덕헌의 한 부서를 맡아주신다거나……."

백성원 씨도 술잔을 들었다.

"저는 지금 하고 있는 일에 만족하고 있습니다. 망상일는지 몰라도, 중앙의 큰 신문과 바꾸자 해도 제가 거절할 것입니다. 지금의 조그만 노력으로 계속 삶의 보람을 찾겠습니다."

민주만 씨가 너털웃음을 터뜨렸다.

"난, 선생이 그렇게 나올 줄 알았어. 이제 삼고초려(三顧草廬)를 해야겠군. 하여간 지금의 《言路》를 잘 가꾸고 계세요. 자, 우리 더 취합시다."

술판은 계속되었다. 백성원 씨는 새벽 3시가 되어서야 영덕헌을 떠날 수 있었다. 미스 남이 따라 나섰다.

"잘하는 해장국 집을 알고 있어요. 가실까요?"

"그러죠. 내려가는 첫차가 5시에 있으니까."

미스 남이 손수 차를 몰고, 어느 시장 골목의 해장국 집으로 백성원 씨를 안내했다.

"신문 만드시는 데 차질이 생겼겠어요. 어쩌지요?"

"미리 다음 호를 대강 만들어 놓고 왔습니다. 집사람이 짜집기를 할 것입니다."

수증기가 뽀얗게 피어 오르는, 와자지껄 떠들어 대는 해장꾼들 틈새에 자리를 잡았다.

"각하를 가까이서 모시노라면, 대통령이라는 직업에 회의를 느끼는 때가 많습니다."

"무슨?"

"시체말로, 진실한 벗이 없다 그런 건데, 공연히 거리가 생겨 가지고…… 직간을 하는 분이 드물어요. '그게 아닙니다.' '이렇게 하셔야 합니다' 하는 분이 없어요."

"그렇군요."

"앞으로 자주 뵙겠습니다."

"그러죠."

해장국으로 요기한 그들은 곧장 고속버스 터미널로 차를 몰았다.

"각하께서 새금까지 모셔 드리라고 하셨는데, 아무래도 선생님의 고집을 꺾을 수 없을 것 같아서 포기하겠습니다."

"그게 서로 편해요."

미스 남이 버스에 오르려는 백성원 씨의 손을 잡았다.

"각하께서 선생님께 금일봉을 주셨는데 그것도 포기하겠습니다."

"물론이죠."

"건승을 빌겠습니다."

"미스 남의 친절을 오래 간직하겠습니다."

"고맙습니다."

백성원 씨의 중원나들이는 이렇게 끝났다.

7

민주만 대통령은 임기 4년을 한국의 민주화와 국토개혁에 진력하고 나서 다시 재선에 성공하였다. 그리고 다시 3년이 지났다. 이제 잔여임기 1년이 지나면 그는 평민이 되는 것이다.

지난 7년 동안의 그의 업적은 위대하였다. 큰 댐을 건설했다거나 높은 건물을 많이 지었다거나 간척지를 넓혔다는 따위의 업적이 아니라 모든 국민으로 하여금 자기가 하는 일에 대하여 의욕과 창의력을 발휘하게 하여, 보람을 얻도록 하였다는 점이 그의 가장 큰 업적이었다. 그러니까 그는 대통령의 권한을 확대강화하는 것과는 정반대로 가능한 모든 분야를 전문기구에 이양하였기로, 과거에 중앙집권 운운하던 말은 사라지고 말았다.

"이토록 홀가분한 것을."

그는 스스로 독선과 독재의 뿌리를 완전히 뽑아 버리고 유유자적하였다.

민주만 대통령의 이러한 결단은, 모든 문제를 '민주주의에 어긋남이 없는가' 라는 재[尺]로 측량하면서 스스로는 '오만하지 않는다' 는 자각에서 이룩되었다. 그리한 그의 정지철학은 어디서 생겨났을까.

"나의 스승은 저 보잘것없는 조그만 신문 《言路》이다."

그는 그의 측근들에게 간혹 이와 같이 실토하였다. 언론의 자유가 거의 완벽하게 보장되어 일간신문만도 수십 종이 발행되고 있는 터에, 국정전반을 통찰해야 할 대통령의 입장에서 한 신문에 탐닉한다는 것은 어쩌면 모험일 수도 있다. 그러나 그는 《言路》를 충실한 직간자로 믿어 버린다.

민주만 대통령과 백성원 씨가 공식으로 만난 것은 지난번의 단 한 번뿐이다. 혹자는 말하기를, 그들은 이목에 걸리지 않게 간혹 만나고 있다 하고, 혹은 지난번의 선거 때 민주만 대통령의 재선을 위하여 백성원 씨가 유세 연설문과 티브이 토론문을 썼다고도 하지만, 그 대목은 확실치 않다.

하지만 민주만 대통령이 재임 7년 동안에 《言路》가 발의한 정책을 대폭적으로 수용한 것만은 확실하다. 때로 당과 의회와 각료들의 반발 혹은 시기의 소리가 있었지만, '그럼 더 좋은 안을 내놓으세요' 하는 것으로 끝나곤 했다.

백성원 씨의 《言路》와 민주만 씨의 '정부(政府)' 는 불가사의한 천생연분인 셈이다.

헬리콥터가 새금시의 공설운동장에 내렸다. 황토먼지 사이로 민주만 대통령의 초췌한 얼굴이 보인다. 두 대의 자동차가 대기하고 있었다.

새금 경찰서 서장실에 자리를 잡았다.

"범인을 잡았나요?"

"네."

그곳 검사가 대답했다.

"백성원 씨는 어떻습니까?"

"파편을 5개 빼냈습니다만 출혈이 심해서 위독합니다."

서장의 말이다.

"부인은 가망이 없나요?"

"……."

"……불쌍한 사람들!"

한동안 침묵이 흐른다. 저만치서 미스 남이 손수건으로 눈물을 훔친다.

"범인을 만나보았나요?"

검사가 대답한다.

"민혁당의 열성당원입니다. 지난번 대통령 선거와 국회의원 선거 때, 《言路》가 반민주 인사들의 비행을 폭로한 것이 빌미가 되어, 몇 차례 언쟁을 벌였었는데, 《言路》가 끝내 고집을 꺾지 않는다 해서 그런 범행을 저질렀다 합니다."

"단독 범행인가요?"

"범인의 배후에 관해서는 수사를 계속하고 있습니다."

"백성원 씨는 지금 어느 병원에 있습니까?"

"새금종합병원에 있습니다."

"거기 원장이나 담당의사와 전화를 할 수 있나요?"

"네."

서장이 직접 다이얼을 돌렸다. 원장이 나왔다.

"백성원 씨 어떻습니까?"

"아직은 뭐라 말할 수 없습니다."

"큰 병원으로 옮기지 않아도 되겠습니까?"

"지금 옮기는 것은 무립니다."

"……꼭 살려주세요. 원장님."

"신명을 다하겠습니다."

"지금 내가 그쪽으로 가겠습니다. 환자를 볼 수 있겠습니까?"

"좋습니다. 각하."

새금종합병원의 중환자실에는 전신을 붕대로 감아버린 백성원 씨가 나무토막처럼 누워 있고, 그 주위에는 의사들과 간호사들이 숨을 죽이고 서 있다.

민주만 대통령이 떨리는 걸음걸이로 환자 옆에 다가선다.

"여보, 백성원 씨! 제발 살아다오. 죽어서는 안 돼. 죽지 말어. 우린 아직도 할 일이 많아요."

그는 그렇게 축수(祝壽)하고 나서 살며시 눈을 감는다. 친정아버지 영전에서도 자기 설움에 운다 했던가. 되씹고 싶지 않은 지난날의 악몽이 민주만 대통령의 뇌리에 떠오른다.

……가죽 점퍼의 두 사나이가 불쑥 나타났다. 그날 따라 혼자서 점심을 먹는 중이었다.

"잠깐, 우리들을 따라가야 하겠습니다."

올 것이 또 왔구나, 직감하면서도 나는 겁에 질려 그들에게 대들었다.

"당신들 어디서 왔소?"

그들은 흐느적흐느적 다가서서 내 팔을 움켜잡으며 말했다.

"가보면 압니다."

그들을 뿌리치려 했으나 내 힘으로는 역부족이었다.

"난 현역 국회의원이오. 나를 잡아가려면 어떤 절차가 필요한지 당신들은 모르오?"

그들은 더욱 유들유들하게 나왔다.

"……법 좋아하네. 가보면 안다는데 그래."

나는 그들의 차에 실려 어디론가 가고 있었다. 그들은 나더러 고개를 숙이라고 했다. 우악스런 손바닥이 나의 뒤통수를 짓눌렀다. 이마가 차 바닥에 닿을 지경이었다. 차가 멎은 곳은 어느 건물의 지하 주차장이었다. 계단을 서너 개 오르고, 으스스 살기가 감도는 방으로 끌려 갔다.

"민주만 왔구나."

방안의 누군가가 조롱하고 나섰다. 가죽 점퍼의 두 사나이는 어디론가 없어지고 험상궂은 한 사나이가 내 앞으로 다가왔다.

"우선 여기 앉으시오."

그는 나무의자를 불끈 들어올려서 내 앞으로 디밀었다. 아무튼 봉변은 당하고야 말 것 같아서 아랫배에 힘을 주었으나 조여드는 공포증을 누를 수는 없었다.

나는 그 공포증을 떨쳐버리려는 듯, 벽에 걸려 있는 대통령의 사진을 바라보면서 말했다.

"우리나라는 민주주의 국가요. 당신들 왜 이러는 거요?"

그러자, 우화 핫핫핫 너털웃음이 터져 나왔다. 저만치서 담배를 피우고 있던 사나이들이었다.

"민주만의 민주주의 강의를 또 듣게 됐군. 임마, 그런 소리는 국회에 가서 까불라구."

"여기서는 그런 넋두리 들어줄 사람 없어."

또 웃음이 터졌다.

"도대체 여기가 뭐하는 곳이오? 당신들은 누구요?"

코앞의 사나이가 내 어깨에 손을 얹고 말했다.

"그래, 여기가 뭘하는 곳인지, 당신이 왜 여기 끌려왔는지 곧 알게 될 것이오. 자 그럼 날 따라 오실까."

나는 그자와 함께 방을 옮겼다. 소를 잡는 도살장과 흡사했다. 대번에 수갑이 채워졌다. 방망이가 날아왔다. 정신을 잃었다. 얼마나 지났을까. 물을 흠뻑 뒤집어쓴 채 널빤지 걸상에 앉혀졌다.

"이건 수인사야."

"더 다치지 않겠거든 묻는 말에 대답해야 돼."

그로부터 꼬박 이틀 동안 그는 집요하게 따지고 들었다. 정치자금의 출처, 일본과 미국의 정치인들과의 접촉내용, 용공사상 여부 등등…….

매[枚]에 장군 없다 하였다. 하지만 불문곡직 죄를 뒤집어씌우려는 마당에 무슨 말을 어떻게 하든 그건 마찬가지의 결과가 되겠기에 시종 묵비권으로 맞섰다. 그들의 폭행방법은 종류가 다양했다. 익숙한 솜씨로 심신을 괴롭혔다. 죽고 싶다, 죽고 싶다, 제발 죽여 다오, 차라리 죽여 주었으면 얼마나 고마울까 싶었다. '세상에 가장 못할 노릇은 까닭 없이 매 맞는 일이야' 하던 동료의 말이 떠올랐다.

그들은, 내 죄상을 캐내는 것보다는 모욕하고 멸시하고 실컷 패주고 그래서 화풀이하고 겁주고 하는 것이 임무인 듯싶었다.

내가 다시 지하 주차장에서 차에 실려 고개를 숙인 채 한참을 달리다가 떠밀려 내린 곳은 광화문의 세종문화회관 앞이었다. 검은색 지프는 휙 떠나버리고, 오가는 인파 사이에서 나는 오들오들 떨고 서 있었다. 누군가가 나를 보고 '어, 자네 아무개 아닌가. 거기 왜 그러고 서 있어?' 할 것 같은, 영락없는 죄인이 되어버린 나의 처참한 몰골을 나는 지금도 기억한다. 그리고 거기서, 공연장을 찾는 밝은 웃음의 소녀들과 우러러 빛나는 태양을 보았다.

나는 혼신의 힘을 기울여서 전화박스를 찾았다. 먼저 집으로 걸까 의원회관으로 걸까 하다가 내무장관을 불렀다. 그는 호들갑을 떨었다.

"아니 민 의원! 이틀 동안이나 어디 가 계셨습니까? 위원회(내무분과)에
도 안 나오시고…….""

"장관은 내가 어디서 무슨 일을 당하고 나왔는지 모른다는 말입니까?"

"전연…….""

"좋소. 안다 해도 그만, 모른다 해도 그만이니 덮어 둡시다. 하지만 당
신들 정말 나쁜 사람들입니다."

"무슨 말씀이신지 갈피를 잡을 수가 없군요."

"이 나라에는 할 일이 많습니다."

"그렇습니다."

"그러나, 열 가지 일이 늦어진다 하더라도 우선 테러만은 뿌리를 뽑아
야 하겠어요. 아무나 아무때나 잡아다가 모욕하고 멸시하고 그저 죽지 않
을 만큼만 육체적 고통을 주고 '차라리 나를 죽여달라' 고 울부짖게 하거
나 아니면 '모두 다 불 테니 제발 더 이상 고문은 말아달라' 고, 차디 찬 콘
크리트 바닥에 개처럼 엎드려서 두 손 모아 애원하게 만드는 고문기술자
집장사령들을 나는 불쌍하게 여길 뿐입니다. 그들은 충실하게 명령을 수
행했을 뿐이며, 타인은 개새끼 다루듯 해도 자기 집안에서는 착한 남편이
요, 어진 아버지일지도 모르니까요."

그때 전화통이 삐삐삐 울었다. 내무장관이 다그쳤다.

"그거 공중전화군요. 거기가 어딥니까? 말씀하세요. 곧 차를 보내겠습
니다."

나는 '뭐가 어째? 병 주고 약 주기냐' 하려다가 '화내지 말자' 하고 다시
다이얼을 돌렸다.

"뿌리를 뽑아야 하는 그 뿌리는 누구냐? ……사람을 짐승처럼 다루고,
사람의 고귀한 인간성을 노리개로 삼는, 자기들의 권좌유지를 위해서 선
과 악의 윤리감각을 마비시킨 분위기, 아무 망설임도 없이 명령을 따르도

록 펼쳐놓은 당신들의 조직과 그 운전자들을 단죄해야 마땅하다는 것입
니다."
하고 전화를 끊었다.
　"원장님!"
　간호사가 가만히 소리낸다. 의사들이 일제히 심전기를 쏘아본다. 바늘
이 좌우로 요동한다. 원장이 환자의 맥을 집는다.
　"맥박이 정상입니다."
　"그럼……."
하고 민주만 대통령이 묻는다.
　"어려운 고비는 넘긴 것 같습니다."
　"고맙소."
　민주만 대통령은 미스 남의 부축을 받으면서 병실을 나왔다.
　"부인의 시신은 어디 있습니까?"
　"집에 있습니다."
　원장이 대답했다. 민주만 대통령이 상가에 들렀다. 입관이 끝나고 영위
가 마련되어 있었으므로 선비의 예를 다하여 문상했다. 미스 남이 말했다.
　"각하, 밤이 깊었습니다. 이제 상경하셔야 하겠습니다."
　"그래야지. 하지만《言路》의 작업실을 좀 보고 싶군."
　그들은 백성원 씨 집의 별채로 갔다. 거기에는 책상이 세 개, 활자판이
여남은 개, 평판 인쇄기가 한 대 있었는데, S기자와 K기공이 신문제작에
여념이 없었다. 그들은 뜻밖의 진객을 맞아 당황하는 듯하였다.
　"그냥 일을 계속하세요."
　민주만 대통령이 정답게 말을 걸었다.
　"신문을 계속해서 만들 것입니까?"
　"그렇습니다."
　S기자가 대답했다.

"직원이 모두 네 분이죠?"

"그렇습니다."

"두 분이 저 지경을 당했는데두요?"

"백 선생님은 쾌차하실 것으로 믿고 있습니다."

"어떻게 믿습니까?"

"그 분은《言路》때문에 죽지 못할 것입니다."

"그렇다 치더라도 한 분이 비지 않습니까?"

"……도와줄 분이 나타나리라고 믿고 있습니다."

기공 K씨가 게라쇄를 뽑아서 S기자에게 보이고 있다. 민주만 대통령이 말한다.

"그걸 좀 볼 수 없을까요?"

"그러시지요."

S기자가 게라쇄를 민주만 대통령에게 보인다. 백성원 씨 부부의 참사 사건을 특집으로 꾸미고 있었다. '머나 먼 민주화의 길' '言路의 主張을 테러로 깰 수 있을까?' '부인 오연경 여사는 즉사하고 백성원 씨는 중태' 이런 제목들이다.

민주만 대통령이 조금도 흐트러지지 않은 자세로 말한다.

"누군가가 또 나서겠지."

S기자와 K기공이 만면에 웃음을 담고 조아린다.

"황송합니다. 각하."

"하지만 그동안이 문제겠군."

미스 남이 아뢴다.

"우선 오늘은 여기를 떠나셔야 합니다."

"그러지."

민주만 대통령은 그곳 조문객들의 정중한 전송을 받고 공설운동장으로 향했다.

헬리콥터가 또 한 대 와 있었다. 내무장관이었다. 그는 관계자들과 의논하고 있었다. 그들이 대통령을 에워쌌다.

경찰서장이 먼저 말했다.

"범인이 혀를 물고 자결했습니다."

"왜?"

"수사과장의 말로는, 취조를 하는 도중 심한 자책감에 사로잡혀 있었다 합니다. 화장실에 다녀오겠다더니 거기서 그만 그 모양으로 발견되었다 합니다."

"……."

내무장관이 말했다.

"민혁당에서 들고 나섰습니다. 적반하장으로, 경찰에서 그를 죽였다는 것입니다."

민주만 대통령은 잠시 엉뚱한 생각을 하고 있었다.

"그 사람 참 편히 갔군."

그리고 말했다.

"난 가게(영덕헌·대통령 관저)를 너무 비웠어요. 이제 가 봐야지. 여러분 수고들 하세요."

내무장관의 헬리콥터가 에스코트하고 그 뒤를 대통령의 헬리콥터가 따랐다. 지상에서의 수라장과는 달리 밤하늘은 언제나 찬란하다. 구름 한 점 없는, 칠흑같이 캄캄한 밤이다. 별들이 손을 뻗으면 잡힐 것 같다. 민주만 대통령이 캐빈 라이트에 비친 미스 남의 얼굴을 바라보면서 말했다.

"미스 남은 왜 종일 말이 없지?"

"……."

"뭐라고 말을 좀 해요."

"아닙니다, 각하."

"뭐가?"

"제가 할 일은……."
"계속 하세요."
"아까 각하께서《言路》의 그 동안이 문제라고 하셨지요?"
"그랬어."
미스 남이 뭔가를 결심한 듯 단호하게 말했다.
"허락하신다면 그 자리를 제가 메우겠습니다."
민주만 대통령이 비로소 얼굴의 주름살을 폈다.
"옳거니……."
 두 대의 헬리콥터가 뿜어내는 요란스런 폭음이 그들의 미소에 묻혀버
리는 것 같았다.

화전놀이

미암산맥(眉岩山脈)이 서북으로 굽이쳐 흘러내려 봉황이 나래를 편 형상으로 자리잡은 평동(坪洞) 마을은 전남 해남읍에서 서북쪽으로, 해남천(海南川)을 따라 2킬로미터 가량의 거리에 있다.

이 마을은 개기(開基) 5백 년 가량의 고촌으로 김해김씨(金海金氏)·밀양박씨(密陽朴氏)·원주이씨(原州李氏)·여흥민씨(驪興閔氏)의 네 씨족 1백 20여 호가 전래의 체통을 지키면서 오순도순 살아오고 있는 이른바 반촌(班村)이다. 어쩌다 문벌자랑이며 재산의 시새움 따위가 없었으리요만, 그들은 제각기 지녀온 맑은 선비기질과 잘 닦인 지혜로써 화친을 유지해 온 터이다.

하지만, 이 마을의 화친의 일등공신 혹은 터줏대감으로는 누가 뭐라해도 김해김씨 쪽의 원장(元章) 씨를 들지 않을 수 없을 것이다. 그런데 그 김원장 씨가 지금 임종의 직전에서 오락가락하고 있는 것이다.

마을 사람들은 마을회관 또는 이댁 저댁의 사랑에 모여서 이제나저제나 하고 부음을 기다리고 있는 터이다.

"하필이면 창꽃(진달래)이 한창인 이때 가시는고."

"금년은 화전놀이를 멋들어지게 차려주자고 벼르시더니만."

젊은이들은 이런 말로 그의 임종을 안타깝게 여기는 것이었으며,

"오곡(悟谷·김원장 씨의 아호)도 병마에는 어쩔 도리 없나벼."

"그 호기와 멋은 어쩌고 가려는지."

친숙했던 벗들은 그의 최후를 이렇게 애도하는 것이었다.

오곡 김원장 씨는 금년 63세로, 부인 오씨(吳氏)와 동년생이다. 시체말

로 인생을 60부터라고 친다면 이제 뭔가를 시작할 나이이다. 사실 그는
늘 그렇게 말해 온 터였다.

"나는 이제 그만 놀(豪放의 뜻) 거여. 모두들 80까지는 산다니까, 앞으로
20년 동안에 후손들을 위해서 좋은 일 하나 할 거여" 했던 것이다.

오곡은 김해김씨 사군파(四君派)의 14세 종손이다. 대대로 어느 한 편으
로 기울지 않고 모나지 않으며 그러면서도 깐깐한 선비의 기질을 이어받
은 예문가(禮文家)였는데 오곡의 대에 이르러 비로소 신식교육을 받게 되
었다. 경술국치 후에 생긴 해남읍내의 보통학교를 나왔고, 중학교는 서울
의 배재학당을, 대학은 일본 동경의 와세다(早稻田)대학 법문학부를 졸업
했다.

그는 대학 재학 중에 고등 문관시험(지금의 고등고시) 행정과에 합격하
여 졸업과 동시에 조선 총독부의 수습 행정관으로 전라남도의 도속(道屬)
이 되었으나 자리에 앉은 지 3개월만에 일본인 상사와 싸우고 사직한 후,
지금까지 공직과는 담을 쌓아버린 처지이다.

만약 그가 관직에 고분고분했다면 8·15를 전후해서 어느 도의 도지사
한자리쯤은 무난했을 터인데, 아예 그런 곳에는 발을 들여놓지 않았으며,
그 흔한 국회의원 출마도 주위의 숱한 권유를 일축하고 오직 호기만을 벗
하며 평생을 살아온 것이다.

그렇다고 그가 가사불고 처자불고 하고 술받이나 가무잡기를 일삼은 것
은 아니었다. 그 좋은 예로는 부인과의 금슬이 인근의 모범이요, 자녀 2남
3녀의 교육도 모두 대학까지 해낸 아버지이기도 했다. 다만 막내딸 옥련이
만은 본인이 한사코 대학진학을 마다했으므로(당시 오씨부인의 병환이 원인
이었지만) 여고를 마친 후로는 슬하에 두고 오곡 나름의 규방교육을 해왔
기에, 이댁의 저간의 사정을 잘 아는 사람들은 옥련이를 오곡의 판박이로
여겼고, 그래서 '옥련이는 알찬 신부감'으로 점치고 있는 터이다.

각설하고, 오곡의 멋과 맛의 탐닉과 시종일관한 호기와 남에게 신세지

지 않는 강직은 이미 경향간에 널리 알려진 사실이지만, 그가 이렇다 할 직장 혹은 사업체 하나 없이 어떻게 해서 그 엄청난 가계를 꾸려가는지에 대해서는 그와 친숙한 사람들도 늘 의문이었다. 속담에 부자는 망해도 3년은 견딘다 하지만 오곡의 경우, 3년이 아니라 그가 살림을 도맡은지 40년이 지난 지금도 가세가 기울기는커녕, 돈을 물쓰듯 하는 수가 허다한데 이를테면 그의 취미의 하나인 '서화·골동품 수집' 의 경우, 쓸만하다 싶으면 가격을 깎는 법이 없이 잡아채는 것으로도 유명하다.

그런데 도대체 그의 수입원은 뭘까. 혹자는 위의 '서화·골동품' 취급에 점을 찍고 있지만 그건 매우 불확실한 판단인 듯싶고, 좀더 근사한 것을 든다면 그가 간혹 장삿속으로 비범한 수완을 발휘한다는 대목이다.

오곡이 장사를 어떻게 했던가. 그가 특유의 호기와 멋과 맛을 작용했을 것은 뻔한 일. 그 한 예로는 8·15 직전, 그러니까 이른바 태평양전쟁이 막바지에 접어들 무렵, 산의 나무를 무작정 벌채할 때, 해남읍 금강골의 약 1백 50정보에 달하는 울울창창한 산판을 사들여 톡톡히 재미를 본 것이다.

풍설에 의하면 그 당시의 돈으로 2만 원을 벌었다는 것이다. 지금의 화폐가치로 친다면 1억 원은 되었을 것이다. 한판 승부에 2만 원을 벌었으니 당시의 일본인들이 놔뒀겠는가. 군수·서장이 국방헌금을 종용하고 나섰던 것이다. 그걸 오곡이 거부했음은 물론이며, 종용을 거듭한 다음에는 강요의 방향으로, 이어 비국민으로 몰아세운 후 검사의 직권으로 법원이 있는 장흥(長興)의 구치소에 가두어 버렸다. 죄목은 폭리죄 및 국민 총동원법 위반이었다.

하나 오곡은 구치소에 갇힌 신세를 곤욕으로 여기거나 한탄하지 않았다. 마치 즐거운 나들이로 여기는 것이었다. 관식(官食)을 거부하고 사식(私食)을 들여다 먹었으며, 소화불량을 핑계로 닭죽과 전복죽을 번갈아 들여오게 했다.

당시의 식량 사정으로는 닭죽·전복죽이 그리 쉽게 구해치는 것이 아니었거늘, 하여간 오곡 덕분에 함께 갇힌 유치인들이 포식했음은 물론, 그들과 장기다 바둑이다 윷놀이다 심지어는 시조다 육자배기다 해서 구치소를 흡사 자기네 사랑으로 알고 어울려댔으니 거기 간수들의 처지가 얼마나 난처했겠는가. 간수들이 유치인들의 오만과 방자함을 묵인한 것은 그들이 오곡에게 매수되었기 때문이다. 뿐이랴, 오곡의 오만과 호기는 재판소에서도 여전했다.

"그대는 임목벌채로 폭리를 했다는데 그게 사실인가?"

"사업이라는 것은 이윤을 얻자고 하는 것이지 미쳤다고 손해볼 일을 하나……."

일본인 판사의 심문에 대해서 오곡은 늘 조선말로 대꾸했다.

"그대는 일본의 명문대학을 졸업했고 더구나 고등 문관시험에도 합격한 처지에서 국어를 쓰지 않고 어째서 조선말을 쓰는가?"

"일본말을 쓰건 조선말을 쓰건 그건 본건과 상관없는 일 아닌가."

"……좋다. 그건 그렇다치고 폭리한 사실을 시인하는가?"

"정당한 거래로 얻은 이윤을 폭리랄 수는 없다. 그리고 그 이윤이 난 만큼의 세금을 냈다."

"세금을 납부하구서도 이윤은 엄청나게 많다."

"과세가 잘못되었단 말인가?"

"과세는 공정했다는 세무서의 증언이 있으므로 세금관계를 따지자는 건 아니다. 세금을 납부하구서도 그대가 차지한 이윤이 너무 많다는 점이다."

"그건 내가 장사를 잘한 까닭이다. 장사를 잘해서, 그 이윤에 대해 세법이 허용하는 최대한의 세금을 납부했으므로 나에게는 아무런 하자가 없다. 과세의 한도가 미흡했다면 세법을 고치는 것이 온당한 방법 아니겠는가."

"그대는 세법만을 앞세우지만, 나라가 백척간두에 서 있는 이 마당에서 그 엄청난 폭리를 하고서도 응당의 국방헌금을 거부하는 것은 비국민의 소치 아닌가?"

"납세의 의무를 다한 나더러 비국민이라고 몰아세운다면 나도 할 말이 있다. 판사는…… 예컨대 출장을 나갔을 때 쓰고 남은 여비를 국방헌금으로 내는가?"

"그게 무슨 뚱딴지 같은 소린가?"

"판사는, 가족의 생활비에 충당할 만큼의 월급을 받고 있을 것이다. 더구나 일본인은 조선 사람들과는 달리 스스로 생활수준이 높다하여 가봉(加俸)이라는 것까지 받고 있잖은가. 그러니까 직무수행을 위해서 출장을 할 때에는 그 출장에 필요한 만큼의 여비만 받아야 할 것이다.

판사의, 장흥서 해남까지의 하루 출장여비는 7원 20전이라 한다. 왕복 차비 1원 10전, 세 끼의 식사는 대접을 받지 않고 고급으로 사 먹는다쳐도 3원, 숙박료 1원, 도합이 5원 10전이다. 따라서 2원 10전이 남는다. 월급은 월급대로 받고 출장여비에서 또 이득을 보는 것이다. 판사는 그 2원 10전을 국고에 반납하는가? 아니면 국방헌금으로 내는가?"

"저런 발칙한! 그건 법관모독이야."

"모독이 아니다. 정연한 논리이다."

푸르락붉으락 격분한 판사가 얼떨결에 방망이를 내리쳐서 공판은 연기되었지만, 그날 밤 오곡이 갇힌 감방에서는 큰 소동이 벌어졌다.

사법주임이 임검을 끝낸 직후, 사르르 감방의 철문이 열리더니 숯불곤로와 전골냄비(스키야키)와 청어 한 두름과 청주 두 되가 간수들의 손에 들려온 것이다. 옳거니! 끓이고 굽고 권커니 자커니 홍얼대다가 이어 노래가 나오고 "좋다!" "좋다!"가 터져 나왔으니 구치소 안이 온통 요지경이 되었을 건 당연하잖은가.

상상해 보라. 악취에 절은 구치소 안에 확 풍긴 갖은 양념냄새와 때아닌 소동을. 간수들의 애걸을 들은 체 만 체, 오곡이 베푼 이 이색파티는 새벽녘에야 끝이 났었다. 오곡은 그 숯불곤로와 전골냄비와 청어 한 두름과 청주 두 되를 감방에 들여오기 위해서 아마도 시장값의 스무 배는 뿌렸을 것이다.

국보 182호로 지정된 경북 안동시 법흥동 20번지의 임청각(臨淸閣)을 모방해서 지은, 아니 그보다 훨씬 운치를 살려 꾸민 오곡 댁은 마을 한복판에 자리잡고 있다. 백목련과 영산홍이 건드리면 터질 듯 흐드러진 바깥 사랑채 뜨락을 지나서 일각문 안으로 들어서면, 손을 반기듯 활짝 핀 자산홍이 시야에 가득 찬다.

거기 무지개 돌다리를 지나 안채에 이르면, 가운데가 얼굴이 끼여 비치도록 반지르르 윤이 난 3칸 대청이고, 오른편 2칸 방은 오곡이 쓰는 안사랑이며, 왼편 방이 내실이다. 이쪽 저쪽 두 방의 여덟 짝의 세살창을 열어제쳐서 공중에 매달면 도합 7칸의 공간이 되므로 이 댁의 큰일, 이를테면 자녀의 결혼례라든가 제사 때 편리하게 쓰인다.

은장식과 화류무늬가 돋보이는, 윗목에 놓인 네 개의 장롱과 아랫목에 세워둔 멋대로 휘갈겨 쓴 양봉래(楊逢來)의 병풍과 여섯 자 열두 자의 용문석이 깔려 있는 각장장판 내실의 아랫목 보료 위에 기진맥진한 오곡이 안석에 기댄 채 저만큼서 지켜보고 앉아 있는 오씨부인과 눈과 눈으로 마지막 대화를 나누고 있다.

"당신…… 고생…… 많았어."

"무슨 말씀을, 나는 고생 안 했어요. 꿈속 같은 한평생이었어요."

"다음에 또 만납시다."

"그럼요."

"……애들에게 기별했소?"

"네. 오늘 모두 올 거예요."

"걔들 철이 덜 들어서 당신 속 썩일 거예요."

"차츰 당신을 닮아갈 거예요."

"옥련이가 걸리는구려."

"걔는 짝이 있잖아요."

"그래. 꼭 그렇게 해요."

"네."

"……부인!"

"네?"

"……당신이 보이지 않아요. 가물가물 뭐가 앞을 가려서……."

"내 말은 들려요?"

"……겨우."

"……당신, 노랫소리가 듣고 싶으신 거죠?"

"……글쎄."

그때 오곡의 당숙과 제종동생 원일 씨가 방안으로 들어섰다. 오씨부인이 입을 뗐다.

"마침 잘 오셨어요. 노래하는 애들을 불러주시면 좋겠어요."

당숙이 펄쩍 뛴다.

"그런 법은 없어."

오씨부인이 가로막는다.

"저이의 마지막 잔치예요. 용서하세요."

"하, 나 원!"

당숙은 입안이 쓴 모양이나 원일 씨는 알아차리고 형수 편을 든다.

"형님답게 임종 역시 화려해야죠."

원일 씨가 밖으로 사라지자 오곡이 부인에게 눈짓한다.

"나 답답해. 밖이 보고 싶어."

오씨부인이 영창과 세살문 여덟 짝을 얼어제친다. 연분홍 자산홍이 대청마루에 끼여 비친다. 오곡은 그 화려한 봄을 피하려는 듯 눈을 감는다.

"저 사람 오늘 해를 넘기지 못하겠어."

"……글쎄요."

"의사는 다녀 갔나?"

"네."

"뭐래?"

"……역시."

얼마나 설쳐댔는지 한 식경 후에 읍에서 소리하는 여인들이 들이닥친다. 국일관이란 요정을 차려서 이제 제법 자리가 잡힌 춘홍이와 사설국악원을 경영하는 설화와 좋은 짝 만나서 들어앉은 녹주가 왔다. 헐레벌레 달려오느라고 곱게 단장할 겨를은 없었겠지. 하지만 걸맞는 비단옷 자르르 끌며 대청마루에 나란히 엎드려 큰절로 문안 올린다. 그리고 춘홍이가 입을 연다.

"편찮으시단 말씀은 들었습니다만 이토록 수척하신 줄 미처 몰랐습니다."

오곡의 얼굴에 생기가 솟는다. 오씨부인이 답례한다.

"이렇게 와 줘서 고맙네."

"부인마님께서 얼마나 애통하십니까?"

"……나야 뭐……."

춘홍 · 설화 · 녹주 모두 오곡의 총애를 받았던 기생들이다. 오곡과 그녀들 사이 한창 나이 때 더러 오씨부인의 속을 썩인 일이 없었던 바는 아니지만 오곡의 고물 찬 배려로 이렇다 할 마찰 한 번 없이 지내온 사이였다.

오곡이 정정했을 무렵, 사랑에서 벌어지는 연회에는 으레 그녀들이 불려왔다. 불려온 그녀들은 어김없이 맨 먼저 안방마님께 인사를 올리게 했다. 그러면, '내 대신 자네들이 수고하게 됐군!' 하게 했고, 연회가 끝나면 또 하직인사 올리고 봉투 하나씩을 오씨부인으로부터 내려 받으면서, '까다로운 손님들이었는데 자네들이 수고했어' 하는 치사를 듣게 했고, 진달래가 만발한 봄 화전놀잇날은, 기생 서넛으로 하여금 시중들게 하여 오씨부인을 여왕처럼 떠받들게 했다. 그러니 더러 울화가 치밀었다해도 어찌 봄날 눈 녹듯 안 했겠는가.

어느새 원일 씨가 북을 들고 당도한다. 눈치코치로 살아온 그녀들, 건너다 보면 절터를 모르랴. 그렇구 말구, 이내 반달꼴로 좌정한다. 구둥 구둥 구구둥둥 얼씨구 절씨구! 추임새와 함께 연상인 춘홍이가 춘향가 한 대목으로 흥을 돋운다.

사랑 사랑 사랑이야. 연분이라 하는 것은 삼생의 정함이요, 사랑이라 하는 것은 칠정의 중함이라. 월로의 정한 베필 홍승으로 맺었으며 요지의 좋은 중매 청조가 날았구나.

사랑 사랑 사랑이야. 백곡진주를 사 왔으니 부자의 홍정이요, 천금준마 바꾸면 문장의 취홍이라. 무산신녀 행실 없어 양대 운우 찾아가고, 탁문군은 과부로서 개가장경 부끄럽다. 만고절색 다 헤어도 우리 연분 같겠는가. 타도 타관 타성으로 동년 동월 동일생이 구목같이 신통하여 칠개같이 공교한고.

사랑 사랑 사랑이야. 가군이 작재하니 용성관을 따라와서 증점의 춘복으로 광한루에 바람 쐴 제 추천하는 그 원광을 선녀로만 알았더니 정대한 그 답장이 의리가 밝았구나. 사랑 사랑 사랑이야. 천선호지 찾아오니 동방화촉 좋을씨고. 옥빈홍안 고운 태도 보고 보니 절색이라.

사랑 사랑 사랑이야. 진수아미미목반혜 옛 글로만 보았더니 수여유제 요여숙소 뉘가 너와 쌍이 될꼬. 단순호치 말을 하면 해어화가 너 아니며, 향진보말로 걸어 가면 생련화를 하겠구나.

오곡의 안색이 분홍빛으로 물든다. 바쁘다고 바늘허리에 실 꿸까. 황망 중에도 옥련이가 격식 갖추어 주안상 봐서 용문석 위에 내려놓는다. 이어 설화가 심청가 한 대목으로 흥을 잇는다.

가군의 손길을 부여잡고 아이고 여보 영감 내 평생 먹은 마음 앞 못 보는 가장님을 백년 봉양하옵다가 북행 망세당하오면 초상 장사한 연후에 뒤를 쫓아 가겠더니 천명이 이뿐인지 인연이 끊어지니 눈을 어찌 감고 갈까. 내 한 몸 죽어지면 눈 어두운 우리 가장 헌옷 누가 기워주며 조석 공대 누가 할까.

사고무친 혈혈단신 의탁할 곳 바이 없이 지팡막대 거머잡고 더듬더듬 다니다가 구렁에도 떨어지고 돌에 채여 넘어져서 신세자탄 우는 모양 눈으로 본 듯하고 기갈을 못 이기어 가가문전 들어가서 밥 달라 슬픈 소리 귀에 쟁쟁 들리는 듯 나 죽은 혼백인들 차마 어찌 듣고 보며 명산 대찰 신공 들여 사십 후에 낳은 자식 젖 한 번 못 먹이고 얼굴도 채 못 보고 죽단 말이 무슨 죄요. 어미 없는 어린 자식 뉘 젖 먹여 길러낼꼬. 사세를 생각하니 멀고 먼 황천길을 눈물 겨워 어이 가며 앞이 막혀 어이 갈까.

저 동네 이동지 댁에 돈 열 냥 맡겼으니 그 돈을 찾아다가 초종에 보태 쓰고 독 안에 있는 양식 해산쌀로 두었더니 못 다 먹고 죽어가니 출상이나 한 연후에 약식이나 하옵시고 진어사 댁 관대 한 벌 흉배에 학을 놓다 못다 놓고 보에 싸서 농 안에 넣었으니 남의 집 중한 옷을 죽기 전에 보내옵고 뒷 동네 귀덕어미 정친하게 다녔으니 어린아이 안고 가서 젖 좀 먹여달라 하면 괄시 아니 하오리다.

천행으로 이 자식이 죽지 않고 자라나서 제발로 다니거든 앞세우고 길을 물어 내 무덤에 찾아와서 자상히 가르치어 모녀상봉 하게 하오. 천명을 못 이기어 앞 못 보는 가장에게 어린 자식 곁에 두고 영결하고 돌아가니 봉사님 귀하신 몸 애통하여 상케 말고 천만보중하옵소서. 차생의 미진한을 후생에 다시 만나 이별 없이 사사이다.

설화가 이와 같이 노래를 끝맺자 녹주가 엉금엉금 주안상 앞으로 다가 앉더니 눈물을 글썽이며 부인께 아뢴다.

"마지막 가시는 어른께 약주 한 잔 올리겠습니다."

"……"

"마님께서 이 계집의 불칙을 용서하십시오."

"……."

오씨부인이 눈짓으로 승낙을 하자 녹주가 호리병에 든 송순주를 놋쇠 잔에 반쯤 붓더니 그걸 입안에 담고 오곡 앞으로 다가앉아 입과 입으로 옮겨놓는다. 오곡의 입술이 바르르 떨리는가 싶더니 푹 패인 눈에 이슬이 괸다.

녹주의 눈에서는 봇물이 터지듯 눈물이 쏟아진다. 춘흥이도 울고 설화도 울고 오씨부인도 눈시울을 붉힌다. 원일 씨가 북을 울리자 녹주가 제자리로 돌아와서 애써 흥을 내어 '박타령' 한 대목을 엮는다. 춘흥이와 설화가 후렴을 매긴다.

흥보가 그래도 속멋은 듬뿍 들어가지고, 여보소 아이 어멈 평지에 지어도 절은 절이요 성복 술에도 권주가 한다네. 우리의 일 년 농사 논을 한가 밭을 한가. 모심을 제 상사소리, 밭 맬 제 메나리 불러 볼 수 없었으니 우리는 이 박 타며 박노래나 해보세.

사설을 알아야지, 묵은 사설 때 묻었으니 박 내력 가지고서 사설 지어 메기거든 자네는 뒤만 맡소. 그럼세. 어기여라 톱질이야. 당겨주소 톱질이야. 성인이 풍류질 제 금 석 사 죽 포 토 혁 목 이 박이 아니면은 팔음이 어찌 되리.

어기여라 톱질이야. 아성 안자 안빈낙도 이 박이 아니면은 일표음을 어찌하며 소부의 둔세고절 이 박이 아니면은 기산괘표 어이하리. 어기여라 톱질이야. 군자의 말 없기는 무구포가 그 아닌가 납화경에 있는 박은 대이무용 아깝도다.

어기여라 톱질이야. 인간대사 혼인할 제 표배로 행주하고 강산의 시주객은 거 포준이상속이라. 어기여라 톱질이야. 우리도 이 박 타서 쌀도 일고 물도 떠서 가지가지 잘 써보세.

어기여라 톱질이야. 슬근슬근 탁 타놓으니 청의 입은 동자 한 쌍이 썩 나서며, 여기가 흥보 씨 댁이오. 흥보가 깜짝 놀라, 내가 흥보요만 왜 그러시요. 동자가 소매에서 네모쟁반 내놓는데 병과 접시 종이봉지 드문드문 놓였구나. 눈 위에 높이 들어 흥보 앞에 드리면서 여쭈오되, 삼신산 열위 선관이 모여 앉아 공론하되, 흥보 씨의 지극덕화 금수까지 미쳤으니 그저 있지 못하리라.

수종 약을 보냈으니 백옥병에 넣은 것은 죽은 사람 혼을 불러 돌아오는 환혼주. 밀화 접시에 놓은 것은 소경이 먹으면 눈이 밝는 개안주, 호박 접시에 담은 것은 벙어리가 먹으면 말하는 개헌초, 설화지로 묶은 것은 아니 죽는 불사약, 가지가지 있삽는데 약 이름과 쓰는 데를 그 옆에 썼사오니 그리 알아 쓰옵소서. 가다가 동정용궁에 전할 편지 있삽기로 총총히 갑니다.

이 노래가 끝나기 전 그러니까 톱질이 한창일 무렵 이댁 자녀들이 한꺼번에 들이닥쳤다. 큰딸과 그녀의 남편 박씨, 큰아들 내외, 둘째아들 내외, 둘째딸과 그녀의 남편 민씨였다. 급전을 받고 아버지 혹은 장인의 임종을 지키고자 서울에서 뛰어왔는데 칠간대청 터놓고 노니는 북새통에 뛰어든 셈이 되었다. 그러나 그들은 임종 직전의 어른께 큰절 올리고 나서 더러는 마땅찮게, 더러는 호기심에 쭈그리고 앉아 있는 것이다.

"어기여라 톱질이야. 어기여라 톱질이야……."

노래가 끝을 맺으려 하자 오곡의 얼굴은 더 없는 즐거움으로, 아니 이를 데 없는 허탈 상태가 되더니 급전직하 갑자기 머리를 모로 떨구었다.

"여보……."

"아버지……."

"아버지……."

한 한량(閑良)의 화려한 마지막 순간이었다.

장례는 속광후(屬纊后)로부터 시작해서 계빈(啓殯) 조조(朝祖) 천청사(遷廳事) 조전(祖奠) 취여(就轝) 견전(遣奠)의 사례에 의해 삼일장으로 진행되었다. 문상객이 줄을 이었다. 읍내·군내는 물론 경향 각처에서 각양각색의 손이 몰려왔다. 김해김씨 일가는 말할 것도 없고 마을의 박씨·이씨·민씨가 모두 충심으로 호상을 했다. 장지는 이미 마련해 둔 안산 선영 밑이었다. 문상객은 초우(初虞)·재우·삼우에도 끊기지 않았다.

오곡의 생전의 어느 친구는 대청에 마련한 영위 앞에서 곡배를 마치고 상주와 인사를 나눈 후 이러는 것이었다.

"상주."

"네?"

"내가 저 친구에게 술 한 잔 올렸으면 하는디?"

"고맙습니다."

그는 손수 술 한 잔을 영전에 바쳐 놓고 물끄러미 초상을 바라보더니 생전에 하던 투로 넋두리를 늘어놓는다.

"여보게 오곡! 날세. 나는 오늘도 자네 술 묵고 가네. 허나 말일세. 예끼 이 몹쓸 친구 같으니라고. 자네가 내 술을 먼저 묵어야재, 내가 자네 술을 묵다니 말이나 돼? 응. 고이한지고, 고이한지고, 초로인생 허무한지고. 허나 말일세, 조만간이야. 내가 자네 뒤따를 날이. 아이고 아이고, 오곡 나이만 물러가네. 편히 쉬소잉, 편히 쉬어. 아이고 아이고……."

오곡의 삼우제날 아침. 춘홍이와 설화와 녹주가 곱게 단장하고 내당으로 들어섰다. 오곡의 임종으로부터 삼일장 초우·재우의 어제까지 침식 불고하고 궂은 일도 맡아 하던 때와는 딴판이다. 어리둥절 눈알을 위 아래로 굴리는 오씨부인을 붙들고 대뜸 아뢴다.

"마님, 오늘이 무슨 날인지 기억하십니까?"

"글쎄, 우리는 삼우제를 방금 끝냈는데……."

"그야 물론입지요만 오늘이 공교롭게도 화전놀이 나가는 날 아녜요."

"……그랬던가. 하지만 난 상중인 걸."

"삼우제와 화전놀이가 맞아떨어지는 걸 보십시오. 예삿일 아니지요. 가신 어른의 혼백이 우릴 이렇게 불러들이신 겁니다. 마님, 어서 서두르 십시오. 오늘의 화전놀이터는 벌써 보름 전에 댁의 선산 밑으로 잡아놨답니다. 그것 또한 기이한 인연 아닙니까. 마님, 어서 고운 옷으로 갈아입으세요."

오씨부인이 최면술에 걸린 듯 사르르 눈을 감는다. 지난날의 화전놀이가 선하게 떠오른 것이다.

화전놀이 전날의 시장은 으레 오곡이 머슴을 데리고 봐 온다. 부인의 식성에 맞는 걸로 푸짐하게―. 봐 온 찬거리 하나하나를 지져라 볶아라 구워라 찬모에게 일러놓고 자신은 손수 찰부꾸미를 만드는데, 찹쌀가루를 물에 개어서 둥글고 넓적하게 짓이겨, 번철(燔鐵)에 기름을 발라 지지면서 산에서 따온 진달래꽃잎을 입히는 것이다.

하얀 바닥에 빨간 꽃이 곱게 피어나는 꼴인데, 보기만 해도 먹음직스럽거니와 맛과 향내 또한 그만이다. 이걸 화전(花煎)이라 하며 화전놀이의 상징이 된다.

화전놀이의 당일은, 오씨부인이 시집온 지 십여 년은 인력거 댓 대가, 그 후로는 택시가 대령한다. 그 날 시중들 기생 서너 명이 당도하면 부인은 바늘귀에서 방금 빼낸 새옷으로 곱게 단장하고 툇마루로 나온다. 그때, 오곡은 그 날 신을 부인의 가죽꽃신(지방에서는 깟신이라 함)을 들고 나온다.(여자의 신발은 그 여자의 순결과 상관한다는 이 지방의 풍습 때문인지 아니면 오곡이 부인에게 베푸는 최상의 대우인지 모를 일이지만) 그리고 농을 한마디 건넨다.

"부인의 맵시가 흡사 서시(西施) 같구려."

기생들이 대꾸한다.

"그렇고 말고요. 그 가군에 그 부인 아닙니까."

"집안 일 죄다 잊고 푹 쉬고 와요."

그리고 기생들에게 봉투 하나씩을 내리면서 또 이른다.

"마님 잘 모시고……."

"이를 말씀입니까요."

가장이 이렇게 나오니 어찌 집안에 웃음꽃이 안 피겠는가. 평소의 그런 저런 섭섭 따위는 이 한 판으로 물거품이 되는 것이다. 음식을 담은 서너 개의 석짝을 싣고 여자들이 떠나면 그 날은 거꾸로 사내들이 집에 남는다. 남은 음식으로 약주나 홀짝이면서—.

이렇듯 오곡이 화전놀이에 깊은 관심을 보이는 것과, 김구(金絿 · 1488~1534)의 시조 5수와 '화전별곡(花田別曲)' 6장의 진본(眞本)을 소장하고 있는 것으로 해서 오곡과 김구를 동성동본으로 아는 사람이 더러 있으나 그건 잘못이다. 김구의 본관은 광주(光州)이다. 그가 조광조(趙光祖) · 김정(金淨) 등과 함께 기묘사화(己卯士禍)로 이곳 해남으로 유배되어 15년을 살면서 읊은 시조와 '화전별곡' 의 진본을 오곡이 소장하고 있는 것 또한 전연 우연이다. 오곡은 다만 화전놀이의 내용을 퍽 좋아했으므로 그걸 길이 전수하고자 애썼을 뿐이었다.

나온댜 今日이야 즐거온댜 오 놀 이야
古往今來에 類없슨 今日이여
每日의 오놀 곳 튼 면므슴 셩이 가시 리

山댜 ᄂ 린 골래 三色桃花 뗘 오거 놀
내셩은 豪傑이라 옷 니븐재 들옹이다
고ᄌ 란 건뎌 안고 므레 들어 속과라

여긔 를 뎌긔 삼고 뎌긔 를 예 삼고져
여긔 뎌긔 를 멀게도 삼귈시고
이몸이 蝴蝶이 되어 오명가명 ᄒ고져

올ᄒ 닭은 다리 학긔다리 되도록애
거믄 가마괴 해오라비 되도록애
享福 無疆ᄒ샤 億萬歲를 누리소서

泰山이 놉다 ᄒ여도 하ᄂᆞᆯ 아래 뫼히로다
河海 깁다 ᄒ여도 싸우희 므리로다
아마도 놉고 깁플손 聖恩인가 하노라

김구의 이 5수의 시조 또한 해남과의 관계는 없는 듯싶고 그 내용도 문학적으로는 빈약하지만 오곡이 그걸 애지중지하는 것은, 김구가 조선조의 4대 서예가의 한 사람이기 때문에 그 글씨에 눈독을 올렸던 것이며, '화전별곡' 6장은 김구가 개령(開寧)으로 귀양갔다가 해남으로 이배(移配)되어, 이곳의 풍경과 교우관계와 연악(宴樂)과 음악과 주효(酒肴)와 자기의 생애를 기록한 것으로써 그의 문집인 《자암집(自菴集)》에 수록되었거니와—.

화전놀이터는, 그 날만은 금남지역(禁男地域)이 된다. 군데군데 차일이 쳐져 있으며 길가 쪽으로는 포장이 둘러있어서 아무도 그 안을 들여다볼 수 없다.

쌓이고 쌓인 지난 한 해의 불만과 한(恨)을 확 풀라는 것, 요즘의 말로 친다면 여성 카니발이 되는 것이다.

이 화전놀이는 대여섯 마을 혹은 한 고을(읍 · 면) 단위로 어울리게 된다. 윷놀이 · 투호놀이 · 술래잡기 · 노래자랑 · 장기자랑 · 무녀(巫女)놀이 · 보물찾기 · 병신 흉보기 · 제 남편 흉내내기 · 강강술래 · 그네뛰기 · 줄다리기 등등 온갖 여흥이 스스럼없이 벌어지는데, 뭐니뭐니해도 화전놀이의 하이라이트는 화전가(花煎歌)의 제창이라 하겠다.

산명수려 좋은 곳은 소학산이 제일이라. 어서 가자 바삐 가자. 앞에 서고 뒤에 서고 태산 같은 고봉준령 허위허위 올라가서 승지에 다 닿거라. 좌우풍경 둘러보니 수양 같은 금오산은 충신이 멀었거늘 어찌 저리 푸르렀으며 황하 같은 낙동강은 성인이 나시련가 어찌 저리 맑아 있노.

구경을 그만하고 화전터로 내려와서 빈천이야 정관이야 시냇가에 걸어 놓고 청유라 백분이라 화전을 지져 놓고 화간에 제종숙질 웃으며 불렀으되 어서 오고 어서 오소. 집에 앉아 수륙진미 보기는 하려니와 우리 일실 동환하기 이에서 더할쏘냐.

송하에 늘어 앉아 꽃가지로 찍어 올려 춘미를 쾌히 보고 남은 흥을 못 이기어 상상봉 치아달아 한없이 좋은 경을 일안에 다 들이니 저 높은 백운산은 적송자의 노던 덴가. 반석 위에 바둑판은 낙서격을 버려 있고 유수한 황학동은 서왕모 있던 덴가. 청계변에 복성꽃은 무릉원이 의연하다. 이러한 좋은 경개 힘 없이 다 즐기니 소설의 적벽인들 이에서 더할쏘냐.

이백의 채석인들 이에서 나을손가. 화간에 벌려 앉아 서로 보며 이른 말이 여자의 소견인들 좋은 경을 모를쏘냐. 규중에 썩힌 간장 오늘에야 쾌한지고. 흉금이 상연하고 심신이 호탕하여 장장춘일 긴긴 날을 긴 줄도 잊었더니 서산에 지는 해가 구곡에 재촉하야 층암 고산에 모운이 일어나고 벽수동리에 숙조가 돌아든다. 홍대로 놀려 하면 인간의 자연 취객이 아닌고로 마지못해 일어나니 암하야 잘 있거라 강산아 다시 보자. 시화세풍 하거들랑 창안 백발 흩날리고 고향산천 찾아 오마.

이 화전놀이에서는 귀천·빈부·노소·반상(班常)의 질서가 무너진다. 어찌 거기 술인들 없을손가. 내노라는 요조숙녀도 안 마시고는 못 배긴다. 평소 술을 멀리하는 아낙네들도 한두 잔을 들이켜고 나면 마치 정화수에 딸기물 풀어놓은 듯 취기가 번져 너나없이 지껄이고 깔깔대고 흔들고 까불고 뛰고 더러는 울고 더러는 옷고름을 풀어헤치고 어울린다. 그러니 어쩌다 흐트러지는 작태를 보였다 해도 그게 흠이 되지 않는다. 이 화전놀이는 석양 무렵, 마중 나온 인력거·택시 혹은 자녀들이 당도함으로써 파장이 된다.

위에서 화전놀이에는 귀천·빈부·노소·반상의 질서가 무너진다 했다. 그러나 아무리 흐트러져서 노닌다 한들, 어찌 품격의 차이와 시새움 따위가 없겠는가. 뉘댁 부인은 어쩌고, 뉘 마누라는 저쩌고 평이 나게 마련이다. 거만하지 않으면서 의젓하고, 천하지 않게 멋부리고, 푸짐하면서 체하지 않는 부인은 뉘댁이던가고—.

오씨부인이 눈을 떴다. '어서요.' '어서요' 하는 성화 때문이었다.

"오늘 음식은 저희들이 전처럼 장만했습니다. 아무 염려 마셔요."

춘홍이가 손을 끈다.

"그래, 가보세."

반가에서는 아녀자들은 운구(運柩)행렬에 끼지 않는 법, 초우제·재우제 치르고 삼우제 끝에 상제 앞세워 성묘하는 것이다. 아침에 애들과 함께 다녀오려 했으나 과로의 탓이었는지 갑자기 토사곽란으로 신음하는 옥련이를 간호하느라 가보지 못한 터, 마치 놀이터가 장지 부근이라니 그런저런 사연 덮어두고 상복 입은 채로 나선다.

마을 안길을 빠져나와 흐느적거리는 보리밭을 지나면 야산 밑에 조그만 저수지가 있다. 그 저수지 오른편 솔밭에 화전놀이터가 마련되어 있고 곧장 5백미터 가량 산으로 올라가면 김해김씨의 세장산(世葬山)에 이른다. 오씨부인은 그녀들을 놀이터로 밀어 넣고 홀로 산에 오른다.

지관(地官·風水) 둘은 이 산을 이행사(移行舍)라 했다. 청룡·백호·주작·현무가 일품이지만 그 말미가 밖으로 뻗었기 때문에 자식들을 낳으면 타관으로 내보냈다가 늙은 만년에 환고향시켜야 한다 했다. 오곡의 무덤은 줄줄이 이어온 선영 발치에 있었고 봉분은 큰 편이나 잔디가 앙상했다. 남편의 무덤을 물끄러미 바라보던 오씨부인의 눈에서 이제 비로소 봇물이 터진다. 아까까지는 격식에 쫓기고 사람에 시달려서 울래야 울 시간이 없었고 그리고 너무나 큰 충격 때문에 어쩌면 남편을 잃었다는 실감을 느끼지 못했던 거 아니었는지.

이제 좀 한가한 때 아닌가. 그이가 한평생을 죽음의 순간까지 어떻게 살아온지를, 왜 그런 방식으로 행세해야 했는지를 누구보다도 잘 아는 그녀로서는 이제 좀 통곡을 해야 했던 것이다.

"아, 남도 멋쟁이는 되는 분인데, 이렇게 칙칙한 흙 속에 묻히다니."

오장을 쥐어짜는 호곡이었다. 윗대 묘소의 벌송에서 두견새가 울어댄다.

명정을 쓰면서 집안 어른들은 말했다. 뭐라 할 것이냐고—. 관직은 고사하고 그 흔한 의원(議員) 혹은 위원(委員) 하나 맡은 일이 없었으니 결국 학생(學生)이랄 수밖에 없잖느냐는 것이었다. 오씨부인은 그게 싫었다. 학생이란 말이 흔하다거나 유치하다는 건 아니다. 그이의 명정을 어디서나 볼 수 있는 그런 식으로 대접하기 싫은 것이다.

"그냥 김해김공원장지구(金海金公元章之柩)라고 해 주세요."

그런 일에 아녀자가 나서는 법이 아니라는 것을 오씨부인이 모를 리 없다. 아니나 다를까 문중의 어른들 안색이 일그러지고 누군가가 반기를 들고 나설 듯싶더니 모두들 종부(宗婦)의 단호한 결단에 짓눌리고 말았지만, 아, 도대체 그런 명정 따위가 뭐란 말인가. 부인은 그러한 사소한 것에 신경을 곤두세웠던 일이 고인에 대한 연민에 불과했다 싶어서 이번에는 그런 자신이 미워졌지만, 그이는 독립투사도 아니요 벼슬아치도 아니요 교육자도 아니요 자선가도 아니어서 뚜렷하게 내세울 건더기는 없다지만, 그이가 침략자에 대해 혹은 독재자나 불의에 대해 온갖 수단을 다해서 호기와 오만과 불손으로 맞선 의지를 뉘 알까.

화전놀이는 이제 잡가락으로 이어졌다. 지형(地形)의 탓일까, 흥에 취한 여인들의 숨소리마저 역연하다.

"……이상하게도 생겼네, 명랑하게도 생겼네. 늙은 중의 입이길래 털은 돌고 이는 없네. 생수처 샘뱀인지 농사물이 고였네. 소나기를 맞았는지 어덕지게 파이었네. 무슨 말이 하고 싶어 움질움질 하는가……."

오곡이 부른다.

"부인, 화전놀이에 가지 않고 여긴 왜 왔소. 자 어서 가요. 잔칫집에 주인이 자리를 비우면 되나."

"그래요. 나는 당신 덕분에 언제나 저 화전놀이의 여왕이었지요. 내려 갈께요."

오씨부인이 산을 하직한다. 집에 당도하면, 애들은 아버지가 무슨 유언을 남겼느냐고 물을 것이다. 그 많은 서화 골동품은 어디에 있느냐고 다그칠 것이며, 분배의 방식 또는 상속세법 따위를 들먹일지도 모를 일이다. 여기저기 널려 있는, 아비가 쓰던 쓸 만한 물건들은 이미 다투어 나눠 가졌으며, 옥련이의 혼처에 대해서, 그 따위 초등학교 교사에게 줄 수는 없어요, 그건 우리들의 체면문제예요, 하고 나설지도 모를 일이다. 아버지가 이 어미를 구박했다고, 심지어는 임종의 순간까지 기생들을 끌어들이는 추태를 보였다고, 그리고 무기력하게시리 어머니는 그런 방종에 동조했다고 규탄할지도 모른다. 더구나 아버지의 유언을 공개하면 아이들은 기절초풍할 것이다. 그러나, 하고 오씨부인은 어금니를 지그시 감고 다짐하는 것이었다.

'이 어미가 너희들의 아버지로부터 받은 사랑은 너희들 식의 양은냄비가 아니고 투박한 뚝배기였다고―. 대학을 나오지 못한 옥련이와 2년제 교대 출신인 그의 짝은 매우 행복할 거라고―. 그리고, 그이가 나를 구박했다니 그건 말도 안 돼. 난 믿는다. 애기(愛妓)들의 판소리 들으며 입술과 입술로 약주 받아 마시고 눈감은 그이가 조금도 밉지 않은 나를―.'

　　시인이 소설을 쓰고 수필가가 시를 쓰는, 이른바 장르에 구애되지 않는, 작품의 소재에 따라서는 시·수필·소설·희곡 무엇이든지 자유롭게 넘나드는 것이 문학 본연의 방법이 된다는 평소 나의 소신이 씨가 되어 이번에 《세한도》를 내게 되었다.

　　나는 희곡으로 능단하였지만 소년 시절에는 시를 썼고, 더러는 소설을 쓰기도 했다.

　　여기에 가려 뽑은 작품들은 그동안 신문 또는 잡지에 일단 발표했던 것 중에서 고른 것이다.

　　실력이 넘치는 저명한 시인들이 왕성하게 소설을 쓰고, 소설가들이 다투어 희곡을 쓰는 풍토가 조성되었으면 싶다. 그러나 그게 그리 쉬운 일이 아니라는 것은 누구나 아는 일 아니겠는가마는!

2002년 초겨울에

詩境盦主人　김 봉 호

김봉호의 소설 · 희곡

세 한 도

제1판 1쇄 인쇄 · 2002년 12월 21일
제1판 1쇄 발행 · 2002년 12월 27일

지은이 · 김 봉 호
펴낸이 · 김 동 금
펴낸곳 · 우리출판사
등   록 · 1988년 1월 21일 제9-139호
주   소 · (120-013) 서울시 서대문구 충정로 3가 1-38
전   화 · (02) 313-5047, 5056
팩   스 · (02) 393-9696
e-mail · woribook@chollian.net

ISBN   89-7561-196-5   03810